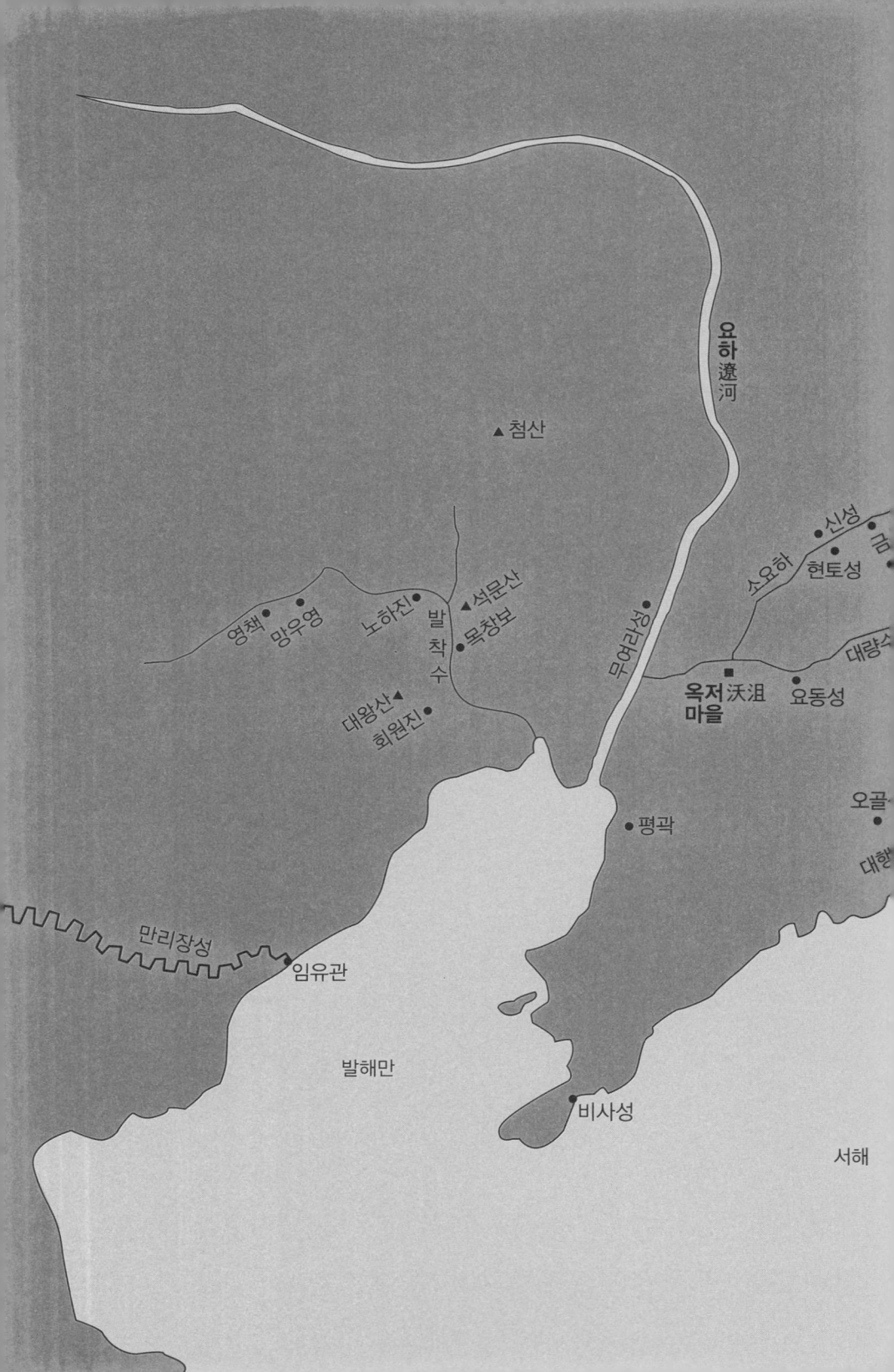

요하 遼河 1

나남
nanam

김성한 대하소설

요하遼河·1 — 영웅의 탄생

2011년 7월 15일 1쇄
2011년 10월 5일 4쇄

지은이_ 金聲翰
발행자_ 趙相浩
발행처_ (주) 나남
주소_ 413-756 경기도 파주시 교하읍
    출판도시 518-4
전화_ (031) 955-4600 (代)
FAX_ (031) 955-4555
등록_ 제 1-71호(1979.5.12)
홈페이지_ http://www.nanam.net
전자우편_ post@nanam.net

ISBN 978-89-300-0593-7
ISBN 978-89-300-0572-2(세트)
책값은 뒤표지에 있습니다.

김성한 대하소설

요하 遼河 1
영웅의 탄생

나남
nanam

· 작가의 말 ·

　사람이 세상에 나올 때에는 후하고 박한 차이는 있어도 누구나 비바람을 피하고 뛰놀 마당을 타고나게 마련이다. 마찬가지로 어느 민족이나 지상에 나타날 때에는 그들이 살아갈 터전, 타고난 고유의 생활권이 없을 수 없다. 중국이 황하의 중류와 하류 일대의 이른바 중원(中原), 몽골 사람들은 몽골 고원, 일본 사람들은 일본열도 등.
　그 중 우리 민족은 만주·연해주 일대와 한반도를 포함하는 광대한 지역을 생활권으로 이 지상에 태어났으니 하늘은 결코 우리에게 박하지도 인색하지도 않았다.

　요하(遼河)는 이와 같은 우리 생활권의 서북부 경계선이었다. 멀리 대흥안령(大興安嶺)에서 시작하여 북에서 남으로 흘러 서해로 들어가는 유정(流程) 2천2백 킬로미터, 우리 이수(里數)로 5천5백 리도 넘는 큰 강이다. 북부 경계선인 흑룡강 이북은 극한지대, 그 밖의 방향은 바다로 둘러싸여 외적의 침입을 크게 염려할 것이 없었으나 유독 요하 방면은 그렇지 못했다. 이 강의 저편에는 강대한 한(漢) 민족이 있어 무시로 우리 생활권을 침범하였고, 종당에는 피차 생사를 건 전쟁으로 발전하였으니 요하는 글자 그대로 운명의 경계선이었다.

우리 조상들은 이 경계선을 넘어오는 수제국(隋帝國)·대당제국(大唐帝國)의 무적을 자랑하는 대군도 능히 물리치고 생활권을 보전하여 왔다. 그러나 문제는 생활권 내부에 있었다.

생활권은 통일되지 못하고 북에 고구려, 남에는 신라·백제의 삼국으로 분열되어 있었다. 분열은 반드시 불행으로 이어지는 것은 아니다. 더불어 사는 지혜가 있고 평화를 갈구하는 성의만 있다면 함께 발전하고 번영할 여지는 얼마든지 있는 법이다. 1천3백 년 전, 운명의 신이 우리를 이 방향으로 인도하여 주었던들 하늘이 내린 우리 고유의 생활권은 오늘도 살아 있을 것이고, 우리는 반도의 백성이 아닌 대륙의 백성으로 행세하고 있을 것이다. 불행히도 현실은 그렇지 못했다.

이 소설은 위에 적은 우리 생활권을 중심무대로 하고, 관련이 있는 중국과 일본을 부차적인 무대로 하였다. 시간적으로 수양제(隋煬帝)가 1백여만 대군으로 요하를 건너 우리 생활권으로 침공하여 오던 서기 612년부터 평양성이 나당(羅唐) 연합군에 함락되던 668년까지, 56년간을 잡고 있다.

그동안 수많은 대내·대외 전쟁이 있었고, 전쟁의 여파로 중국에서는 수가 망하고 당이 들어섰고, 우리 생활권에서는 백제가 망하고 급기야는 고구려도 종말을 고하게 되었다.

결국 신라가 우리 생활권의 삼국을 통일하였다. 한반도 동남방의 작은 나라가 분발하여 백제를 합병하고 북진하여 대동강 이남을 차지하였으니 비약적인 발전이 아닐 수 없었다. 그러나 전체 민족으로서는 요하의 경계선이 무너지고 대동강까지 후퇴한 결과 넓은 땅과 많은 사람, 헤아릴 수도 없는 문화의 유산들을 잃고, 대륙국가에서 반도국가로 축소 조정되었다. 인간이 충분히 현명치 못하고 하늘의 관용에도 한계가 있었다고 할밖에 없다.

이 작품은 이와 같은 가열한 시대를 살다 간 사람들의 이야기, 흥하고 망한 나라들의 사연이다. 작품을 집필하는 동안은 물론, 마치고 나서도 필자는 당시의 정경을 생각하고 착잡한 감회를 금할 수 없었다. 글로 표현할 길은 없고 대신 백낙천(白樂天)이 남긴 〈장한가〉(長恨歌)의 일절을 적어두는 데 그친다.

하늘과 땅, 무궁하다 하여도
다할 때가 있으련만
이 한(恨), 면면히 이어져
다할 날이 없으리라.

天長地久有時盡
此恨綿綿無盡期

김성한 대하소설

요하 遼河 1
영웅의 탄생

차 례

• 작가의 말 5

순결한 젊은 그들 17
요하 근방의 고구려 옥저마을. 능소는 예신제에 올릴 송어 잡이에 한창이다. 불쑥 강가에 찾아온 연인, 열아홉 상아에게 능소는 평양성에서 열리는 사냥대회에서 활솜씨를 발휘하여 군관이 되고 싶다는 꿈을 털어놓는다. 오순도순 이야기를 나누는 두 사람 앞에 상아를 짝사랑하는 한마을 청년 지루가 나타나 시비를 건다. 옥저마을에서 예신제가 열려 마을사람들이 흥겹게 먹고 마시던 그때, 수나라 낙양궁에서는 수양제가 우문술 장군을 불러 병기 제작을 독려하고 고구려 정벌의 가능성을 넌지시 타진한다.

요하 강변의 불안한 희망 32
옥저마을에 대풍이 들어 사람들은 수확의 기쁨을 만끽하고, 능소는 군관이 되어 돌아오면 혼인식을 치르자고 상아에게 말한다. 그러나 상아는 10여 년 전 전사한 아버지를 떠올리며 혹여 전쟁이 일어나 모든 것을 앗아가지 않을까 불안해한다. 상아의 불안에 화답하듯 마을로 군인들이 찾아와 요동성 수축에 마을사람들이 동원됨을 알리고 야장(冶匠) 지루는 따로 남도록 한다.

날아오르는 작은 용 50

막 완공된 운하로 남방을 순시하는 수양제는 중국의 막대한 부에 취해 천하에 불가능한 일은 없으리라 자신한다. 한편 고구려 평양성에서는 임금과 을지문덕, 연자발 등의 대신이 참석한 가운데 군관을 선발하기 위한 사냥대회가 열리고, 능소는 여기서 뛰어난 무예 솜씨를 발휘한다.

타오르는 질투 66

비밀리에 평곽으로 끌려갔던 지루는 가슴 가득 불만을 안고 2년 만에 옥저마을로 돌아온다. 그는 능소가 10인장이 되었다는 소식에 불같은 질투심을 느끼며, 상아와 능소 두 사람 사이를 어떻게든 갈라놓을 궁리를 한다. 요동성에서는 야장간과 쓰임새를 알 수 없는 건물들이 들어서는 등 무언가 심상치 않은 분위기가 감돈다.

살아 있는 전설, 무여라(武厲羅)성 77

고된 훈련을 마친 능소는 300여 명의 기병들과 함께 젊은 군관 약광(若光)의 지휘 아래 요하에 당도한다. 능소와 상아의 아버지가 한 번 건넌 후 살아 돌아오지 못한 강. 능소는 요하 건너 무여라성에서 정식으로 고구려의 무사로 서임받고, 나라를 위해 한 목숨 바칠 것을 다짐한다.

전쟁 속의 외로운 싸움 87

상아와 어머니는 군에 들어간 후로 아무 소식이 없는 능소를 걱정한다. 지루는 이 기회를 이용해 상아의 마음을 돌리려 하지만 상아는 요지부동이다. 어느 날 어머니의 병환으로 산 너머 의원댁에서 홀로 약을 지어 오는 상아 앞에 지루가 나타난다.

목숨을 건 임무 100
수양제가 고구려 정벌을 선포했다는 소식이 무여라 성에 전해진다. 능소는 적군의 정황을 정탐하기 위해 중국어에 능통한 돌쇠 등의 부하들을 이끌고 적지에 침투한다.

말할 수 없는 비밀 120
능소의 어머니가 상아의 행실을 의심하면서 능소 어머니와 상아 어머니는 크게 다툰다. 상아는 어쩔 수 없이 약을 지어 오던 날 산속에서 일어난 일을 어머니에게 털어놓는다.

살아나는 욕망의 불꽃 134
다시 요동성으로 불려가 무기 만드는 일에 동원된 지루는 약광 장군의 눈에 들어 군인이 된다. 지루에게 군복 내어주는 일을 맡게 된 '키다리'라는 병사가 그에게 불교에 대해 이야기해 준다.

소년 연개소문 146
살수 근처 식성에 본영을 설치한 을지문덕 장군 앞에 마리치 연자유가 손자를 데리고 찾아온다. 소년의 이름은 연개소문. 을지문덕 장군은 연자유의 청을 받아들여 소년 연개소문을 휘하에 맞아들인다.

전쟁의 예감 156

군인 차림을 한 지루가 마을로 찾아와 마을 주민들이 모두 요동성으로 들어가게 됐다고 알린다. 상아는 혹시 이것이 지루의 농간이 아닌가 의심하고, 사람들은 현실이 되어가는 전쟁을 걱정하기 시작한다.

수양제의 탐욕 172

612년. 수나라 탁군(북경)에서는 수양제의 참석 하에 고구려 정벌을 위한 거창한 출정식이 열린다. 130만 대군과 우수한 병기에 들뜬 수양제는 승리를 자신한다. 우문술의 두 아들 화급과 지급은 자신을 종으로 만들어 버린 수양제의 이런 모습을 바라보며 이를 간다.

위대한 작은 승리 186

능소가 소속된 약광 장군의 부대는 고구려군의 철수와 설 명절로 마음이 풀어진 노하, 회원 양진의 수나라 군대를 급습하고 이 와중에 능소는 큰 부상을 입는다.

전쟁과 여인들 206

요동성으로 들어간 옥저마을 부녀자들은 매일같이 부역에 시달린다. 부역 감시병이 된 지루는 생트집을 잡아 상아 모녀를 집요하게 괴롭힌다. 거기다 수나라 군대가 고구려를 침공하였다는 소식이 전해지면서 상아의 마음은 한없이 무거워진다.

요하를 건너는 법 232
원정군을 이끌고 진군하던 대장군 우문술은 노하·회원진의 소식을 듣고 대로(大怒)한다. 이로 인해 원래 계획대로 군사를 움직이는 것이 불가능하다고 판단한 우문술은 병부상서 단문진에게 서한을 보내 진군을 늦출 것을 건의한다.

잔인한 유언 238
부상당한 능소는 가까스로 목숨을 건진다. 회복이 덜 된 부상병들은 요동성으로 이송하라는 명으로 고향에 돌아가게 된 능소는 어머니와 상아를 만난다는 생각에 가슴이 설레지만 어째서인지 일말의 불안감이 스쳐간다. 드디어 재회한 능소 모자. 그러나 병이 깊어진 어머니는 능소에게 차마 믿지 못할 이야기를 들려준다.

욕망과 갈등의 나날 267
을지문덕 장군 직속 부대에 배치된 지루는 제 세상을 만난 것 같은 기분이지만, 공을 세울 기회가 없어 능소에게 뒤처진다는 생각에 초조해한다. 그러던 어느 날 평양성에서 급보가 날아오고 을지문덕 장군이 평양성으로 급히 소환된다.

안개 속의 도하(渡河) 작전 283
수나라 군대의 공격이 재개된다. 황제의 친정군(親征軍)이 요하를 건너려 할 때 처음으로 고구려군의 거센 반격이 가해진다. 그럼에도 수양제는 단시일 내에 승리를 거둘 수 있으리라 자신만만해 한다.

다시 전장으로 305

부상에서 회복된 능소는 무여라의 약광 장군에게 돌아간다. 약광 장군은 능소에게 군사를 이끌고 옥저마을 근처 지역으로 가서 적의 보급부대 공격에 진력할 것을 지시한다.

여인의 또 다른 전쟁 321

요동성은 수나라 군대에 포위된 채 몇 달째 항전 중이다. 상아는 능소가 살아 돌아오지 못할지도 모른다는 생각에 가슴이 미어진다. 요동성을 함락시키지 못하는 데 분노한 수양제가 직접 요동성으로 행차해 공격을 독려하면서 수나라 군대의 공세는 더 한층 거세진다.

평양성으로 향하는 적의 칼날 333

부여성을 포위공격 중인 우문술은 전세가 예상대로 돌아가지 않자 초조해한다. 수양제는 마침내 전 군에 일부 병력을 떼어내 한데 집결시켜서 평양성을 총공격하라는 명령을 내린다.

덫에 걸린 공룡 348

적군이 평양성을 향해 진격하고 있다는 소식에 지루는 을지문덕 장군 앞에서 공을 세울 수 있는 절호의 기회라고 좋아라한다. 을지문덕은 평양성 근방의 해구산성으로 군사를 이끌고 가 고건무 장군과 함께 방어책을 논의하고, 연개소문은 고건무가 자신을 본 체 만 체하는 데 얼굴을 붉힌다. 한편 지루는 해구산성의 성문을 뜯으라는 명령에 어이없어하며 분통을 터뜨린다.

을지문덕 장군의 담판 368

능소는 포위된 요동성의 상아 걱정으로 저미는 가슴을 안고 전투에 진력한다. 약광 장군의 명으로 적군의 동태에 관한 보고서를 올리기 위해 을지문덕 장군을 찾아간 능소는 그대로 장군의 휘하에 들어가고, 이렇게 하여 능소와 지루는 한곳에서 전쟁에 임하게 된다. 을지문덕은 적과 담판을 짓기 위해 적진을 찾아간다.

적과의 동침 388

을지문덕 장군을 그냥 돌려보낸 것을 후회하는 우중문은 사절을 보내 어떻게든 그를 다시 불러들이려 하지만, 찾아온 사절은 연개소문과 능소에게 혼쭐이 난다. 사절이 모욕당하고 돌아온 데 격분한 우중문 진영에서는 회군(回軍) 논의가 사라지고 결전을 주장하는 목소리가 드높아진다. 한편 지루가 자신의 목숨을 노리고 있음을 깨달은 능소의 가슴에서는 격렬한 증오의 불길이 타오른다.

- 주요 등장인물 410
- 고구려 주요도 412
- 수대의 중국 주요도 413
- 북방의 전형적 민가구조의 일례 414
- 작가연보 415

요하 遼河 2
대륙의 꿈

- 벌판을 뒤덮는 북소리
- 살수대첩
- 황제의 분노
- 화려한 귀향
- 피의 혼인식
- 폭주하는 야욕
- 장군의 아내의 짧은 행복
- 요동성, 피어린 항쟁
- 적 안의 적
- 전쟁과 새 생명의 탄생
- 무너져 가는 수나라
- 백일천하
- 위대한 제국을 위하여
- 당태종의 실패한 야욕
- 흙먼지바람은 다시 피어오르고
- 도바, 백암성의 참극
- 대륙혼, 만리장성을 눈앞에 두고

요하 遼河 3
아! 고구려

- 아버지의 여인, 아들의 연인
- 고구려 유민들의 한
- 위험한 여인
- 측천무후, 승자와 패자
- 장막 속의 태평성대
- 허수아비 황제
- 폭풍 전야
- 뼈아픈 후회
- 매운 칼바람에 꽃은 지고
- 평양회전(平壤會戰)
- 통곡하는 백제의 혼
- 거인의 죽음
- 권력은 나누지 못한다
- 아아, 고구려
- 최후의 결전을 향해
- 영원한 대륙의 꿈

순결한 젊은 그들

 동녘 하늘이 붉게 물들면서 첫여름의 태양은 서서히 지평선에 나타나기 시작했다. 송어들은 거슬러 오르다가는 세찬 물결에 밀려 발 위에 나동그라지고, 그때마다 허공에 치솟았다.
 탐스러운 비늘은 금빛으로 번뜩이고 강〔大梁水: 태자하(太子河)〕을 반쯤 가로지른 발에 부딪쳐 냇물은 흰 거품을 튀기며 울부짖듯 소용돌이치고는 다시 잔잔하게 흘러갔다.
 지게를 내려놓고 바위에 기대선 능소(能素)는 바라보기만 했다. 열 마리도 넘었다. 돌아가신 아버지도 할아버지도 또 이웃의 누구도 한꺼번에 이렇게 많은 송어를 잡았다는 얘기는 못 들었다. 오늘 저녁에 드릴 예신제의 찬이라고 했으니 신령님이 몰고 온 것이 아닐까. 그는 바위에 올라 걸터앉았다〔예신제는 춘추(春秋)로 풍년을 기원하고 감사하는 부락제(部落祭)〕.
 "어머어 —"
 상아(常娥)의 앳된 목소리에 능소는 홱 돌아보았다. 그는 작살을 짚고 서서 송어떼를 바라보고 있었다.

"송어는 종재를 들었구만(씨를 말렸다는 뜻)."

상아는 다가와 한 손을 바위에 얹으면서 그를 쳐다보았다.

"기왕 잡을라문 이만큼이사 잡아야지."

능소는 씩 웃었다.

"헤에—"

열아홉 살 소녀는 혓바닥을 내밀었다. 능소는 그의 표정을 물끄러미 뜯어보다가 작살에 눈을 옮겼다.

"그건 뭐이야?"

"작살 몰라?"

"어디 눈먼 괴기가 있는 줄 알아?"

"어머. 눈먼 괴기사 저 발에 몰렸지 뭐."

능소는 소리를 내어 웃으면서 땅에 내려섰다.

"허허 … 다 그만둬. 저 송어 좀 줄게."

"신령님께 바치는 제물은 제 손으로 잡아야 한대."

"작살로 송어를 잡아?"

"뚝자개두 못 잡아?"

"집어치우구 아재기(나뭇가지) 나 꺾어. 거들문 잡은 게나 같단 말이야."

능소는 대답을 기다리지 않고 여자의 작살을 잡아채어 들고 앞서 걸었다. 상아는 그의 뒷모습을 지켜보다가 돌아서 강가에 늘어선 버들가지를 꺾기 시작했다.

발에 들어선 능소는 물과 싸우다가 지쳐 제자리에서 꼼짝 않는 송어를 겨누고 작살을 내리쳤다. 덜미를 맞은 고기는 얕은 물에 피를 쏟으며 모로 쓰러졌다. 아가미에 손을 넣어 물가의 넓적돌 위에 끌어다 놓고 다시 발로 들어갔다. 이번에는 물을 거슬러 오르다가 밀리면서 뒹구는 것을 찍었다. 흰 가슴을 찔린 송어는 요동을 치면서 피를 뿌리다가 잠잠해졌다. 그는 또 넓적돌에 옮겨 놓았다.

다시 물에 들어선 능소는 한참 지켜보다가 닥치는 대로 찍어 쓰러뜨리며 발 위를 이리저리 뛰었다. 피를 뿜으며 허공에 치솟았다가 그대로 떨어지기도 하고, 얕은 물에서도 날쌔게 요리조리 피하는 놈도 있었다. 열두 마리, 모두 끌어낼 무렵에는 잔등이 축축하게 젖어들었다.

"굉장하네."

한아름 꺾은 버들가지를 내려놓으면서 상아는 감탄했다. 능소는 가지를 아가미에 넣어 입으로 빼고 다시 다른 고기의 아가미를 꿰어 여섯 개씩 묶었다.

"자, 가지."

지게를 들어다가 송어를 얹어놓고 질빵에 두 팔을 꿰면서 능소는 상아를 쳐다보았다. 그는 뒤에 돌아 두 손으로 받쳐주고는 일어서 걷는 사나이의 옆에 따라붙었다.

"무겁지?"

"이쯤이사 뭐."

한동안 말없이 걷던 상아는 미풍에 나부끼는 파란 싹을 바라보면서 혼잣말처럼 중얼거렸다.

"금년에는 풍년이 들 게야."

"어떻게 알아?"

"지난해에 눈이 많이 왔구, 봄에는 알맞게 비가 와서 씨앗이 잘 나왔구, 또오…."

그는 침을 삼키고 말을 이었다.

"신령님이 이렇게 괴기도 많이 준 걸 봉이 이래저래 만사 잘될 징조 앙이야…?"

"그래. 상아도 시집가구."

그는 돌아보며 눈으로 웃었다. 상아는 얼굴을 붉히고 눈을 흘겼다.
"뉘기 시집간댔어."
"여자 열아홉 살이문 늙었지."
"스물한 살 총각은 어떻구?"
"내사 뭐 …."
"왜?"
"난 맘에 결심한 게 있어."
"뭐인데?"
"언젠가 꼭 한번 평양성에 댕게와야겠어."
"평양성에?"

상아는 놀랐다. 2천 리나 된다는 평양성은 꿈에는 그릴 수 있어도 여간해서 구경할 수 없는 먼 고장이라고 했다. 능소는 어떻게 갈 수 있을까? 그러나 그는 아무렇지도 않게 대답했다.

"사내자식이 늙어 죽을 때꺼지 이래서야 세상에 난 보램이 있어야지."
"그럼 베슬할라 가는 게야?"
"말하자문 그런 거지."
"뉘기 베슬 준대?"
"주기는 뉘기 줘. 내가 하는 거지."
"베슬할 사램은 나멘서부터 딱 정해 있어."
"그걸 뉘기 몰라? 삼월 삼질에 나라님 앞에서 내 활솜씨를 한바탕 뻬준단 말이야."
"… 허지만 시굴 활이 서울 활을 당해낼까?"
"질구 짜른 건 (길고 짧은 것은) 대봐야 알지."

평양성에는 별의별 재주꾼이 다 있을 터인데 … 될까? 해마다 삼월 삼질이면 그 고장에서는 큰 사냥이 벌어지고 온 나라에서 모여든 무사들이 나라님 앞에서 재주를 겨룬다는 얘기는 들었다. 호랑이다, 산돼지다, 노루다, 꿩이다 많이 잡은 순서에 따라 후한 상과 함께 벼슬이 내린다고 했다. 그러나 능소가 거기 간다고 나설 줄은 몰랐다. 재작년까지만 해도 철없이 간다고 나서는 청년이 하나둘 있었으나 그때마다 우만(于萬) 노인이 말렸다. 그런 솜씨로는 어림도 없고, 노자만 축낸다는 것이었다. 작년과 금년에는 아무도 나서지 않았다. 그런데 능소가 그것을 노리고 있는 줄은 몰랐다. … 만약 된다면 … 평양성에 눌러 앉을지도 모르고 돌아와도 자기 같은 것은 거들떠보지 않을 것이다.

그는 고개를 떨어뜨리고 잠자코 걸었다. 능소는 물끄러미 그를 보다가 나지막이 뇌까렸다.

"이런 말은 앙이 하는 겐데."

"맨날 경당(肩堂)에서 말을 달리구 활을 쏘덩이만 평양성 갈라구 그랬구만."

"내가 성공하는 게 싫어?"

"싫은 건 앙이지만…."

"좋은 꿈이나 꿔 둬."

"쌔끼, 놀길 자알 논다."

두 사람은 놀라 발을 멈추고 돌아보았다. 야장 지루(支婁)가 자기 집 앞 돌등에 팔짱을 끼고 앉아 빈정댔다. 은근히 상아를 쫓아다니는 지루와는 지난겨울에 맞붙고 말았다. 나무하러 갔다가 도끼날이 떨어졌는데 아무리 부탁해도 불려주지 않았다. 왜 그러느냐고 물었더니 다짜고짜 너 같은 개새끼의 도끼는 안 불린다는 바람에 대판 싸웠다. 야장간이 떠나갈 듯이 치고받는데 우만 노인이 나타나서 크게 꾸지람을 듣고 헤어졌다. 노인의 호령바람에 도끼를 불려다주기는 했으나 싸움은 아직 끝나지 않았다. 도끼도 도끼려니와 단단히 버릇을 가르쳐서 상아 옆에는 얼씬도 못하게 하리라 벼르던 참이었다. 능소는 지게를 내려놓고 작수리를 받치며 외쳤다.
"너 오늘 잘 만났다."
상아는 그의 앞을 막아섰다.
"오늘은 예신제야 참아."
능소가 주춤하는 것을 보고 지루에게도 한마디 던졌다.
"예신제 날에 이게 무슨 짓이야?"
"홍, 예신제 날잉까 이러구 있지, 앙이문 저 새끼는 묵사발이다."
지루가 딱 바라진 어깨를 펴고 그 자리에 일어서자 능소는 주먹을 쥐고 한 걸음 내디뎠다.
"이게 보자보자 항이까."
상아는 그의 팔에 매달려 속삭였다.
"능소는 평양성 갈 사람이 앙이야? 예신제 날에 이러문 될 일도 앙이 된대."
그는 노려보다가 다시 지게를 짊어지고, 지루는 넓적한 코를 벌름거렸다.
"겁쟁이 내빼는구나."
능소는 말없이 걷다가 상아네 사립문 앞에서 발을 멈추고 물었다.
"저녁에 예신제 터에 오지?"
"그럼. 오늘 기분 나빴지?"
"그까짓 거 뭐."
능소는 지게를 내려놓고 큰소리로 불렀다.
"아즈망이!"
오십을 바라보는 초로의 부인이 달려 나왔다.
"아이구, 이거. 어디메서 이렇게 잡았니야?"
부인은 들일로 앙상한 손을 내밀어 고기를 매만졌다.
"밭에 들었소다. 모두 열두 마리오, 아즈망이 여슷 마리, 우리 여슷 마리, 꼭 됐소다."

"상아야, 어서 함지를 내오너라. 능소 아즘채이타(고맙다)."

부인은 좋아서 어쩔 줄을 몰랐다. 능소는 상아가 들고 나온 함지에 반을 내려놓고 지게를 지고 일어섰다.

"저녁에 보오."

마을 뒷산 아래 널찍한 대지(臺地)는 이 고장의 성지였다. 버섯같이 둥글게 퍼진 느티나무 고목 밑에는 그들의 첫 조상이 쌓아서 대대로 물려준 반월형 제단이 가을봄으로 드리는 마을사람들의 치성을 기다리며 무수한 세월을 엮어 내려왔다. 낮에 마을청년들이 말끔히 치워서 지난해의 낙엽은 자취를 감추었으나 돌마다 낀 이끼는 아무도 다치지 않았다.

해질 무렵부터 사람들이 모여들기 시작했다. 평소에는 신령님이 나타날까 두려워 혼자는 물론 여럿이 뭉쳤을 때에도 될 수만 있으면 발을 들여놓지 않던 어린이들도 어느 틈에 모여들어 돌치기도 하고 조금 떨어져서는 활쏘기를 하고 있었다.

50여 호의 집집마다 아낙네들은 정성들여 만든 제상을 이고 와서는 단 위에 내려놓고 옆의 상들을 곁눈으로 훑어보며 물러섰다. 울긋불긋 채색하여 접어놓은 부침개며 송편을 무늬지게 쌓아올리고 산나물, 통닭, 물고기를 놓는 데도 머리를 써야 했다. 행여 남만 못해서 흉하게라도 보이는 날이면 며칠을 두고 마을 아낙네들의 뒷공론이 그치지 않고 자칫하면 그들의 업신여김을 받는 수도 없지 않았다.

고깔을 쓴 남자들이 앞에서 제단을 정비하고, 우만 노인을 모셔오고, 부산하게 돌아가는 동안에도 머리에 수건을 접어 쓴 아낙네들은 뒤에 늘어서서 자기 상과 남의 상을 번갈아 보면서 말없이 탄식하고 만족하고 혹은 가을의 예신제를 기약하면서 이를 악물었다. 그중에서도 송어를 통째로 구워놓은 두 상은 뭇 사람들의 시선을 끌었고 아낙네들은 송어를 잡지 못한 남편을 원망했다.

백발의 우만 노인은 한 걸음 앞으로 나가 향로에 향을 집어넣고 물러섰다. 그가 읍하자 줄을 지어선 남녀들도 읍하였다.

그를 따라 세 번 절한 마을사람들은 그 자리에 쪼그리고 앉아 머리를 숙이고 노인은 다시 제단 앞으로 나아가 엎드려 축을 고했다.

무진(戊辰) 5월 X일 옥저(沃沮) 마을사람덜은 감히 예신 앞에 고합네다. 날쎄가 고르고 비와 이슬을 알맞게 내리사 이제 봄의 농공(農功)은 무사히 끝나고 바야흐로 여름철의 성장기에 들었으니 가물도 홍수도 없이 무럭무럭 자라 가을에 푸성진 추수가 있게 하소서. 겸하여 나라가 태평하고 우리 마을도 무사하여 싸움과 질병이 없고 집집마다 화목이 깃들고 사람마다 복과 수를 누리게 하사이다. 미미한 정성을 다하여 여기 제찬을 갖춰 바치오니 음복하소서.

제자리로 물러선 노인을 따라 사람들은 또 세 번 절하고 일어섰다. 엄숙하던 분위기는 가시고 사람들이 웅성거리기 시작하자 우만 노인은 크게 기침을 하고 흰 수염을 쓰다듬었다.

"모두덜 조용하오. 내 할 말이 있응이 그 자리에 앉소."

사람들은 다시 조용해지면서 제자리에 앉았다. 노인은 목청을 가다듬었다.

"내가 늘 하는 얘기오마는 농부는 농사가 제일이오. 제 손으로 농사를 앙이 하문 뉘기 멕여 준단 말이오. 밀우(密友), 유유(紐由) 두 어른을 따라 멀리 옥저에서 여기꺼지 온 우리 조상덜을 생각하오. 손발이 닳도록 일해서 이 터전덜을 만들었소. 그런데 일은 앙이 하구 싸암이나 하구 돌아댕기는 사램이 있소. 뉘기라는 말은 앙이 하겠소마는 다시 그런 일이 있으문 용서 못하겠소. 모두덜 화목하게 지내오."

〔밀우, 유유: 서기 244년에서 다음 해에 걸쳐 당시 중국의 삼국 중의 하나인 위(魏)의 대군이 고구려에 쳐들어와 국도(國都) 환도성이 적에게 함락되고 동천왕이 옥저(지금의 함경도)로 피신한 일이 있다. 그때 끝까지 왕과 행동을 같이하여 마침내 적을 격퇴하고 국도에 돌아온 두 공신.〕

능소는 한쪽 끝에 앉은 지루에게 힐끗 눈길을 던졌다. 그도 자기를 노려보다가 시선이 마주치자 고개를 돌려버렸다. 아무래도 이 싸움만은 쉽사리 그칠 것 같지 않았다.

노인은 헛기침을 하고 물러섰다. 청년들은 멍석을 들어다가 제단 앞에 자리를 마련하고 여자들은 제상을 물려 잔칫상을 차리기 시작했다.

우만 노인을 상좌로 모시고 둘러앉은 마을의 남녀노소는 보름달 아래 먹고 마시며 시간가는 줄 몰랐다. 살림꾼 아낙네들은 바가지와 콩을 바꿀 흥정을 하고 부지런한 농부는 송아지의 체증(滯症)을 고치는 비결을 알아내려고 이 사람 저 사람에게 묻는 것을 잊지 않았다. 상아와 나란히 앉아 닭의 다리를 뜯던 능소는 세 사람 건너 앉은 지루를 넘겨다보았다.

먹지도 않고 자기를 지켜보는 눈과 마주쳤다. 오늘은 맺혔던 것도 풀어야 하는 날이라고 하지만 풀 여지가 없었다. 아무리 생각해도 상아를 쫓아다니는 것만은 용서할 수 없었다. 지루는 날쌔기로 소문이 났으나 자기도 주먹에는 자신이 있었다.

언젠가는 결판을 지어 찍소리 못하게 하리라. 상아가 그의 옆구리를 찌르고 삶은 계란을 하나 지루에게 던졌다.

"능소가 보내는 거야."

한 손으로 받은 지루는 반대방향으로 멀리 던져버렸다.

능소는 참았다.

술에 취한 노인들이 휘청걸음으로 언덕을 내려가자 피리소리가 밤

하늘에 울리기 시작했다. 노인들을 배웅하고 돌아선 젊은 남녀들은 풀밭에 원을 그리며 피리에 맞춰 춤추고 돌아갔다. 바로 옆을 도는 상아의 달에 비친 얼굴을 훔쳐보면서 능소는 모든 것을 잊었다. 맞은편의 지루도 잊고 내일의 걱정도 잊었다.

　낙양궁(洛陽宮) 비연각(飛燕閣). 차츰 더워지는 5월의 태양 아래 화원에서는 가지각색 모란이 만발하고 연당의 잉어들은 제자리에서 꼼짝하지 않았다.
　열어젖힌 문으로 양제(隋煬帝)는 밖을 내다보고 있었으나 두 눈동자는 먼 하늘에 고정되어 생각에 잠긴 표정이었다. 비스듬히 앞에 앉은 반백의 민부상서(民部尙書) 번자개(樊子蓋)는 기다리다 못해 머리를 들어 황제의 안색을 살폈다. 사십으로는 너무나 젊어 보이는 미남의 황제는 눈 하나 까딱하지 않았다. 그러나 유쾌한 심사가 아니라는 것은 짐작이 갔다. 그는 머리를 조아려 사과했다.
　"황공하오이다."
　황제는 천천히 고개를 돌려 그를 주시했다.
　"1백만을 동원했다니 물론 수고들을 했소. 요컨대 이 영제거(永濟渠: 낙양 동편에서 북경에 이르는 운하)는 가을 안으로 개통하겠소?"
　"성지대로 거행하려고 백방 노력했습니다마는 동원할 백성은 다 동원해서 더 이상 어쩔 수 없습니다. 완공을 내년 여름쯤으로 미루어 주시면 만사 무리가 없을까 합니다."
　운하(運河) 공사의 현장에서 돌아온 번자개는 흙에 묻혀 죽고 돌에 깔려 죽고 관리들의 채찍에 맞아 피를 흘리던 백성들의 모습이 생생하게 떠올랐다. 지금 상태로는 가을까지 완공한다는 것은 도저히 불가능했다. 용기를 내어 솔직히 아뢰었으나 불벼락이 떨어질 것만 같아 잔등에서는 식은땀이 흘렀다.

"사람에는 몇 가지 종류가 있소?"

뜻밖에 황제는 빙그레 웃었다. 엉뚱한 질문에 번자개는 얼른 대답이 나오지 않았다. 망설이던 끝에 생각나는 대로 주워섬겼다.

"우리 중화족(中華族)과 오랑캐가 있사온데 오랑캐 중에는 돌궐, 글안, 고구려, 고창, 신라, 백제, 왜 등이 있는가 하옵니다."

"중화족에는 몇 가지 있소?"

"중화족에는 …."

서두는 떼었으나 도무지 알 수 없었다. 중화족은 하나이지 둘일 수 없었다.

"남자와 여자가 있지."

"황공하오이다."

번자개의 이마에는 땀방울이 맺혔다.

"여자는 사람이 아니오?"

황제는 늙은 자기를 어린애같이 놀리고 있다. 그러나 대답하지 않을 수 없었다.

"사람임에 틀림없습니다."

"백성에도 틀림없소?"

"네 ―"

"지난 정월에 이 일을 시작할 때 하북 백성을 동원하라고 했는데 하북에는 여자백성은 하나도 없소?"

"황공하오이다."

"황공하거든 일을 하오."

"성지대로 거행하겠습니다."

번자개는 일어서 절했다.

"잠깐, 나하고 술이라도 한잔 나누고 가시오."

황제의 얼굴에는 비로소 미소가 떠올랐다. 번자개는 감격하여 도로 주저앉았다. 대신이라도 이처럼 황제 폐하의 편전에서 단독으로 어주를 받은 자는 흔치 않을 것이었다.

황제가 친히 내리는 잔을 두 손으로 받들어 마시며 그는 운하를 뚫은 다음의 찬란한 앞날을 생각했다.

"좌익위 대장군(左翊衛 大將軍) 우문술(宇文述) 문안드리오."

계하에서 굵직한 목소리가 울렸다. 번자개는 잔을 상 위에 놓고, 황제는 반색을 하며 고개를 끄덕였다.

"내 우문 장군을 불렀소. … 사양 말고 올라오시오."

우문술은 한 번 읍하고 손을 마주 쥔 채 당상으로 올라왔다.

"폐하, 모란이 참 아름답습니다."

그는 자리에 앉자 꽃치사를 하고 번자개는 거들떠보지도 않았다. 천자 다음으로 권세가 당당한 이 대신의 마음에 들어보려고 금은보화도 적잖이 바쳤다. 덕분에 민부상서로 출세했으나 사람을 사람으로 보지 않기는 예전과 매일반이었다. 넓적한 얼굴에 부리부리한 두 눈, 그의 앞에서는 오척단구의 자기가 초라하기 그지없었다.

"마침 민부상서가 영제거 현장에서 돌아왔기에 얘기를 듣던 참이오."

황제는 우문술에게 잔을 주면서 화제를 돌렸다. 그는 번자개를 돌아보고 억양 없이 한마디 던졌다.

"수고했소."

황제는 추켜세웠다.

"그렇소. 가을까지는 기필코 완공한다고 결심이 대단하오."

"다 폐하 성덕의 덕분입니다."

번자개도 듣고만 있을 수 없어 한마디 하는데 우문술은 한술 더 떴다.

"영제거는 번상서가 맡았으니 다 된 거나 마찬가집니다. 안심하옵시고 … 요즘 폐하의 건강은 어떠하시온지 늘 염려됩니다."

"나야 이렇게 핑핑하지 않소? … 그런데 우리 아이는 잘 있소?"
"네. 공주마마께서는 아주 건강하십니다."
〔양제(煬帝)의 딸 남양공주는 우문술의 셋째 아들 사급(士及)과 결혼했다.〕
"경은 며느리보고도 마마요?"
"황공하오이다."
우문술은 머리를 숙였다. 번자개는 좋은 기회라 생각하고 일어서 읍했다.
"신은 여독도 있고 해서 이제 물러갈까 합니다."
"그럼 푹 쉬도록 하오."
황제는 말리지 않았다. 그가 합문을 나설 때까지 지켜보던 우문술은 한동안 머뭇거리다가 황제의 부드러운 얼굴에 힘을 얻어 입을 열었다.
"아뢰옵기 황공하오나 신의 두 아들은 어찌하면 좋사오리까?"
〔우문술의 큰아들 화급(化及)과 둘째 지급(智及)은 아버지 덕분에 양제(煬帝)의 즉위 전부터 총애를 받아 측근에 드나들며 못된 일을 많이 했다. 즉위 후 벼슬이 더욱 높이 올라가고 아우 사급(士及)이 황제의 사위가 되면서부터는 안하무인으로 놀았다. 서기 607년 여름 양제가 서북 돌궐을 방문한 일이 있는데 형제도 수행하였다. 유림(楡林: 섬서성 북부)에서 국금을 어기고 돌궐인과 밀무역을 하다 발각, 사형을 받게 되었으나 제수되는 공주의 애걸로 사형을 면하는 대신 형제를 다 같이 종을 만들어 그의 아버지 우문술에게 주었다.〕
잠자코 바라보던 황제는 엉뚱한 소리를 꺼냈다.
"장군, 고구려의 힘을 어떻게 생각하오?"
우문술은 안 할 말을 했다고 후회가 막심했다. 두 놈이 종으로 늙어 죽는 한이 있더라도 다시는 입 밖에 내지 않으리라 마음먹었다.

"앞서도 아뢴 바와 같이 폐하의 위망은 공전절후(空前絶後)이온데 고구려가 어찌 문제이겠습니까? 일격지하에 무찌르고도 남음이 있습니다."

"양(諒)의 전례도 있으니 그렇게만 볼 것은 아니오."

〔양(諒)은 양제의 아우 한왕. 서기 598년 수고조(隋高祖)의 명령으로 30만군을 이끌고 고구려에 쳐들어왔으나 패하고 돌아갔다. 양제가 형인 태자 용(勇)을 몰아내고 태자위(太子位)에 올랐다가 4년 후 등극하자 반란을 일으켰으나 패전하고 갇혀 있다가 죽었다.〕

"그것은 양이 어리석은 장수였기 때문입니다. 근자에 백제와 신라가 고구려 정벌을 주청하고 있으니 고구려는 글자 그대로 고립무원입니다. 어느 모로 보나 당시와 지금은 댈 것이 아닙니다."

〔백제는 서기 607년, 신라는 그 다음해에 사신을 수(隋)에 보내 고구려 징벌을 요청했다. 이때 신라가 수에 보낸 글은 유명한 원광법사(圓光法師)가 썼다고 한다.〕

황제는 밖을 내다보고 말이 없었다.

"운정흥(雲定興)도 열심히 일하고 있습니다."

〔운정흥은 그의 딸이 태자 용(勇)의 후궁으로 들어가 세력이 있었으나 용이 쫓겨나고 양제가 등극하자 그도 쫓겨났다. 우문술에게 아첨하여 다시 벼슬을 얻어 병기 제작의 책임을 맡았다.〕

황제는 고개를 돌렸다.

"그러지 않아도 오늘 장군을 부른 건 그 일 때문이오. 얼마나 됐소?"

"어제도 나가 보았습니다마는 궁노(弓弩) 도창(刀槍)을 위시해서 병기치고 없는 것이 없고, 여러 가지 공성기(攻城器)도 묘한 것을 만들어 내고 있습니다."

"언제 한번 내게 보여주오."

"일이 끝나는 대로 어가를 모실까 합니다."

황제는 하품을 하면서 아무렇지도 않게 명령을 내렸다.

"토욕혼(吐谷渾: 청해지방에 있던 선비족의 나라. 우문술은 서기 607년 7월 이를 정벌하고 돌아왔다)이 준동한다니 장군이 나가서 치도록 하오. 자세한 것은 내일 얘기하겠소."

황제가 졸기 시작하자 우문술은 어전을 물러나왔다.

요하 강변의 불안한 희망

조를 베던 능소(能素)는 허리를 펴고 일어섰다. 얼굴에 흐르는 땀을 소매로 훔치면서 이삭의 바다를 바라보았다. 보면 볼수록 풍년이었다. 철이 들면서부터 밭일을 해왔으나 이렇게 잘 자라고 잘 여물기도 드문 일이었다. 일 년 양식은 하고도 남을 것이요, 어쩌면 이태 양식도 될 듯했다.

"휘이휘, 휘어 —"

멀리서 새떼를 쫓는 소리가 울려왔다.

이랑 저쪽 끝으로부터 마주 베어 오던 상아가 마지막 몇 그루 앞에서 일어섰다.

"아이구 허리야."

능소는 남은 것을 베어 옆에 뉘었다.

"오늘은 그만하지."

"빨리 해치우구 우리 것도 베야지."

"고단할 텐데."

"괜채여."

상아의 맑은 눈이 웃고 있었다. 길지도 둥글지도 않은 알맞은 얼굴에 오늘은 유난히 싱싱하게 피어오르는 기운이 있었다. 봄철에 푸른 황철나무가 풍기는 시원스러운 공기와 같다고 생각하면서 능소는 물끄러미 바라보았다.

"왜 그렇게 보지?"

"거저."

"평양성에는 언저게 갈래?"

"응, 생각해봐야지. 가슬이 끝나문 연습두 좀 하구 … 3월에는 밭갈이를 해야 항이까 그것도 걱정이구 … ."

"이것저것 걱정하다 보문 할 일은 하나도 없게."

여자는 낫자루를 깔고 앉아 하늘을 쳐다보았다. 능소도 옆에 쭈그리고 앉아 낫 끝으로 흙덩이를 툭툭 쳤다.

"하긴 그래."

"가기는 가는 게야?"

"그게사 물론이지."

둘은 한동안 말없이 그대로 앉아 있었다.

"평양성 가문 그대로 눌러앉는 게 앙이야?"

상아가 물었다.

"앙이 돼서 걱정이지 눌러앉게 되문 얼매나 좋아."

상아는 고개를 떨어뜨리고 침을 삼켰다.

"하여튼 내가 돌아올 때꺼지 지다레(기다려) 주지?"

"뭘 지다레?"

"잔체 말이야."

"정혼두 앙이 하구 잔체부터 해?"

상아는 하얀 이빨을 드러냈다.

"웃을 일이 앙이야 나하구 잔체하는 게 싫어?"

"싫은 건 앙이지만…."

여자는 눈을 내리깔았다.

"그럼?"

"전쟁은 앙이 일어날까?"

"난데없이 전쟁은 무슨 전쟁이야?"

"어떻게 알아?"

"안당이까."

"나라님이 전쟁 앙이 한다구 그랬어?"

전쟁을 하고 안하는 것은 나라님이 알 일이지 자기 같은 백성이 알 일이 못되었다. 그러나 이렇게 조용하고 오곡이 무르익은 천지에 전쟁이 일어날 까닭이 없었다.

그는 퉁명스럽게 물었다.

"날 못 믿어?"

"못 믿는 건 앙이지마는…. 울 엄마처럼 될까봐 걱정이야."

"엄마가 어떻다구 그래?"

"몰라서 물어?"

능소는 가슴이 싸늘했다. 10여 년 전 어느 추석날, 할아버지 할머니 산소에 간다고 어머니가 자기 손목을 잡고 막 집을 나서는데 동네 사람들이 떠들썩했다. 전쟁에 나갔던 지루의 아버지가 돌아왔다고 야단들이었다.

"아버지두 돌아오시겠다."

어머니는 도로 돌아와 머리에 이었던 제상을 내려 놓고 빗자루를 들었다.

"어서 가보자."

어머니는 아침에 쓸어놓은 방이며 바당을 다시 쓸고는 자기 손목을 잡고 지루네 야장간으로 달려갔다. 바당에는 사람들이 웅성거리고 지루의 어머니가 들락날락하는 모습도 보였다. 방에 앉은 지루의 아버지는 팔을 걷어붙이고 큰소리로 중국 병정들을 때려누이던 얘기를 하고 있었다. 능소는 딱히는 몰라도 근사하게 해치운 모양이라고 신이 났다. 어머니를 따라 문 앞에 다가서자 지루의 아버지는 얘기를 그치고 일어섰다.

"아즈바이 얼마나 고생했습메."

어머니가 바당에 선 채로 인사를 드렸으나 지루의 아버지는 웃지도 않았다.

"아, 그러재이두 찾아갈라구 했소."

"다른 사람덜은 앙이 옵메?"

"내일은 모두 올겝메. 성(요동성)에서 구경한다구 처졌구만."

"그럼 이애 아버지도 내일 오겠습메?"

"글쎄 … 저어 …."

지루의 아버지는 머리를 긁었다. 어머니는 얼굴에 핏기가 사라지면서 입술을 떨었다.

"잘못됭 게 앙이오?"

지루의 아버지는 또 머리를 긁었다.

방에 앉았던 사람들이 모두 일어섰다. 그러고는 어떻게 집에 돌아왔는지 능소는 기억이 분명치 않았다. 지루의 어머니가 달려 나와 어머니를 붙잡고 울던 일과 사람들이 술렁대던 일만 머리에 남아 있었다. 그날 밤에 상아의 어머니가 딸을 데리고 와서 함께 통곡하던 일은 지금도 기억에 생생하다. 상아의 아버지도 죽었다고 했다.

그로부터 어머니들은 형제처럼 가까워졌고 상아와 자기는 오누이나 진배없었다. 두 집이면서도 실제로는 한 집이었다.

능소는 지나간 사연을 되새기면서 더듬더듬 말을 이었다.

"전쟁 때문에 그렇게 될 게지. 지금은 달라."
"엄마처럼 고달파서야 뉘기 시집가겠어?"
"그렇재이탕이까(그렇지 않다니까)."
다시 침묵이 흘렀다.
"야아덜아, 나와서 정슴 먹어라."
함지를 인 어머니가 한길에서 부르고 상아의 어머니는 달구지를 끌고 오는 길이었다. 능소는 달려가서 달구지를 벗겨 말을 물푸레나무에 매고 상아는 함지를 받아 내려놓았다.
"배고프겠다."
넷이 길섶에 둘러앉자 어머니는 함지에 덮은 보자기를 벗겼다. 수수와 조를 섞은 밥에서는 김이 오르고 일전에 올가미로 잡은 꿩의 다리도 두 개 나란히 목접시에 얹혀 있었다. 상아의 어머니는 단지의 물을 뚝배기에 부어 주었다.
"우린 다 먹구 왔다. 물을 한 모금씩 마시구 먹어라."
두 남녀는 뚝배기의 냉수를 마시고 그대로 밥을 말아 먹기 시작했다. 어머니들은 옆에 앉아 반찬을 골라 주고 냉수도 더 부어 주었다.
"너어덜 싸암하재잇니야?"
딸의 여느 때와 다른 표정을 눈치 챈 상아의 어머니가 물었다.
"싸암은 무슨 싸암이우?"
상아는 웃었다.
"그렇다문 좋다마는 … 너어덜이 싸와서야 쓰겠니?"
상아의 어머니는 여전히 딸의 눈치를 살피고 있었다. 능소도 무어라고 한마디 하는 것이 좋을 성싶었으나 통 생각이 나지 않았다.
그는 점심을 마치고 옆에 비켜 누워 수건으로 얼굴을 가렸다. 추수가 끝나면 성에 가서 오지그릇이며 종기에 좋다는 고약을 바꿔오자고 의논하는 여자들의 얘기를 들으면서 그대로 잠이 들었다.

가을. 상아는 닭이 우는 소리에 잠을 깼다. 창살이 희미하게 밝아오고 있었다. 옆에 누운 어머니는 곤한 잠에서 깨지 못한 양 숨소리가 높았다. 그는 살그머니 일어나 옷을 주워 입고 바닥에 내려가 초신을 더듬어 신었다. 벽에 걸린 광주리를 옆에 끼고 정지의 동정을 살폈으나 어머니는 꼼짝하지 않았다. 그는 소리를 내지 않도록 조심해서 문을 열고 밖에 나섰다.

찬 공기가 뺨을 치는 품이 겨울은 문턱까지 다가서고 있었다. 그는 사립문을 빠져 밭으로 달렸다.

먼동이 트는 하늘은 희멀겋게 밝아오고 추수가 끝난 밭에는 하얗게 서리가 내렸다. 바람은 마른 잎사귀들을 휘날리며 아득한 벌판을 훑어 내려갔다. 그는 허리를 꾸부리고 이랑을 더듬어 나갔다.

떨어진 이삭은 드물지 않았다. 바람에 헝클어져 내리는 머리칼을 쓰다듬어 올리며 내일 아침부터는 수건을 쓰고 와야겠다고 생각했다. 다섯 광주리만 주우면 바늘 열 개는 사리라. 돗바늘도 하나 있어야 하고. 요다음에 성에 가면 바꿔 와야지.

그는 이삭을 주우며 생각했다. 자기는 아직도 비단주름치마를 입어보지 못했다. 얼마 전에 꿩을 팔러 성에 갔을 때 그 고장 여자들은 근사한 것을 입고 있었다. 어머니는 기장을 가지고 가서 감을 바꿔다 준다고 했다. 그런 치마는 집에 있는 굵은 바늘은 안 되고 아주 가는 바늘로 꿰매야 할 것이다.

주위는 더욱 밝아왔다. 조금만 있으면 닭이 두 홰째 울 것이다. 어머니가 눈을 뜨면 걱정할 터인데. 그는 반쯤 찬 바구니를 내려다보면서 결심했다. 이 이랑만 줍고 가자.

멀리서 땅을 울리며 달리는 발굽소리가 들리더니 말이 크게 우는 소리가 울려왔다. 그는 허리를 펴고 일어서 한길을 내다보았다. 아직도 채 밝지 않는 길에 말을 달리는 사람의 모습이 물푸레나무 사이로 어른거리며 다가왔다. 칼을 찬 군인이었다.
"우만 노인댁이 어디냐?"
말을 멈춘 군인이 큰소리로 물었다. 상아는 광주리를 머리에 얹고 한길로 나가면서 손가락으로 가리켰다.
"저어기 저 느티나무 집인데, 왜 그러오?"
군인은 대답하지 않고 말머리를 돌려 달리기 시작했다. 상아의 가슴에는 구름이 지나갔다. 이른 새벽에 이처럼 달려드는 것을 보니 무슨 일이 벌어진 것이 틀림없었다. 제자리에 서서 군인의 뒷모습을 지켜보다가 어머니 생각을 하고 뛰었다.
사립문 밖에서 숨을 몰아쉬고 집안의 동정을 살피는데 어머니는 뒤곁을 돌아 나오며 중얼거렸다.
"식전 아츰부터 무슨 바램이 불어서…."
울타리 밑에라도 숨어 있는 양 유심히 둘러보던 어머니는 바당을 가로질러 사립문을 밀고 나왔다.
"그건 뭣에 쓸라구…."
상아는 잠자코 서 있었다. 어머니는 다가와서 두 손으로 그의 뺨을 쓰다듬었다.
"칩겠다. 쓸 일이 있으문 말을 하지."
"엄마, 군인이 옵데."
그들은 나란히 사립문을 들어섰다.
"무슨 군인인데?"
"아께 말 탄 군인이 우만 아바이너어 집에 들어갔습메."
어머니는 힐끗 뒤를 돌아보고 집안에 들어갔다.
상아는 부뚜막에 앉아 좁쌀을 일고 어머니는 아궁이에 불을 지폈다. 쌀을 일면서도 아까 보던 군인의 뒷모습이 머리에서 사라지지 않았다. 마을청년들이 모여 경당의 무예교관으로부터 단련 받는 광경은 얼마든지 보았고 말 탄 군인들이 떼를 지어 지나가는 것도 심심치 않게 보았다. 그러나 이른 새벽에 낯선 군인이 부리나케 우만 노인의 집을 찾기는 처음이다. 어머니의 얘기를 들으면 아버지가 전쟁 나갈 때도 낯선 군인이 저렇게 찾아왔다고 했다. 설마 전쟁이야 아니겠지. 그러나 정말 일어났다면 … 그는 가슴이 텅 비어오는 것만 같았다.

뚫어지게 쳐다보는 어머니의 시선을 느끼면서 돌아앉아 마구 쌀을 문질렀다.

"띠잉, 띠잉 …." 마을 어귀에서 종소리가 천천히 울려왔다. 어머니와 딸은 거의 동시에 일어서면서 마주 보았다.

"내가 가보마."

어머니가 손에 들었던 부지깽이를 벽에 세우고 저고리고름을 다시 맸다. 상아는 두 손으로 머리를 매만지면서 신발을 신고 내달았다.

"치운데(추운데) 내가 가겠습메."

뛰어가는 사람들 틈에 끼어 그도 뛰었다. 아무도 말이 없고 그저 뛰기만 했다. 좀체로 울리지 않는 이 종이 울릴 때는 기막힌 사연이 있다는 것을 누구나 알고 있었다. 전쟁이 아니면 무시무시한 천재지변이 일어났든가, 나라에 큰 변동이 있든가, 하여튼 심상치 않은 일인 것만은 틀림없었다. 하기는 여러 해 전에 태자가 탄생했을 때도 울린 일이 있었다. 그런 일이라면 좋으련만.

광장 정면 널찍한 바위에 기대서서 노인과 군인은 몰려드는 사람들을 지켜보고 움직이지 않았다.

능소의 우뚝 솟은 뒷머리가 맨 앞에 보였다. 상아는 사람들을 헤치고 다가서서 그의 옆구리를 슬그머니 찔렀다. 군인을 주시하고 있던 능소는 그를 내려다보고 억지로 웃을 뿐 말은 걸지 않았다. 노인이 바위에 올라섰다.

"식전에 모이게 해서 미안합네다, 성(요동성)에서 온 손님인데 여러 부락을 거쳐야 하기 때문에 지체할 시간이 없어서 이렇게 모이게 했소. 얘기는 다른 게 앙이구 성을 수축하는 일이라오. 손님이 직접 말씀할 터인즉 모두덜 자알 들어 두시오."

상아는 한숨을 내쉬면서 능소의 표정을 살폈으나 정면을 응시하는 그의 얼굴에는 변화가 없었다. 노인과 교대하여 올라간 군인은 칼을 짚고 둘러보았다.

"여러분 들으시오. 서울에서 명령이 내려왔소. 국방을 튼튼히 하기 위해서 각처의 성을 수축하라는 것이오. 이 옥저마을은 요동성 수축에 참가하기로 됐소. 일은 모레부터 시작하오. 16세에서 50세에 이르는 모든 남자는 빠짐없이 나가야 하고 석 달분 양식과 지게 연장을 휴대하기로 돼 있소. 합당한 이유 없이 불참하는 자는 군율로 다스리오. 질문이 있으면 하시오."

뒤에서 묻는 사람이 있었다.

"일은 석 달만 합네까?"

"석 달이 될지 3년이 될지 모르오."

"그럼 어째 석 달 양식만 가주구 갑네까?"

"모자랄 때에는 집에서 가져오면 되지 않소?"

또 다른 사람이 물었다.

"전쟁은 언저게 일어납네까?"

"누가 전쟁이 일어난다구 했소?"

얼굴이 둥근 군인은 눈을 부라렸다.

더 묻는 사람이 없는 것을 보고 군인은 계속했다.

"끝으로 한 가지, 야장은 집에 남아 있소. 야장이 있으면 앞에 나오시오."

사람들 틈에서 지루가 나타나 바위 앞에 다가섰다.

"좋소 … 질문이 없으면 이것으로 그치겠소."

군인은 바위에서 내려오고 우만 노인은 흩어지는 군중을 향해서 외쳤다.

"지금 들은 대로 채비덜을 하오. 더 자세한 건 추후에 알리겠소."

상아는 능소의 옆을 따라 나왔다.

"다행이지? 난 전쟁이 아잉가 해서 …."

"전쟁은 없당이까."

"이번 역사는 얼매나 걸릴까?"

"뭐 얼매 걸릴라구?"

"허지만 난데없이 성은 왜 수축할까?"

"무너지문 수축두 해야지."

능소는 아무렇지도 않은 말투였다.

"두툼한 장버선 만들어다 줄게."

"그래."

지루가 그들을 노려보며 옆을 지나갔다.

"참 애장은 왜 남으랄까?"

상아가 물었다.

"호미두 불리구 보섭두 붓구 해야 내년 농살 짓지."

"그러문 지루만 좋았네."

"그래서 저렇게 으시대는 게 앙이야?"

능소는 신나게 앞을 걸어가는 지루를 바라보다가 외면했다. 상아는 그의 눈치를 살피면서 바싹 다가들었다.

"나 성에 찾아갈게."

"치분데 뭐."

싫은 얼굴은 아니었다.

우문지급(宇文智及)의 말(馬)은 밭전(田) 자로 뛰어 형 화급(化及)

의 차(車)를 때렸다.

"어어, 말이 밭전자로 뛰는 데가 어디 있어?"

화급은 발끈했다. 지급이 누렇게 뜬 형의 얼굴을 노려보고 픽 웃자 화급은 더욱 화가 났다.

"허튼 수작 말고 내 차 내놔."

"우리가 그래 30이 넘어 갖고 차다 말이다 하고 싸우게 됐소?"

"종이 별 수 있어?"

"겉으로 종이지 속으로도 종이오?"

"거 말 한번 잘했다."

"우린 좌익위 대장군 허국공(許國公) 우문술 각하의 당당한 아들이란 말이오."

"임마, 정신 똑바로 채려. 우린 각하의 아들이 아니라, 종이란 말이다, 종."

"종도 아들은 아들이지요."

화급은 주먹으로 장기판을 내리쳤다. 장기쪽이 사방으로 튀는 것을 보고 지급은 이죽거렸다.

"지게 되니까 뒤집어엎는구만."

화급은 다시 한 번 판을 내리갈기고 한쪽 무릎을 세웠다.

"아니 유림(楡林)에서 돌궐(突厥) 놈들과 교역하자고 날 꼬인 게 누구냐 말이다?"

"내가 꼬였다고 합시다. 형은 그게 국금(國禁)인 줄 몰랐단 말이오? 그리고 폐하와 가까우니 국금이고 뭐고 소용없다고 큰소리 친 건 누구죠?"

"내게 따지고 덤비는 거야?"

화급은 아우의 따귀를 후려쳤다. 지급은 거무데데한 얼굴을 비비고 일어섰다.

방문이 소리 없이 열리면서 아버지의 얼굴이 쑥 들어왔다.

"과시 인종지말(人種之末)이로다."

형제는 얼른 무릎을 꿇고 머리를 떨어뜨렸다. 우문술은 땅거미 지는 바당에 버티고 서서 한숨을 내쉬었다.

"세상이 부끄러워 살 수 있어야지 … 나 원 참."

그는 돌아서 침을 퉤 뱉었다.

능소는 얼어붙은 눈길에 미끄러지면서 손바닥을 그루터기에 박고 말았다. 잔등의 돌은 옆으로 굴러 허리는 다치지 않았으나 손에서는 피가 쏟아졌다. 두 손을 마주 잡고 뱅뱅 돌다가 제자리에 주저앉았다. 이를 악물고 참았으나 송곳으로 찌르듯 통증은 더욱 심했다. 힘껏 주먹을 잡고 한 손으로 머리에 맨 수건을 풀었다. 손가락 사이로 빠지는 피는 개가죽 바지에 여러 갈래로 흘러내리고 있었다. 그는 이빨로 수건을 찢어 동여매기 시작했다.

돌을 지고 가는 고달픈 행렬 가운데는 돌아보는 사람도 있었으나 대개는 흰 입김을 내뿜으며 그대로 지나치고 누구 하나 말을 건네는 사람도 없었다.

"거기서 뭘 하는 거야?"

회초리를 든 군인이 달려오며 외쳤다. 능소는 마지막 매듭을 매고 일어섰다.

"뭘 하느냐 말이야?"

달려온 군인이 다그쳐 묻는 바람에 능소는 동여맨 손을 내밀었다. 두 눈을 굴리던 그의 음성이 누그러졌다.

"어떻게 된 거야?"

"나무끌에 박았습네다."

"깊어? 공연히 선두를 달리더니만. 그 손 가지고야 일이 되나. 어서

가서 의원한테 보여. 할 수 없지. 며칠 쉬어."

"아슴채이오다(고맙습니다)."

"여태까지 잘한 덕이다."

능소는 허리를 굽실하고 언덕을 내려왔다. 눈이 하얗게 덮인 대지(臺地)에 사람들은 개미떼같이 모여들어 돌을 깨고 나르고 쌓고 부산하게 돌아갔다. 수축이 아니라 증축(增築)이었다. 지금 성도 큰데 왜 더 늘리는지 알 수 없는 일이었다. 그는 멀리 둥근 산으로 넘어가는 태양에 눈길을 던지고 상아를 생각했다. 떠날 때 지어다줬던 버선도 다 떨어졌다.

상처가 쑤시는 바람에 늦도록 신고(辛苦)하다가 샐녘에 잠든 능소는 해가 뜬 후에야 자리에서 일어났다. 한 방에서 자던 장정들은 일터에 가고 아무도 없었다. 그는 손을 싸맨 천을 조심조심 풀었다. 피가 말라붙어 천은 상처에서 떨어지지 않았다. 떼면 또 피가 쏟아질 것 같아 상처 부분만 남겨 놓고 가위로 천을 자른 다음 보따리에서 새 천을 꺼내 감았다. 의원한테 가봐야지. 어제 저녁에 갔으나 돌에 깔려 반이나 죽은 사람이 들것에 실려 오는 바람에 그대로 돌아오고 말았다.

그는 바닥에 내려가 가마솥의 미지근한 물을 퍼서 자배기에 부었다.

"손은 좀 어떻소?"

정지에 앉은 한밥집 아주머니가 물었다.

"거저 그렇습메. 아츰 얼른 주오."

그는 한 손으로 세수하고 방으로 들어왔다.

"밥이 다 식어서⋯."

아주머니는 문을 반쯤 열고 널빤지에 얹은 조반을 밀어 넣고 문을 닫았다. 능소는 뚝배기에 담긴 조밥을 된장국에 말아 먹었다. 손은 여전히 쑤셔도 입맛은 변치 않았다. 반찬으로 놓은 삶은 무시래기와

된장도 남기지 않고 일어섰다.

큼직한 초가에 들어앉은 의원의 처소에는 30여 명이 들끓었다.

그가 들어서자 모두들 쳐다보았으나 아랫방에서 환자의 다리에 천을 감는 의원은 고개를 돌리지 않았다. 윗목에 누운 장정이 소리를 질렀다.

"문 빨리 닫아. 바람이 들어오잖아!"

그는 조용히 문을 닫고 한구석에 앉았다. 장정은 누운 채로 그를 훑어보다가 물었다.

"어디가 아픈 거야?"

"손을 다쳐서 …."

때와 흙이 범벅이 되어 눈만 밴들거리는 장정은 누린 이빨을 드러냈다.

"손을 다쳤다고?"

그는 대답 대신 고개를 끄덕였다.

"그래, 손을 긁혀 가지고 여기 왔다 이 말이지?"

뭇시선이 능소에게 집중되었다.

"임마, 정신 채려. 난 다리가 부러졌단 말이다."

맞은편에 앉은 장정이 빈정댔다.

"흥, 켕기나부지. 난 팔이 부러졌다, 얘."

아랫목에 누운 친구도 끼어들었다.

"난 허리를 짓이갰다."

저마다 능소를 보고 한마디씩 했다.

능소는 참았다. 아랫방에서 시종 말이 없던 늙은 의원이 머리를 돌렸다.

"그 젊은이 이리 내려와요."

능소는 다리의 치료를 받은 청년이 일어난 자리에 내려가 앉았다.

한 장정이 들으라는 듯이 비꼬자 다른 장정이 받아넘겼다.

"내일부터는 늦으막해서 와야겠다."

"그래야 제일 먼저 봐준다."

의원은 아랑곳없이 그의 손에 싸맨 것을 풀고 상처에 붙은 천을 잡아채었다. 능소는 어금니를 깨물고 아픈 것을 참았다. 의원은 쏟아지는 피고름을 닦아내고 검은 고약을 화로에 데워 펴면서 일러 주었다.

"매일 한 번씩 와."

"메칠이나 걸리겠습네까?"

"몇 번 와야겠어."

의원은 더 말하지 않고 불에 녹은 약을 붙이고 천을 감았다.

"됐어. 가봐."

능소는 흰 눈으로 쏘아보는 장정들을 뒤로하고 밖에 나섰다. 회오리바람이 눈을 몰고 와서 뺨을 후려치고 지나갔다. 그는 팔짱을 지르고 뛰기 시작했다. 옹기종기 몰려선 한밥집들은 눈이 덮인 조밭 저편에서 죽은 듯이 고요했다.

골목에서 어머니와 마주쳤다.

"아이고, 손을 다쳣다메?"

천으로 싸맨 손을 어루만지면서 눈물이 글썽했다.

"약국에 갔다기에 쫓아가던 길이다. 몹시 다쳣니야?"

"괜채이탕이까. 어서 들어가오다."

어머니를 앞세우고 발을 옮기는데 상아가 대문을 나서고 있었다.

"자아(저애)도 왔다."

달려온 상아는 그의 다친 손에서 눈을 떼지 않았다.

"아무렇지도 앙잉 걸 가주구…."

능소의 얼굴에는 오래간만에 미소가 나타났다.

"그걸 좀 풀어보자."

방에 들어오자 어머니는 그에게 다가앉았다.
"고대 약을 붙에서 떼문 앙이 되오."
"얼매나 고생했니야. 한 달 동안에 얼굴이 못쓰게 됐구나."
어머니는 보따리를 끄르고 삶은 계란과 통닭에 시루떡을 내놓았다. 능소는 잘라주는 닭고기를 입에 넣으면서 권했다.
"어망이두 자시구 상아도 먹어."
"그래. 상아두 먹어라. 새벽질을 오느라구 배고팠겠다."
어머니는 상아에게도 잘라주고 자기도 요기를 했다.
"일찍 떠났습메?"
"응, 돌아가자문 해가 짤라서."
"객주에서 묵으문 앙이 되오?"
"야아 봐라. 체네 아일 대리구 어떻게 객주에서 자니?"
상아는 얼굴을 떨어뜨렸다.
"벌써부터 온다온다 하멘서두 집이 베서 떠날 수 있어야지."
"이렇게 잘 있응이 걱정 마시오."
"어찌 걱정이 앙이 되겠니? 집에서는 다 잘 있다. 말도 잘 먹구 개지(강아지)도 잘 크구."
"낡을 해놓지 못해서 어망이 심이 들겠소다."
"괜채이타. 이 일은 언제게나 끝난다덩이?"
"지금 같아선 아득합메."
"설에도 못 올까?"
"설에는 잠시 보내 준다오."
"오는 질로 우만 아바이를 찾아봐라. 부역 나간 집마다 돌아댕기멘서 여간 애쓰는 게 앙이다."
"예에 …."
"밥 해 주는 에미네(부인)도 떡 하나 줘야지?"

어머니는 시루떡 한 덩이를 들고 정지로 나갔다.
"정말 괜채여?"
어머니가 사라지자 상아가 나지막이 물었다.
"응, 곧 나을 게야."
상아는 자기 봇짐에서 장버선 두 켤레를 내놓았다.
"벌써 맨들어 놨지만 올 수 있어야지."
"지다렛는데…."
능소는 반으로 자른 계란을 그의 손에 넘겨주었다.
"갈라(계집애) 혼자서 어디메 가니야구 보내 줘야지."
"뉘기 말이야?"
"뉘기는? 엄마지."
능소는 가장 궁금하던 것을 물었다.
"지루란 아 못나게 앙이 굴어?"
"지루 소문 못 들었어? 모두덜 부역으로 떠나던 다음날 없어졌는데…."
능소는 놀랐다.
"낯선 사램이 와서 데리구 갔는데 집에서도 어디메 갔는지 모른대."
"펜지두 없구?"
"없대. 데리구 간 사람의 말이 성공해서 돌아올 테니 소식이 없더래도 걱정 말라구 그랬대."
부역에 나온 후로 항상 마음 한구석에 구름을 몰고 오던 사나이가 없어졌다. 맺혔던 것이 풀리는 듯하면서도 미안한 생각이 들었다. 상아만 아니더라도 가장 가까운 친구였을 것이다.
어머니가 뚝배기에 더운 물을 떠가지고 들어왔다.
"물을 마시멘서 더 먹어라."
그들은 양치질을 하고 음식에는 더 손을 대지 않았다.

"어망이 더 자시오. 우린 다 먹었습메."
"더 먹지 그래. 난 너무 먹었다."
어머니는 보자기를 펼치고 개가죽 옷을 한 벌 꺼내놓았다.
"털이 푹신해서 그것보다 더울 게다."
"이것두 멀쩡한데 …."
"그리구 이걸 갈아입어라."
바지저고리도 내밀었다.
그는 옷을 챙겨 자기 봇짐에 넣어 두었다.
"보리쌀 안칠 때(오후 2시쯤)가 오라재이쿠나."
동쪽에 그림자가 기운 창살을 바라보던 어머니가 일어섰다.
"좀더 앉았다 가시지."
상아와 능소도 따라 일어섰다.
"어둡기 전에 들어서야지. 요새 해는 쇠 엉덩짝만 하당이까."
어머니는 머릿수건을 바로잡고 보자기를 말아 허리춤에 넣고는 문을 나섰다. 상아는 그를 힐끗 쳐다보고 말없이 뒤따랐다.
"설에는 기어이 오겠지?"
어머니는 골목을 벗어나면서 다짐했다.
"틀림없습메."
능소는 자신 있게 대답했다.

날아오르는 작은 용

웃통을 벗은 두 청년은 큰 망치로 번갈아 내리쳤다. 토막나무에 걸터앉은 지루는 그때마다 집게에 집은 쇠를 이리 뒤집고 저리 뒤집으며 간간이 한 손에 든 망치로 알맞은 데를 내리쳤다. 빨간 불꽃을 튀기던 쇠는 차츰 검은색으로 변하면서 도로 딱딱해졌다. 숯불에 다시 집어넣고 옆구리에 찼던 수건을 빼어 얼굴의 땀을 훔쳤다. 두 청년도 망치를 짚고 서서 손바닥으로 얼굴에서 목까지 내리 쓰다듬었다.

같은 지붕 밑, 여기저기서는 여전히 망치를 휘두르고 있었다. 지루는 숯불에서 다른 쇳덩이를 집어내어 모루에 얹어놓고 치기 시작했다. 두 청년이 또다시 번갈아 내리치는 망치 밑에서 쇠는 길쭉하게 칼의 형태를 잡아가고 있었다.

뚝 하는 소리와 함께 왼편에서 치던 청년의 망치자루가 부러져 두 동강이 나는 바람에 지루는 하마터면 이마를 다칠 뻔했다.

"등신 같은 것이!"

그는 소리를 지르며 일어섰다. 다른 야장들의 망치소리가 잠시 그쳤다가 다시 계속되었다.

"내 탓인가 뭐."

청년은 투덜거렸다.

지루는 쏘아보다가 땅에 뒹구는 망치 대가리를 주워 들고 밖에 나섰다. 여러 줄로 수없이 늘어선 귀틀집에서는 망치소리가 콩 볶듯 울려왔다. 또 봄이 와서 벽 밑 양지바른 구석에는 새싹이 머리를 내밀고 있었다.

"못해먹겠다!"

이 평곽〔平郭: 지금의 개평(蓋平) 부근〕 땅에 와서 겨울을 두 번 나고 봄도 두 번째로 맞았다. 그동안 여기서 만든 무기는 더미로 실려 나갔다. 성 쌓는 부역에 나갔던 사람들은 작년 가을에 벌써 돌아갔다는 소문인데 나는 뭐냐 말이다. 능소란 놈은 마을에 돌아가서 상아하고 시시닥거리겠지. 그는 울화가 치밀어 걸음을 재촉했다.

"빌어먹을 얘장은 배워 가주구…."

목수는 앉아서 널빤지를 톱질하고 있었다.

"여보 일을 하겠으문 똑똑히 하시오, 똑똑히."

사람 좋은 목수는 쳐다보고 웃었다.

"이번에는 무슨 트집이지?"

지루는 망치를 땅바닥에 내던지고 외쳤다.

"이게 그래 트집이란 말이오?"

"쓰다 보문 부러두 지는 게 아닌가?"

"부러져두 분수가 있지, 이틀이 멀다구…."

"젊어 청춘이라 이맘때가 되문 공연히 화도 나는 법이지. 40 넘은 나도 봄과 더불어 근질근질한데 자네야 오죽하겠나?"

"점점…."

"사실이 안 그래?"

목수는 한 눈을 깜빡했다.

"즌소리 말구 자루는 물푸레루 맨들란 말이오. 자작나무로 맨등이까 이 꼴이 앙이오?"

"물푸레가 없으니 자작나무로 만든 게 아닌가?"

"없긴 왜 없소?"

"하, 다 썼으니 없지?"

"아무게나 빨리 맞춰주오"

"진작 그러실 게지."

목수는 작은 망치로 자루를 두드려 빼고 새 자루를 깎아 맞추기 시작했다. 지루는 북녘 하늘을 쳐다보았다. 목수의 말마따나 봄은 화가 나는 계절인지 요즘은 무작정 부아가 치밀었다. 더구나 상아를 생각하면 참을 수 없었다. 말 한번 제대로 해 보지 못한 사이였지마는 당연히 자기가 차지할 것을 능소에게 빼앗긴 것만 같았다. 돌아가는 날이면 다리를 분질러 놓지 않고는 배기지 못할 심사였다. 이렇게 갇혀서 소식 한번 전하지 못했으니 죽은 놈으로 치부하고 있겠지. 언제까지 이러고 있으란 말이냐?

별안간 뒤에서 떠미는 사람이 있었다. 그는 앞으로 휘청거리다가 돌아섰다. 창을 든 파수병이 상을 찌푸리고 호통을 쳤다.

"일은 않고 이러기야!"

목수가 얼른 끼어들었다.

"망치 자루가 부러져서 맞추러 온 건데 이러지 마시오."

병정은 가버리고 목수는 자루를 갈아 낀 망치로 돌멩이를 몇 번 쳐보다가 그에게 건네주었다.

"자, 됐네."

지루는 말없이 받아 메고 돌아섰다. 이 세상 모든 것을 두드려 부수고만 싶었다.

황제의 용주(龍舟)는 수많은 배들을 거느리고 운하(運河)를 남으로 달리고 있었다. 4층으로 된 용주 뒤에는 역시 4층의 상리주(翔螭舟)에 소황후(蕭皇后)가 타고 다시 그 뒤에는 아홉 채의 3층 수궁(水宮)이 따랐다. 수궁 뒤에는 2천여 척의 배들이 왕족과 후궁(後宮), 문무백관 번방(藩邦)의 사신, 승니(僧尼)들과 물자를 싣고 2백 리에 걸쳐 꼬리를 물고 이어갔다.

채색 무늬옷을 입은 전각(殿脚) 9천 명은 비단띠로 황제 황후의 배와 수궁을 끌고 평복의 7만 명은 나머지 배들을 베띠로 끌고 갔다. 앞뒤에는 각각 수백 척의 병선(兵船)이 호위하고 수양버들이 늘어선 양쪽 둑에는 기병들이 오색 깃발을 휘날리며 전진했다.

3월의 훈풍은 신록(新綠)의 평야에 잔잔한 물결을 일으키고 용주 편전(便殿)의 능라장막은 쉬지 않고 하늘거렸다. 호상에 기대앉은 황제는 평야를 넘어 하늘 끝까지 닿은 남국(南國)의 기름진 땅에 푸성지게 자라나는 오곡을 바라보고 있었다. 여기서 태어나 부지런히 일하고 자기에게 충성을 다하는 무수한 백성들, 역시 운하를 판 것은 잘한 일이었다. 이 무한량의 부(富)를 필요한 때 필요한 장소에 투입할 수 있게 되었으니 말이다.

그는 지난겨울 낙양 남교(南郊)에서 실시한 대군기검열(大軍器檢閱)의 광경을 회상하고 더욱 흡족했다. 그 어마어마한 군비와 전국의 헤아릴 수 없는 부(富)와 6천만에 달하는 인구(人口), 하늘 아래 이 거대한 힘을 당할 자는 있을 수 없었다.

배들이 멈추고 술렁거리는 소리가 들려왔다. 지평선을 바라보던 황제는 눈을 돌렸다. 전방 둑에는 관복을 입은 인파가 이리저리 밀리며 포장을 친 수레에서 내린 짐을 배에 옮기고 있었다.

나인이 계하에서 허리를 굽혔다.

"회주 자사(淮州刺史)가 대령하고 있사옵니다."

황제는 귀찮은 표정이었다.

"들라 하오리까?"

그는 정전으로 나가기 싫었다.

"일이 있으니 문안하지 않아도 괜찮다고 해라."

나인이 물러가자 소황후가 들어와 옆에 앉고 이어서 궁녀들의 손에 들려 상의 행렬이 들어왔다. 하루에도 수없이 보아야 하는 광경에 황제는 외면하고 돌아보지 않았다.

"드시지요."

옆에서 황후가 재촉했다.

황제는 산해진미를 쌓아올린 상들을 둘러보고 한숨을 내쉬었다.

"아이고 또 먹어야 하나."

"회주요리는 유다른 풍미가 있다고 합니다."

그는 내키지 않는 얼굴이었다. 미모의 황후는 방긋 웃었다.

"그러시면 술이라도 한잔 드시지요."

황제는 그가 바치는 잔을 반쯤 비우고 내려놓았다.

"술맛 괜찮군."

황후가 거위의 혀를 숟갈에 받쳐 드렸으나 그는 고개를 흔들었다.

"그럼 여지(荔枝)를 드릴까요?"

궁녀가 재빨리 여지 접시를 황후에게 넘겼으나 그는 이번에도 고개를 흔들었다.

"아무것도 못 먹겠소. 중전이나 드오."

황후는 또 방긋 웃었다.

"저도 아직 생각이 없는데요."

궁녀들은 황후의 분부로 상을 들고 뒷걸음치기 시작했다.

"이번에 강도〔江都: 양주(揚州)〕에 가시면 푹 쉬시는 게 좋겠습니다."

모두 물러가고 조용해지자 황후가 다가앉았다.

"중전은 강도가 마음에 들었다지?"

"네. 강회〔江淮: 양자강(揚子江)과 회수(淮水) 일대〕지방은 강뿐 아니라 호수도 많고 경치도 좋고요."

"북에 댈 것은 아니지."

"태평성대를 즐기면서 이대루 더 움직이지 말았으면 오죽 좋겠사옵니까?"

황제는 미소를 머금은 얼굴로 말없이 황후를 내려다보았다.

"쉬이 또 움직이시나요?"

"중전의 소원대로 1년쯤 강도에 있어 볼까?"

황후는 눈을 내리깔고 대답이 없었다.

"내 장군이 대령하고 있사옵니다."

나인이 들어서 읍했다.

"이리 들라고 해라."

황후는 자기 배로 돌아가고 내호아(來護兒)가 들어와 엎드렸다.

"우익위 대장군(右翊衛 大將軍) 신 내호아 문안드리오."

"수고했소. 이리 가까이 오시오."

작은 키의 내호아는 까맣게 탄 얼굴을 숙인 채 다가앉았다.

"동래〔東萊: 산동성 등주(山東省 登州)〕에서는 언제 떠났소?"

"10일 전에 떠났습니다."

"강도는 장군의 고향이라 동행하는 것이 좋을 듯해서 불렀소."

"황공하오이다. 성상께서는 일찍이 양주 총관(揚州摠管)으로 계시던 시절부터 등극하사 오늘에 이르기까지 이 고을을 특히 염려하여 주시오니 아동 주졸에 이르기까지 감읍하지 않는 이가 없습니다."

"도착하면 고로 친지들을 위로하오. 주찬은 조정에서 내리겠소. 장군의 네 아들은 모두 영특하다는 소문을 들었는데 한번 데리고 오도록 하오."

"성은이 망극하오이다."

내호아는 연거푸 머리를 조아렸다. 황제는 둑에 늘어선 버드나무를 바라보다가 고개를 돌렸다.

"수군(水軍)은 잘돼 가오?"

"네. 지금 동래에서 맹렬히 단련하는 중입니다."

"원래 우리 중국 사람들은 물을 싫어하는 습성이 있어서…."

"단련 나름인가 합니다."

"육군은 병기 군량 모두 완벽에 가까운 준비가 됐는데…."

황제는 시선을 옮겨 먼 하늘을 바라보았다.

"수군도 병선을 대대적으로 건조할 필요가 있습니다. 신의 생각으로는 적어도 10만 병력으로 해로(海路) 평양성을 직격(直擊)할 수 있도록 증강하는 것이 옳을 듯합니다. 옛날 한무제(漢武帝)가 이 수륙 양면 전법으로 그들을 격파하고 사군(四郡)을 설치한 선례가 있습니다."

"그렇소."

황제는 시선을 돌렸다.

"저녁에 식사를 같이 하면서 더 얘기해 봅시다."

"황공하오이다."

내호아는 절하고 물러갔다.

융골산(隆骨山: 평양 북쪽) 기슭 남향 벌판은 이른 새벽부터 모여드는 인마(人馬)로 들끓었다. 활과 전통을 등에 메고 칼을 옆에 찬 청년들이 말을 달려와서는 군관들이 지시하는 대로 정렬하였다. 저마다 고삐를 단단히 잡고 있으나 말들은 굽으로 땅을 파기도 하고 낯선 말을 보고 크게 우짖기도 했다. 개중에는 앞발을 쳐들고 난동을 부리는 바람에 애를 먹는 축도 간간이 눈에 띄었다.

능소는 말고삐를 잡은 손을 안장에 얹고 둘러보았다. 아는 얼굴은 하나 없고 말을 걸어오는 사람도 없었다. 주위에는 창을 든 병사들이 도열하고 정면 한 단 높은 데 큼직한 장막이 서고 그 뒤 좌우에는 훨씬 작은 것이 여러 채 있었다.

대열의 선두마다 버티고 선 군관들은 열 중에서 나오는 질문에 대답하고 새로 도착한 청년들에게 설 자리를 가르쳐 주고 있었다. 정면 장막 앞에서 군중을 바라보고 서 있는 당당한 체구의 군인은 연자발(宴子拔) 장군이라고 했다. 움직이지 않던 장군은 천천히 발을 옮겨 장막 왼편 백여 보에 세워 놓은 과녁을 자세히 들여다보고 다시 천천히 제자리로 돌아왔다. 그는 한 손으로 이마를 가리고 산에 오르는 아침 해를 바라보다가 숲 사이로 뚫린 넓은 길을 주시하였다.

북이 울리고 주악이 산에 메아리치며 장내에는 긴장이 감돌았다. 수많은 말굽소리와 함께 임금의 행렬이 숲 사이로 뚫린 길을 다가왔.

정면 장막 앞에 당도한 일행이 임금을 중심으로 대열을 정제하자 연자발의 구령이 울려 퍼졌다.

"경배!"

사람들은 마상의 임금을 향하여 한 무릎을 세우고 나머지 무릎을 뒤로 꿇어 상반신을 앞으로 굽혔다.

경배가 끝나자 연자발은 말에 올라 임금과 대신들을 인도했다. 새로운 주악이 울리는 가운데 일행은 말고삐를 잡고 도열한 청년들을 더듬어 보면서 천천히 지나갔다.

능소는 성에 갔을 때 화상으로 보던 얼굴들을 유심히 바라보았다. 훤칠하게 생긴 중년의 임금, 그 뒤를 따르는 흰 수염의 마리치〔莫離支: 수상(首相)〕 연자유(淵子遊), 빈틈없는 중키에 두 눈이 유난히 빛나는 을지문덕(乙支文德), 모두들 엄숙한 얼굴이었다.

날아오르는 작은 용 57

다시 정면에 돌아온 일행은 말을 내려 장막으로 들어가고 군중 속에서는 긴장이 풀리는 한숨 소리가 들려왔다.

연자발이 장막에서 나타났다.

"오늘은 우리 성상 폐하께서 즉위하신 지 만 20년 되는 삼월 삼질이오. 폐하께서는 무사들을 아끼사 무예에 뛰어난 자는 귀천을 막론하고 발탁 등용하신다 함은 이미 세상이 다 아는 일이오. 어전에서 이처럼 무예를 겨룬다는 것은 일생일대의 영광이니 전심전력을 다해서 많은 사람들이 선에 들기를 바라오."

연자발의 주의가 끝나자 여덟팔자수염의 군관이 옆에서 말을 달려 정면에 나타났다.

"모두들 들으시오. 오늘 사냥에 제일 많이 잡은 순서로 포상이 내린다는 것, 날짐승과 길짐승에 차등이 있고 호랑이 같은 맹수는 특별한 우대가 있다는 것 등, 자세한 규칙은 이미 시달한 바 있고, 여기 있는 군관들도 아까 얘기하였으니 되풀이하지 않겠소. 여기서 특히 강조할 것은 시간을 엄수해야 한다 함이오. 북이 울림과 동시에 떠날 것이며 늦어도 유시(酉時)까지는 돌아와야 하오. 이 시간이 늦으면 아무리 많이 잡아도 소용없소."

그의 호각소리를 신호로 북들이 요란하게 울리기 시작했다. 재빨리 말에 오른 1천여 명의 젊은이들은 사방으로 흩어져 산으로 들어갔다.

능소는 기슭을 끼고 좌우를 살피면서 천천히 달렸다.

3월의 따사로운 태양 아래 나뭇가지에는 눈이 트고 양지바른 언덕에는 새싹이 돋아 올랐다. 고향 옥저마을보다 봄은 훨씬 빨리 당도하여 길을 나지막이 앞질러 날아가는 제비의 모습도 눈에 들어왔다.

뒤를 따라오던 청년이 말을 달려 풀밭에 나서면서 활을 당겼다. 건넛산으로 날아가던 까투리가 허공에서 곧바로 떨어졌다. 능소는 여간한 솜씨가 아니라고 생각했다.

앞을 가로막은 언덕을 넘어서자 벌판이 펼쳐지고 멀리 동북으로 숲이 우거진 산이 보였다. 까투리를 쏜 청년은 옆길로 들어갔는지 보이지 않았다. 그는 말머리를 돌려 전속력으로 벌판을 가로질러 낯선 산으로 달렸다.

산기슭에는 샘이 있었다. 그는 말에 물을 먹이면서 땀을 씻었다. 깊은 산속에서는 알을 낳은 꿩이 크게 우는 소리가 메아리쳐 왔다.

나지막한 산허리를 오르는데 맞은편에서 바람에 휩쓸리는 양 숲이 웅성거리는 기척이 있었다.

그는 얼른 고삐를 채어 그늘에 비키면서 활을 내렸다.

십여 마리의 노루가 등성이에서 주춤하다가 쏟아지듯 밀려 내려왔다. 그는 말 잔등에 앉은 채 숨을 멈추고 활을 당겼다. 선두를 달리던 노루가 양미간을 맞아 뿔을 땅에 박고 쓰러졌다. 놀란 노루들은 엉거주춤하다가 옆으로 뿔뿔이 흩어져 달아났다.

능소는 말에 박차를 가하면서 내달았다. 별안간 능선에서 으르렁거리는 소리와 함께 나무 사이를 스쳐가는 그림자가 있었다. 그는 뒷걸음질 치는 말에 채찍질을 퍼부어 마루턱으로 올리달렸다.

키를 넘는 바위 옆에 금시 내달릴 듯 앞발을 꿇고 엎드린 표범이 노려보고 있었다. 돌진하면서 한 대는 쏘았으나 말이 곱뛰는 바람에 살은 바위에 맞아 튀었다.

다시 살을 재우는 순간 짐승은 하늘에 치솟아 덮쳐왔다. 몸을 휙 틀며 고삐를 당기자 헛방을 짚고 땅에 떨어진 표범은 꼬리를 뻗치고 그의 주위를 빙빙 돌기 시작했다.

말은 버티고 선 채 움직이지 않았다. 능소는 성난 짐승을 주시하면서 한꺼번에 두 대를 뽑아 하나를 입에 물고 나머지를 활에 재우기가 무섭게 냅다 쏘았다. 턱을 맞은 표범은 비명을 지르며 허공에 튀어 올랐다.

날아오르는 작은 용

때를 놓치지 않고 다시 쏜 화살은 가슴패기에 박히고 짐승은 그대로 땅에 떨어져 사지를 버둥거렸다.

능소는 말에서 뛰어내려 칼을 표범의 턱 밑 깊숙이 박았다. 피가 쏟아지면서 동작은 쇠잔해지고 마침내 잠잠해졌다. 칼을 뽑아 수건으로 피를 닦고 화살도 거두어 전통에 도로 집어넣었다.

숨이 끊어진 표범을 들어 안장 앞에 얽어매고는 말을 끌고 경사면을 내려왔다. 노루는 쓰러진 채 움직이지 않았다. 화살을 뽑아 넣고 칼로 쳐서 두 뿔을 잘라 안장 양편에 질러 놓았다.

이끼 낀 바위에 걸터앉아 소매로 얼굴의 땀을 훔쳤다. 가끔 참새들이 나뭇가지 사이를 날아갈 뿐 숲속에는 아무 기척도 없었다. 달아난 노루들의 행방이 궁금하여 사방을 둘러보았으나 통 짐작이 가지 않았다.

다시 말에 오른 능소는 천천히 마루턱에 올라섰다. 내려다보이는 벌판에 십여 명의 기병들이 달리고 그 뒤에 임금을 선두로 대신들이 달려가고 있었다. 모두들 네 굽을 걷어안고 달리는 말 위에서 상반신을 앞으로 기울인 채 까딱도 하지 않았다.

그는 오솔길을 따라 숲속으로 들어갔다. 길옆에는 실개천이 흐르고 참나무 사이사이로 옥저마을에 흔한 물푸레가 보였다. 고향에서는 구경도 못하던 나무들도 몇 그루 있었다.

아무리 오솔길을 더듬어도 짐승의 기척은 없었다. 해는 오정을 넘어 기울기 시작하고 시장기가 몰려왔다.

그는 말에서 내려 고삐를 시냇가 소나무에 매고 안장에 처맨 말먹이를 풀었다. 물에 풀린 날콩과 마초를 섞어서 그대로 말 앞에 쏟아놓자 말은 코를 울리고 먹기 시작했다.

능소는 점심주머니를 들고 실개천을 거슬러 오르다가 숲속으로 들어갔다. 큼직한 차돌이 보이고 차돌 옆에는 샘이 있었다.

두 손을 짚고 엎드렸다. 가랑잎을 불어 헤치고 샘물에 입을 대니 이가 시렸다. 한 모금 마시고 나서 활을 옆에 내리고 주머니를 풀었다. 두 다리를 뻗고 씹는 주먹밥은 별미였다. 객주에서 싸준 흰밥은 고향에서 먹던 조밥과는 댈 것도 아니고 기장밥보다도 부드러웠다. 객주 아주머니는 해마다 삼월 삼질 사냥에 나가는 무사들에게는 흰밥을 거르지 않았다고 자랑이었다.

걱정은 상아였다. 떠나기 전부터 날마다 이른 새벽이면 우물가에 나가 정한 물을 떠놓고 신령님께 치성을 드렸는데 ….

별안간 나무 위를 요란하게 날아오는 것이 있었다. 꿩 한 쌍이 샘으로 내려오다가 그를 보고 놀란 듯 방향을 바꿨다. 그러나 급각도로 꺾는 바람에 하늘에 치솟지 못하고 눈앞의 숲속에 박혀 들어갔다.

능소는 잽싸게 활을 잡아 쏘았다. 살이 나무에 박히는 소리와 함께 펄떡이는 것을 보고 그는 달려갔다. 화살은 장끼의 어깻죽지를 뚫고 참나무에 박혀 있었다. 그는 양쪽 날개를 합쳐 잡고 화살을 빼었다. 날짐승을 잡은 것이다.

신령님이 도와서 운수가 트이는가 보다. 그는 아롱진 꽁지깃을 어루만지며 이번에 어쩌면 자기도 이 깃을 고깔에 달게 될 것 같았다. 옆에 찬 그물주머니에 꿩을 넣고 샘으로 돌아오니 더 먹지 않아도 뱃속이 든든했다. 그는 점심주머니를 뭉쳐 쥐고 가벼운 걸음으로 말을 찾아 내려왔다.

해를 쳐다보고 말에 채찍을 내리쳤다. 이 숲이 끝나는 데서 벌판에 내려 곧바로 융골산에 돌아가리라. 그는 고삐를 틀고 박차를 가했다.

전속력으로 달려오던 사슴이 눈앞에서 제김에 쓰러질 듯 휘청거리다가 방향을 바꿔 옆으로 빠져 달아났다. 능소는 뒤를 쫓았다.

사슴은 숲을 헤치고 풀밭을 가로질러 쉬지 않고 뛰었다. 풀밭이 끝나자 빽빽이 들어선 관목림(灌木林)이 나타났다. 엉거주춤하던 사슴은 관목림을 우로 돌아 풀밭을 달리다가 소나무 숲속으로 사라졌다.

능소는 그대로 말을 몰았으나 곧 막히고 말았다. 이리저리 엉킨 가지에 부딪쳐 더 이상 나갈 수 없었다.

그는 단념하고 말을 돌려 다시 오솔길에 나섰다. 아무리 둘러보아도 사슴의 종적은 알 수 없었다.

오솔길이 끝나고 벌판이 내려다보이는 언덕 마루에 이르렀다. 서남으로 트인 벌판에는 풀이 파랗게 돋아 오르고 먼 산 위를 날아가는 솔개가 눈에 들어왔다.

별안간 기슭에서 사슴이 내달았다. 능소는 말을 달려 언덕을 내려갔다. 평지에 내려서자 말은 네 굽을 걷어안고 뛰기 시작했다. 십 리는 왔으리라. 사슴은 지친 양 속도가 느려지고 거리는 점점 좁혀 들었다.

호수가 앞을 가로막았다. 사슴은 갑자기 섰다가 옆으로 달리기 시작했다. 능소는 때를 놓치지 않고 활을 쏘았다. 뒷다리를 맞은 짐승은 쓰러져 뒹굴다가 다시 일어나 절름거리며 뛰었다. 그는 고삐를 당겨 돌진했다. 어찌할 바를 모르고 울부짖으며 이리저리 허둥거리는 짐승의 덜미를 노리고 칼을 휘둘러 힘껏 내리쳤다.

찢어져 피가 흐르는 네 발을 잠시 허공에서 버둥거리다가 모로 쓰러진 채 다시는 움직이지 않았다. 그는 말에서 뛰어내려 차례로 뿔을 잘라냈다.

지체할 시간이 없었다. 두 뿔을 안장에 얽어맨 능소는 말에 올라 채찍을 퍼부어 벌판을 남으로 달렸다.

"게 섰거라!"

외치는 소리가 뒤를 쫓아왔다.

그는 고비를 틀어 옆으로 비켜섰다.

"폐하의 행차시다. 말에서 내려!"

능소는 뛰어내리고 병사들은 지나가 버렸다. 임금과 대신들이 다가왔다. 그는 한 발을 뒤로 물리고 고개를 숙였다가 말 탄 일행이 지나가는 것을 기다려 머리를 쳐들었다.

　단기(單騎)로 일행의 뒤를 쫓아오던 사람이 말을 멈춰 세웠다.

　"호오, 표범에 사슴도 잡았구나."

　아침에 보던 을지문덕 장군이었다. 얼굴에는 미소가 서렸으나 두 눈은 사람의 가슴 속을 꿰뚫어보듯 이글거리고 있었다. 경배를 올리고 잠자코 서 있었다.

　"어디서 왔느냐?"

　"요동성에서 북으로 40리 되는 옥저마을에서 왔습네다."

　"이름은?"

　"능소올세다."

　"능소라…."

　장군은 옆에 찬 꿩에서 눈이 멎었다. 말없이 바라보다가 말머리를 돌려 임금의 뒤를 따라갔다. 능소는 일행이 사라지는 것을 지켜보다가 다시 말에 올라 채찍을 내리쳤다.

　잡은 짐승을 군관에게 바친 청년들은 떠날 때와는 달리 멀리 떨어진 나무에 저마다 말을 매어 놓고 풀밭에 흩어져 있었다. 한 팔을 베고 드러누워 한숨을 짓는 축도 있고 버티고 서서 군관들이 오락가락하는 장막을 주시하는 축도 있었다.

　그는 늘어놓은 짐승들 가운데 호랑이를 보고는 가슴이 내려앉았다. 한 마리도 아니고 군데군데 보였다. 노루 산돼지 같은 것은 얼마든지 있고 꿩과 사슴도 적지 않았다. 군관이 기록을 마치는 것을 보고 물러나와 풀밭에 주저앉았다.

　북이 울리자 청년들은 달려가 제자리에 늘어섰다. 장막에서 연자발과 여덟팔자수염의 군관이 각각 문서를 들고 나타났다. 군관은 크게 기침을 하고 외쳤다.

"지금부터 성적을 발표하겠소. 호명된 사람은 앞으로 나오시오. 우선 1등에 ….”

연자발은 자기가 든 문서에서 눈을 떼지 않고 군관의 다부진 수염은 머리를 쳐들 때마다 석양에 빛났다. 먼 산에서 뻐꾹새가 울 뿐 기침소리 하나 없는 벌판에 군관의 목소리가 우렁차게 퍼졌다.

지명된 청년들은 차례로 앞에 나가 장막 앞 층계 밑에 정렬했으나 자기의 이름은 없었다.

"이상 열 명."

능소는 맥이 풀렸다. 그러나 두 눈은 여전히 군관을 뚫어지게 보고 있었다.

"다음은 2등 ….”

군관은 머리를 쳐들어 군중을 둘러보며 외쳤다.

"증대이〔甑大伊: 안변(安邊)〕의 XX, 웅한이〔熊閑伊: 송화(松禾)〕의 OO, … 요동 옥저마을의 능소(能素) …”

그는 뛰는 가슴을 억제하면서 앞에 나가 줄을 맞춰 섰다.

적어도 철이 든 이후 이렇게 기쁜 일은 없었다. 고깔에 깃을 달게 되는 것이다. 그는 수탉의 둥글게 굽은 깃과 장끼의 꼿꼿한 깃을 마음속에서 견주어 보았다.

"이상 50명. 다음은 3등 ….”

그는 듣고 있지 않았다. 어머니의 얼굴, 상아의 얼굴이 겹쳐 떠올랐다.

주악이 울리면서 정면의 장막이 열리고 임금과 대신들이 나타났다. 제정신으로 돌아온 능소는 구령에 따라 남들이 하는 대로 경배하고 앞을 응시했다. 주악이 그치고 을지문덕 장군이 앞에 나섰다.

"고마우신 성지를 전하겠소. 오늘 1등한 사람들은 20인장(二十人長), 2등은 10인장, 3등은 5인장으로 등용하신다 하오. 장차 소정의 단련을 거쳐 정식으로 직첩(職牒)이 내릴 것이오. 오늘 선에 들지 못한 사람들도 낙심 말고 열심히 무술을 닦아, 오는 중양절(重陽節)이나 내년 삼월 삼질에 다시 만날 것을 기대하오."

을지문덕이 물러서자, 병사들이 상품을 안고 다가왔다. 연자발은 층계를 내려 병사들이 안은 물건을 일일이 본인에게 안겨주었다. 능소는 베에 싼 것을 받아들고 비단이라고 생각했다.

식전이 끝나고 임금과 대신들이 돌아가자 군관의 명령으로 해산한 청년들은 뿔뿔이 흩어지기 시작했다. 능소는 황혼이 깃든 벌판을 가로질러 말을 달려갔다.

타오르는 질투

추수가 끝난 들에는 서리가 하얗게 내렸다. 만 2년 만에 돌아오는 지루(支婁)는 멀리 연기가 오르는 고향 마을을 바라보고 걸음을 재촉했다. 외양은 하나도 변한 것이 없는 2년 전 그대로의 옥저(沃沮) 마을이었으나 그 속에는 많은 변화가 있을 것만 같았다.

외부와 단절된 2년은 수십 년에 해당되고 생각지 못한 일들이 얼마든지 일어날 수 있을 것이었다. 적어도 내가 밤낮으로 망치를 휘두르며 땀을 흘리는 동안 능소(能素)란 놈은 상아와 시시닥거리고 재미를 보았을 것만은 틀림없다. 어쩌면 결혼해서 아이 하나쯤 낳았을지도 모른다. 그는 어금니를 깨물었다.

2년 전의 그날을 잊을 수 없었다. 모두 요동성(遼東城)으로 부역을 나오라 했고, 야장만은 남으라고 했었다. 야장이 된 것을 이때처럼 고맙게 생각한 일은 없었다. 천천히 얘기해서 담판을 지으리라. 전쟁과부끼리 좋아 지내는 바람에 일이 우습게 돌아갔지 어릴 때 상아와 자기는 그런 처지가 아니었다. 둘이 한패가 되어 능소를 키다리라고 놀려주기 일쑤였다.

　애기만 하면 통할 터인데 언제나 능소가 붙어 다니는 바람에 일이 틀어지고 말았다. 꼬여도 여간 꼬인 것이 아니었다. 그러나 능소만 없으면 자신이 있었다. 시간을 두고 조리 있게 얘기하면 알아듣지 못할 상아가 아니었다. 성을 수축하는 부역은 하루 이틀에 끝날 것이 아니니 하늘은 능소를 몰아내고 상아를 자기에게 돌려주고 있는 것이다.

　가슴이 부풀었는데 별안간 평곽에 끌려가서 일만 죽도록 하고 돌아왔다. 그리하여 2년이라는 세월이 흘러가고 말았다.

　평곽에서 날마다 실려 나가는 무기를 바라보다가 울화가 치밀면 전쟁이라도 터지라고 빌었다. 한바탕 세상이 뒤집히는 것을 보아야 후련할 것 같았다. 자기들은 재미를 보고 나만 갇혀서 고생하라는 법이 어디 있느냐.

　쓸데없이 이 많은 무기를 만들 것도 아니니 일은 심상치 않다고 생각했다. 그러나 오면서 보니 무기를 실은 수레들은 서쪽 중국 국경으로만 가는 것이 아니라 동서남북 어디든지 달리고 남으로 가는 무기가 오히려 더 많았다.

　전쟁이 일어나기도 틀렸다. 모든 것이 능소란 놈 좋게만 돌아가는구나. 그는 다시 한 번 이를 깨물었다.

　마을에서 달구지들이 몰려 나왔다.

　하얀 수염의 우만 노인이 선두에서 말고삐를 낚아채고 뒤에서는 주름치마를 바람에 나부끼며 여자들이 따르고 있었다. 이상하다고 생각하면서 지루는 걸음을 재촉했다.

　"그동안 폐안하십네까?"

　그는 길가에 비켜 우만 노인에게 인사를 올렸다.

　"이게 뉘기야, 지루 아잉가?"

　노인은 말을 세우고 그의 손을 잡았다. 여자들도 반기고 탄성을 올렸다.

"아이구, 지루가 오네."

맨 뒤에 있던 아버지가 달구지를 팽개치고 달려왔다.

"앙이 야아, 어떻게 된 일잉야?"

아버지에게 인사를 드리고 일행을 훑어보았다. 상아도 있고 능소의 어머니도 있었다.

"평양에서 오는 질이오다."

"그래, 주욱 평양성에 있었단 말잉야?"

"예."

그는 평곽에서 시키던 대로 대답하고 세 사람 뒤에 선 상아를 주시했다. 2년 전에 보던 앳된 모습은 거의 사라지고 활짝 핀 젊은 여인의 얼굴이 미소를 띠고 있었다. 머리는 그때와 마찬가지로 쪽지지 않은 처녀의 머리였다.

"젊은 사람덜은 어디메 가구 이렇게 나왔습메?"

그는 우만 노인의 뒤에 선 능소의 어머니를 쏘아보았다.

"능소는 병정 나갔네."

예기치 않은 대답에 지루는 멈칫했다. 우만 노인이 그의 어깨에 손을 얹었다.

"능소는 지난 삼월 삼질에 평양성 가서 10인장이 돼 왔네. 십여 일 전에 군에 들어갔응이 무슨 소식이 있을 게구, 다른 젊은이덜은 말짱 성(요동성)으로 부역 갔지. 그래 손이 있어야지. 이렇게 조(租)를 나르는 질이 아잉가."

그는 가슴이 떨렸다. 자기가 풀무 옆에서 비지땀을 흘리는 동안 능소란 놈은 10인장이 되었다. 참을 수 없는 모욕을 느끼면서 헛기침을 했다. 미소를 짓던 상아도 무표정으로 돌아갔다.

"평양성에서는 뭐 했능가?"

우만 노인이 물었다.

"예에 저어, 이것저것 맨들었습네다."

"이것저것이랑이?"

"호미두 맨들구 낫두 맨들었습네다."

"평양성에는 애장이 없다던가?"

"글쎄올시다. 맨들랑이 맨들었습네다."

노인은 더 묻지 않았다. 지평선에 오르는 해를 바라보던 아버지가 고개를 돌렸다.

"어서 가십세다. … 넌 집에 가 보아라."

"앙이오. 제가 가지요."

지루는 맨 뒤 달구지로 돌아가는 아버지를 앞질러 말고삐를 잡았다. 바싹 마른 얼굴에 두 눈만 유난히 큰 아버지는 고삐를 낚아채며 한사코 말렸다.

"먼 질에 곤할 텐데 어떻게 간다구 그러니야."

"괜채이오다."

지루는 고삐를 놓지 않고 버티었다.

"내가 간당이까."

"괜채이타잉까."

앞선 달구지들은 움직이기 시작했다.

"맥이 없을 터인데 … 그럼 야아 그 신발이나 바꽈 신구 가려무나."

아버지는 누런 가죽신을 벗어주고 그의 떨어진 신발에 발을 꿰었다.

지루는 고삐를 잡고 반이나 뛰었다. 고르지 못한 길에서 달구지는 연달아 덜컥거리고 있었다.

"야아, 지루야—"

그는 달구지를 세우고 돌아보았다. 아버지가 새 가죽띠를 풀어 들고 반이나 뛰어왔다.

타오르는 질투 69

"이걸 띠고 네 걸 이리 내라."

지루는 땀과 흙먼지에 암갈색으로 변한 자기 띠를 풀고 새것으로 갈아매었다.

"얼매나 고생했겠니야."

"괜채이오. 금년 농산 잘됐소다?"

"양식이나 되겠다. 혼자 두 가지 일은 못하겠더라."

지루는 시선을 떨어뜨렸다.

"나도 이전 늙는가 부다."

"속쉬〔속수: 매년 의원 또는 야장에게 동네에서 집집마다 일정한 양의 곡물을 바치는 예물(禮物)〕는 어떻게 됐소다?"

그는 다시 얼굴을 쳐들고 물었다.

"이게 속쉬 받은 게다."

아버지는 달구지에 실은 곡식부대를 턱으로 가리켰다.

"어서 들어가 보시오다."

"정슴은 망태기 속에 있다."

그는 언제까지나 제자리에 선 채 자기를 지켜보는 아버지의 시선을 잔등에 느끼면서 달구지를 몰았다.

행렬 중간을 가는 상아는 뒤를 돌아보지 않았다. 혼례를 올리지 않은 것은 분명했으나 지나간 2년 동안 무사했을 리 없었다. 자기가 평곽에 처박혀 있는 동안 대량수〔大梁水: 태자하(太子河)〕 물가에서 수작을 부리고 풀밭에서 시시닥거렸을 그들의 갖가지 모습이 머리에 떠올랐다.

능소란 놈이 10인장이 되어 돌아왔을 때는 희한한 일이 벌어졌을 것이다. 놈은 재고 조것은 별의별 아양을 다 떨었겠지. 둘 사이의 달구지들이 가끔 가로막았으나 상아의 날씬한 뒷모습에서 눈을 떼지 않았다.

그러나 왜 혼례를 올리지 않았을까? 어쩌면 틈이 생겼는지도 모른다. 그렇게 보면 그럴만한 일이 한두 가지가 아니었다.
　우선 능소는 과부의 아들이다. 과부의 아들치고 변변한 것이 드물다는 것쯤은 상아의 어머니도 모르지 않을 것이다. 머리가 좋다지마는 그만큼은 나도 머리가 있다. 경당에서 같이 글을 배울 때도 지지 않았다. 10인장이 됐다지마는 능소만큼은 나도 활을 쏜다. 주먹으로 하면 오히려 내가 나을 게다. 뽀족한 것이 무엇이냐?
　시원치 못한 것이 10인장이 됐다고 못나게 놀다가 눈 밖에 난 것이 아닐까? 주제가 원래 그런 주제라 있을 법한 일이다. 그렇게 생각하고 보니 아까 처음 만났을 때 상아가 방긋 웃은 것도 보통 일이 아니다. 그는 가슴이 부풀었다.
　아무리 기다려도 선두를 가는 우만 노인은 멈추지 않았다. 쉬는 시간만 되면 눈치를 보리라 마음먹었으나 어디서 나온 기운인지 노인은 끄떡없었다. 한 줄로 달구지를 몰고 가는 여자들도 말없이 걷기만 했다.
　오정이 지난 성내 관가 앞에는 다른 동네에서 조를 싣고 온 사람과 달구지들이 들끓었다.
　우만 노인은 관가에 들어가고 마을 여자들은 곡식부대를 창고 앞에 나르기 시작했다.
　"지루는 소자(효자)야."
　상아의 머리에 부대를 얹으면서 능소의 어머니가 칭찬했다. 반갑지도 않고 대답할 말도 없어 잠자코 부대를 메고 상아의 옆을 따라나섰다.
　"상아는 그동안 어떻게 지냈어?"
　여자는 눈에 덮치는 머리카락을 쓸어 귀로 넘겼다.
　"맨날 그렇지 뭐. 지루는 고생 앙이 했어?"
　"고생이라문 고생이지. 혼례는 언저게 올리지?"

창고 앞에 이른 상아는 부대를 내려놓고 돌아서 걸었다. 지루는 부대를 던지다시피 내리고 따라갔다.

"혼례는 언저게 하는가 말이야."

"그런 거 묻는 게 앙이야."

"그럴 줄 알았어. 능소란 애, 짝이 기울거든."

"뭐?"

"데데한 자식하구 앙이 하길 잘했어."

상아는 잠자코 걸었다. 제자리에 돌아온 지루는 부대를 이고 돌아서는 능소의 어머니와 시선이 마주쳤다. 두 사람을 번갈아 보는 눈치가 좋은 얼굴이 아니었다. 지루는 부대를 들어 상아의 머리에 얹으면서 씩 웃었다.

"그 예펜네 가슴이 써늘한 모양이구나."

"우쁘게(우습게) 놀지 마라."

일어선 상아는 핑 돌아 총총히 걸어갔다.

지루는 자기 앞 치를 다 나르고 우만 노인의 달구지까지 비웠으나 오가는 길에 상아는 눈길을 피하고 다시는 가까이 오지 않았다.

우만 노인이 관원과 함께 나타났다. 창고 앞에 늘어서서 저마다 자기 조의 검열을 받을 때에는 바로 옆에 섰건만 상아는 거들떠보지도 않았다. 검열관은 군졸들이 되는 쌀을 돌아보면서 뉘가 많다느니 모래가 섞이지 않았느냐느니 가끔 트집을 잡았으나 그럭저럭 다 통과되었다.

관가의 사환들이 큰 항아리에 더운물을 가져다주었다. 우만 노인을 중심으로 둘러앉은 일행은 제각기 표주박에 물을 떠놓고 콩을 박은 수수떡을 꺼내 먹기 시작했다.

"지루, 자네 쉬지두 못하구 앙이됐네."

우만 노인이 위로했다.

"난 이가 성하지 못해서 ….."
 노인은 닭고기를 그에게 넘겨주면서 말을 이었다.
 "그래, 평양성 귀경 잘했능가?"
 "평양성이라 해두 성 밖에서 일하다 봉이 귀경은 못했소다."
 여자들도 아무 말 없이 고기니 떡을 그에게 갖다 주었다. 상아도 얼굴을 들지 않고 돼지고기 점을 갖다놓았다.
 "오는 질에라두 귀경할걸 그랬네."
 "예에 —"
 그는 상아가 준 고기를 입에 집어넣고 가슴이 뛰었다. 성급히 단념할 일이 아니었다.
 "지난 삼월 삼질에 우리 능소도 평양성 갔는데 거기 있는 줄 알았으문 찾아보랄걸 그랬네."
 능소의 어머니는 양치질을 하느라고 까맣게 탄 얼굴을 씰룩거리다가 한마디 했다. 잰나비 같은 것이 은근히 아들 자랑을 하는구나. 무슨 일이 있든 내년 삼월 삼질에는 평양성에 가서 솜씨를 보이고 와야겠다. 그는 가슴이 부글거렸다. 야장만 아니었던들 능소가 갈 때 자기가 안 갔을 리 없었다.
 "볼일이 있는 사람덜은 일 보구 오시오. 해지기 전에 마을에 대야겠응이 얼른덜 보구 이 자리에 와야 하오. 말덜은 내가 지킬 터이니 걱정마오."
 점심을 마치는 것을 지켜보던 우만 노인이 좌중에 일렀다. 여자들은 달구지에 남겨놓은 자그마한 보따리를 이고 거리로 몰려 나갔다. 부역을 나온 아들을 찾아간다는 이도 있고 아이들의 필묵을 사겠다는 이, 바늘을 사러 간다는 사람도 있었다.
 지루는 할 일이 없었다. 상아와 담판을 짓고 싶었으나 여자들 틈에 끼어들기도 거북해서 달구지에 걸터앉았다.

"자넨 앙이 가는가?"

우만 노인도 맞은편 달구지에 걸터앉아 물었다.

"제가 지키겠소다. 어서 일 보시오다."

"늙은 게 무슨 볼일이 있겠능가? 어서 가서 바램이래두 쐬이구 오게."

어젯밤에 여기를 지나기는 했으나 늦게 도착해서 돌아볼 틈이 없었다. 객주에서 잠깐 눈을 붙였다가 첫새벽에 떠났었다. 그는 전과 별로 다를 것이 없는 거리를 어슬렁어슬렁 걸었다.

십오륙 세 된 경당 아이들이 지나갔다. 활과 전통을 둘러메고 무예 교관을 따라 성문을 향해 뛰고 있었다. 그는 발을 멈추고 성 밖으로 사라질 때까지 그들을 지켜보았다. 몇 해 전까지 자기도 옥저마을에서 그들과 같은 과정을 밟았었다. 그때 배운 글이나 무술은 아랑곳없고 아버지한테 배운 야장노릇 때문에 신세가 처량하게 되었다. 집에 돌아가면 밭일이나 하고 망치에는 아예 손도 대지 않으리라.

원래 펑퍼짐한 산에 쌓은 성은 자기가 없는 동안에 북쪽 한 단 높은 산까지 확장해서 훨씬 넓어졌다. 부역 나온 사람들은 새로 쌓은 성 안에서 웅성거렸다. 큰 집들이 올라가고 여기저기 우물을 파고 돌과 목재가 실려 왔다. 창고도 있고 군영도 있었다.

굳이 마을사람들을 찾아볼 생각도 없어 아무 데나 무작정 기웃거렸다. 방이 수십 개 있고 방마다 부엌을 단 집을 즐비하게 짓는 중이었다. 분명히 합숙은 아니고, 이상한 집이었다. 목수에게 무엇에 쓰는 집이냐고 물어도 모른다고 했다.

한군데서는 야장간을 여러 채 짓고 있었다. 총총하게 낸 들창과 큼직한 문들, 평곽에서 본 그대로였다. 이번에는 여기 끌려오는 것이 아닐까. 자기를 집에 보낸 것도 그런 곡절이 있는 것만 같아 우울했다.

그는 성 위를 쳐다보았다. 여태까지 무심했으나 등에 큼직한 돌을

진 사람들이 개미떼처럼 성을 오르내리고 있었다. 성을 더 높이는 것이 아니라 돌을 그냥 무더기로 쌓아 놓고는 내려와 다시 지고 올라갔다. 동서남북 어디나 성 위에는 돌을 올리는 사람들과 돌무더기뿐이었다. 그는 발길을 돌려 곧바로 내려왔다.

"발쎄 오능가?"

여전히 달구지에 걸터앉은 우만 노인은 다가오는 지루를 처다보았다.

"전쟁이 터지능 게 앙입네까?"

말 잔등에 손을 얹고 묻는 그의 얼굴은 긴장했다.

"벨안간 전쟁은 무슨 전쟁인가?"

"앙이, 저걸 보시오."

그는 성 위를 가리켰다.

"처엄 보능가?"

"전쟁이 앙이믄 어째서 돌을 올립네까?"

"알 쉬 없지, 평양성 갔던 자네가 더 잘 알 게 아잉가?"

그는 고개를 떨어뜨렸다. 무기를 산더미같이 만들고 성에는 돌이 올라가고 큰일이 벌어질시 분명했다. 그를 처다보고 앉았던 노인이 물었다.

"평양성에는 돌이 앙이 올라가던가?"

"못 보았습네다."

"음, 평양성은 귀경 못했다구 했지. 여꺼지 오는 도중에도 그런 성이 없누?"

"없습네다."

그는 자신 없이 대답했다.

"그럼 여기 처려근지〔處閭近支: 성(城)의 최고책임자〕만 공연히 설치는 모양이군."

노인은 성을 바라보다가 생각난 듯 한마디 했다.

"참, 일전에 연자발(宴子拔) 장군이 여기 오셨다더군. 주욱 돌아보구 칭찬이 대단했다는 소문이야."

"지금도 계십네까?"

"앙이, 어딘지는 몰라도 하여튼 가셨대."

거리에 나갔던 여자들이 하나둘 돌아오기 시작했다. 지루는 자기 달구지에 돌아갔다. 비단이 예쁘던 얘기며 바늘이 가늘어 신기하다는 얘기들이 귓전을 스치고, 능소의 어머니와 나란히 걸어오는 상아의 모습이 눈에 들어왔다.

"다아덜 뫼았구만. 어서 갑세다."

우만 노인을 선두로 달구지 행렬은 다시 움직이기 시작했다. 지루는 올 때와 마찬가지로 맨 뒤를 따랐다.

살아 있는 전설, 무여라 성(武厲邏城)

 온누리가 흰 눈으로 뒤덮였다. 북에서 불어오는 바람은 넓은 평야를 홍수같이 누비고 있었다. 3백여 명의 기병들은 세찬 바람을 가로질러 얼어붙은 요하(遼河)에 당도했다.
 능소는 이름으로만 듣던 이 강을 유심히 둘러보았다. 아득한 평야를 남북으로 굽이굽이 흐르는 강은 얼음 위에 눈이 내리고 눈이 다시 얼어붙어 겹겹으로 쌓였다. 앞서 내왕한 말굽자국들이 있을 뿐 사람의 그림자는 보이지 않고 울부짖는 바람소리가 귓전에 요란했다.
 멀리 대안에는 무여라 성(武厲邏城)의 누각이 시야에 들어왔다. 아버지도 상아의 아버지도 오늘 자기처럼 이 강을 건너간 후 다시는 돌아오지 않았다.
 대안에 올라 비탈길을 돌자 성의 전모가 나타나고 성 위에서 하늘을 등지고 이쪽을 지켜보는 초병의 모습이 눈에 들어왔다. 아버지도 저렇게 파수를 본 일이 있을 것이다. 그의 가슴에는 조상의 성지를 찾는 감동이 있었다.

평양성에서 내려온 젊은 군관이 마상에서 날씬한 상반신을 돌리며 한 손을 쳐들었다.

6열횡대로 전진하던 부대는 2열종대로 대형을 바꿨다. 베틀의 날이 상하로 바뀌듯이 정확하고 신속한 전환이었다.

능소는 앞에 가는 군관의 뒷모습을 주시했다. 말 탄 품이나 뛰는 모습이나 또 앉은 자세나 모두 사람을 매혹하는 이상한 힘이 있고 평소에 말이 없다가도 입을 열면 무조건 복종을 요구하는 권위와 위풍이 넘쳐흘렀다.

겨우내 산과 들에서 단련을 받았다. 졸병으로 오랜 세월을 군대에서 보내며 공을 세웠다는 사람들이 많았고 평양성에서 본 얼굴들, 그 때 10인장, 20인장으로 선에 든 청년들도 있었다.

군관은 언제나 행동을 같이했다. 살을 에는 눈 속에서 자고도 아침에 일어나면 여전히 기운이 씽씽했다. 자기들이 추위에 아래윗니를 맞부딪칠 때도 그의 단아한 얼굴은 눈썹 하나 까딱하지 않았다.

요동평야를 손바닥에 꿰뚫은 듯 모르는 것이 없었다. 어디 가면 외나무다리가 있고 어디 가면 큼직한 바위가 있고 어디에는 개울이 있다고 하였다. 가보면 반드시 있었다. 언제나 앞장을 섰고 피곤한 얼굴 한 번 보인 일이 없었다. 덕분에 자기들도 이제 얼마든지 눈 속에서 잘 수 있고 이삼 일쯤 굶을 수도 있었다.

군관 약광(若光)은 뒤를 돌아보고 창을 높이 쳐들었다.

"입성 준비."

성루에서는 북소리와 호각소리가 울려왔다. 10여 기의 부하를 거느린 처려근지〔處閭近支: 성(城)의 최고책임자〕가 깃발을 앞세우고 마중 나왔다. 성문 앞에 멈춰선 부대의 정면에 이르러 군관과 군례(軍禮)를 교환했다.

"원로에 수고하셨습니다."

"고맙소."

약광의 대답은 간단했다.

성내로 전진한 그들은 처려근지 처소 맞은편에 위치한 군영(軍營)에서 대기하고 있던 병사들에게 말을 넘겨주고 널찍한 별당에 들어가 정렬하였다.

높은 어른이 나온다고 했다. 옆에 비켜선 약광은 정면을 응시하고 장내에는 기침소리 하나 없었다.

능소는 눈을 감았다. 집을 떠난 것이 아득한 옛날 같았다. 겨울의 산야를 치달으며 갖은 고난을 이겨내는 과정에서 지난 일은 희미하게 뒤로 물러가고 이제 고개 너머 다른 고장, 조와 수수의 고장이 아닌 창과 칼의 고장에 몸을 두고 있었다.

문이 열리고 군관들이 들어서면서 약광의 구령이 울렸다. 자세를 바로 한 능소는 선두의 제일 높은 어른을 바라보았다. 삼월 삼짓날 융골산에서 보던 연자발 장군이었다.

군관들의 뒤에는 오색 끈으로 묶은 고리를 받쳐 든 병사들이 따랐다. 그들은 고리를 정면 단 위에 내려놓고 뒤로 물러섰다.

단상에서 군례를 받은 연자발은 얼굴에 미소를 띠었다.

"나는 당신들이 그동안 겪은 고된 단련을 잘 알고 있소. 이로써 당신들은 정식으로 영광된 고구려의 무사가 되었고, 고구려군의 기간(基幹)이 되었소. 이 무여라에서 맡을 임무는 약광 소형(小兄)으로부터 각각 받을 것이나 요컨대 이제부터 당신들은 고구려의 방패가 되는 동시에 눈이 되고 귀가 될 것이오. 폐하께서는 당신들을 아끼사 여기 특별히 만든 군복을 내리셨소. 폐하를 대신해서 직접 전달하겠소."

물러섰던 병사들은 다가서 오색 끈을 풀고 고리를 열었다. 한 사람씩 차례로 나가 연자발로부터 황색 보자기에 싼 것을 받아들고 제자리에 돌아왔다. 능소는 보자기를 통해서 오는 폭신한 털의 감촉을 느끼면서 말할 수 없는 보람에 가슴이 뭉클했다.

군관들은 퇴장하고 그들은 막사로 물러나와 옷을 갈아입었다. 능소도 때와 흙먼지로 절어 붙은 개가죽 옷을 벗어 던지고 부드러운 산양털 속에 차례로 발을 꿰었다. 아무도 입을 여는 사람은 없었다.

이튿날 아침 직첩(職牒: 사령장)을 받고 군영 앞마당에 모인 그들은 연자발과 약광 이하 군관들의 뒤를 따라 처려근지 처소 앞을 지나 그 동쪽에 있는 동명신궁(東明神宮)으로 들어갔다.

층계 밑에 정렬이 끝나자 주악이 울리면서 정전(正殿)의 문이 천천히 열리고 군관의 구령에 따라 모두들 일제히 한 무릎을 꿇고 머리를 숙였다.

주악이 끝나자 정면 중앙 한 걸음 앞에 엎드린 청년이 품속에서 봉서를 꺼내 펴들었다. 같이 단련을 받은 20인장이었다. 그는 울부짖는 바람을 이기며 한 구절 한 구절 분명히 읽어 내려갔다. 구절마다 복창하는 열중(列中)에서 능소도 힘을 주어 외쳤다.

"우리는 영예로운 대 고구려의 무사가 되는 마당에서 조국을 창건하시고 영원히 지켜주시는 국조 동명성왕 앞에 엄숙히 맹세하노니 — 동은 창해에서 서는 요하 건너 무여라까지, 남은 아리수(阿利水: 한강)에서 북은 사할리얀(黑龍江)까지. 이 땅은 옛날 우리 조상의 발상지(發祥地)이며 조상의 뼈가 묻힌 곳이며 피로써 지킨 곳이며 땀으로 세운 곳이며 계승하여 오늘 우리의 조국이며 장차 무한세에 걸쳐 우리 자손의 나라임에 비추어 — 영용 무쌍하고 고명 활달한 조상의 기우(氣宇)를 간직하고 — 국조신(國祖神)을 공경할 것이며 성상폐하에게 충성을 다할 것이며 명령에 절대 복종할 것이며 — 평일에 무술을 닦을 것이며 학문을 익힐 것이며 재물을 탐하지 않을 것이며 여인을 범하지 않을 것이며 — 고난과 유혹에 굴하지 않을 것이며 일단 유사시에는 용전분투하여 단호 적을 격멸하고 조국의 불멸(不滅)의 성벽(城壁)이 될지어다."

맹세가 끝나고 다시 주악이 울리는 가운데 20인장은 낭독한 봉서를 받들고 층계를 올라 신전에 바쳤다. 그가 자기 위치에 돌아와 무릎을 꿇자 주악은 그치고 다시 군관의 구령으로 바로 일어섰다. 이제 완전히 고구려의 무사가 된 것이다.

그들은 묵묵히 신궁을 물러나왔다.

하늘은 맑았으나 뺨을 치는 바람은 살을 에는 듯했다. 군복 위에 흰 옷을 걸친 10여 명의 창기병들은 눈이 덮인 무여라 벌을 서남으로 달리고 있었다.

선두의 10인장 능소는 푸른 깃발을 들고 옆을 달리는 병사에게 물었다.

"너, 돌쇠라구 했지? 중국말은 어디메서 배왔니야?"

"회원진(懷遠鎭: 금주(錦州))에서 나서 자랐습니다."

그는 아침에 떠날 때 뒤늦게 배속된 이 병사를 다시 한 번 훑어보았다. 작달막하고 야윈 편이면서도 눈에는 독기가 서려 있었다.

"회원진에서는 왜 돌아왔지?"

"3년 전 봄입니다, 밤중에 중국 놈들이 몰려와서 집에 불을 지르고 무작정 뚜드려 팬단 말입니다. 그 통에 동생은 맞아죽고 겨우 부모님을 모시고 빠져 나왔습니다."

"군대에는 언저게 들어왔니야?"

"2년 전입니다."

"부모님은 지금 어디메 계시냐?"

"오골성(烏骨城: 봉황성)에 계십니다."

지평선에 이상이 있었다. 뚫어지게 보던 능소는 뒤를 향해 나지막이 외쳤다.

"적이다!"

일제히 뛰어내린 그들은 말을 끌고 저마다 웅덩이나 바위를 찾아 흩어졌다. 말과 사람은 자세를 낮추고 전방을 응시했다.

흰 벌판을 빠른 속도로 접근해 오는 적의 윤곽이 드러났다. 기병 3명, 척후에 틀림없었다. 처음으로 적을 대하는 능소는 긴장했다.

염소수염의 병정을 중심으로 다가오는 적은 쉬지 않고 지껄였다. 가끔 바람결에 큰소리가 들려왔다. 적은 일단 정지하여 주위를 두리번거리다가 다시 말에 채찍을 퍼부으며 질주해 왔다.

1백여 보 거리에 들어오자 별안간 능소 이하 병사들은 말에 올라 내달았다. 적은 엉겁결에 말고삐를 틀어 크게 원을 그리며 도망치려고 했다.

그들은 재빨리 앞질러 적을 포위하고 창을 휘둘렀다. 능소는 돌진하여 활을 겨누는 염소수염의 가슴을 냅다 찔렀다. 적은 악 소리와 함께 활을 버리고 두 손으로 그의 창끝을 잡았으나 잠시 앙탈을 부리다가 맥없이 땅에 떨어져 버둥거렸다. 병사들과 접전하던 적병 한 명은 다리를 맞고 쓰러질 듯 비틀하다가 말고삐를 낚아채어 쏜살같이 내달았고 나머지 적병도 그 뒤를 쫓았다.

능소가 내달리고 돌쇠에 이어 병사들이 뒤따랐다. 달리면서 활을 쏘았으나 휘몰아치는 바람에 살은 옆으로 날리고 거리는 더욱 멀어졌.

적은 말갈기에 얼굴을 파묻고 줄기차게 달렸다. 5백여 보의 거리는 좁혀지지 않고 바람은 여전히 세차게 뺨을 후려쳤다. 하늘 끝까지 달려도 끝장이 날 것 같지 않았다.

앞을 달리던 적이 갑자기 주춤하더니 말은 속도를 늦추고 엉기엉기 걷기 시작했다. 빙판에 걸린 것이다. 능소는 돌진해 갔다.

적은 뒤를 돌아보고 마구 활을 당겼다. 능소는 말고삐를 옆으로 틀고 한 대 쏘았다. 배를 맞은 적마는 모로 쓰러져 사지를 허우적거리고 빙판에 떨어진 적병은 일어서 다친 발을 절룩이며 칼집에 손을 가져갔다. 능소와 돌쇠는 거의 동시에 활을 당겼다. 적은 머리와 가슴을 맞아 뒹굴고 남은 적병은 활과 칼을 집어던지면서 무어라고 크게 외쳤다.

"항복한답니다."

돌쇠가 숨을 허덕이며 통역하고 뒤따르던 병사들도 당도하여 말을 멈춰 세웠다.

적은 말에서 내려 다가왔다. 뛰어내린 두 병사가 그의 등을 떠밀어 능소의 말 앞에 꿇어앉혔다.

"따 — 징."

그는 굽실했다.

"목숨만은 살려 달라고 합니다."

능소는 얼굴을 돌려 몰아치는 바람을 피하면서 외쳤다.

"묻는 대루 통역해라. 어디메서 왔니야?"

"회원진에서 왔답니다."

"회원진에는 병정이 얼매나 있니야?"

"자세히는 모르지만 많답니다."

"고향은 어디메야?"

"산동(山東)이랍니다."

무여라 벌에서 발견되는 적병은 특히 중요하다고 인정되는 외에는 처치해버리라고 하였다. 아무리 보아도 신통한 위인이 못되었다. 아니면 감추는 것일까?

그는 창끝을 포로의 코 밑에 들이댔다.

"알멘서두 한나두 앙이 부는구나. 죽여 베린다!"

적은 이빨을 부딪치고 떨었다.

"병선을 만드는 걸 보았답니다."

"어디메서 보았느냐?"

"동래(東萊: 산동성 등주)에서 보았답니다."

"동래라구 어떻게 쓰느냐?"

"글을 모른답니다."

능소는 수군이나 병선에 대해서는 얘기를 들은 일은 있어도 본 일도 없고 아는 것도 없었다. 역시 후송하는 것이 안전할 것 같았다. 그는 병사들에게 명령하여 적병을 타고 온 말에 다시 태웠다.

"살레준다. 그 대신 시키는 대루 앙이 하문 재미없다."

한결 누그러진 그의 태도에 포로는 마상에서 굽실했다.

"세세, 따—징."

능소는 두 명의 병사를 붙여 무여라성으로 후송하고 다시 전진하였다.

해가 떨어지고 멀리서 이리들이 울부짖는 소리가 들렸다. 그들은 큼직한 바위 뒤에 자리를 잡고 안장을 내렸다. 제각기 말먹이가 든 부대를 열어 받쳐 들자 말들은 부대 속에 머리를 박고 먹기 시작했다.

하늘에는 별이 총총했다. 코를 울리는 말들은 큰 돌에 매놓고 둘러앉아 엿과 수수떡으로 배를 채웠다. 능소는 안장에 기대앉아 입속에서 엿을 녹이며 가슴에 창을 맞고 얼굴을 찡그리던 염소수염의 모습을 생각했다.

식사를 마친 병사들은 웅크리고 앉아 아무도 말하는 사람이 없었다. 그는 속삭이듯 명령했다.

"모두덜 자라."

병사들은 가죽주머니를 뒤집어쓰고 드러누웠다. 서로 바싹 엉겨붙어 추위를 쫓는 부하들 옆에 능소는 홀로 앉아 주위를 살폈다. 밤은 캄캄하고 바람소리와 짐승의 우는 소리는 쉬지 않고 울려왔다.

새벽에 야영지를 떠난 부대는 첨산(尖山)을 북으로 바라보며 전진하다가 길이 네 갈래로 갈라진 작은 동네에서 정지하였다. 10여 채의 집들은 모두 문을 닫아 매고 반은 쓰러진 것이 사람의 그림자는 하나도 보이지 않았다. 한 바퀴 둘러보아도 빈집들에 틀림없었다. 능소는 이것이 글안(契丹) 마을이라고 생각하면서 품에서 지도를 꺼내 들고 약광에게서 들은 대로 부하들에게 설명했다.

"여기는 글안마을이다. 본래 글안 사람덜이 살았으나 지금부터 14년 전, 수나라와 우리나라가 싸울 때 이 고장이 싸움터가 되는 바람에 대개는 죽었고, 나머지는 북으로 저희 나라에 돌아갔다. 이 고장은 적의 노하진〔蘆河鎭: 의주가(義州街)〕으로도 통하고 회원진으로도 통하는 요충이다. 무여라 성에서 여기까지는 370리, 모두덜 잘 봐둬라."

그들은 마을을 다시 한 바퀴 돌고 서남으로 회원진 가도를 질주하였다. 도중에서 무여라 성으로 돌아가는 교대병의 부대를 만날 때마다 서로 깃발을 흔들며 지나쳤다.

석양에 발착수〔渤錯水: 지금의 대릉하(大凌河)〕가 굽어보이는 고개에 당도하였다. 얼어붙은 강 이편에는 여기저기 초병들이 서 있고 언덕을 의지하여 작은 막사가 보일 뿐 스산하기 그지없었다. 병사들만 없다면 그대로 무인지경이었다.

그들은 막사로 내려갔다.

"10인장 능소라구 하오."

초병의 인도로 막사 별실에 들어선 능소가 먼저 인사하자 초장(哨長)은 반가이 맞아주었다.

"기다리구 있었소. 10인장 곰쇠라구 하오. 12명이지요."

"앙이, 도중에서 포로를 후송하느라구 두 명은 처졌소."

중년의 초장이 권하는 대로 능소는 나무토막에 걸터앉았다.

"오늘은 피곤할 터이니 내일 대강 설명해 드리겠소."

"좋소."
"보아하니 젊은 10인장인데 군대생활은 얼마나 했소?"
"지난가을부터요."
"그럼 삼월 삼질 패로군. 이 고장 군관은 까다롭소. 정신 차려야 할 것이오."
"무여라에서 뵈었소."
"무어랍디까?"
"회의 때문에 왔는데 곧 갈 테니 우선 가서 교대하라구 합데다."
"무여라 성에는 약광이라는 근사한 군관이 새로 왔다는데 어떤 사람이오?"
"소문대루요."
능소는 화제를 돌렸다.
"여기는 얼매나 있었소."
"1년이오."
"되눔덜의 척후는 많이 나타나오?"
"나타나지만 모조리 박살을 내든지 올개미를 씌우오."
"깊숙이 들어간 것도 있재이오?"
"어쩌다가 새어 들어가는 놈두 있지요. 오면서 보잖았소? 무인지경이란 말이오."
"적만 우리 땅에 들어오구 우린 적지에 못 들어가오?"
"두구 보시오. 회원진까지 갔다 오라, 어느 산에 가서 사흘 동안 잠복해라, 심심찮을 것이오."
능소는 고구려의 눈이 되고 귀가 된다는 뜻을 알 만했다.

전쟁 속의 외로운 싸움

어머니는 상아의 어머니와 함께 말을 사러 성(요동성)으로 갔다. 혼례 때 쓴다고 장속 깊이 간직해두었던 은덩이를 들고 떠났다. 새해 농사에도 필요하고 능소를 위해서 한 필 정도는 예비로 장만해두는 것이 옳다고 했다.

10인장쯤 되면 언제나 바꿔 탈 말이 있어야 한다는 것이 어머니의 주장이었다. 자기도 두말없이 찬성했다. 능소의 어머니는 모녀의 고집에 못 이겨 따라나섰다.

상아는 문풍지에 울리는 바람소리를 들으면서 능소에게 보낼 장버선을 짓고 있었다. 벌써 다섯 벌째 바느질을 하고 있건만 하나도 보내지 못했다. 아무리 군대생활이라도 편지 한 장 못할까. 설에는 돌아오려니 했건만 감감 무소식이었다.

전쟁이 터졌다면 몰라도 그런 것도 아닌데 … 능소는 10인장이 되었다고 거드름을 피울 사람은 아니고, 어느 외딴 고장에서 병들어 누운 것은 아닐까?

밭일에 닳아 뭉툭한 손은 동상으로 부었고 찬바람 탓으로 얼굴도 까칠해졌다. 능소가 있을 때는 곧잘 물을 길어다 주고 장작도 패주었건만 ….

문이 휙 열리면서 찬바람과 함께 지루가 들어섰다. 상아는 벌떡 일어섰다. 지루는 문을 잡아당겨 걸고 돌아서 히죽이 웃었다.

"왜 왔지?"

"천천히 얘기하지."

그는 가죽신을 벗고 들어와 앉았다.

"혼자서 쓸쓸하겠군."

상아는 선 채로 그를 노려보고 대답이 없었다.

"앉지, 오늘은 할 얘기가 있어."

감아 붙는 품이 심상치 않았다.

"엄마가 오문 큰일 난다."

"엄마는 성으로 갔응이 저물어야 올 게구, 천천히 얘기해볼까."

바당에 내려가려고 한 발 내디디는데 지루가 치맛자락을 잡아채어 주저앉혔다.

"벌써 정슴이야?"

그는 구석에 뒹구는 장버선을 집어 들었다.

"이거 능소란 아 줄 거지? 불쌍한 건 여자란 말이야."

상아는 돌아앉아 벽만 보고 있었다.

"능소, 능소 하지마는 옛날 능손 줄 알아?"

그는 손에 들었던 장버선을 길게 바당에 내던졌다.

"포근포근한 맹지(명주) 보선도 남아서 걱정이라는 거 모르는구나. 공연히 10인장 된 줄 알아? 능소가 지금 어디메 있는지 모르지? 난 알구 있어."

"우만 아바이도 모르는 거 지루가 어떻게 알아?"

"우만 아바이 모르는 거 내가 알문 앙이 돼?"

"……."

"내가 평양성 갔다 온 건 상아도 알지. 평양성 친구한테서 편지가 왔단 말이야. 옥저마을에서 온 능소라는 10인장이 평양 미인하구 결혼했다 이 말이야."

상아는 일어서 외쳤다.

"능소는 그런 사램이 앙이야."

"미안하지마는 사실이야."

"앙이야."

"이래서 여자는 불쌍하당이까."

지루는 일어서 두 팔로 그를 껴안으려고 덤볐다.

"상아는 원래 날 좋아했지, 중간에 능소란 놈 때문에 묘하게 됐지만."

상아는 그를 뿌리치고 바닥으로 내리뛰려고 했다. 그러나 지루는 그의 덜미를 잡아 온돌바닥에 내던지고 덮쳐왔다.

여자는 밑에서 할퀴고 요동쳤다.

"쓸데없이 보채지 마라."

지루는 두 무릎으로 그의 팔을 짓누르고 옷고름을 풀기 시작했다.

"내가 능소에게 뺏길 줄 알았어? 오늘은 내 것으로 점을 찍어 놓구야 만다."

억센 힘에 눌린 상아는 꼼짝도 할 수 없었다.

"지루, 이러지 마."

"이러재이쿠는 앙이 됭이 그러지."

웃통을 열어젖히고 치마에 손을 댔다.

"이러다간 동네에서 맞아 죽는다."

"쥐도 새도 모르는데 동네에서 어떻게 알아?"

지루는 숨을 허덕였다. 상아는 악을 쓰며 입술을 마구 깨물다가 그의 얼굴에 침을 뱉았다. 지루는 얼굴에 튄 침과 피를 소매로 닦으면서 능청을 떨었다.

"그렁이까 더 이쁘구나."

"이 돼지새끼, 죽어도 원쉬 갚을 테다."

"히히, 나하구 살게 될 겐데 원쉬가 무슨 원쉬야."

상아는 고함을 지르고 요동을 쳤으나 지루는 끄덕도 하지 않았다.

"에헴. 야아 상아 있니야?"

밖에서 우만 노인이 부르는 소리가 났다. 지루는 겁결에 후다닥 튀어 일어났다. 두리번거리다가 신발을 걷어쥐고 바닥에 내려가 뒷문으로 빠져 달아났다. 상아는 얼른 일어나 옷을 여미고 머리를 쓰다듬어 올렸다.

"어째서 대답이 없니야?"

노인이 밖에서 문고리를 잡아당겼다. 상아는 잔등에 흐르는 식은땀을 느끼면서 문을 열었다.

"아께 너의 에미하구 능소에미가 집에 들렛더라. 네가 혼자 있응이 안심이 앙이 된다구 말이다."

노인은 신발 신은 발을 문턱 밑에 뻗고 앉았다. 상아는 터진 입술을 한 손으로 가렸다.

"아바이 참 잘 왔소다."

"대낮에 무슨 일이 있겠닝야 좀 앉았다가 가봐야지."

"앙이오다 무서워서…."

"무섭기는."

상아는 우만 노인이 고맙고 반갑기 그지없었다.

"어서 신을 벗고 들어오오다. 쇠주를 한잔 드릴게요."

"그럼 한잔 해볼까."

그는 신발을 끄르기 시작했다. 상아는 노인의 눈치를 살피면서 바닥에 내려가 버선을 집어 들고 올라와 뒷방에 들어갔다. 버선을 궤짝 위에 놓고 고치솜을 찾아 입술을 닦았다. 피는 멎었으나 아랫입술은 분명히 부어 있었다. 저고리에도 피가 튀었다.

소리 없이 울며 새 옷으로 갈아입었다. 능소는 왜 소식도 못 전할까?

"아가아, 안쥐는 없어도 좋다. 술만 한잔 가제오나라."

"예에."

그는 눈물을 삼키고 가까스로 대답했다. 벗어놓은 옷으로 얼굴을 이리저리 훔치고 구석의 술 단지를 들고 정지에 나갔다. 노인은 목침을 베고 누워 있었다.

"술이 차서 좀 데워야겠소다."

그는 억지로 웃어 보이고 단지의 술을 오리병에 옮겨 큰 가마의 더운 물에 담그고 바닥에 내려섰다. 어머니의 점심반찬을 해드리고 남은 노루고기를 접시에 담아들고 올라와 부뚜막에 앉았다.

"능소는 잘 있는지 모르겠다."

노인은 누운 채로 그의 뒷모습을 바라보았다.

"글쎄오다."

"사램이 착실해서 어디메 가나 인심을 얻을 게다."

노인은 더 말이 없고 코를 골기 시작했다. 상아는 선반에서 상을 내려 수저와 주발을 놓고 안주도 얹었다.

술이 데워지는 것을 기다리는 동안 오만가지 생각이 들었다. 우만 아바이 말대로 능소는 착한 사람이요, 아침저녁으로 변하는 인간이 아니다. 문제는 어떻게 하면 지루의 얼굴을 다시는 안 볼 수 있을까?

아바이한테 얘기할까? 마을사람들이 모여들어 때려죽일 것이다. 죽어도 싸지마는… 모두들 나를 흰 눈초리로 보고 헌 계집이라고 하지 않을까 … 엄마한테 몰래 얘기하면 좋은 수가 있지 않을까. 하지만 어떻게 얘기한다?

"아, 내가 깜짝 잠이 들었구나."

노인이 일어나 앉아 하품을 했다. 상아는 상을 들어다 놓고 가마에서 오리병을 꺼내 주발에 더운 술을 부어드렸다.

"거 뜨끈해서 좋다."

노인은 한 모금 들이켜고 안주를 집었다. 상아는 그의 눈치를 살피다가 물었다.

"아바이는 왜 혼자서 지내오다?"

"왜 혼자 지내는지 모르니야? 세상이 다 아는데 … ."

그는 또 한잔 들이키고 수염을 쓰다듬었다.

"젊어서 군인 갔다 와봉이 예펜네가 어떤 사내하구 달아나구 없더라. 그렁이 혼자 앙이야?"

"그 얘기는 들었소다. 어째서 또 장개를 앙이 들었소다?"

노인은 눈을 치떴다.

"너도 여자지마는 세상에 못 믿을 건 여자더라. 그래서 아시당초에 혼자 살기로 했다."

"모두덜 못 믿을 건 남자라구 그러던데 … ."

"뉘기 그러덩이? 내 말 들어봐라. 내가 전쟁터에서 한창 싸우는 판에 어떤 건달이 이 동네에 나타났단 말이다. 그래가주구 내가 죽었다는 게야. 제 눈으로 봤다구 말이다. 무슨 수작을 어떻게 부렛는지 예펜네가 속아 넘어가서 그 건달하구 시시닥거리다가 달아났단다. 이렁이 여잘 믿게 됐니? 혼자 상이 펜해서 좋다."

"아바이 군인 나가문 펜지 못하오다?"

"못할 수도 있구 할 수도 있지."

"예?"

"능소 걱정 아예 말아라. 건달한테 속지도 말구. 펜지 앙이 하는 것도 사정이 있을 게다. 어어 취한다. 집에 가야지."

노인은 일어서려고 했다. 상아는 그의 팔을 붙잡고 말렸다.

"앙이오다. 여기 눕소다."

"그럴까…."

다시 목침을 베고 누운 노인은 곧 잠이 들었다. 상아는 마음이 한결 가벼워지고 지루가 더욱 미웠다.

겨울이 다 가고 새봄이 와도 능소에게서는 소식이 없었다. 우만 노인이 틈틈이 도와주기는 했으나 힘에 겨운 밭갈이에 파종을 마치고 나서부터 어머니는 말끝마다 맥이 없다고 했다.

엊그제 뒤꼍 채소밭에서 배추를 솎다가 오한이 난다면서 집에 들어와 몸져누운 후로는 뼈가 쑤시고 열이 대단했다. 땀을 내면 좋다고 해서 더운 온돌에 이불을 쓰고 밤을 새웠으나 낫지 않았다.

약을 지어 오겠다고 하여도 하루 지나면 나을 거라고 굳이 말리는 바람에 어제는 녹두를 달여 대접하고 종일 옆을 떠나지 않았다. 몸이 뜨겁고 뼈가 쑤시기는 매일반이었다.

오늘은 이른 아침에 능소의 어머니가 왔기에 곧 집을 나섰다. 막상 나서고 보니 약방까지 십 리 길을 다녀올 일이 걱정이었다. 도중에서 지루라도 만나면 큰일이었다. 겨울에 변을 당하고는 혼자 나다니는 것을 피해 왔으나 오늘은 어쩔 수 없었다.

그는 다시 집에 들어가 궤짝에서 아버지가 생전에 썼다는 단도를 꺼내 허리춤에 감추고 내달았다. 밭에서 일하는 사람들이 여기저기 눈에 띄었으나 지루는 보이지 않았다. 쫓기듯이 가끔 뒤를 돌아보면서 고개 너머 약방까지 단숨에 뛰었다.

어머니의 증세를 듣고 난 늙은 의원은 대수롭지 않게 대답했다.

"가볼 것도 없다. 약을 줄 터이니 대려 디레라."

상아는 통사정을 했다.

"열이 오르구 죽 한 숟갈 앙이 드는데 좀 가봐 주시오."

"염려 없당이까."

의원은 돌아앉아 약봉지를 두 장 펴놓고 약장 서랍을 이리저리 뽑기 시작했다. 상아는 더 말을 붙일 여지가 없어 아침 햇살이 비치는 창문을 멍하니 내다보고 앉아 있었다. 의원은 잘게 썬 초약을 어림으로 주워 넣고 봉지를 만든 다음 붓으로 '패독산'이라고 써서 그에게 내밀었다.

"한 첩씩 대리구, 마즈막에 둘을 합체서 재탕해라."

노인은 그를 외면하고 장부에 기장을 하였다.

"낫재이문 또 오겠소다."

"나을 게다."

의원은 쳐다보지도 않았다.

"셈은 가슬에 하겠소다."

"그래라."

상아는 밖에 나섰다. 풀이 파랗게 자란 오솔길을 따라 걸음을 재촉하면서 좌우를 살폈다. 돌아갈 때는 의원과 같이 가려니 안심했으나 다 틀렸다.

숲이 우거진 고갯길에 접어들자 가슴이 두근거렸다. 허리춤의 단도를 겉으로 매만지고 반이나 뛰었다.

별안간 머리 위에서 까옥 하는 소리가 났다. 그는 발을 멈췄다. 나무에 앉았던 까마귀가 부출을 치고 날아갔다.

"재쉬 없게…."

약봉지를 다른 손에 옮겨 쥐고 다시 걸었다.

길이 꼬부라지는 대목에서 이상한 예감이 들었다. 무슨 소리를 들은 것만 같았다. 그는 천천히 걸으면서 주위를 살폈으나 아무 기척도 없었다.

지레 겁을 먹은 것이리라. 그는 약봉지를 가슴에 부둥켜안고 뛰기 시작했다.

바로 길 옆 자작나무 뒤에서 지루가 쑥 나타나 길을 막고 섰다. 상아는 놀라 뒷걸음질 치다가 약봉지를 떨어뜨렸다.

지루는 두 손으로 옆구리를 짚고 서서 노려보고 있었다.

상아는 애써 진정하고 천천히 단도를 빼어 들었다. 노려보던 지루는 몇 걸음 다가서면서 씩 웃었다.

"사람을 윗기는데."

또 다가섰다.

"상아, 이거 정 이러지 말자구."

순간, 상아는 가슴을 겨누고 푹 찔렀다. 그러나 잽싸게 비킨 지루에게 손목을 잡히고 몸은 비틀거렸다.

억센 손아귀에서 뼈가 으스러지는 고통이 왔다. 이를 깨물고 참았으나 칼은 땅에 떨어지고 말았다. 지루는 손목을 놓고 칼을 집어 자기 품속에 질렀다.

"좀 얘기할까….''

손목을 잡아 앉히고 자기도 옆에 앉았다. 상아는 땅을 내려다보았다.

"어망이 앓는다지?"

여자는 잠자코 고개를 끄덕였다.

"그거 앙이됐다. 그런데 물어볼 말이 있다. 어째서 능소는 좋구 나는 싫은지, 그거 좀 말해봐. 말 못하겠니야?"

심상치 않은 목소리였다. 상아는 결심하고 얼굴이 쳐들었다.

"슬쿠 좋구 어딧니야? 난 능소하구 정혼했단 말이다."

"난 그런 소리 못 들었다. 나하구 정혼하잔 말이다."

"앙이 된다."

"어째 앙이 되니?"

"난 능소가 좋다."

"나는 슬타 이 말이지? 너도 알겠지마는 난 성미가 고약해서 한번 마암먹은 건 하구야 만다."

"엄마가 아파. 가봐야겠어."

상아는 일어섰다. 지루의 얼굴이 일그러졌다.

"뉘기 가라구 했어?"

상아는 잠자코 한 걸음 앞으로 내디뎠으나 뒤에서 덜미를 잡아채는 바람에 그대로 쓰러졌다.

"흥, 아즉두 말귀를 알아듣지 못하는구나."

다시 일어서려는데 이번에는 가슴패기를 잡아 흔들다가 별안간 딴 죽을 쳐 넘어뜨리고 덮쳤다. 상아는 할퀴고 발버둥 치고 울부짖었다.

"우만 아바이한테 이른다. 넌 맞아 죽는다."

지루는 한 손으로 그의 입을 틀어막고 가슴으로 내리누르기 시작했다. 순간 그의 품에서 단도가 미끄러져 그대로 땅에 떨어졌다. 상아는 한 손으로 더듬어 잡고 슬그머니 칼집을 열었다.

"아, 숨이 … 맥혀."

나머지 손으로 그의 얼굴을 떠밀자 사나이는 상반신을 일으켰다. 상아는 때를 놓치지 않고 겨드랑을 힘껏 찔렀다.

악, 하고 비명과 함께 모로 쓰러진 사나이는 마구 뒹굴며 울부짖었다.

"이 갈라, 두구 보자!"

상아는 얼른 일어나 약봉지를 집어 들고 부리나케 뛰었다. 금시 덮쳐올 것만 같았다. 고개가 끝나고 마을이 내려다보이는 대목에서 처음으로 뒤를 돌아보았다. 숲은 고요하고 아무도 따라오는 사람은 없었다. 가슴이 떨리고 식은땀이 온몸을 적시고 있었다.

옷을 털고 헝클어진 머리를 만지면서 고개를 내려오다가 문득 지루가 죽지나 않았을까 겁이 났다. 아무리 돌아보아도 그의 모습은 나타나지 않았다.

죽으면 큰일이었다. 못된 짓을 한 것은 지루였으니 신령님은 자기를 알아주겠지마는 무서운 것은 사람들의 입이었다. 온 동네가 뒤집히고 자기가 죽였다고 나서고… 전후 사정이 밝혀지면 그것으로 끝나겠지마는 그다음이 걱정이었다. 말 많은 아낙네들은 오래 두고 입을 놀릴 것이고 손가락질을 할 것이었다.

살아도 걱정이었다. 그 성미에 칼을 맞고 가만있지 않을 것이다. 끝장을 낼 때까지 지긋지긋하게 따라붙을 것이다.

이러나저러나 몸 둘 곳이 없었다. 바당에 들어설 때까지 아무리 생각해도 묘수는 없고 머리만 무거웠다. 그는 바당문 고리를 잡고 망설였다.

안에서 어머니의 힘없는 소리가 들렸다.

"야아가… 아이구… 아즉두 앙이 왔습메?"

자다가 깬 모양이었다.

"앙이 왔습메."

"약은 무슨 약이라구… 아이구…."

"내가 나가 보구 오겠습메."

능소의 어머니가 일어서는 모양이었다. 상아는 문을 열고 바당에 들어섰다.

"의사 선생님은 앙이 오니야?"

정지에 일어선 능소의 어머니는 유심히 그를 내려다보았다.

"이 약 쓰문 된다구, 앙이 옵데."

저도 모르게 목소리가 떨렸다. 그는 머리를 들지 못하고 선반에서 약탕관을 내려 물로 부셨다. 잔등을 떠나지 않는 능소 어머니의 시선을 느끼면서 약첩을 풀어 쏟아 넣고 바가지로 동이의 물을 떠 부었다.

부지깽이로 아궁이의 불을 끌어 약탕관을 얹어놓고는 그대로 불 앞에 쭈그리고 앉았다. 어머니의 앓는 소리는 그치지 않았다.

"야아, 배고프겠다. 아이구… 어서 올라와 밥먹으려무나. 아이구…."

"괜채입메."

그는 약봉지를 물에 축여 약탕관에 덮으면서 대답했다.

쭉 서 있던 능소의 어머니가 바닥에 내려와 그의 옆에 앉았다.

"무슨 일이 있재있니야?"

어머니가 못 듣게 나지막이 물었다. 상아는 정신을 바짝 차리고 대답했다.

"앙이."

"그럼 어째 울었니야? 치매도 쯔저지구."

상아는 놀라 흰 치마를 이리저리 돌려보았다. 뒤폭이 세로 북 갈라져 있었다.

"오다가 자빠졌습메."

그의 뒷머리에 달라붙은 가랑잎을 뚫어지게 보면서 능소의 어머니는 움직이지 않았다.

"어서 올라와 밥을 먹으려무나."

어머니가 또 재촉했다. 상아는 정지에 올라갔으나 그대로 뒷방에 돌아가 옷을 갈아입고는 바닥으로 다시 내려왔다.

구석에서 도끼를 찾아들고 뒤곁으로 나와 장작을 패기 시작했다. 힘을 주어 도끼를 내려치면 마음이 후련할 것 같았다.

"어망이는 어떵야?"

뒤에서 묻는 소리에 도끼질을 멈추고 돌아섰다. 우만 노인이 뒷짐을 지고 서 있었다.

"아즉 차도가 없소다."

"빨리 나사야지. 돌아오는 길에 들리마."

노인은 돌아서려고 했다. 급한 일이 생긴 것이 분명했다.

"어디메 가오다?"

"지루가 멧돼지한테 받게서 다친 모양이다."

노인은 걷기 시작했다. 상아는 크게 숨을 내쉬고 그의 뒷모습을 바라보았다. 우선 죽지 않은 것만은 틀림없었다.

"무슨 얘깅야?"

동네에서 왈패로 통하는 뒷집 아주머니가 동이를 이고 다가왔다.

"우만 아바이 뭐라덩이?"

"지루가 멧돼지에 혼났답메."

"그 — 래? 멧돼지는 소부연이다(아무것도 아니다). 곰이 씹어 놓으문 없다 없어."

아주머니는 한 손으로 물동이를 붙잡고 한 팔을 내저었다.

"고개 너메 곰너래기 못 봤니? 얼굴 반쪽이 싹 달아난 남정 말이다."

상아는 입을 벌리고 보고만 있었다. 아주머니는 혼자 떠들다가 돌아서 우물로 걸어갔다.

목숨을 건 임무

발착수 좌안을 북상하던 능소(能素) 이하 5명의 척후대는 해질 무렵에 목창보(牧廠堡)에 도달했다. 풀밭에 말을 풀어놓고 앉아 쉬던 4, 50명의 기병들은 다가오는 그들을 주시하고 군관으로 보이는 사나이가 불쑥 일어섰다. 능소는 정지를 명하고 말에서 내려 절했다.
"잘 왔다."
약광(若光) 장군은 그를 반겼다.
"그동안 무고하셨습네까? 여기 계신 줄은 몰랐습네다."
"며칠 전에 왔다."
"이 목창보에서 지시를 받으라는 명령이 있었습네다."
"내가 지시하기로 돼 있다. … 어둡기 전에 얘기하는 것이 좋겠다."
약광은 앞장 서 언덕으로 올라갔다. 눈앞에 발착수가 흐르고 강 가운데는 큰 섬 둘이 나란히 누워 있었다. 강 건너 군데군데 낮은 산들이 흩어진 사월의 벌판은 신록(新綠)으로 덮이고 멀리 안개 낀 연봉(連峰)에 해가 기울고 있었다. 약광 장군은 쓰러진 고목에 걸터앉아 그에게 앉기를 권했다.

"저 강 건너가 대체로 노하진과 회원진의 중간지점인데, 적의 방비가 제일 허술한 대목이다. 여기서 보이는 대로 강을 따라 몇 군데 초소가 있고, 저 남쪽으로 비스듬히 보이는 삼각산 뒤에 이삼백 명으로 추산되는 병력이 있을 뿐 그 밖에는 무인지경이다, 다만 노하 - 회원진 가도에는 무시로 기마 순찰대가 내왕하니 주의를 요한다. 여기서 서남으로 저 안개 낀 산까지 1백 리, 거기서 다시 40리를 더 가면 대왕산(大王山) 이 있다."

약광 장군은 품에서 지도를 꺼내 그에게 넘겨주었다.

"이 대왕산은 지도에서 보는 바와 같이 영주(營州) - 회원진 가도의 바로 남쪽에 있다. 너의 임무는 대왕산에 위치하여 영주에서 망우영(蟒牛營) 을 거쳐 회원진으로 이르는 가도의 병력, 물자의 이동상황을 정찰 보고하는 데 있다. 오늘밤 안으로 대왕산에 직행할 것이며 5일 이내에 돌아와야 한다."

능소는 긴장했다.

"물을 것이 있으면 물어라."

"대안의 초소는 격파하고 전진합네까?"

"그건 처치할 터이니 걱정할 것 없다."

"대왕산 근처만 봅네까?"

"그렇다."

"도보로 갑네까?"

"기마(騎馬) 다."

"적에 너무 노출되는 게 앙입네까?"

"적지(敵地) 에서 중요한 건 속력이다."

능소는 화살의 유효 사정거리 3백 보와 말의 속도를 생각하면서 대안의 산과 들, 숲의 배치를 바라보고 있었다.

"너의 아버지는 이 무여라에서 전사하셨다지? 아버지에 못지않은 아들이 돼라."

침묵이 흘렀다. 황혼이 깔리는 대안에서 말방울소리가 희미하게 울려왔다. 군량을 수송하는 달구지들이라고 능소는 생각했다.

약광 장군이 일어서자 능소도 따라 일어섰다. 그는 언덕을 내려오다가 오래도록 머리에 감돌던 것을 물었다.

"전쟁은 일어납네까?"

"일어난다. 양광(楊廣: 양제)은 지금 탁군〔涿郡: 북경(北京)〕에 와 있다."

"언저게 일어납네까?"

"분명히 언제라고 할 수는 없지마는 지난 2월 양광은 동원령을 내리고 고구려 정벌을 선포했다."

가장 염려하던 것이 현실로 나타나는 긴박감에 능소는 잠자코 걸었다.

저녁식사가 끝나자 출동명령이 내렸다. 능소는 어둠속에 정렬한 대열 후미에 부하들과 함께 서 있었다. 자기들 다섯 명은 중무장이었으나 약광 장군의 부하들은 칼 한 자루 등에 지고 말도 안장뿐이었다.

"승마!"

약광의 나지막한 구령이 떨어지자 일제히 말에 올라탔다. 잔등에 흰 천으로 십자를 표시한 40여 기의 야습대원들은 3선 횡대로 그의 뒤를 따르고 다시 그 뒤에 능소의 척후대가 따랐다. 기침소리 하나 없고 풀을 밟는 말굽소리가 귀에 울릴 뿐이었다.

침묵의 대열은 강으로 쏟아져 내려갔다. 익숙한 말들은 서슴지 않고 차례로 물에 들어가 헤엄쳤다. 능소는 좌우를 전진하는 4명의 부하들과 함께 물속으로 들어갔다. 발목까지 오던 물은 무릎을 지나 엉덩이까지 적셨다. 찬 기운이 배를 치고 전신이 오싹했다. 그는 고삐를 움켜잡고 안장을 만져보았다. 식량을 넣은 가죽주머니는 물속에 고스란히 들어갔다. 단단히 매기는 했으나 아무래도 온전치 못할 것 같았다.

물이 얕아지고 헤엄치던 말은 머리를 좌우로 흔들어 물을 털었다. 뭍에 올라섰다. 낮에 보던 섬이리라. 대열은 멈추지 않고 계속 전진하여 다시 물속으로 들어갔다. 대안에서 무질서하게 외쳐대며 떠들썩하는 소리가 들려왔다. 그러나 말들은 여전히 헤엄쳐 대열은 그대로 전진하였다.

어둠속에서 화살이 하나둘 날아왔다. 동시에 대안에서 찢어지는 비명이 울리고 말들이 이리저리 뛰는 모습이 희미하게 어른거렸다. 선진이 벌써 상륙하여 침묵의 돌격을 감행한 모양이었다. 울부짖는 소리, 무어라고 애원하는 소리가 뒤범벅이 되고 멀리 달아나면서 외치는 소리도 들렸다.

호각소리가 울렸다. 지난겨울 싫도록 듣던 약광의 호각소리였다. 남북으로 갈라져 달려가는 우군의 말굽소리가 요란했다. 능소는 대안에 올라섰다.

"너는 곧장 대왕산으로 전진해라!"

어둠속에서 기다리고 있던 마상의 약광은 한마디 남기고 북으로 달려갔다.

능소는 대열 중앙에서 채찍을 퍼부었다. 말들은 거침없는 풀밭을 낮이나 다름없이 네 굽을 걷어안고 뛰었다. 바람 한 점 없는 밤공기를 뚫고 약광에게 짓밟히는 중국병사들의 비명소리가 뒤를 쫓아왔다.

숲이 우거진 언덕이 앞을 가로막았다. 선두에 나가 종대로 대형을 바꾸면서 좌로 크게 우회하자 남북으로 뻗은 대로가 나타났다. 노하진에서 회원진으로 가는 군도(軍道) 에 틀림없었다. 그들은 일거에 대로를 횡단하여 전진하다가 들판에 빽빽이 들어선 숲과 부딪쳤다.

그들은 말에서 내려 물에 젖은 바지를 입은 채로 쉬어줬다. 찬 기운이 피부에 스며들고 가끔 전신이 떨렸으나 아무도 말하는 사람이 없었다.

능소는 이상한 소리를 들은 듯했다. 그는 옆에서 엉거주춤하고 아랫도리를 만지는 돌쇠의 어깨를 잡아끌었다.

"쉿, 들어봐."

그러나 아무 소리도 들리지 않았다. 능소는 돌쇠와 함께 한쪽 무릎을 꿇고 땅에 귀를 댔다. 남쪽에서 희미하게 땅이 울리고 있었다. 점점 가까워지는 것이 수많은 말굽소리가 분명했다.

"여기서 꼼짝 말구 있어라."

그는 돌아서 부하들에게 속삭이고 돌쇠와 나란히 길가로 달려갔다. 말굽소리는 다가와서 마철이 돌에 닿는 소리까지 역력히 들렸다. 그들은 풀밭에 엎드렸다. 한 사람이 크게 외치자 다른 사람들도 무어라고 떠들썩했다.

"고구려 놈들 이리새끼 같답니다."

돌쇠가 옆에서 속삭였다.

"들리는 대루 통역해라."

"네 …. 고구려 개새끼들 또 왔구나. … 편한 날이 있어야지. … 지긋지긋하다. …"

창을 든 1백여 기의 병사들은 저마다 투덜거리며 바로 눈앞을 지나갔다. 말굽소리가 발착수로 멀어지자 그들은 천천히 일어서 적이 사라진 어둠속을 주시했다.

고구려의 군대와는 딴판이었다. 작년 가을 군대에 발을 들여놓은 후 여태까지 뒤에서나 앞에서나 투덜거리는 병사는 한 사람도 보지 못했다. 중국병사들은 무더기로 투덜거리고 있는 것이다. 뒤를 따라오던 돌쇠가 한 걸음 다가서서 옆구리를 찌르며 속삭였다.

"말방울소리가 들립니다."

그들은 제자리에 앉아 어둠속에 눈을 박았다. 앞뒤에 10여 기의 병사들이 지키는 가운데 4, 50대의 달구지들이 북으로 달리고 있었다. 임유관〔臨楡關: 산해관(山海關) 서남〕을 거쳐 회원진에 도착한 군량을 다시 노하진으로 수송하는 것이리라. 대열이 지나는 것을 기다려 그들은 숲으로 돌아왔다.

능소는 말에 올라탔다. 숲을 돌아 다시 벌판에 나선 그들은 대형을 일렬횡대로 바꾸어 전속력으로 달렸다.

밤은 깊어갔다. 말 탄 그림자들이 정면에 길게 뻗어 간단없이 움직이고 있었다. 능소는 뒤를 돌아보았다. 멀리 발착수 너머 아늑하게 보이는 고구려의 산봉우리에 초승달이 높이 솟아 있었다. 날이 새기 전에 닿아야지. 그는 말에 박차를 가했다.

북두칠성을 우측머리 위에 바라보면서 달리는 그들 앞에 서남으로 뻗은 연산(連山)이 나타났다. 낮에 보던 안개 낀 산에 틀림없었다. 기슭으로 바싹 다가들었다. 불쑥 나온 산 무리를 돌아 짙은 그늘 속에 들어갔다가는 다시 달이 비치는 벌판에 나오며 쉬지 않고 달렸다.

골짜기에서 흐르는 시냇물이 돌에 부딪쳐 달빛에 부서졌다. 능소는 말고삐를 틀고 나지막이 속삭였다.

"정지!"

그들은 말에서 내려 안장의 가죽주머니를 풀었다. 축축하였으나 크게 물이 배지는 않았다. 능소는 납작하게 된 수수떡과 육포를 꺼내 들고 대원들과 함께 냇가에 앉았다. 저마다 손으로 물을 움켜 마시고 먹기 시작했다.

그는 잔잔한 물결에 부서지는 달그림자를 바라보면서 딱딱한 떡을 씹었다. 해마다 이맘때가 되면 파일이라 사람들은 시냇물을 찾아 떡을 붙였다. 상아는 자기의 식성에 맞춰 바삭바삭하게 될 때까지 기름 속에서 이리저리 번지곤 했었다. 아득하게 먼 옛이야기 같기도 하고 먼 훗날의 이야기 같기도 하였다.

─사고는 잡념에서 온다─

단련 중 약광이 무시로 하던 말이 머리를 스쳐갔다. 그는 손에 든 떡과 육포를 삼키고 일어섰다.

"자, 가봐야지."

대원들도 입에 든 것을 씹으면서 일어섰다. 제각기 물을 마시고는 말에 올라 달리기 시작했다.

먼동이 트면서 동남으로 뻗은 대로가 나타났다. 능소는 전진을 멈추고 품에서 지도를 꺼내 주위를 살폈다. 영주에서 망우영을 거쳐 회원진으로 가는 길이었다. 바로 길을 건너 마주 보이는 것이 대왕산이다. 다시 좌우를 살폈으나 사람은 그림자도 보이지 않고 선잠을 깬 참새떼가 머리 위를 날아가고 있었다.

"전진!"

그들은 대로를 횡단하여 대왕산 기슭에 이르렀다. 동편으로 열린 골짜기를 따라 전진하다가 검은 바위틈에 흐르는 샘을 발견하였다. 능소는 고삐를 당겨 말을 세우고 둘러보았다. 황철나무와 박달나무 숲이 우거지고 대로에서도 차폐되어 있었다.

말에서 내린 대원들을 앞세우고 그는 지시를 내렸다.

"여기서 야영한다. 비가 앙이 오는 한 장막은 앙이 친다."

능소는 파수를 세우고 대원들과 함께 풀이 무성한 나무 밑을 찾아 말을 매고 평평한 풀밭을 골라 앉았다. 바지는 여전히 축축했다.

그는 잔등에서 활과 전통을 내려 옆에 놓고 다리를 뻗었다. 조금 떨어진 나무 뒤에 파수를 선 병사들을 제외하고는 모두 그의 주위에 모로 누워 곧 잠이 들었다.

달이 빛을 잃고 동녘 하늘에는 샛별이 반짝였다. 그 별 아래 고향 옥저마을의 낯익은 사람들을 생각하면서 그는 눈을 감았다.

　이튿날도 맑은 날씨였다. 대로에는 가끔 이삼 명의 기병들이 지나갈 뿐 시야에는 인가조차 보이지 않았다. 산으로 둘러싸인 들에는 풀이 무성하고 군데군데 적자색 할미꽃이 무더기로 피어 미풍에 하늘거리고 있었다.
　돌쇠는 숲에서 길을 감시하고 두 명은 그늘에 엎드렸다. 옆에 드러누운 나머지 병사는 하늘을 쳐다보며 말이 없었다. 나무에 기대앉은 능소의 귀에 두 병사의 얘기소리가 들려왔다.
　"전쟁이 일어날까?"
　"집에 가고 싶다 이거지?"
　"사람 놀리는 거야?"
　"다 알고 있다."
　"뭘 알아?"
　"정혼한 색시 엉덩이 생각이 나서 그러지?"
　드러누워 있던 병사가 그들에게 등을 돌리고 한마디 했다.
　"어떻게 생긴 엉덩인지는 몰라도 두드리기는 다 틀렸다."
　"너도 한패거리구나."
　"전쟁이 일어난단 말이다."
　"네가 어떻게 알아?"
　색시가 있다는 병사는 일어나 앉았다.
　"보문 몰라?"
　"네 눈에는 전쟁만 뵈니?"
　"임마, 우리가 왜 여기 왔지?"
　"적정 살피러 온 게 아냐?"
　"적정은 살펴서 뭐하지? 오래잖아 중국에 쳐들어간단 말이다."

나머지 병사도 일어나 앉았다. 모로 누운 병사는 돌아보지 않고 한 마디 더 했다.

"이게 다 공격준비란 말이다."

"그거어 신난다."

나머지 병사는 흥분한 목소리였다.

"신나?"

"전쟁이 끝날 무렵에는 10인장쯤 될 게 아냐?"

정혼했다는 병사가 벌렁 드러눕자 나머지 병사는 따라 누우면서 중얼거렸다.

"내사 더도 말고 10인장만 돼라, 그저."

능소는 그들을 물끄러미 바라다보았다. 전쟁이 일어나면 적이 오든 우리가 가든 많은 사람이 죽고 이 중에서도 몇 명은 영영 세상을 떠나겠지…. 기왕 싸울 바에는 속 시원히 밀고 내려가서 중국 놈들을 짓밟아 숨통을 끊어놓고 싶었다. 이 무여라 전투만 해도 놈들은 호랑이 앞에 강아지처럼 변변히 싸우지도 못하고 도망쳤다. 혼자 잘난 척하고 큰소리만 펑펑치는 중국 놈들 … 그는 가슴이 이글거렸다.

"대장님."

돌쇠가 옆에 와서 속삭였다.

"고개에 적이 나타났습니다."

능소는 일어서 나무에 기대섰다. 10여 기의 호위 병사들을 거느린 군관이었다. 영주 본영에서 회원진으로 명령을 전달하러 가는 길이거나 아니면 국경을 시찰하러 가는 것일까.

사로잡고 싶었다. 그러나 적지에서 배를 넘는 적과 대낮에 싸운다는 것은 무모한 일이었다. 은밀히 추적하다가 해가 떨어진 후 야간기습을 하는 방법이 있었으나 태양은 아직 중천에 있었다.

일행은 차츰 다가와서 얼굴까지 똑똑히 보였다.

영주장사(營州長史) 라고 크게 쓴 흰 깃발이 앞을 가고 다부진 수염이 두 뺨과 입술이며 턱을 빈틈없이 덮은 군관이 부하들을 거느리고 빠르지도 느리지도 않은 속도로 전진하고 있었다.

군관이 옆의 부하와 주고받는 얘기소리가 들려왔다. 돌쇠는 낮은 소리로 통역했다.

"회원진까지 얼마 남았느냐고 합니다."

능소는 일행에서 눈을 떼지 않았다.

"노하진은 잘하는데 회원진은 틀렸답니다."

"벌써 이 길을 세 번째 내왕한답니다."

일행은 정면을 지나갔다. 능소는 그들이 회원진에 무슨 독려차 가는 길이고 돌아갈 때도 노하진에 들르지 않고 이 길을 지날 공산이 크다고 판단하였다. 그들은 산비탈을 돌아 눈에서 사라졌다. 능소는 제자리에 앉았다.

— 두구 보자 —

이튿날은 아침에 두 명의 기병이 북으로 달려갔을 뿐 온종일 길에는 개미 한 마리 보이지 않았다. 나무그늘에서 병사들은 하릴없이 뒹굴었다.

다음날은 아침부터 흐리터분한 날씨였다. 아무리 기다려도 영주장사 일행은 나타나지 않았다. 군관은 노하진으로 돈 것이 아닐까? 그럴 바에는 한바탕 모험이라도 할 것을. 능소는 최둥이 안동 갔다 오듯이 거저 대왕산에 왔다가 소득이 없이 돌아갈 일이 걱정이었다.

오정이 지나자 비가 쏟아지기 시작했다. 군관이 이 길은 온다고 해도 장사(長史) 쯤 되는 자가 비를 무릅쓰고 올 것 같지는 않았다. 능소는 부하들과 더불어 장막을 치고 들어갔다.

비는 멎을 기미를 보이지 않고 계속 퍼부었다. 그는 무거운 마음으로 가까운 봉우리에 올라갔다. 내일이면 돌아오라는 닷새째였다.

어두우면 곧 행동을 개시하여 돌아가리라. 안개 낀 산과 산 사이를 누비고 지나간 평지를 눈으로 더듬어 거쳐 가야 할 길을 찾았다.

멀리 동남으로 뚫린 대로에 움직이는 것이 있었다. 그는 빗속을 지켜보았다. 10여 기의 병사들이었다. 일전에 지나간 군관이라도 좋고 아니라도 무방했다. 이대로 돌아갈 수는 없다. 조져놓고 보리라.

그는 장막으로 뛰어내려와 출동명령을 내렸다. 병사들은 장막을 치우고 흩어져 말을 끌고 왔다.

"자갈을 물레라."

그는 말에 올랐다.

"승마!"

능소는 힘차게 속삭였다. 그를 선두로 척후대는 골짜기를 내려 산모퉁이 숲속에서 전투태세로 대기하였다. 비는 그치지 않고, 가지 사이로 쏟아지는 물은 얼굴을 적시고 목에까지 새어 들어갔다.

그들은 활에 살을 재어 겨드랑에 끼고 한 손으로 눈을 가리는 빗물을 훔치면서 온 신경을 대로에 집중하였다.

모퉁이에 적의 선두가 나타났다. 능소는 살을 재운 활을 쳐들고 한눈을 감고 기다렸다. 틀림없는 일전의 군관이 화살 끝에 나타났다. 별안간 적의 말들이 울기 시작하고 군관은 말고삐를 낚아채면서 외쳤다.

"스웨이아(誰呀: 누구냐)?"

그들은 일제히 화살을 퍼부었다. 팔을 맞은 군관은 한 손으로 살을 빼려고 애쓰다가 그대로 땅에 굴러 떨어지고 다리를 맞아 곱뛰는 말고삐를 이리저리 틀며 어찌할 바를 모르는 병사들로 적은 혼란에 빠졌다.

그들은 칼을 빼어 들고 적중에 뛰어들었다. 빗속에서 혼전이 벌어졌다. 능소는 돌진해 오는 적병의 장창을 모로 피하면서 칼로 손목을 내리쳤다. 적은 외마디 비명과 함께 땅에 거꾸로 떨어지고 탔던 말은 울며 풀밭으로 뛰어 달아났다.
　산 밑에서 돌쇠가 4, 5명의 적에게 둘러싸여 이리저리 몰리고 있었다. 능소는 말머리를 돌려 돌진했다. 뛰어들면서 돌아보는 놈의 어깨를 내리치자 창을 떨어뜨리고 두 손으로 그의 칼을 잡았다. 피가 쏟아지는 것도 아랑곳없이 무어라고 애걸했다.
　능소는 적의 어깨에 박힌 칼을 힘껏 잡아채면서 말에 박차를 가했다. 눈을 치뜬 적병은 맥없이 말에서 떨어지고 나머지 적병들은 도망치기 시작했다. 돌쇠가 숨을 허덕이며 다가오고 다른 병사들도 모여들었다. 능소는 주위를 둘러보았다. 어깨를 맞은 적병은 땅에 쓰러져 아직도 신음하고 적의 시체가 여기저기 눈에 들어왔다.
　적의 군관이 발을 절뚝거리며 달아나는 말을 잡으려고 허우적거리고 있었다. 능소는 달려가 그의 앞을 가로막아 서고 따라온 병사들이 둘러쌌다. 군관은 살을 뽑은 상처를 한 손으로 움켜쥐고 주저앉아 그를 쳐다보았다.
　"돌쇠, 통역해라 … 다 알구 있다. 네가 영주장사지?"
　"그렇답니다."
　"이름은 뭐잉야? 말 앙이 해두 좋다. … 넌 우리하구 같이 가야겠다."
　군관은 처음으로 굽실했다.
　"그것만은 용서해 달랍니다."
　"용서 없다."
　"은혜는 반드시 갚겠답니다."
　"고구려 군사는 썩은 중국놈들과 다르다구 해라."
　능소가 눈짓을 하자 병사들은 달려들어 검은 천으로 입과 상처를 싸맨 다음 잡아끌다가 주인 없는 말에 태우고 돌쇠가 고삐를 잡았다.

목숨을 건 임무　111

"가자!"

능소를 중심으로 그들은 달리기 시작했다. 어둠이 깔려도 비는 그대로 쏟아졌다. 흡사 물주머니 속에 앉은 듯 안장에서 상하운동을 할 때마다 질퍽거렸다.

피로와 진흙탕과 어둠으로 속도는 자꾸만 늦어지고 시장기가 몰려왔으나 오늘밤 안으로 목창보까지 가야 했다.

자정이 넘었을 것 같았다. 어둠속에 활짝 퍼진 큰 나무가 앞을 가로막고 섰다. 그들은 나무 밑으로 들어갔다. 병사들은 말을 탄 채 어둠속에서 가죽주머니를 더듬어 육포와 엿으로 요기를 했다.

쿵 하고 떨어지는 소리가 났다. 능소는 얼른 말에서 내려 떨어진 사람의 덜미를 잡았다. 군관인 줄만 알았다.

"이 새끼, 쥐게 빼린다."

"대장님….''

정훈했다는 병사였다. 능소는 말고삐를 옆에 병사의 손에 쥐여주고 그를 일으켜 안았다.

"왜 그러니야?"

그는 한쪽 무릎을 세우고 물었다. 병사는 대답을 못하고 가쁜 숨을 몰아쉬고 있었다.

어둠속에서 그의 몸을 더듬던 능소의 손에 허리를 묶은 천이 닿았다. 적의 창에 찔린 것이 분명했다. 입 언저리에 귀를 대고 가슴에 손을 넣어 어루만졌다. 큼직하게 몇 번 고동을 치다가 아주 잠잠해졌다.

"미루야!"

호통인지 울부짖음인지 분간할 수 없는 소리로 그의 이름을 불렀다. 병사들이 말에서 뛰어내렸다.

그는 싸늘해지는 시체를 부둥켜안고 빗물에 젖은 얼굴을 더듬어 눈을 감겨주고 땅에 반듯이 뉘었다. 두건을 벗겨 가슴에 펴놓고 단도를 빼어 두 귀 밑에 드리운 두발을 잘랐다. 옆에 쪼그리고 앉았던 병사들이 어둠속에서 죽은 전우의 손발이며 가슴이며 얼굴을 더듬어 마지막 하직을 하고 있었다.
 능소는 두발을 품속에 간직하고 일어섰다.
 "자, 가봐야지."
 그들은 다시 말에 올랐다.
 "미루의 말고삐를 이리 줘."
 그는 죽은 병사의 말을 옆에 몰고 달리기 시작했다.
 빗속에서 정면의 동녘 하늘에 동이 트는 것을 바라보면서 그들은 산과 산 사이를 가고 있었다. 비는 그치지 않고 말도 지쳐 뛰지 못했다. 길도 오던 길이 아니었다.
 산이 끝나자 넓은 벌판이 펼쳐졌다. 능소는 정지를 명하고 말을 내려 산으로 올라갔다.
 멀리 남북으로 달린 것은 노하 - 회원진 가도에 틀림없었다. 그러나 어디쯤 와 있을까? 눈여겨보아도 판단이 서지 않았다. 웅크리고 앉아 지도를 꺼내 견줘 보았으나 역시 정확한 위치는 알 수 없고 오던 길보다 훨씬 남쪽에 치우친 것만은 짐작이 갔다.
 날이 밝아오는데 이대로 적중을 전진할 수는 없었다. 그렇다고 시간을 끌면 도망친 적병의 보고를 받고 회원진 부대가 출동하여 경계는 더욱 삼엄할 것이었다. … 하여튼 밤을 기다리자.
 돌아온 능소는 병사들을 끌고 후퇴하여 골짜기로 들어갔다. 으슥한 숲속에 들어선 그들은 말을 매고 비가 덜 떨어지는 큰 나무 밑을 찾아 자리를 잡았다.
 나무에 기대앉은 병사들은 빗속에서도 잠이 들고 말들은 나뭇잎을 뜯어먹었다. 뒷짐을 나무그루에 묶인 적의 군관만은 잠이 오지 않는 양 이따금 감았던 눈을 뜨고 주위를 둘러보았다.

오정이 가까웠으리라. 파수를 보던 능소는 눈이 감기고 잠이 쏟아졌다. 일어서 보았으나 마찬가지였다. 선 채로 꾸뻑 졸다가는 머리를 좌우로 흔들었다.

"대장님 한잠 주무십시오."

돌쇠가 일어섰다.

"잘 잤느냐?"

"정신이 납니다."

"어둡거든 깨와라."

그는 높다란 잎갈나무 밑에 한 팔을 베고 잠이 들었다. 돌쇠는 가지 사이로 그의 얼굴에 떨어지는 빗방울을 바라보다가 안장에서 빈 가죽 주머니를 내려 얼굴을 가려 주었다.

능소는 꿈에 상아를 보았다. 흰 주름치마에 점무늬 웃옷을 걸치고 벌판을 허둥지둥 달려오고 있었다. 뒤에는 아무것도 보이지 않는데 쫓기는 사람같이 다급한 모습이었다. 달려가려고 하였으나 발이 떨어지지 않는다. 옆에서 말 탄 청년이 상아와 자기 사이를 가로지르다가 여자의 덜미를 잡아 그대로 안장에 앉히고 쏜살같이 달아났다. 말 위에서 발버둥 치며 울부짖는 상아를 쫓아가려고 애를 썼으나 종시 발이 떨어지지 않았다. 크게 고함을 치는 순간 그는 잠이 깨었다.

능소는 가죽주머니를 젖히고 일어나 앉았다. 빈틈없이 젖은 몸에 찬 기운이 지나갔다. 주위가 어둑어둑해 오고 잠이 깬 병사들은 나무 밑에 웅크리고 있었다. 지친 듯 서로 말이 없었다. 꿈이어서 다행이었으나 이 날씨같이 마음이 울적했다. 아무래도 불길한 예감이 들었다. 자기가 없는 사이에 그 넓은 땅을 가느라고 애쓰다가 병이라도 든 것이 아닐까.

"깨셨군요."

돌쇠가 다가왔다. 능소는 쳐다보지 않고 고개만 끄덕였다.

"깨우려던 길입니다."

 병사들은 안장에서 주머니를 풀어가지고 능소의 주위에 앉았다. 남은 것은 수수쌀밖에 없었다. 그들은 생쌀을 입속에 넣고 씹기 시작했다. 능소는 머리에서 떠나지 않는 상아의 영상을 쫓으려고 맞은편에 앉은 병사에게 말을 걸었다. 대왕산에서 죽은 미루와 입씨름을 하던 병사였다.

"넌 미루와 제일 친했지?"

"같은 동네에 삽니다. 돌아가문 결혼한다구 벼르더니만 죽어 버렸습니다."

 능소는 그 한마디가 이상하게 가슴에 울려 화제를 돌렸다.

"돌쇠, 군관에게도 쌀 좀 줘라."

 돌쇠는 아까부터 나무에 비끄러매인 채 이쪽만 바라보고 있는 군관에게 다가갔다. 능소는 차츰 짙어가는 어둠속에서 중국말로 지껄이며 쌀을 입으로 받아먹고 넣어주는 두 사람의 거동을 지켜보았다.

 식사를 마친 병사들은 다시 군관의 입을 검은 천으로 봉하고 비가 퍼붓는 어둠속에서 행군 명령을 기다리고 있었다. 국경선에 배치된 적의 병력은 멀지 않은 전방에 있는데 바로 옆에서 불쑥 튀어나와도 창에 찔릴 때까지는 알아낼 도리가 있을 것 같지 않았다.

 적은 지금 자기들의 행방을 쫓고 있을 것이었다. 비라도 멎어 주었으면 좋으련만 자정이 되어도 멎을 기미는 보이지 않았다. 동방을 향해 무작정 뛰리라, 능소는 결심하고 일어섰다.

"승마!"

 그는 미루의 말고삐를 자기 안장에 비끄러매고 말에 뛰어올랐다.

"지금부터 적중을 돌파한다. 어떠한 경우에도 우리말을 써서는 안 이 된다."

 벌판에 내려선 능소는 말을 멈춰 세웠다.

"돌쇠, 그눔을 넹게주구 넌 내 옆을 달레라."

돌쇠는 어둠속에서 군관의 말고삐를 다른 병사에게 넘겨주었다. 능소는 그와 나란히 선두를 전진하면서 속삭였다.

"너는 지금부터 중국군 순찰대장 행세를 해라."

"꼬치꼬치 물으문 뭐라고 할까요?"

"선수를 쳐라."

지척을 분간할 수 없는 어둠속에 비를 맞으며 침묵의 행군은 계속되었다.

대로에 나서는 순간 북상하는 적의 기마대와 마주쳤다. 능소는 말을 뻗어 돌쇠의 옆구리를 찌르고 한 손으로 칼자루를 잡았다. 돌쇠는 큰소리로 외쳤다.

"스웨이아?"

갑자기 정지하느라고 말들은 뒷걸음치고 서로 부딪치며 투덜거리는 소리가 들렸다. 이쪽에서 먼저 발견한 것이 분명했다. 돌쇠는 다그쳐 물었다.

"스웨이아?"

"회원진에서 오는 수색대다."

적의 목청도 높았다. 돌쇠는 또 선수를 쳤다.

"고구려 놈들 못 봤느냐?"

"이렇게 찾는 중이다. … 너희들은 뭐냐?"

"노하진 순찰대다."

"노하진에서 왜 남의 관내에 들어왔어?"

"이 판에 관내를 가리게 됐어?"

"너 어떤 놈이냐? 상판 좀 봐야겠다."

7, 8기를 거느린 적의 지휘관은 마상에서 웅크리고 부싯돌을 꺼내 치기 시작했다. 능소는 자루에서 칼을 반쯤 뽑고 주시했다. 그러나

비에 젖은 돌에서 불은 켜지지 않았다. 돌쇠는 또 외쳤다.
"허튼 수작 마라. 놓치기는 자기들이 놓치고 이게 뭐야? 가자 이놈, 저 초소까지 가자!"
적은 수그러지는 눈치였다.
"우리 임무는 이 길을 순찰하는 일이다."
"적이 길에서 기다린다더냐?"
돌쇠는 무어라고 중얼거리다가 구령을 내리고 말을 몰았다.
"챈진(前進)."
능소 이하 그 뒤를 따랐다. 젖은 몸에 식은땀이 흐르고 있었다.
다시는 앞을 가로막는 자가 없었다. 비 때문에 고생도 했으나 비의 덕도 본다고 생각하면서 능소는 앞을 응시하였다. 어둠을 때리는 빗소리 외에는 아무것도 들리지 않고 보이지도 않았다.

무척 오랜 시간이 흘렀다. 강에 도달하고도 남을 성싶었으나 풀밭은 여전히 계속되었다.
능소는 일단 정지하고 숨을 돌리면서 생각했다. 방향을 잃은 것 같지는 않았다. 정확히 대로를 횡단했고 대로에서 일직선으로 왔으나 동방에 틀림없었다. 빨리 오느라 애를 썼으나 역시 제대로 속도를 내지 못한 모양이었다. 어쨌든 강은 멀지 않을 것이요, 강가의 경비는 엄할 것이었다. 그는 일거에 적의 경계선을 돌파하기로 작정하고 대열을 정비하였다.
다시 전진은 계속되었다. 귀에 익은 소리가 들리는 듯했다. 능소는 속도를 늦추면서 신경을 집중하였다. 강물이 바윗돌에 부딪쳐 출렁거리는 소리였다. 마침내 왔구나, 그는 크게 숨을 내쉬었다.
"잔스바(站佳罷: 서라)!"
바로 코밑에서 외치는 소리가 났다. 그들은 급히 말고삐를 당기면서 칼자루를 잡았다. 적의 보병들이 창을 코끝에 들이대고 버티고 있었다. 수는 알 수 없으나 엄청나게 많은 듯 했다. 돌쇠가 나섰다.

"너희들은 뭐냐?"

"특별경계 중입니다. 누구시죠?"

"노하진에서 온 순찰대다."

"노하진에서요? 초소까지 갑시다."

"말귀를 못 알아듣는구나."

"상부의 명령입니다. 수하를 막론하고 초소까지 가야 합니다."

"순찰대라니까."

"안 됩니다. 노하진에서 순찰대가 올 리 없습니다."

적은 그들을 죽 둘러싸고 돌쇠는 말이 막힌 눈치였다. 순간 능소는 칼을 빼어 앞을 막아선 적병을 치고 내달았다.

"격파!"

병사들은 적을 치고 짓밟으며 그의 뒤를 따랐다. 물가에서 주춤하는 말을 칼등으로 치며 물속에 돌진해 들어갔다. 뒤에서는 비명과 아우성으로 떠들썩한 가운데 화살이 날아오기 시작했다. 그들은 말갈기에 얼굴을 비비며 물속에서 연달아 박차를 가했다. 하나둘 날아오던 화살은 무더기로 쏟아졌다.

"누구야!"

앞에서 고구려 말이 울려왔다. 능소는 머리를 쳐들지 않고 대답했다.

"10인장 능소다."

"어서 오십시오."

물속에서 나온 말은 대안에 올라섰다. 적의 화살은 계속 날아왔으나 강 속에 떨어지고 있었다.

"명령을 받고 왔습니다. 수고가 많았겠습니다."

초병은 달려와 그의 말고삐를 잡았다. 능소는 말에서 내려 고삐를 넘겨주고 뒤따라오는 병사들을 향해 외쳤다.

"여기다, 여기."

병사들은 그의 목소리를 따라오고 강변을 경계하던 고구려 병사들도 모여들었다. 능소는 풀밭에 나서 병사들을 정렬시켰다. 포로 한 명에 병사 세 명, 미루와 가깝던 병사는 나타나지 않았다.

"이눔은 중국군관이다. 막사에 끌고 가라."

군관을 초병에게 맡기고 능소는 부하들과 함께 강가를 더듬어 하류로 내려갔다. 경비 병사들도 따라나섰다.

어둠속에 그의 종적은 찾을 길이 없었다. 따라온 경비병들이 말렸다.

"저희들에게 맡기고 막사에 들어가십시오."

강 속에서 전사하였으리라. 능소는 단념하고 막사로 향했다. 대왕산에 엎드려 이러쿵저러쿵 얘기하던 그들의 모습을 되새기면서 그는 말없이 걸었다.

막사에서 더운밥을 먹고 나니 온 몸이 노곤했다. 그러나 이 밤이 돌아오라는 마지막 날이었다. 피로에 지친 부하들이 쳐다보는 눈초리를 외면하고 그는 일어섰다.

"출동!"

병사들도 따라 일어섰다.

"목창보꺼지 얼마나 되니야?"

"북으로 20립니다."

초병이 대답했다. 그들은 비틀거리는 중국군관을 앞세우고 문을 나섰다.

말할 수 없는 비밀

 조는 무럭무럭 자라 벌판을 덮었다. 언덕에서 꼴을 베던 상아는 낫을 옆에 놓고 한숨을 돌리면서 내려다보았다. 눈 닿는 데까지 파랗게 덮인 조는 미풍이 지나갈 때마다 잔잔한 물결을 일으키는 것이 흡사 얘기로 듣던 바다와 같았다.
 어머니는 처녀 때 외조부를 따라 옛날 서울 국내성(國內城) 구경을 갔다가 그길로 배를 타고 압록강을 내려왔다고 한다. 하늘같이 파란 물은 바람이 불 때마다 주름이 이는 것이 우리 옥저마을의 이 벌판만큼이나 넓더라고, 얘기할 때마다 두 팔을 벌리곤 했다. 바다와 이 벌판에 다른 것이 있다면 바다는 파랗고 벌판은 초록색이고.
 국내성의 광개토대왕(廣開土大王)릉도 굉장한 모양이었다. 어머니는 항상 바다만큼이나 넓다 하고 광개토대왕릉만큼이나 근사하다는 말투를 써왔다.
 언젠가 능소는 결혼하면 한번 바다에도 가고 국내성을 거쳐 평양성까지 함께 구경가자고 했었다. 그러나 겨울이 가고 봄도 가고 여름이

와도 편지 한 장 없었다.

　처음에는 매일같이 소식을 기다리고 틈만 생기면 문 밖에 나서 찾아오는 사람을 기다렸다. 그러나 기다리는 마음은 지치고 가슴에 엉겨 구름같이 서리고 말았다. 이제 툭하면 문 밖으로 나가던 버릇은 없어졌으나 얼굴에서 수심이 가실 날이 없고 멍하니 생각에 잠기는 습관이 생겼다. 언제나 돌아올까. 돌아오기는 오는 것일까.

　큰 변이 일어날 것만 같았다. 봄에 파종이 끝나고 얼마 안 되어 마을청년들은 모두 군대에 나갔다. 지긋지긋하게 굴던 지루도 함께 나가고 없었다.

　상처가 나아서 돌아다닌다는 소문을 듣고는 문 밖에 나가는 것이 무서웠다. 한 번은 우물가에서 두레박에 푼 물을 동이에 쏟아 붓는데 지루가 눈에 들어왔다. 실쭉 웃고 달려오는 것이 어떻게나 무섭던지 동이를 팽개치고 마구 뛰어 집에 들어왔다. 그때부터 집 근처에 서성거리는 그의 모습이 자꾸 눈에 띄었다. 물을 긷는 것이 고통이 되었다.

　그 지루가 없어져서 한시름 놓았으나 더 큰 걱정이 닥쳐왔다. 큰 난리가 일어나서 능소는 영영 돌아오지 못하는 것이 아닐까. 마을에서는 누구나 전쟁이 일어난다고 했다.

　그는 생각을 털어 버리듯 머리를 옆으로 저으면서 벌판을 바라보았다. 아득하게 퍼진 조밭 군데군데 수수가 높이 자랐다. 바람이 불면 윤이 흐르는 잎사귀가 석양에 번뜩이며 빛났다.

　청년들이 떠나버린 마을에서 여자들과 노인들은 용케 밭일을 해왔다. 김은 아시벌을 매고 두벌도 며칠 전에 끝났다.

　해가 지평선에 떨어지고 벌판에는 땅거미가 내리기 시작했다. 상아는 일어섰다. 베어놓은 꼴을 안아다가 큼직하게 두 단으로 묶고, 묶은 단을 겹쳐 밧줄을 두 겹으로 얽었다. 낫을 꼴에 박고 밧줄에 두 팔을 넣어 지고 일어섰다.

언덕을 내려 오솔길을 따라 한참 걸었다. 해는 떨어지고 어두워졌다. 마을 어귀에서는 퉁소소리가 들려왔다. 귀에 익은 우만 노인의 가락이었다. 전에 능소와 함께 들을 때는 신이 나던 가락도 요즘은 구슬프게만 들렸다.

버드나무 밑 넓적돌에 걸터앉은 노인은 퉁소를 멈추고 돌아보았다.

"뉘기오?"

"상아오다."

그는 어깨에 먹어 들어오는 밧줄에 겨워 두 손으로 잔등의 짐을 추키면서 대답했다. 노인은 일어서 꼴을 묶은 밧줄을 냉큼 들었다.

"무겁겠다. 쉐 가려무나."

상아가 숨을 허덕이는 것을 보고 노인은 그대로 짐을 내려 땅에 놓았다. 그는 손바닥으로 얼굴을 훔치고 그대로 서 있었다.

"이리 앉아 땀을 들에라."

노인과 상아는 나란히 돌등에 앉았다.

"남정덜이 모두 갔응이 마을도 큰일이다. 아께 죽 돌아봤다마는 여자덜두 다 근(勤)해서 농사는 그럭저럭 양식은 되겠더라."

"모두 아바이가 돌아댕기멘서 족장을 내린 덕이오다."

"족장을 내린다구 되니? 들어줘야지."

상아는 이 노인을 대하면 언제나 엉켰던 마음이 풀렸다.

"아바이는 참 좋겠소다."

어둠속에서도 노인이 빙그레 웃는 것을 느낄 수 있었다.

"근심걱정이 없응이까."

"허어, 근심걱정이라는 건 하문 있구 앙이 하문 없는 게지."

누가 하려고 해서 할까. 안 하려야 안 할 수 없는 것이 근심걱정이 아닌가.

"요새 너어 어망이는 괜채잉야?"

"괜채인데 봄에 앓구 나서부터는 가끔 머리가 아프다구 하오다."
"기가 약해서 그래. 음식을 잘 대접해라."
상아는 걱정을 털어놓았다.
"아바이, 전쟁은 정말 일어나오다?"
"응—, 내가 어떻게 알겠니야마는 세상 돌아가는 걸 봉이 아무래도 심상채이타."
상아는 맥이 풀렸다.
"능소한테서는 아즉두 소식이 없니야?"
"없소다."
"군대에서는 중한 직분을 맡으문 그런 수가 있응이 아무 걱정 말아라."
"전쟁이 일어나문 우리가 중국에 쳐들어가오다? 그렇재이문 중국이 쳐들어오오다?"
"그게사 해봐야지."
"만약 밀레서 그눔덜이 여기꺼지 쳐들어오문 우린 다 죽는 게 앙이오다?"
"그렇게 되겠지. 나가 싸워야지. 그런 땐 남녀노소가 없는 법이다."
"죽으문 어떻게 하오다?"
"할 쉬 없지."
노인은 아무렇지 않게 대답했다.
"싸암은 어째 하오다?"
"그게사 중국눔덜이 못돼서 그렇지."
"그눔덜은 왜 그러오다?"
"중국눔덜은 하늘아래 땅은 모두 자기네 땅이라구 생각하구 하늘아래 백성은 모두 자기네 종이라구 생각한단 말이다."
"그런 법도 있소다?"

말할 수 없는 비밀 123

"그러게 말이다. 하늘이 사람을 낼 때는 땅도 내레주시는 법이다. 이 땅은 고구려사람 살라구 내린 땅인데 여길 넹게다보구 우리더러 종이 되라고 항이 될 말이 앙이지."

"그런 눔덜 어째 가만두오다?"

"가만두당이? 오기만 하문 박살을 내야지."

"어째서 이짝에서 선수를 앙이 쓰오다?"

"선수를 써서 무여라두 점령한 게다. 언젠가는 그눔덜 본토에 들어가 짓밟아 놓을 때도 있을 게다."

그는 능소를 생각하고 기운이 났다. 그런 때는 능소가 깃발을 날리고 선두에 설 것이었다.

"작년 저얼(겨울)에 사온 너어집 그 말을 잘 멕에둬라. 난세에 요긴한 건 말이네라."

발자국소리가 다가오고 어머니의 기침소리가 났다. 상아는 일어섰다.

"상아 어망이 앙이오?"

노인이 물었다.

"아바이오다? 우리 집 상아가… 너 여기 있었구나."

"내 좀 쉐 가라구 했소."

"어두워도 앙이 오길래 찾아 떠났소다."

"딸을 참 잘 뒀소. 저렇게 착하구 부즈런한 아이가 메치나 있겠소?"

"불쌍하지오다. 저어 애비가 죽구 봉이 어레서부터 저 고생이 앙이오다."

"사윗감도 튼튼한 사램이구 볕이 들 날이 올 게오."

"죽었는지 살았는지… 세상이 하 뒤숭숭항이 알겠소다?"

"걱정 마오."

노인은 일어서 상아가 지고 일어서는 짐을 두 손으로 받쳐주었다.

"그만 가보겠소다."

"어서 가보오."

어둠을 헤치고 가는 그들의 등 뒤에서는 또다시 퉁소소리가 울리기 시작했다.

"어째서 그렇게 늦었니야?"

문 밖에 나와 섰던 능소의 어머니가 짐을 받았다. 어머니는 맞들어 내리면서 대답을 가로맡았다.

"가아 무슨 심이 있겠소. 쉬멘서 오다가 봉이 늦었지비."

바당으로 들어서면서 쏘아붙이는 능소 어머니의 한마디는 가슴에 박혔다.

"늦게 댕기는 갈라 치구 행실이 좋은 거 보지 못했다."

상아는 눈물이 핑 돌았다. 그대로 바당을 가로질러 뒷문으로 빠져 나왔다. 이른 봄에 그 일이 있은 후부터 능소의 어머니는 똑바로 보는 일이 없고 무슨 일에나 트집을 잡았다. 하느라고 애를 쓰고 그 집 밭일은 더 정성을 넣기도 했다. 그렇다고 알아주는 눈치도 없고 갈수록 더욱 차게 대했다. 그러나 오늘밤처럼 이렇게 드러내놓고 짓밟기는 처음이었다. 그는 울타리에 기대 흐느껴 울었다.

"무슨 말을 그렇게 합메?"

어머니의 언성이 높았다. 능소 어머니도 지지 않았다.

"내 다 알 수 있소."

"뭐 안단 말이오?"

"그래, 가아 행실이 옳소?"

"앙이, 가아 행실이 어째서 그러오?"

"등잔 밑이 어둡다구."

"원 참, 생사람 잡기오?"

"아아는 다 된 아아란 말이오."

"뚝 찍어서 얘기하오."

"지난봄에 벌써 틀린 아알 가주구."

"못하는 말이 없구만."

"당신이 앓아서 약 지을라 가재있소? 그때 성해서 돌아온 줄 아오? 내 꾹 참구 말하재있지."

"앙이 그럼 뉘기하구 어떻게 했다구 분멩히 얘기해 보오."

"뉘긴지 내가 어떻게 압메?"

"알지 못하멘서 그런 무서운 소릴 어떻게 하오?"

"거동을 보면 모르겠소?"

"메누리로 가제가기 싫으문 그만이지 타박은 무슨 타박이오?"

"세상에 저만 딸이 있는 줄 아나부지."

문을 쿵 닫고 나가는 소리가 울렸다. 상아는 분을 참지 못해 와들와들 떨고 있었다. 뒷문이 열리면서 어머니가 나왔다.

"어서 들어가자. 아버지가 없구 봉이 벨소리 다 듣는구나."

어머니의 목소리는 떨렸다. 상아는 발을 동동 굴렀다.

"엄마 그런 일 없습메. 정말 없습메."

어머니는 그의 어깨를 껴안았다.

"없구말구. 세상이 다 앙이 믿어도 난 널 믿는다."

어머니는 치마 끝으로 두 눈을 훔쳤다.

"어서 들어가 지악(저녁)을 먹자."

상아는 비틀거리는 어머니를 부축하고 집에 들어왔다. 깊이를 알 수 없는 어머니의 슬픔이 가슴을 쳤다. 어려서는 자기 마음의 중심을 차지하던 어머니가 옆으로 비켜나고 몇 해 전부터는 모든 것이 능소를 중심으로 돌아갔다.

때로는 자기의 마음속에서 어머니의 사정은 아주 잊힌 일도 있었다. 어머니도 모르지는 않았을 것이다.

능소가 돌아와 자기 어머니처럼 나를 구박한대도 좋다. 이대로 어머니와 함께 살면 그만이다. 그는 정신을 가다듬고 어머니가 차려놓은 밥상을 들고 가서 마주 앉았다.

어머니와 딸은 소깡불 밑에서 묵묵히 저녁식사를 들었다. 어머니는 조린 노루고기를 그의 밥그릇에 얹어 주었다. 상아는 어머니의 마음을 풀려고 애썼다.

"우만 아바이가 그러는데 엄만 잘 자세야 한대."

그는 큼직한 고기를 어머니의 바리뚜껑에 옮겨 놓았다.

"내사 늘 잘 먹재이니야."

어머니는 또 고기를 얹어 주었다.

그들은 건성으로 먹은 저녁상을 물리고 고콜에 다가앉았다. 상아가 꺼지려는 불에 관솔을 얹으니 방안은 금시 밝아왔다. 어머니는 관솔을 만지작거리면서 묵묵히 불만 바라보고 앉아 있었다.

"엄마 오늘은 머리가 아프재이오?"

"괜채이타."

어머니는 관솔을 불에 얹고 입을 열었다.

"이 세상에는 너하구 나배께 없다."

서두를 떼고 딸의 얼굴을 피하면서 말을 이었다.

"무슨 축잽힐 일이래도 없니야?"

상아는 감출 때가 지났다고 생각되었다. 그러나 자칫하면 사람의 목숨이 떨어지는 일이었다.

"이 에미한테사 못할 말이 있니?"

가라앉은 목소리였다.

"그 예펜네 이상하다구 생각했덩이 널 잘못 보구 있었구나."

"그럴 일이 있습메."

상아는 용기를 냈다. 돌아보는 어머니의 눈이 빛났다.

"허지만 엄만 날 믿어주지?"

어머니는 고개를 끄덕였다.

"그러구 아무한테도 이 얘기 앙이 하지?"

어머니는 또 고개를 끄덕였다.

"아께 그 아즈망이 말대로 지난봄에 약 지을라 갔다 오다가 고개에서 지루를 만났습메. 달게드는데 어떻게 할 쉬는 없구 가주구 갔던 칼을 빼어 들었습메. 휙 잡아뺏어 자기 품에 여쿠 덮친단 말이오. 꼼짝할 쉬 있어야지비. 그런데 가아 품에서 칼이 빠져 땅에 떨어지재이겠습메. 슬그망이 칼을 잡아 가주구 겨드랑을 팍 찔렀덩이 그대로 나가떨어집데다. 그래서 빠져나왔소."

"그래 … 넌 …."

어머니는 그를 바로 보고 물었다.

"엄마도 날 의심합메?"

상아는 정색을 했다.

"난 아픈 바램에 정신이 없었다."

"치매가 쯔저진 걸 그 아즈망이 봤단 말이오. 그때부터 난 그 아즈망이 눈칠 알았소."

"그럼 어째 말을 앙이 했니?"

"말을 하문 지루는 죽재입메? 법대로 동네에서 모아들어 몽뎅이로 때레 쥑일 게 뻔한데 어떻게 말하오다?"

"그런 눔아는 죽어야지, 가만둬서는 앙이 된다."

어머니는 외쳤다.

"엄마, 입 밖에는 앙이 내기루 하재있습메?"

"어째서 그런 알 두둔하니?"

"사람을 어떻게 쥑입메? 낯선 사람도 앙이구 …."

어머니는 다시 불만 바라보았다.

"나도 많이 생각했지마는 수모를 받더래도 사람은 앙이 다치는 게

옳겠소다."

"능소가 돌아오문 어떡하니?"

"능소는 내 얘기라문 다 듣소다."

"이런 일은 다르다. 우만 아바이한테 얘기하자."

"앙이 되오다. 엄마, 그 아즈망이한테도 말하지 마오. 신령님께 맹세하구요."

"넌 복을 받을 게다."

어머니의 목소리는 부드러웠다.

"내일은 그 아즈망이 생일인데 어떻게 하겠소다?"

"그러재이도 아께 왔을 때 여기 와서 아츰을 먹자구 일렀다. 지장밥에다가 그 점배기 암탉이나 잡을까 했다. 그렇게 성을 내구 갔응이 오겠는가 모르겠다."

"하여튼 채려놓구 보오다."

"생각하문 그 사람도 외롭지. 오늘밤은 잠을 못 잘 게다. 어서 자라."

그들은 자리를 펴고 드러누웠다. 돌아누워 고콜에서 가물거리는 소깡불을 바라보면서 상아는 꼼짝하지 않았다. 부스럭거리는 품이 어머니도 잠이 오지 않는 모양이었다.

첫새벽에 일어난 상아는 발소리를 죽이고 외양간에 들어갔다. 한쪽 벽에 달아놓은 덕에 닭들은 한 줄로 움직이지 않았다. 점박이 암탉은 언제나 바른쪽 구석을 차지하고 있었다. 자칫하면 말의 뒷발에 채일 위치였다.

위쪽만 깎은 통나무를 나란히 깔아놓은 바닥은 아침에 쓸어낼 때마다 미끄러운 것이 흠이었다. 그는 발을 조심하면서 벽을 더듬었다. 말이 뒷발로 통나무 바닥을 울리고 작은 소리로 홍홍거렸으나 잔등을 쓰다듬어주고 손바닥으로 툭툭 치자 곧 잠잠해졌다.

구석의 암탉은 쉬 잡혔다. 손이 닿아도 잠자코 있던 것이 두 날갯죽지를 겹쳐 잡자 큰소리로 울기 시작했다. 옆에 닭은 부출을 치고 꽥꽥거리며 바닥에 떨어지고 다른 닭들도 웅성거리고 떠들썩했다.

그는 암탉을 틀어잡고 바당으로 건너왔다. 북새통에 잠이 깬 어머니는 등디에서 불씨를 찾아 관솔에 끼워 불었다.

"발써 일어났니야?"

"……."

불이 붙은 관솔을 고콜에 올려놓자 정지와 바당은 한꺼번에 밝았다. 어머니는 헝클어진 머리를 쓰다듬고 바당에 내려섰다.

"이리 주구 넌 불이나 때라."

상아는 닭을 어머니에게 넘겨주고 뒤꼍으로 나갔다. 동녘 하늘이 훤하게 밝아오고 있었다. 소동이 가라앉은 외양간에서 수탉이 우는 소리가 들려왔다.

그는 장작을 안고 들어와 아궁이에 불을 때고 동이를 들어 가마솥에 물을 부었다. 빈 동이를 들고 우물에 나가 두레박으로 물을 푸는데 지루의 아버지가 낫을 들고 뒷길을 지나갔다. 못 본 척했으나 노인이 먼저 말을 걸었다.

"일쯕 일어났구나."

"안영하시오다?"

타고난 대로 상냥한 대답이 나갔다.

"뭔지 모르겠다. 애장을 할라, 농사를 할라, 늙은 게 어디 전디겠니야? 능소한테서는 소식이 없구?"

"없소다."

"우리 지루는 병정에 가는 줄 알았덩이 성에서 또 애장 노릇하는가 부더라."

처음 듣는 얘기였다. 그렇다고 크게 놀랄 것도 없고 더 이상 알고 싶은 생각도 없었다. 물이 찬 동이를 이려고 쪽지에 손을 가져가는데 노인은 길지도 않은 턱수염을 배틀며 또 말을 걸었다.

"본인은 애장이 슬헤서 병정 갈라구 앙달하는 모양이더라. 애장은 속쉬두 받구 좋지마는 역시 남자가 할 일은 무산(武士)가 부다."

어머니가 뒷문을 열고 불렀다.

"야—, 상아야."

그는 얼른 동이를 이고 돌아섰다. 어머니가 부지깽이를 한 손에 든 채 뒤꼍에 나섰다가 지루의 아버지를 보고는 그대로 집에 들어왔다.

"그 주책 영감태기 뭐라덩이?"

숨이 끊어진 암탉을 한구석에 놓고 어머니는 아궁이에 장작을 넣으면서 물었다.

"지루가 성에서 애장을 한답데."

상아는 동이의 물을 큰 항아리에 붓고 대답했다.

"애장이 애장을 하는데 뭐 그리 신통하다구 야단이야."

그는 빈 동이를 들고 나가 또 물을 퍼왔다.

"물을 그만 진구 어서 쌀을 일어라."

상아는 동이를 내려놓고 바가지에 기장쌀을 떠다가 어머니 옆에서 일기 시작했다. 어머니는 함지에 더운 물을 퍼붓고 닭을 담갔다. 털을 뽑고 칼로 배를 갈라 내장을 꺼내 다듬고, 익숙한 솜씨였다.

상아는 작은 솥에 쌀을 안치고 어머니를 바라보았다. 새로 퍼온 물에 닭을 씻어 다른 솥에 넣고 등디 한구석에서 재(灰)를 떠다가 쪼그리고 앉아 젖은 손을 비비면서 물을 드리우라고 했다. 상아는 바가지에 물을 퍼다 어머니의 손에 부었다.

"능소 에미를 데리구 올게 밥을 잘 봐라."

어머니는 치맛자락에 손을 닦으면서 일어섰다. 바당문을 나서는 어머니를 지켜보던 상아가 따라나섰다.
"내가 갔다 올게요."
"앙이다. 내가 가야 한다."
상아는 앞질러 사립문으로 갔다.
"널 보구 또 뭐라겠는지. 집에 있어라."
"매한가지지 뭐."
그는 사립문을 나서 뛰었다.
정지에 혼자 우두커니 앉아 있던 능소의 어머니는 바당문을 들어서는 상아를 보고 외면했다.
"우리 집에 가시오다."
"너어 집에는 왜?"
핑 돌아보는 두 눈에는 노기가 있었다.
"엄마가 아츰을 채렛소다."
"난 앙이 간다."
"그러지 말구 어서 가시오다."
"겉 다르구 속 다르구. 뒤로 수박씰 까지 말란 말이다."
"다 알 때가 올 게오다."
"다 아는데 더 알 게 뭐잉야? 네가 그럴 줄은 몰랐다."
"글쎄, 오해하구 계시오다."
"오해? 어떻게 하는 게 오해야?"
능소의 어머니는 바당에 선 그를 향해 앉은걸음으로 다가들었다.
"내가 알아듣게 뚝 찍어서 말해봐라. 나 원 참."
상아는 눈물이 쏟아질 것만 같아 고개를 숙이고 바당을 나섰다. 울타리 밑에 오래도록 앉아 마음을 진정하고 눈물을 조심조심 닦고 나서 사립문을 빠져 집으로 달려왔다.
"앙이 오덩이?"

정지에 상을 차려놓고 앉아 기다리던 어머니가 물었다. 상아는 대답 대신 고개를 흔들었다.

"그럴 줄 알았다."

어머니는 바당에 내려서 그의 등을 떠밀었다.

"어서 올라가라. 내가 갔다 오마."

딸이 정지에 올라서는 것을 보고 어머니는 문을 나섰다. 상아는 그대로 서성거리다가 집안이 답답해서 문을 열고 툇마루에 나섰다. 울타리 안에 훤칠하게 자란 아가위나무 열매가 불그레 익어가고 있었다. 자기가 나던 해 봄에 아버지가 심어놓은 것이라고 했다.

4월이 와서 흰 꽃으로 뒤덮일 무렵이면 어머니는 으레 한 번쯤은 너와 동갑 꽃이라면서 그 앞에 오래도록 서 있곤 했다. 가을이면 작은 광주리에 붉은 열매를 따서 능소네 집에 가져가는 것이 낙이었으나 금년에는 능소도 없고 이제 그 집에 드나드는 것조차 거북하게 되고 말았다.

그는 마루에 주저앉았다. 이 견디기 어려운 세월이 언제가지 계속될까. 울타리를 넘어 멀리 날아가는 제비를 바라보는 안막이 저절로 흐려졌.

어머니와 능소의 어머니가 함께 사립문으로 들어왔다. 그는 얼른 일어서 신발을 끌고 바당에 내려섰다.

"어서 오시오다."

억지로 반색을 했으나 능소의 어머니는 또 외면했다.

조반을 같이 하면서도 셋은 별로 말이 없었다.

살아나는 욕망의 불꽃

지루는 빨갛게 단 쇠를 망치로 내리쳤다. 무엇이나 마구 치지 않고는 배기지 못할 심정이었다. 망치만 들면 철천의 원수같이 단 쇠를 내리갈겼다. 여러 달을 두고 같은 일을 되풀이해서 그의 모루에서는 빨간 쇠가 하루에도 수십 개의 활촉으로 변해갔다. 입은 꾹 닫아 매고 말도 없었다. 사람들은 열성이라고 칭찬이 자자했다.

그러나 부글거리는 가슴은 가라앉을 날이 없었다. 세상에 자기처럼 처량한 신세는 없을 것이었다. 지난 삼월 삼질에는 반드시 평양성에 가리라 마음먹었었다. 능소가 10인장이라면 20인장이 되어 오리라 결심했다. 방정맞은 계집의 칼에 찔리는 바람에 삼월 삼질은 병석에서 보내고 말았다. 분통이 터졌으나 혼자 속으로 끙끙 앓는 수밖에 없었다. 고것이 사람을 찔러?

팔이 제대로 돌아가면서 상아를 놓칠세라 그 집 주위를 돌았다. 내 신세를 조진 계집을 가만 안 둔다고 맹세했으나 집에만 틀어박히고 한 발자국 밖에 나와도 혼자는 안 다녔다.

별안간 영이 내려 마을청년들과 함께 이 요동성으로 왔다. 차라리 잘되었다. 군대에 들어가면 능소란 놈을 만날 것이요, 만나면 숨통을 찔러 없애리라. 자기가 이렇게 된 근원 문제를 속 시원히 해결하리라. 능소만 없어지면 만사 잘될 것이었다.

그런데 또 탈이 났다. 자기만은 야장이라고 군복도 입히지 않고 이 야장간에 처넣었다. 아버지가 두고두고 밉살스러웠다. 속수를 받아먹는 것이 그렇게도 자랑스러워서 야장을 배우고 아들에게까지 가르쳐 이 꼴을 만들었단 말인가. 남들은 군복에 말을 타고 벌판에서 활을 당기는데 이 삼복지간에 풀무 옆에서 땀을 흘리며 망치질을 한다? 이거 정말 참을 수 없다. 그는 망치를 힘껏 내리쳤다. 빨간 불꽃이 튀었다.

"역시 지루는 다르군."

옆에서 비꼬는 말투가 들렸다. 같은 지붕 밑에서 일하는 야장들이 몰려 서 있었다.

"뭐 어째?"

그는 망치를 손에 들고 일어섰다. 땅딸보 야장은 한 걸음 뒤로 물러섰다.

"화낼 거 없잖아? 아까부터 점심 먹으라고 몇 번 일렀는데? 응대가 없으니 한마디 한 거 아냐?"

"이 간나새끼!"

그는 눈을 부라리며 한 걸음 다가섰다.

"왜 이래?"

땅딸보는 다시 뒤로 물러섰다.

"왜 그러는지 모르겠니야?"

"모르겠다."

"이놈의 새끼, 건방지게."

지루는 망치를 쳐들었다. 모여 섰던 야장들이 그를 얼싸안고 팔을 잡아 망치를 빼앗았다.

"공연히 심술이네."

땅딸보가 투덜거렸다. 지루는 잽싸게 달려들어 그의 멱살을 잡고 뺨을 후려쳤다.

"그 주둥이 닥치지 못해!"

야장들은 뜯어 말렸다.

"그만들 하고 점심 먹으러 가세."

40이 넘은 야장이 그들의 등을 밀었다. 나이에 붙은 무언의 권위에 눌려 지루도 잠자코 따라나섰다.

한밥집에서 지루는 늙은 야장과 마주 앉았다. 말할 기분이 나지 않아 고개를 숙인 채 밥을 먹고 있었다. 늙은이는 비계가 붙은 제육을 그의 밥에 얹어 주었다.

"우리네 야장은 비계를 많이 먹어야 해."

지루는 고개를 쳐들었으나 고맙다는 말이 나오지 않아 억지로 미소를 띠고 국을 마셨다.

"자네 무슨 걱정이 있는가?"

"걱정은 무슨 걱정이오."

"그런데 왜 얼굴에는 늘 수심이 끼어 있는가?"

"화가 나서 그러지요. 모두덜 당당한 군인으로 나가는데 우린 이게 뭐요?"

"그야 그렇게 하라니 하는 게 아닌가?"

"그러니 답답하단 말이오."

그는 수수밥을 푹 떠서 국에 담갔다.

"이 사람아, 수수밥은 마는 게 아닐세. 그냥 먹어야지."

"이판저판 마찬가지죠."

"그렇게 군인 가고 싶은가?"

"애장보다 낫재이오? 공을 세우문 출세도 하고."

"죽으면?"

"이렇게 살문 뭐 하오?"

"그래도 살아야지."

"다 그만두오."

"자네 애장을 너즐히 보는 모양이네마는, 애장은 그런 게 아닐세. 우리가 창이다 칼이다 만드니 그렇지, 이런 게 없어보게. 백만 군이 있으면 무슨 소용인가? 우리가 처음 여기 들어올 때 처려근지〔處閭近支: 성(城)의 최고책임자〕가 직접 와서 애장 한 사람은 군인 백 사람의 몫을 하고도 남는다고 하잖던가?"

"해보는 소리죠. 추케서 부레먹는 겁네다."

"추키는 게 아니라 사실이 그렇잖은가?"

"뭐가 사실이 그래요? 군인은 아무리 천해도 공만 세우문 올라가는데 우린 죽을 때꺼지 망치를 뛰디레도 거저 애장이 앙이오?"

"그 대신 죽을 염려가 없지."

지루는 흥미 없다는 듯 밥을 퍼먹기 시작했다. 밥을 씹으면서도 그에게서 눈을 떼지 않던 늙은이가 또 물었다.

"자네 그렇게 군인 가고 싶은가?"

"싶으문 뭐 하오?"

그는 고개를 들지 않았다.

"처려근지 영(營)에 가서 직접 얘기해 보게."

"그런다고 되겠소?"

"되는 수가 있지. 전에 더러 본 일이 있어."

지루의 눈이 빛났다.

"뭐라고 하문 되오?"

"사실대로 얘기하게. 이러저러한 사람인데 몸이 튼튼하고 활도 잘

쏘노라, 군인 가고 싶노라, 하면 될 게 아냐?"

지루는 믿어지지 않았다.

"밑져야 본전인데 한번 해봐."

국그릇에 숟가락을 놓고 생각하던 지루는 일어섰다.

"해보겠소."

늙은이는 웃었다.

"이 사람아, 밥은 다 먹고 보게."

"다 먹었소다."

그는 방안의 뭇시선을 받으면서 밖에 나섰다.

"별놈 다 보겠다."

"하루살이는 불을 좋아한다니까."

뒤에서 중얼거리는 소리가 들려왔으나 못 들은 척했다.

삼복의 태양이 내리쬐는 거리를 가다가 문득 발을 멈췄다. 야장장(冶匠長)에게 얘기를 하지 않았다. 허가 없이 자리를 비우면 불려가서 톡톡히 혼이 나든가 심하면 며칠 계속해서 야간작업을 하든가 하여튼 무사할 수 없었다. 그는 망설이다가 결심하고 그대로 걸었다.

— 될 대루 돼라.

이러나저러나 다시는 망치를 잡지 않으리라 마음먹었다.

수십 명의 기병들이 흙먼지를 일으키며 쏜살같이 지나갔다. 지루는 소매로 코와 입을 막고 길 옆 처마 밑에 비켜섰다. 등에 활과 전통을 걸머진 병사들은 짤막한 칼을 차고 손에는 창을 들고 있었다. 늠름한 위풍에 자기의 몰골이 더욱 처량했다. 그는 먼지가 가라앉는 것을 기다려 때 묻은 베옷을 털고 다시 길에 나섰다.

빠른 걸음으로 오고가는 사람들은 대개 여자들이거나 노인이고 젊은 남자들은 모두 군복에 칼을 차고 있었다. 그는 어울리지 않는 자기의 복색을 의식하고 다시 그늘진 처마 밑에 들어가 걸음을 재촉했다.

처려근지 영의 보초는 긴 창으로 앞을 가로막았다.
"어디 가는 거요?"
"처려근지 뵈오러 가오."
"무슨 일이오?"
"군인 나갈라고 그러오."
"뭐? 이게 어느 땐데 젊은 친구가 아직도 군인에 안 나갔다, 이 말이지?"
"그렇게 됐소."
"당신도 고구려 사람이오?"
"여보, 말조심하오."
"이 친구 머리가 돌았군. 비겁한 자가 설 땅은 고구려 천지에 없어!"
"누구보고 비겁하다는 거요?"
"허허, 맛 좀 봐야 알겠어?"
보초는 두 눈을 굴리다가 막사를 향해 외쳤다.
"얘들아, 별놈 나타났다!"
4, 5명의 병사들이 달려나와 빙 둘러섰다.
"군인 피한 쥐새끼다."
뚱뚱이 병사가 그의 멱살을 잡자 다른 병사들은 두 팔을 비틀고 등을 떠밀었다.
"이런 쥐새끼는 아주 없애 버려야 한다."
지루는 순순히 끌려 대문 안에 들어갔다. 초병들의 막사에 들어서자마자 안에 남아 있던 키다리 병사가 다가와 말렸다.
"말로 하지, 이게 뭐야?"
그러나 멱살을 잡은 뚱뚱이는 그를 밀치고 더욱 기승했다.
"모두들 비켜! 이런 새끼는 내 손으로 처치한다."
병사들이 팔을 놓고 벽 밑의 길쭉한 걸상에 앉아 구경하는 가운데

살아나는 욕망의 불꽃 139

뚱뚱이는 멱살을 힘껏 죄어 두세 번 흔들다가 한 걸음 뒤로 물러섰다. 다음 순간 이를 악문 그의 얼굴이 큼지막하게 안막에 들어왔다. 지루는 상반신을 날쌔게 옆으로 틀었다. 박치기로 오던 뚱뚱이는 헛방을 치고 멱살을 잡은 채 앞으로 비틀거렸다. 지루는 주먹으로 그의 덜미를 내리쳤다. 바닥에 쓰러져 버둥거리는 놈을 한 대 밟는데 방안에 있던 병사들이 모두 일어서 덤벼들었다.

"이놈 여기가 어디라고!"

"죽여 버려!"

지루는 한쪽 벽을 등지고 그들을 노려보았다. 별안간 작달막한 병사가 훌쩍 뛰면서 모둠 발차기로 그의 가슴패기를 질렀다. 벽에 부딪치고 쓰러질 뻔했으나 두 발을 그대로 안고 일어선 지루는 병사를 몇 바퀴 돌리다가 그대로 문 밖에 내던졌다. 땅에 떨어진 병사는 허리를 어루만지며 비명을 질렀다.

"이 새끼 사람 잡는다!"

키다리는 달려 나가 그를 일으키고 다른 병사들은 옆에 찬 단도를 빼어 들고 다가들었다. 지루는 곁눈으로 살펴보았다. 문 가까이 벽에 기대 세운 창이 눈에 띄었다. 그는 병사들을 노려보면서 뒷벽을 더듬어 옆으로 미끄러지다가 창이 손에 잡히자 바당으로 내뛰었다.

쫓아 나온 병사들이 먼발치로 그를 에워싸고 떠들썩했다.

"너 중국 놈의 첩자지?"

"가길 어딜 간다고!"

"대갈통을 ….."

그들은 이를 갈면서도 창을 휘두르는 바람에 가까이 오지 못했다.

"무슨 일이냐?"

밖에서 돌아오던 군관이 말을 멈춰 세우고 물었다. 병사들은 엉거주춤하고 뚱뚱이가 막사에서 절름거리며 나왔다.

"쥐새끼올시다. 군역을 살살 피한 놈입니다."

군관은 지루를 아래위로 훑어보다가 앞에 서 있는 키다리에게 명령했다.

"내 방에 데리고 와!"

군관이 고삐를 당겨 안으로 들어가자 키다리가 다가왔다.

"창을 이리 내놔."

키다리는 창을 받아 옆에 있는 병사에게 넘겨주고 앞장서 걷고 지루는 그를 따라 마방을 가로질러 군관의 처소에 들어섰다.

"소란을 피워서 미안합네다."

지루의 인사에 젊은 군관은 표정이 없었다.

"군역을 피해 다녔다지?"

"앙입네다. 군인이 되구 싶어서 여기 온 겝네다."

"몇 살이냐?"

"스물네 살입네다."

"이름은?"

"옥저마을에 사는 지루올세다."

"직업은?"

"농사와 야장을 겸하고 있습네다."

"여태까지 어디 있었느냐?"

"성안 병기창에서 활촉을 만들었습네다. 야장이 슬소다. 절 군인 가게 해주시오다."

"그건 내 맘대로 못한다."

"어떻게 좀 해주시오다."

"처려근지의 허가가 있어야 한다."

"사실은 오늘 처려근지를 뵈올라구 왔다가 이 봉변을 당했습네다."

"안 될 게다. 지금은 무엇보다 야장이 필요한 때다."

"전 활도 쏘고 말도 잘 탑네."

난간에서 발소리가 나고 문이 열리자 군관이 일어서 인사를 했다. 몸매가 늘씬한 장군이 들어섰다.

"무여라에 보낼 증원부대는 어떻게 됐소?"

"준비가 완료되어 대기중입니다."

"내일 아침 인시(寅時) 초에 진발할 터이니 그리 아오."

장군은 돌아서다가 물었다.

"이 청년은 누구요?"

"야장인데 군인이 되고 싶답니다."

그는 두 손을 앞에 모으고 서 있는 지루를 훑어보았다. 지루는 얼른 한 무릎을 꿇고 절했다.

"무사가 되고 싶습네다. 활도 쏘고 말도 안장 없이 얼매던지 탑네다."

장군은 그의 어깨를 만져 보았다.

"몸이 좋구나 … 이리 나와."

지루는 그의 뒤를 따라 뒷마당에 나갔다. 군관이 따라서고 키다리가 활과 전통을 들고 뒤를 쫓았다.

느티나무 그루에 백토(白土)로 둥글게 그린 과녁 오십 보 밖에 멈춰 서자 장군이 그에게 일렀다.

"쏴봐라."

지루는 키다리로부터 활과 전통을 받아들고 눈을 감았다. 신령님께 묵도를 드리고 눈을 뜨니 모두들 자기를 지켜보고 있었다. 그는 전통을 둘러메고 살을 하나 뽑아 활에 메기고 한 눈을 감았다. 흰 과녁을 주시하다가 숨을 멈추는 순간 내쏘았다.

화살은 과녁 중앙에 맞아 탁 소리를 내고 부르르 떨었다. 두 대를 쏘고 세 대 네 대를 쏘았다. 모두 중앙에 몰려 박혔다. 다섯 대째는 과녁을 벗어나 가장자리 밖에 맞았다. 그는 식은땀이 흐르고 가슴이 내려앉았다. 다시 활을 메기려는데 장군이 말렸다.

"그만 활을 내려놓고 저 멀리 보이는 황철나무까지 뛰어갔다 오너라."

지루는 신발을 고쳐 매고 시키는 대로 마당 끝에 선 황철나무까지 있는 힘을 다해서 뛰어갔다 돌아왔다. 자기 생각에도 잘 뛴 것 같았다. 손바닥으로 얼굴의 땀을 씻는데 장군이 돌아서 군관에게 이르는 소리가 귀에 들어왔다.

"군에 편입하오."

"네. … 처려근지에게는 장군께서 말씀하시더라고 하겠습니다."

"그렇게 하오."

장군은 지루를 돌아보고 어깨에 손을 얹었다.

"잘해봐."

지루는 가슴이 뛰었다.

"군복으로 갈아입혀서 내 방에 데리고 와."

군관은 키다리에게 명령하고 장군의 뒤를 따라 모퉁이를 돌아갔다.

"아까는 안됐다."

걸으면서 키다리가 위로했다.

"그럴 때도 있지 … 저 장군은 뉘기지?"

"약광 장군을 몰라?"

듣지 못한 이름이었다.

"작년 가을 평양성에서 내려왔는데 여태까지 무여라에 있었다나 봐. 얼마 전부터 관등이 올라가서 모두들 장군이라고 부른다."

"근사하구나."

"어저께부터는 요하 욕살〔褥薩: 지방장관(地方長官) 겸 군사령관(軍司令官)〕이 됐다."

살아나는 욕망의 불꽃 143

"그럼 쭈욱 이 성에 있게 되니야?"
"앙이다. 요하의 동서를 통틀어 맡았으니까 왔다갔다 하겠지. 아까 내일 아침에 떠난다고 했잖았어?"
지루는 그가 기둥같이 느껴지고 떠나가는 것이 서운했다.
피복창고에서 군복으로 갈아입는 것을 지켜보던 키다리가 물었다.
"넌 야장이라고 했지? 너 부처님을 만들어본 일이 있니?"
"없는데 …."
그는 허리띠를 졸라매면서 대답했다. 성안의 절간에서 부처님을 구경한 일은 있어도 어떻게 만드는지 얘기도 못 들었다. 키다리는 주위를 돌며 저고리주름을 바로잡아 주었다.
"고향에 돌아갈 때 부처님을 하나 갖고 가는 게 소원이다."
"고향이 어디메야?"
"드렁이골이라고, 넌 모를 게다."
"멀어?"
"천 리도 넘는다. 국내성에서 북으로 150리 되는데 비류수(沸流水)가 바로 동네 앞을 지나간다. 여기와 달라서 온통 산골이다."
"갑갑하겠다."
"왜? 산에는 다래도 많고 들쭉도 많다. 살기는 좋은데 원체 산골이라 부처님이 있어야지."
"부처님은 어떻게 믿니야?"
"부처님 앞에 절하고, 나무아미타불이라고 열심히 외우문 된다. 착한 일을 하고 나무아미타불을 외우고 부처님을 잘 모시문 죽어서 극락세계에 간다."
지루는 전에도 비슷한 얘기를 들은 일이 있으나 별로 마음이 끌리지 않았다.
"언제 한번 틈이 있으문 스님께 소개해 주마."

"앙이다. 난 신령님을 믿고 또 가끔 동명신궁에 가서 절한다."
"동명신궁에는 나도 간다. 그래서 부처님 믿어서는 안 된다는 법은 없다. 신령님은 안 믿는 것이 좋을 게다."
지루는 괘씸한 생각이 들었다.
"부처님을 앙이 믿는 게 좋을 게다."
키다리는 그의 몸에 붙은 실밥을 털어 주면서 조용히 대답했다.
"그 얘기는 그만두자."
그들은 함께 문을 나서 군관을 찾아갔다.

소년 연개소문

　살수(薩水: 청천강)와 압록강 사이 요지에 분산 배치된 고구려군 20만은 밤이나 낮이나 움직였다.
　봄부터 여름까지 각각 주둔지에서 궁술, 창술, 검술을 닦은 병사들은 가을에 접어들면서 처음에는 대로를 동서와 남북으로 달리고 다음에는 오솔길을 남기지 않고 달렸다. 같은 길을 되풀이 내왕하고 낮에 지난 길은 반드시 밤에도 거쳤다. 병사들의 머리에는 큰 길 작은 길들이 선명하게 살아 있었다.
　중양절(重陽節)이 가고 추수가 끝나자, 요즘은 길을 비켜 평지를 누비고 산을 오르내렸다. 같은 산도 동에서 오르고 서에서도 올랐다. 뛰면서 활을 쏘고 말을 달리며 창을 휘둘렀다. 가끔 교체훈련도 하였다. 기병은 도보로 뛰고 보병은 말을 달렸다.
　식성(息城: 안주 부근)에 영(營)을 설치한 대장군 을지문덕은 4, 5명의 막료들과 더불어 말을 타고 대령강(大寧江) 좌안을 북상하여 두모산(頭帽山)에서 일박하고 이른 아침에 떠나 남동으로 봉린산(鳳麟

山)과 검각산(劍角山)을 거쳐 살수 우안을 남하하고 있었다.
 하늘은 구름 한 점 없이 푸르고 서남으로 뻗은 평양에는 군데군데 작은 마을이 눈에 들어왔다. 낙엽이 지는 주위의 산들을 유심히 살피며 달리던 을지문덕은 멀리서 달려오는 마상의 인물에서 눈을 떼지 않았다. 십여 기의 부하를 뒤에 거느리고 전속력으로 달리는 품이 이 근처의 병사들 같지 않았다.
 앞에 다가온 무사가 말에서 뛰어내리자 을지문덕도 말을 세우고 땅에 내려섰다.
"오래 뵙지 못했습니다."
 무사는 한 무릎을 꿇으며 날씬한 몸매를 앞으로 숙였다. 을지문덕도 맞절을 하고 반겼다.
"이거 약광 장군 아니오?"
"그동안 안녕하셨습니까?"
"전선에서 얼마나 고생이 많았소?"
"괜찮습니다."
"연자발(宴子拔) 장군도 안녕하시고⋯."
"네, 안부를 전하십디다."
"곧 할 터인데 내 처소에서 기다릴 걸⋯."
"갑갑해서 나왔습니다."
 그들은 다시 말에 올라 천천히 전진하였다.
"북쪽은 추울 터인데⋯."
"10여 일 전에 눈이 내렸습니다."
"금년 농황은 어떻소?"
"평년작은 됐습니다."
"어디나 장정들이 모두 군에 들어오고 보니 부녀자들의 고생이 여간 아니오."

"그렇습니다."

을지문덕은 묵묵히 앞을 바라보면서 골똘히 생각하는 표정이었다. 작은 개천에서 약광의 말이 먼저 뛰자 을지문덕도 잠에서 깬 듯 앞발을 쳐든 말고삐에 힘을 주었다.

"언제 보아도 상쾌한 하늘입니다."

다시 나란히 가면서 약광은 푸른 하늘을 쳐다보고 화제를 돌렸다.

"그렇지요."

을지문덕은 고개를 끄덕였다. 잠자코 한참 가다가 그는 말을 이었다.

"금년에 깨는 잘되었소?"

"잘된 편입니다."

"모두 기름을 짜두도록 하오."

"네."

"아직도 혼자요? 언제까지나 혼자 지낼 수야 있소?"

"세상이 조용해지기를 기다리고 있습니다. 대장군께서는 노년에 적적하시겠습니다."

"나야 다 늙은 것이 무슨 상관이겠소. 자식이나 하나 있었으면 하는 생각도 없지 않소마는 다 팔자 소관이오."

그들은 무탈한 얘기를 주고받다가 말에 채찍을 가하여 평야를 서남으로 질주하였다. 식성에 돌아온 그들은 저녁식사를 마치고 등불 아래 단둘이 마주 앉았다.

"전선의 얘기를 직접 들을 겸, 또 부탁도 있고 해서 먼 길을 오게 했소. 장군이 보는 바로 양광(楊廣: 양제)의 행동개시는 언제쯤 될 것 같소?"

"지금 적의 움직임으로 보아 해동(解冬)하면 시작할 것 같습니다."

을지문덕은 그를 바라보고 움직이지 않았다.

"발착수(渤錯水) 대안에는 적의 병력이 대폭 증가되었을 뿐 아니라

가을에 들어서면서 군량을 대량으로 수송하기 시작했고 전부터 노하진과 회원진에 쌓아 두었던 날곡도 모두 찧었다는 소식입니다. 포로의 진술에 의하면 탁군(涿郡: 북경)에는 대병력이 집결 중이랍니다."

"그렇소. 돌궐 계통에서 정탐한 바로는 이미 1백만에 달했다는 것이오. 대체로 기병 1에 보병 2의 비율이라 하오."

을지문덕은 중앙에서 얻은 소식을 전했다.

"장군이 전선에서 포로 등을 통해 본 적의 강도는 어떻소?"

"제가 보기에는 정병이 아니고 그렇다고 오합지중도 아닙니다. 장비는 좋습니다."

"노하, 회원 양진의 방비 상황은 어떻소?"

"양진의 현 병력은 2, 3만으로 추산됩니다마는 속속 집결중입니다. 다른 중국성과 마찬가지로 산성(山城) 아닌 평지성(平地城)이기 때문에 방어에 약간 난점이 있습니다."

"선제공격(先制攻擊)의 방도는 없겠소?"

"생각해 보겠습니다."

약광의 단아한 얼굴은 담담했다. 을지문덕은 서랍에서 큼직한 지도를 탁자 위에 펴놓고 등불을 가까이 가져왔다.

"우리 군략(軍略)의 기본을 들었소?"

"연자발 장군으로부터 들었습니다."

"그대로요. 요하 이동 압록강 이북은 연 장군이 방위를 총지휘하고, 그 이남은 내가 직접 지휘하는 데는 변함이 없소. 연 장군과는 이미 의논했는데 장군은 이와 별도로 새 임무를 하나 맡아 주오."

그는 지도를 보면서 말을 이었다.

"숙신(肅愼: 연해주, 동만주 일대), 비려(碑麗: 송화강 유역)의 말갈병에게도 동원령을 내렸소. 책성〔柵城: 혼춘(琿春)〕에 집결한 5만 병력은 이미 서진(西進) 중인데 국내성에서 겨울을 나기로 돼 있소. 연

장군은 고정방위를 총지휘할 터인즉 장군은 적이 요하를 도하(渡河)하여 진격하는 경우 무여라 수비군과 요하 방위군을 통합해서 독립 작전으로 적의 병참선(兵站線)을 촌단(寸斷)하오."

"네."

"적의 주력이 남하하여 압록강에 접근하는 경우에는 대기 중인 이 말갈병까지 휘하에 넣고 급히 추격하여 주오."

"완전포위가 되겠습니다."

을지문덕은 대답 대신 고개를 끄덕였다.

"전에 대장군께서는 궁병(窮兵)은 위험하니 완전포위는 삼가라고 가르치신 일이 있습니다."

"적의 치명점(致命點)을 그 국토에 찾을 수 없는 경우에는 인명(人命)에서 찾는 수밖에 없소."

머리가 빠른 약광은 곧 알아들었다.

을지문덕은 지도를 말아 서랍에 도로 넣었다.

"곧 떠나겠습니다."

약광은 절하고 일어섰다.

"며칠 쉬고 가지."

그도 따라 일어섰다.

"오래간만에 국내성에 계신 어머님을 잠깐 찾아뵙고 갈까 합니다. 대장군께서도 노경에 과로를 마시기 바랍니다."

대문 밖까지 전송 나온 을지문덕은 보름달 아래 멀어져 가는 그의 일행을 지켜보면서 떠날 줄을 몰랐다.

며칠을 두고 추운 날씨가 계속되었다. 문풍지에 울리는 바람소리에 말굽소리가 쉬지 않고 들려왔다. 내일 마리치〔莫離支: 수상(首相)〕임석 하에 실시될 대기병 집단(大騎兵集團)의 검열에 모여드는 부대들이었다.

을지문덕은 한 손으로 턱을 괴고 눈을 감았다.

발착수에서 요하, 그 이동의 수천 리 평야와 무수한 성들, 눈 속에 말을 치달리는 무사들, 아득한 동북 숙신 땅에서까지 모여드는 말갈 병들, 고구려의 전 판도와 거기서 움직이는 낯익은 장군들과 부대들의 모습이 한 폭의 그림같이 머릿속에 있었다. 지나간 4년 동안 밤낮으로 갈고닦고 쌓아올린 철벽의 포진이었다. 그는 허리를 펴고 일어서 어깨를 번갈아 두드렸다. 회갑을 지나고부터는 가끔 어깨가 굳어지는 것이 흠이었다.

문이 열리면서 군관이 들어섰다.

"마리치께서 오십니다."

그는 옷을 바로잡고 대문 밖으로 나갔다. 앞뒤를 수십 명 기병들이 호위하는 가운데 마차가 천천히 다가왔다. 높은 군관들의 영접을 받으며 문전에서 내린 연자유는 추위도 아랑곳없이 만면에 웃음을 지으며 을지문덕의 인사를 받고 그의 허리에 손을 둘렀다.

"얼마나 노심초사하오."

"분부에 따라 교영(郊迎)을 못해서 미안합니다."

"지금이 어디 그럴 때요?"

그들은 층계를 올랐다. 연자유는 가죽주머니를 들고 따라오는 군복의 소년에게 물었다.

"춥지 않으냐."

"아니오."

을지문덕은 후리후리한 키에 보기만 해도 시원스러운 얼굴을 주시하면서 어디서 본 듯하다고 생각했다. 수행원들은 큰 마루에 남기고 방에 들어와 좌정하자 연자유는 소년에게 일렀다.

"너 대장군께 인사드려라."

소년은 교의에서 일어나 그의 앞에 무릎을 꿇었다. 어글어글한 두 눈을 지켜보던 을지문덕은 4, 5년 전 마리치 댁 바당에서 연을 날리던 소년의 생각이 났다. 절하고 일어선 소년에게 그는 미소를 보냈다.
"이름을 말씀드려야지."
"연개소문(淵蓋蘇文)이올시다."
맑은 목소리였다.
"내 손자라오."
연자유는 을지문덕을 건너다보았다.
"언젠가 댁에서 본 기억이 있는데 몰라보게 장성했습니다."
"덩치만 컸지 올해 열일곱이오."
그는 소년을 돌아보며 계속했다.
"너 대장군께 드린다던 선물 어떡했지?"
　소년은 교의 옆에 놓은 가죽주머니를 열고 밀봉한 사기 단지를 꺼내 두 손으로 을지문덕에게 드렸다. 연자유는 다시 자리에 앉는 손자에게 미소를 던지고 얼굴을 돌렸다.
"녹용주(鹿茸酒)라오. 이 아이가 지난가을에 친구들과 묘향산에 가더니 사슴을 한 마리 쏘았다나 보오. 그 뿔을 가지고 와서 다른 사람은 손도 못 대게 하고 제 에미를 졸라 녹용주를 만들었소. 그중에서 장군을 드린다고 숫으로 한 단지 떠가지고 자기 방에 간직해 뒀던 것이오. 이번에 올 때도 안장에 싣지 않고 잔등에 걸머지고 오지 않았겠소."
"이거 고마워서 어떻게 하나 … 어서 앉지."
　을지문덕은 술 단지를 받아 탁자 위에 놓고 연자유는 말을 이었다.
"장군, 이 아이를 맡아줄 수 없겠소?"
" … 아직 연소한 터에 몇 해 더 두고 보시지요."
"그렇게도 생각되오마는 내 뜻이라기보다 본인의 뜻이오. 이번에 기어이 따라 떠났소."

"글쎄올시다. 너무 이르지 않겠습니까?"

"장군 곁에 오겠다고 누가 뭐래도 변통이 없소."

을지문덕은 소년을 돌아보았다.

"군대에서는 마리치 각하의 손자라고 특별히 다루지는 않는다."

"알고 있습니다."

소년은 조용히 대답했다. 연자유는 흰 수염을 쓰다듬고 떠듬떠듬 계속했다.

"나는 이미 늙었고, 사리로 따지자면 저 아이 애비가 이 난국에 나서야 하지 않겠소? 아시다시피 약골이라 약으로 세월을 보내고 있소. 미거하지만 저 아이라도 받아 주신다면 가문의 수치를 면하겠소."

을지문덕은 생각 끝에 입을 열었다.

"… 말씀 잘 알아듣겠습니다."

"많이 단련해 주시오."

병사들이 더운 차를 가지고 들어와 한 잔씩 따랐다. 차를 마시면서 을지문덕은 연개소문을 바라보았다.

"너 말은 몇 살부터 탔느냐?"

"여덟 살부터 탔습니다."

"사냥도 많이 하고?"

"네."

손자를 지켜보던 연자유가 일렀다.

"네 소원도 성취됐고, 오늘은 좋은 날인가 부다. … 마루에 나가 기다리고 있어라."

"네."

소년은 일어서 문을 열고 나갔다. 노재상은 교의를 끌고 다가앉았다.

"군사는 장군이 총지휘하시니 더 염려하지 않소. 다만 외국 관계는 특히 불리할 것도 없는 반면에 유리할 것도 없는 형편이오. 일전에 돌궐(突厥) 사신이 은밀히 와서 무기를 청하기에 준다고 약속했소. 그렇다고 당장 우리와 손을 잡고 중국과 싸우지는 않을 것이오. 돌궐이나 글안이나 양광에게 눌리면서도 이면으로는 반발이 대단한 모양이오. 왜국(倭國) 사신도 와 있소."

"신라 백제의 움직임은 어떻습니까?"

"그들도 겉으로는 여하튼 실지로는 크게 움직이지 못할 것이오. 양 대국이 싸우는데 섣불리 한쪽에 가담했다가 자칫하면 후환이 두렵다는 것이 열국의 태도라고 판단되오."

"장래를 위해서도 중국을 둘러싼 나라들과는 적극 우의를 증진하는 데 노력하는 것이 좋겠습니다."

"옳은 말씀이오. 중국이 통일이 되고 보니 천하의 우환이 아닐 수 없소."

"요는 단합에 있습니다. 단합된 고구려의 힘을 당할 자는 흔치 않을 것입니다."

"그렇지요. 그러기에 나는 이 난국을 걱정하지 않소. 오히려 평화가 오는 날이 두렵소. 우리들이 다 가고 평화로운 세월이 흐르면 무슨 일이 있을지…."

"후세의 일은 후세에 맡기는 도리밖에 없겠습지요."

"하기는 그렇소. 늙고 보면 쓸데없는 걱정이 많아지는가 부오."

연자유는 미소를 지으면서 일어섰다.

"오늘은 아직 해가 있으니 전에 얘기하신 철산(鐵山) 구경이나 시켜 주시오."

"그러시지요."

을지문덕도 따라 일어섰다.

소년 연개소문을 데리고 마차에 오른 그들은 살수 양안을 치달리는 기병들의 사이를 누비며 북으로 시오 리 떨어진 돌고개(石峴) 철산을 향해 달렸다.

　강추위 속에서도 땀을 흘리며 넓은 평야에서 말을 달리고 창을 휘두르는 수많은 기병들을 지켜보던 연자유는 손자를 돌아보고 물었다.

　"해볼 만하냐?"

　연개소문은 말없이 고개를 끄덕였다.

전쟁의 예감

밖에서는 함박눈이 쏟아지고 있었다.

부뚜막에 앉아 노루고기를 저미고 있던 어머니는 윗목에서 장버선을 꿰매는 딸을 물끄러미 바라보다가 다시 칼을 놀리기 시작했다.

"젊은이덜이 가구 없응이 금년에는 육포도 얼매 앙이 되겠다."

"놀가지(노루) 덜이 숨을 쉬게 됐지비."

상아는 일감에서 눈을 떼지 않고 응대했다.

"그러게 말이다. 그래도 네가 덫을 놓은 덕에 이만큼이래도 됐응이 다행이다."

"메칠 먹겠습메? 저을 반찬이 걱정이 앙이오?"

"없으문 없는 대로 먹지."

어머니는 저민 육편에 소금을 뿌려 함지에 얹고 다른 고깃점을 도마에 얹었다.

"이것 하나 굽워줄까?"

"육포를 맨들어야지비 지금 먹으문 어떻게 합메?"

"시집가서 자식이 나문 입에 들어가는 게 없네라."

어머니는 대답을 기다리지 않고 식칼로 고기를 큼직하게 베어 가지고 등디에 가서 석쇠에 얹었다.

"능소는 통 기벨이 없구나."

등디목에 앉은 어머니는 고기를 번져놓으면서 혼잣말같이 뇌까렸다. 상아는 잠자코 버선에 바늘을 꿰었다. 그가 떠나고부터 마음에는 시름이 가실 날이 없건만 터놓고 하소연할 사람은 없었다. 남몰래 기다리고 걱정하고 눈물지으면서 혼자 삭이는 데 익숙해졌다.

"아무리 군대래도 인편에 말 한마디 전하지 못한단 말잉야?"

그것은 자기도 하고 싶은 얘기였다. 그러나 나오는 말은 능소를 두둔하고 있었다.

"우만 아바이가 그러는데 중한 일을 맡으면 그렇게 된답데."

"어떻게 중한 일인데 집에 말 한마디 전해도 앙이 된다덩이?"

"그게사 어떻게 알겠습메?"

"지다리는 사람 생각도 해줘야지."

어머니는 구운 고기를 석쇠째 들고 와서 도마에 놓고 썰었다.

"식기 전에 먹어라."

상아는 일손을 놓고 다가앉아 한 점 입에 넣었다.

"어망이도 자시오."

어머니는 칼을 놓고 고기를 집으면서 딸의 손을 내려다보았다.

"이렇게 터서 어떻게 하니야?"

상아는 갈라져 핏자국이 보이는 자기 손을 매만졌다. 그러나 트기는 어머니의 손도 매일반이었다.

"트기사 어망이가 더 텄지 뭐."

"나 같은 게사 다 늙은 게 트문 뉘기 뭐라니야."

바당문이 열리면서 능소의 어머니가 함지를 이고 들어섰다. 상아

전쟁의 예감 157

는 얼른 내려가 함지를 받아 내려놓고 보자기를 들어 눈을 털었다. 능소의 어머니는 거들떠보지도 않고 손으로 어깨의 눈을 쓸며 정지를 올려다보았다.

"아즉두 앙이 찛은 지장(기장)이 있구만. 뒤 말 될까."

상아는 외면하면서도 어머니에게는 덤덤했다. 봄에 들어진 후로 가끔 어머니와 말다툼하는 일이 있었으나 어머니는 그때마다 한숨 지고 들어갔다. 내가 잘못 생각했습메, 끝에 가서는 언제나 이 한마디로 무마하고 좋은 낯으로 헤어졌다. 때가 오면 다 알 터인데 외로운 사람을 괴롭혀서는 안 된다고 했다.

상아는 능소의 어머니가 보내는 차가운 눈초리에도 익숙해졌다. 말대꾸를 하지 않고 얼굴을 붉히지 않고 순종하면 트집을 잡다가도 조용해졌다.

"어서 올라와서 괴기를 좀 드오."

어머니가 정지 끝에 와서 그의 손을 잡아끌었다. 그도 사양하지 않고 올라와 부뚜막에 어머니와 마주 앉았다. 뒤따라 올라온 상아는 꿰매던 버선을 다시 들고 옆으로 비켰다.

"너는 어째 앙이 먹니야?"

능소의 어머니가 고깃점을 입에 가져가면서 그를 돌아보았다. 상아는 미소 띤 얼굴로 대답했다.

"많이 먹었습메."

"내가 끼어들어서 그러니야?"

"앙이오다. 어서 자시오다."

쌀쌀한 눈초리에 상아는 웃으면서 다가앉아 고기를 집어 들었다. 이 여인 앞에서는 순종이 습관이 되어 버렸다.

"집엣 발방아로 찛을까 암만 궁리해도 앙이 되는구만. 혼자 찛구 께끼구 할 쉬 있어야지비."

능소 어머니의 변명을 어머니는 쾌히 받아주었다.
"그렇재이쿠 서이(셋이) 달게들문 얼매 걸리겠습메."
고기를 씹다 말고 창문을 바라보던 능소의 어머니는 탄식했다.
"우리 아이는 어떻게 됐는지 …."
"그러게 말이오."
어머니가 맞장구를 쳤다.
"이러다가 가아도 못 보고 죽재이캤는지 …."
"벨 소리 다 합메."
"그거어 한나 보구 살아 왔는데 … 요새는 통 …."
능소의 어머니는 말을 맺지 못하고 얼굴을 벽으로 돌렸다.
상아는 가슴이 무거웠다. 능소를 향한 정성은 진배없건만 이 여인의 심로(心勞)에 자기도 큰 몫을 차지하고 있었다. 그렇다고 한번 틀어진 마음을 말로 돌이킬 수 있는 성미도 아니었다.
"잘돼 올 게오."
어머니가 위로했다.
"어찌 알겠소."
능소의 어머니는 고개를 돌려 어머니를 보고 계속했다.
"세상 돌아가는 게 아무래도 이상하오. 야아덜 아버지가 전쟁 나갈 때도 이렇게 어수선하재있소?"
"글쎄 말이오. 난리만 일어나재이문 얼마나 좋겠소. 아이덜은 장성했겠다, 일만 하문 먹을 것도 풍족하겠다 …."
"그게 어디 인력으로 되오? 금년에는 조도 유별나게 빨리 받아가덩 이마는 남은 곡식도 얼른 쩌어(찧어) 놓구 지다리라는 게 터져도 크게 터지능 게 앙이오? 전에는 이렇게꺼지는 앙이 들볶았단 말이오."
"하기는 그 지다리라는 말이 이상하오."
할 말을 찾지 못한 세 여인은 빛이 없는 창살을 멍하니 바라보고 있

전쟁의 예감　159

었다. 능소의 어머니가 일어서려고 했다.

"이러구 있으문 뭐 하지?"

상아는 앞질러 바당에 내려갔다. 한구석에 걸린 방아 호박에 기장을 쏟아 붓고 당반에 올라 혼자 찧기 시작했다. 뒤따라 바당에 내려온 능소의 어머니는 그를 쳐다보고 턱으로 가리켰다.

"넌 가서 께께라."

자기와 나란히 서기 싫다는 외고집이 역력히 나타났다. 그렇다고 힘든 일을 피하는 것도 같아 발을 쉬고 엉거주춤했다. 어머니가 옆에 올라 나머지 다리에 발을 얹으면서 그의 등을 밀었다.

"그래 네가 께께라."

그는 시키는 대로 호박 옆에 가서 쪼그리고 앉았다.

나란히 선 두 어머니의 발밑에서 방아는 상하운동을 시작하고 상아는 방아가 올라갈 때마다 손을 넣어 기장을 번져 놓았다.

"다 잘됐는데 금년에는 지장이 잘 앙이 됐구만."

"쉬이(수수)가 잘되는 해는 지장이 앙이 된답메."

어머니가 설명했다.

치자(梔子)로 물들인 명주는 불노랑이었다. 어머니는 다리미질을 하면서 옛 얘기를 했다.

"아버지가 살아 있을 때는 산에만 가문 치자를 따왔다. 그래서 네 저고리는 언제든지 이렇게 불노랭이로 해 입혔다."

상아는 어려서 입던 노랑저고리 생각이 머리에 떠올랐으나 그때 어머니는 어떤 저고리를 입었던지 통 기억이 없었다. 그는 무릎에서 삼은 삼실을 광주리에 옮기면서 물었다.

"엄만 무슨 저고리 입었는데?"

"나도 노랑 거 많이 입었다. 아버지가 그 색깔을 좋아해서…."

어머니는 쓸쓸하게 웃었다. 평소에는 물푸레로 들인 검푸른 저고리를 입으면서도 아버지의 산소를 찾을 때는 빼지 않고 노랑저고리를 입고 자기에게도 같은 색을 입히는 연유를 알았다.

"아버진 참 무던한 사람이었다. 그이가 있을 때는 내 손으로 불을 땐 일이 없다. 새벽이문 일어나서 물을 질어다 주구. 전쟁에 나간 이튿날 뒤앤(뒤곁)에 장작을 가질라 나가봉이 세상에 그렇게 허전할 쉬 없더라."

"처엄 나갔습메?"

"시집와서는 처엄 내 손으로 장작 가질라 나갔다. 손이 모자라서 밭일은 도왔지마는… 아버지는 고생 앙이 시키느라구 무던히도 애썼다."

"아버지 살아 계시문 얼매나 좋겠습메."

"더 말해 뭐 하겠니? 널 얼매나 귀애했다구. 이제 다 타사 재가 된 옛날 얘기다."

"그래도 아버지는 나랏일에 목숨을 바치재있습메?"

"세상에서는 그렇게 말하더라. 다 소용 있니? 그 뒤에서 혼자 울구 가슴을 태우고 시들어 가는 사람은 어떻게 하니? 여자는 남편이 없어지문 그날부터 죽은 목숨이다."

어머니는 다린 명주를 옆에 쓸어놓고 다리미의 불을 등디에 갖다 쏟았다.

밖에서 애기소리가 들리고 이어서 바당 문으로 우만 노인과 눈만 내놓은 병정 두 사람이 들어섰다. 어머니는 다리미를 퀸 채 정지에 서서 인사하고 상아도 일손을 놓고 일어섰다.

"아바이오다."

"응, 삼을 삼는구나."

병정 한 사람이 털모자를 벗고 고개를 숙였다.

"모두덜 잘 있었소다?"

상아는 가슴이 철렁했다. 지루였다. 웃지도 않고 그렇다고 화내지도 않은 천연스러운 얼굴이었다.

"아이구 이거 지루 아잉가."

어머니도 놀란 목소리였다.

"다아덜 올라오시오다."

"신발을 벗기 싫어서…."

우만 노인은 부뚜막에 올라와 앉고 두 병정은 정지 끝에 걸터앉았다.

상아는 몸 둘 곳이 없었다. 뒷방으로 갈까 생각하다가 그것도 이상하고 비스듬히 돌아앉아 광주리에 삼아놓은 실을 손끝으로 매만졌다.

"다릉 게 앙이구, 모두덜 성(요동성)으로 이사를 하게 됐소."

우만 노인의 얘기를 어머니는 선뜻 알아듣지 못했다.

"이사요?"

"이사요. 온 동네가 모두 가게 됐소. 가장등물과 곡식을 모두 가주구 가야 하오. 한나도 냉기지 말라는 기벨이 왔소."

"가문 어디메 사오다?"

"한 가구에 한 칸씩 다 마련이 돼 있다오."

그때까지 서 있던 어머니는 주저앉아 상아를 돌아보았으나 그는 고개를 들지 않았다.

"이 사람덜이 기벨을 가주구 왔는데 앞으로 열흘 안에 모두 옮기기로 돼 있소. 우선 꾸릴 건 꾸리구 채비덜을 하오."

노인은 바닥에 내려 신발을 신었다. 지루는 모자를 다시 쓰면서 한마디 했다.

"심이 모자랄 텐데 도와 디리겠소다."

어머니도 일어섰다.

"괜채이네. 자네도 바쁠 게구 … 성에서 얘장 일을 본다는 소문이덩

이만 언저게부터 군대에 들어갔는가?"

"발써 여러 달 되오다."

"그래? … 능소는 못 봤는가?"

"아무리 수소문해도 군대에는 없습데다."

"그럼 어디에 있을까 …."

"글쎄요 …. 이 동네 이사는 끝꺼지 우리가 돌보기로 됐소다. 한 바퀴 돌구 와서 짐 꾸리는 거 도와 드리겠소다."

어머니는 손을 내저었다.

"앙이, 그만두게. 꾸릴 짐도 없네."

"쌀은 잘게(자루에) 여어야(넣어야) 할 게 앙이오다?"

"다 여었네."

우만 노인이 재촉했다.

"어서 가게. 다른 집에도 알레야지."

"하여튼 또 뵙겠소다."

지루는 두 사람의 뒤를 따라 맨 나중에 밖으로 나갔다.

"이게 어떻게 될 게야?"

어머니는 딸의 옆에 앉았다.

"엄마, 난 앙이 갈래."

모두 거짓이고 지루가 꾸며낸 함정으로 생각되었다.

"앙이 가문 어떻게 하니?"

"이게 정말 같습메?"

"우만 아바이는 거짓뿌데기 앙이 한다."

"속은 게오."

"뉘기한테 속는단 말잉야?"

"지루지 뭐. 어디메 가서 군복을 홈체 입구 나대는 게 앙이오?"

"그럴 쉬도 있을까?"

어머니는 반신반의했다. 아닌 게 아니라 야장을 한다던 지루가 별안간 군복을 입고 나타난 것이 수상하다면 수상했다.

"제까짓 게 군인을 어떻게 합메?"

"글쎄… 있다가 우만 아바이한테 물어볼까."

"그 아바이도 속아 돌아간당이까."

"그래도 우리보다 나을 게 앙이야?"

상아는 목이 탔다. 삼 광주리를 밀어놓고 동이에서 바가지로 물을 떠 마셨다.

"나도 같이 가기오."

"지악을 해 먹구 같이 가자."

상아는 바당에 내려가 아궁이에 불을 피워 넣고 독에서 쌀을 퍼냈다.

"아츰 밥이 없니야?"

정지에 앉은 어머니가 물었다.

"모자라겠는데."

"그걸로 때우자. 벨로 먹구 싶은 생각도 없다."

상아는 쌀을 도로 쏟아 넣고 아궁이에 장작을 더 넣었다.

눈 오는 날은 쉬 어두웠다. 어머니와 딸은 소깡불 밑에서 더운 물에 끓인 밥을 가운데 하고 마주 앉았으나 목을 넘어가지 않았다. 말없이 몇 숟가락 들고는 어머니가 먼저 일어서 겉옷을 입고 두건으로 머리를 쌌다. 상아는 벽에 걸린 가죽저고리를 벗겨 머리에 뒤집어쓰고 어머니의 뒤를 따라 문을 나섰다.

어두워서도 눈은 계속 내리고 있었다. 그들은 발목까지 빠지는 눈을 헤치고 우만 노인의 집을 찾아 갔다.

"이 밤중에 웬일이오?"

홀로 앉아 소주를 마시던 우만 노인은 일어서 맞아 주었다. 그들은 바당에서 눈을 털고 올라가 등디 옆에 앉았다.

"치분데 여기 앉지."

부뚜막에 앉았던 노인은 상을 옆에 밀어 자리를 냈으나 어머니는 굳이 사양했다.

"그양 자시오다. 여기서 불을 쬐우겠소다."

"그럴까. 돌아댕기구낭이 좀 칩어서 술을 한잔 하던 질이오."

"어서 드시오다."

노인은 상을 다시 돌려놓고 술잔을 들었다.

"지악은 아즉 앙이 했소다?"

꺼질 듯한 소깡불에 관솔을 얹으면서 어머니가 물었다.

"아께 지루너어 집에서 정슴을 잘 먹어서 더 먹재이도 되겠소."

잠시 침묵이 흘렀다.

어머니는 말을 꺼낼 듯하다가도 삼키는 눈치였다. 상아는 노인의 옆에 가서 오리병을 집어 들었다.

"술이 차재이오다?"

"괜채이타."

"그런데 아바이 …."

그는 오리병을 바닥에 놓고 노인의 턱 밑에 다가앉았다. 어리광기가 섞인 그의 말투에 노인은 노루고기를 집던 손을 멈추고 빙그레 웃었다.

"그래 무슨 얘깅야?"

"우린 정말 성으로 가는 게오다?"

"그럼 정말 가지."

"아바이 속은 게 앙이오다?"

노인은 그를 내려다보고 등디 옆에 앉은 어머니는 당황했다.

"그런 말버릇이 없다."

그러나 노인의 얼굴에는 다시 미소가 나타났다.

전쟁의 예감　165

"내가 속았다? 뉘기 날 쇠겠을까?"
"지루가 이상하재이오다?"
"어떻게 이상하지?"
"거짓뿌데기 군인이 앙이오다?"
"앙이야, 정말 군인이다."
어머니가 끼어들었다.
"애장하던 사램이 벨안간 군복을 입구 나타낭이 수상하재이오다? 또 전에도 행실이 이상한 데가 있구 해서 모든 게 지루가 꾸민 게 아잉가 해서 왔소. 어쩐지 우릴 끌어가다 함정에 몰아옇는 것 같소."
노인은 고개를 끄덕였다.
"애기는 알아듣겠소. 그러나 지루는 군인에 틀림없소. 애장하던 사람도 군에 들어가문 군인 앙이오? 그러구 성으로 모두 들어오라는 것도 지루가 꾸며낸 게 앙이구 처려근지의 공문이 와 있소. 내 공문을 한두 번 받았다구 속겠소?"
한 오리 남았던 희망이 끊어진 어머니와 딸은 더 할 말이 없었다. 소깡불에 따라 그림자들만 벽에서 크게 움직이고 있었다.
"모두덜 짐이나 잘 챙기오."
노인이 침묵을 깨뜨렸다.
"설도 얼매 앙이 남았는데 설이나 쇠구 가문 어떻다구 이렇게 서두는지 모르겠소."
어머니가 푸념을 했다. 노인은 상을 물리고 바로 앉았다.
"그렇긴 하오마는 우리가 모르는 사정이 있을 게오. 나라에서 시키는 대로 하는 게 좋소."
"성에 그 많은 사람을 쓸어옇구 어떻게 하자는 게오다?"
"미상불 중국사람덜이 쳐들어오는 것 같소. 그렇다문 백성덜을 성 안에 모으는 건 잘하는 일이오. 이 벌판에 그냥 남아 있다가는 어느 뿔에 맞아 죽을지 모르는 게오."

어머니는 노인을 정시했다.

"정말 전쟁이 일어나오다?"

"모든 게 그렇게 돌아가재이오? 서울에 계신 높은 어른덜은 중국 사정도 잘 알구 있소. 이 엄동설한에 백성을 이동시킬 때는 그만한 곡절이 있을 게 앙이오?"

"그렇소다 …."

어머니는 풀이 죽었다. 전쟁이라는 말에 상아는 능소 걱정이 앞섰다. 맨 먼저 죽는 것이 아닐까. 어쩌면 이미 죽었을지도 몰랐다.

"전쟁이 일어나문 어떻게 되오다?"

어머니가 힘없이 물었다.

"고생이지요. 허지마는 우리 고구려 군대는 천하에 당할 나라가 없소. 결국은 우리가 이기는 게오."

"이게두 죽구 다치는 사람은 많이 생길 게 앙이오?"

"그게사 어쩔 수 없재이오?"

어머니는 고콜 벽에 이마를 대고 눈을 감았다. 노인을 헛기침을 하고 말을 이었다.

"전쟁은 폭풍이나 큰 추위같이 참구 견디는 도리밖에 없소. 사람의 심으로는 어떻게 못하오."

"능소는 어떻게 됐는지 …."

어머니는 머리를 들어 불을 보고 혼자 중얼거렸다.

"죽었는지 살았는지 통 소식이 없응이 …."

"능소요?"

"예, 이 에미 팔자가 드세덩이만 딸은 더 드세게 됐소다."

상아는 고개를 떨어뜨리고 나지막이 중얼거렸다.

"죽은 게지 뭐."

전쟁의 예감 167

귀가 밝은 노인은 그를 돌아보았다.
"죽어?"
"혹시 무슨 소식 못 들었소다?"
어머니가 물었다. 노인은 망설이다가 이것도 저것도 아닌 대답을 했다.
"글쎄…."
무엇인가 알고 있는 듯한 노인의 표정에 힘을 얻어 상아가 물었다.
"아바이는 알구 있지오다?"
어머니가 말을 받았다.
"답답해서 살 쉬 있소다? 죽었게 소식이 없지 이렇게 모두덜 애태우구 지다리는 거 알멘서 어째 소식을 앙이 전하겠소다?"
노인은 천천히 입을 열었다.
"능소는 잘 있소."
어머니와 딸은 침을 삼켰다.
"접경에 있는 군인은 소식을 못 전하는 법이오. 일전에 성에 갔다가 내가 아는 군관을 만나 능소 얘길 들었소. 공을 세우구 잘 있소."
"어디메 있는지 아시오다?"
상아가 물었다.
"어딘지는 나도 모른다. 소문은 앙이 내는 게 좋소."
"그럼 가보겠소다. 이것저것 아슴채이오다(고맙습니다)."
어머니가 일어서고 상아도 일어섰다.
"귀채이타구 버리지 말구 헝겊 한 오래기래도 다 꽁꽁 묶어놓소. 성 안에서 오래 지내게 되문 아쉬운 것뿐이오."
노인은 바당에 내려서는 그들에게 일러주었다.

바람이 불 때마다 벌판에 쌓였던 눈이 흩어져 허공에 휘날리고 사람과 마소들은 흰 김을 내뿜으면서 전진했다.

　남자들은 불과 4, 5명에 지나지 않고 짐을 실은 소와 달구지 옆에는 대개 여자들이 고삐를 잡고 묵묵히 따라갔다. 개중에는 어린 것을 등에 업은 이도 있고 조금 큰 어린이를 달구지에 실은 짐 위에 얹고 가는 이도 있었다. 어른이나 아이들이나 눈과 코만 내놓고 머리에서 발끝까지 겹겹으로 싸서 모진 추위를 막았으나 달구지 꼭대기에서 발이 시리다고 앙탈을 부리는 아이들도 눈에 띄었다.

　두 어머니는 소를 끌고 행렬 중간을 나란히 가고 있었다. 바로 뒤에 달구지를 몰고 가던 상아는 뒤를 돌아보는 어머니의 시선과 마주쳤다.

　"칩쟁이야?"

　"앙이."

　그는 대답하면서 자신도 뒤를 돌아보았다. 눈에 덮인 옥저마을의 지붕들이 겨우 알아볼 만큼 아득하게 멀어져 갔다. 어쩌면 영영 떠나가는 듯한 감회와 함께 마을에서 지내온 세월이 머리를 스쳐갔다. 들에 피는 민들레며, 강에서 잡던 송어며, 능소와 주고받던 정다운 대화며, 모든 것이 자기를 떠나 다시는 돌아오지 않을 것만 같았다.

　그러나 이 길이 어쩌면 능소에게 한 걸음 다가서는 것일지도 모른다는 희망이 마음 한구석에 머리를 쳐들었다. 그와 한 번이라도 다시 만난다는 것, 안 되면 먼발치로 피끗 보기라도 한다는 것, 그것은 오랫동안 갈구하여 오던 일, 가슴이 부푸는 일이었다.

　"앞을 보구 걸어야지."

　그는 놀라 머리를 돌렸다. 채찍을 손에 든 지루가 눈을 굴리고 있었다. 웃는 눈이 아니라 증오에 찬 눈, 언젠가 본 듯한 눈이었다.

　상아는 앞에 가는 어머니의 치맛자락을 보면서 생각했다… 그렇다, 언젠가 애장간 앞에서 능소와 싸울 때의 그 눈이다. 그는 소름이 끼쳤다.

"바퀴에 깔리문 다리가 불러져!"

지루는 내뱉듯이 한마디 하고 뒤에 처진 아버지의 달구지로 다가갔다.

예전의 지루가 아니었다. 요 며칠 짐을 싸느라고 어수선할 때 가끔 나타났었다. 그때마다 깍듯이 인사하고 도울 일이 있으면 돕겠다고 하였다. 그러나 얼굴에는 항상 표정이 없었다. 전부터 아는 사람을 대하는 얼굴이 아니고, 보통 군인이 낯선 백성을 대할 때의 예절과 동작을 되풀이했다. 차라리 잘됐다고 생각했는데 그런 것도 아닌 성싶었다. 무엇인가가 일어나고야 말 듯한 예감에 상아는 무거운 발걸음을 옮기면서 고개를 쳐들지 않았다.

어두워서 성내에 들어온 그들에게 방이 배당되었다. 바당에 정지가 달린 한 칸이었다. 관원은 능소의 어머니는 혼자뿐이니 상아네와 같은 집에 들라고 했다. 능소의 어머니도 싫은 눈치였고 상아도 큰일이라고 생각했으나 무어라고 할 계제가 못되었다.

소깡불을 켜놓고 짐을 들여놓았다. 바당에도 쌓고 정지에도 한구석에 쌓아 그럭저럭 틈을 만들어 앉아 한숨 돌리는데 지루가 바당에 들어섰다.

"한데 들었소다?"

등잔불에 비친 얼굴은 역시 표정이 없었다. 능소의 어머니가 푸념을 했다.

"한 사램이래도 한 집은 한 집인데 … 어떻게 살겠는가?"

"글쎄. 그건 내 소관이 앙이오. 지금부터 말과 쇠는 군에서 관리하오. 이 뒤에 큰 오양간이 있응이 거기 갖다 매 주시오. … 달구지는 그 옆 뒤지간 앞에 놓구."

그는 돌아서려고 했다. 어머니가 일어섰다.

"이 사람아, 혹시 쓸 일이 있으문 어떻게 하능가?"

"처려근지 처소에서 허가를 받아야 하오."

지루는 문을 열고 어둠속으로 나가 버렸다.
"능소가 오문 주자던 말인데…."
"그러게 말이오."
어머니는 맥없이 응대하고 일어섰다.
"하여튼 갖다 매기는 매야지."
상아도 일어서 어머니와 함께 밖으로 나왔으나 능소의 어머니는 앉은 채 움직이지 않았다.

수양제의 탐욕

612년(고구려 영양왕 23년: 수양제 8년) 1월 2일.

동녘 하늘에 아침 햇살이 비치면서 온 탁군(涿郡: 북경)은 웅성거리기 시작했다. 말을 달리는 군관들과 대궐로 모여드는 고관대작들의 행렬, 사람들은 쏟아져 나와 입을 벌리고 바라보았다.

우문 화급과 지급 형제는 임삭궁 밖 하마비(下馬碑) 언저리에서 팔짱을 끼고 오락가락하다가도 가끔 협문(夾門)으로 안을 기웃거렸다. 정전(正殿) 바로 계하(階下)에는 50여 명의 출정군 지휘관들이 도열하고 그 뒤에 문무백관이 서차에 따라 줄을 지어 서 있었다. 당상 구석에는 부월(斧鉞)을 받쳐 든 군관들이 똑바로 앞을 응시하고 그 아래 당하 좌우에는 갖가지 군기(軍旗)와 대도(大刀)를 받든 군관들이 도열하였다.

이마를 맞대고 옆 사람과 소곤거리는 축도 있고, 말없이 정전을 바라보다가 눈을 돌려 솟아오르는 아침 해를 쳐다보는 축도 있고, 늦게 당도한 고관이 지나갈 때마다 허리를 굽실하고 공연히 웃음을 띠는 축도 있었다.
 화급은 안에서 내다보는 여양독운(黎陽督運) 양현감(楊縣監)과 눈길이 마주치자 휙 얼굴을 돌리고 몇 걸음 비켜섰다. 자기들같이 황제의 미움을 받고 쫓겨났건만 단문진〔段文振: 병부상서(兵部尙書)〕에게 아첨해서 도로 감투를 얻어 썼다는데 아버지는 도대체 무어냐 말이다. 세도로 말하면 아버지는 단문진과 댈 것도 아닌데 아들 형제를 이 모양으로 팽개쳐 두는 그 심사가 원통했다.
 황아곡(皇雅曲)이 울리면서 군복의 황제가 정전에 나타나 옥좌에 오르자 계하의 백관은 구령에 맞춰 4배를 올리고 일어섰다.
 지급은 당상에 오르는 병부상서 단문진의 육중한 거동을 지켜보다가 옥좌에 앉은 황제로 눈을 옮겼다. 햇수로 5년 만에 보는 황제였다. 먼데다가 정전 안은 그늘져서 얼굴은 똑똑히 보이지 않았으나 배를 불쑥 내밀고 앉은 자세는 옛날 그대로였다. 전에는 그의 침실에도 마음대로 드나들었고 얘기를 하면 들어주지 않는 것이 없었건만 한번 토라지니 그만이었다. 죽인다고까지 했다. 제수 덕분에 목숨은 부지했으나 그동안 받은 가지가지 곤욕을 생각하면 이가 갈렸다. 냉혈종(冷血種)이지 사람일 수 없었다.
 무엇이 잘났단 말이냐? 분명히 보았지마는 네나 내나 다를 것이 무엇이냐? 너는 전조(前朝)를 뒤집어엎고 황제가 된 양견(楊堅)의 아들이고 나는 그 밑에서 벼슬해 먹은 우문술의 아들이다. 다르다면 애비들의 서차가 다를 뿐이다. 너의 애비는 임금을 쓰러뜨렸고 너는 또 자기 형을 깔고 그 자리를 뺏었지. 놈의 새끼 무어가 잘났다고 나를 이렇게까지 구박한단 말이냐. 저것을 잡아먹는 귀신은 없을까.
 당상에 있던 병부상서 단문진이 봉서를 이마까지 받쳐 들고 옥좌를 비켜 앞으로 나서자 짤막한 주악이 울리며 만정의 문무백관은 무릎을 꿇고 엎드렸다. 단문진의 굵직한 목소리가 울려 나왔다.

조서

"천지의 큰 기운은 가을에 모진 서리를 내리고 성철지인(聖哲至仁)으로 하여금 형전(刑典)에 무기를 쓰게 하는도다. 고로 천지 조화가 가을에 초목을 고사(枯死)케 함도 그 뜻에 사사로움이 없고 제왕(帝王)이 군사를 일으킴도 부득이함에서 나옴을 알지니라. 요제(堯帝)가 단포(丹浦)에서 묘만(苗蠻)을 정벌한 것이나 황제(皇帝)가 판천(阪泉)에서 염제(炎帝)와 싸운 것이나 삼가 결행하지 않음이 없나니 스스로 난(亂)을 맡아 어둠을 뒤엎음은 모두 순리(順理)로 말미암아 움직인 것이로다.

감야(甘野)에서 군사를 질타하여 하개〔夏開: 하계(夏啓): 우(禹)의 아들〕는 대우(大禹)의 왕업(王業)을 계승하였고 상교(商郊)에서 주왕(紂王)의 죄를 물어 주발(周發: 무왕)은 문왕(文王)의 뜻을 성취하였나니라.

길이 역사를 살필진대 하늘이 내리니 과업은 나에게 위촉되었도다. 생각건대 우리 수나라는 하늘의 명을 받들어 삼재(三才: 천지인)를 겸하고 제위(帝位)를 창건하였으며 사방을 합쳐 한 집을 이루었으며 책봉을 받는 제후가 점점 늘어 세류반도〔細柳盤桃: 서역(西域)〕 저편에까지 이르렀고 조정의 교화(敎化)는 이에 자설황지(紫舌黃枝: 아득한 남방)에까지 미쳐 먼 자는 찾아오고 가까운 자는 편안하여 화합하지 않음이 없나니 성공(成功)과 치정(治定)은 여기 있음이니라.

고구려의 변변치 못하고 못생긴 것들은 어리석은 데다가 공손치도 못한 주제에 발해(渤海)와 갈석〔碣石: 산해관(山海關) 부근〕 사이에 웅거하면서 요동과 예맥(穢貊)의 땅을 잠식하여 마지않는도다. 한(漢)나라와 위(魏)나라가 정벌하여 그들의 소굴이 잠시 기울어 서로 이산(離散)하고 막혔으나 그 씨알들은 떨어졌다가 다시 모여들어 예전보다 더욱 웅성거리며 번성하여 오늘에 이르렀느니라.

관망컨대 예전의 이 좋던 땅은 갈라져 오랑캐가 된 후 세월이 흐름에 따라 악(惡)이 무르익어 가득 찼으니 천도(天道)는 악인에게 재앙을 내리는 터이라 망조는 이미 나타났도다. 난상패덕(亂常敗德)

은 이루 헤아릴 수 없고 하루가 멀다 하고 은밀히 감추고 간악한 계책을 품는도다. 글로써 엄명(嚴命)을 내려도 고구려왕은 친히 받드는 일이 없고, 나를 찾아 조근지례(朝覲之禮)를 다하려고도 하지 아니하고 도리어 수나라의 배반자들을 끌어들여 마지않는도다. 변경에 마구 몰려들어 누누이 봉졸(烽卒)들을 괴롭히고 이에 따라 극경 관문(關門)의 경비병들은 고요할 날이 없고 백성은 폐업할 지경에 이르렀나니라. 예전에 정벌한 일이 있으나 이미 천망(天網: 천벌)을 빠졌으며 전금(前禽: 앞으로 도망치는 새)을 잡지 않는 인자(仁者)의 덕에 힘입어 살육을 면하였고, 그렇다고 아직 후복(後服: 남보다 뒤늦게 항복하는 자)을 주륙하는 법도에 따라 소탕되지도 않았도다. 일찍이 은혜를 생각하는 일이 없고 오히려 악을 조장하니, 글안(契丹)의 무리를 합병하여 해안의 기병대를 무찌르고 말갈(靺鞨)을 굴복시켜 이들을 이끌고 요서〔遼西: 요하 이서(遼河以西)〕 땅을 침략하였도다.

뿐만 아니라 청구(靑丘)의 나라들은 모두 조공을 바치고 벽해(碧海)가에 이르기까지 한 가지로 중국의 정삭〔正朔: 역서(曆書)〕을 받들거늘, 고구려는 그들의 조공하는 재보(財寶)를 탈취하고 내왕을 막으니 그들의 잔학 행위는 무고한 자에까지 미쳐 중국을 정성으로 섬기는 나라마저 화를 당하니라. 나의 사신이 해동(海東)에 행차함에 정절(旌節)이 가는 곳이 그들의 지경을 경유하거늘 길을 막고 사신을 거역하여 나를 섬길 마음이 없으니 이 어찌 신하된 예절이랴. 이 지경에 이르러도 가히 참는다면 천하에 용납되지 않을 일이 없으리라.

고구려는 법령이 가혹하고 부역과 세납이 과중하고 강신 호족(强臣豪族)이 모두 국권(國權)을 잡고 붕당(朋黨)이 어울리는 것이 습속(習俗)이 되었으며 뇌물은 저자같이 성행하고 억울한 일이 있어도 펼 길이 없도다. 그 위에 해마다 흉년이 들어 집집마다 굶주림에 떨고 전쟁은 그칠 날이 없고 부역은 한정이 없고 물자 수송에 힘이 다하여 죽은 시체는 구덩이에 가득하니라. 백성은 수심에 차고 고달프되 이에 누구를 좇으랴. 국내는 애통하고 공포에 떨며 그 폐단을 이기지 못하니라. 머리를 돌려 나라 안을 보고 저마다 자기의 살길을 생각하건만 노인에서 어린이에 이르기까지 모두 혹독하다는 탄식뿐이로다.

풍속을 살피고 풍광을 구경하며 마침 유삭(幽朔: 중국 북부)에 이른바 즉시 고구려의 백성을 위무하고 왕의 죄를 물을 터인즉 단번에 쳐부숴 또다시 정벌할 필요가 없게 하리라. 이에 내가 친히 육사(六師: 대군)를 거느리고 구벌(九伐)의 법을 발동하여 액운의 백성을 구하고 천의(天意)에 따라 이 못된 예맥(穢貊)의 오랑캐를 무찔러 선제〔先帝: 수고조(隋高祖)〕의 포부를 계승하리로다. 이제 마땅히 군율(軍律)을 내려 등정(登程)할지니 지휘 계통을 분담하여 진로(進路)에 나아가라. 발해를 덮어 우레같이 진동하고 부여(扶餘)를 거쳐 번개같이 소탕하라. 병기와 갑옷을 정제하고 장병을 훈제한 연후에 행군하며 우선 훈령을 내려 필승(必勝)의 계책이 선 후에 싸울지니라.

좌 제1군(左 第一軍)은 누방도(鏤方道)로 나가고 제2군은 장잠도(長岑道), 제3군은 명해도(溟海道), 제4군은 개마도(蓋馬道), 제5군은 건안도(建安道), 제6군은 남소도(南蘇道), 제7군은 요동도(遼東道), 제8군은 현토도(玄菟道), 제9군은 부여도(扶餘道), 제10군은 조선도(朝鮮道), 제11군은 옥저도(沃沮道), 제12군은 낙랑도(樂浪道)로 나갈지며, 우제1군(右 第一軍)은 점선도(黏蟬道), 제2군은 함자도(含資道), 제3군은 혼미도(渾彌道), 제4군은 임둔도(臨屯道), 제5군은 후성도(候城道), 제6군은 제해도(提奚道), 제7군은 답돈도(踏頓道), 제8군은 숙신도(肅愼道), 제9군은 갈석도(碣石道), 제10군은 동시도(東䝤道), 제11군은 대방도(帶方道), 제12군은 양평도(襄平道)로 나갈지니라.

각 군은 우선 조정의 전략을 받는 연후에 계속 진격하여 평양(平壤)에 총집결하라. 다 같이 시비〔豼貔: 맹수 명(名)〕같은 용사들이며 백전백승의 영웅들이라 돌아보면 산악(山岳)이 무너지고 호통치면 풍운(風雲)이 일지니 합심 단결한 참된 군대 이에 있도다.

나는 친히 원융(元戎: 대 병군)을 몰아 총지휘할 것이니 요하를 건너 동(東)으로 행차하고 바다를 따라 그 우측 땅에 이르러 이 머나먼 지역에서 시달리는 자를 풀어 주고 살아남은 백성의 질병과 고통을 위문하리라. 군사들은 짐을 가벼이 하여 제때에 행동을 통일하고 동작을 은밀히 하여 적의 불의(不意)를 찌를지로다. 또 창해도군(滄海道軍: 해군)은 함선(艦船)을 천리에 잇닿아 높은 돛으로 번개같이 진격할지니 큰 함선도 구름같이 날고 가로막는 강을 횡단하여 평양에 당도하라. 도서(島嶼)가 떠 있는 망망대해도 이에 그치고 함정(陷穽)이 많은 길도 이에 다하리라. 이 밖에 우리를 따르는 오랑캐군은 무기를 갖추고 진군을 대기하라. 옛날 미로팽복지려(微盧彭濮之旅: 주문왕의 정복군)도 이와 같았나니라.

순(順)으로 역(逆)에 임하니 사람마다 용기백배하는지라 이 대군으로 싸우면 그 형세는 마른 나무를 꺾음과 다름없으리로다. 그런즉 왕자(王者)의 군대는 원래 그 대의(大義)가 살생을 종식시키는 데 있고 성인의 교화는 반드시 잔악한 자를 이기니라. 하늘은 죄인을 벌하되 본뜻은 원흉을 다스리는 데 있음이니 사람은 본시 편벽됨이 많은지라 위협에 못 이겨 따른 자는 불문에 부치라. 만약 고원(高元: 영양왕)이 우리의 군문(軍門)에 이르러 머리를 조아리고 스스로 법의 심판을 받고자 할진대 마땅히 그 결박을 풀고 미리 마련해 놓은 관(棺)도 불살라 은혜로써 관용을 베풀지로다. 그 밖의 신하들로 나의 조정에 귀순하는 자는 다 같이 위무하여 각각 안심하고 생업에 종사케 하며 재주에 따라 등용하되 오랑캐와 중국인의 차별을 두지 아니하리라.

군영(軍營)이 머무르면 힘써 기강을 지킬 것이며 초목을 벌채하는 데도 금법이 있는지라 추호도 범하지 말지니라. 은혜와 관용을 베풀고 화복(禍福)의 도리를 설득할 것이며 악인과 어울려 결탁하여 우리 군에 항거하는 자는 나라의 법도대로 씨도 남기지 말고 없이 하라. 이에 명백히 유시하는 터이니 나의 뜻을 따를지어다.

조서의 낭독이 끝나고 엎드렸던 문무백관은 구령에 따라 절하고 일어섰다. 선두에 있던 우중문(于仲文), 내호아와 아버지의 세 대장군이 부장(副將)을 거느리고 당상에 올라 어전에 무릎을 꿇었다. 몇 마디 아뢰고 나서 황제가 직접 주는 부월을 받아들고 무릎걸음으로 물러나와 옆 층계를 내려 제자리에 돌아왔다.

황제가 옥좌에서 일어나 계하의 좌우(左右) 24군의 대장(大將) 아장(亞將) 48명을 향해 천천히 계단을 내려서자 양측에 군기와 대도를 들고 섰던 군관들이 다가왔다. 황제는 일일이 대장에게 대도를 내리고 아장에게는 군기를 내리고 나서 다시 옥좌에 돌아갔다. 주악이 울리는 가운데 군신들의 절을 받고 황제는 일어서 안으로 들어갔다.

전에도 전쟁에 나가는 장군이 있었고 그때마다 출사의(出師儀)라 해서 비슷한 일을 하는데 자기도 한 구실을 맡았었다. 그러나 이번처럼 50여 명의 장군들이 한꺼번에 출정하는 일도 없었고 이렇게 거창한 출사의도 보지 못했다. 더구나 이번에는 축에도 끼지 못하고 대문 밖에서 거지 동냥하듯 찔룩거리며 숨어 보는 신세가 되고 말았다. 지금은 이를 깨물었다.

상건수(桑乾水) 남안(南岸)
일망무제한 평야에는 보기(步騎) 130만 3,800명의 출정군 장병들이 단대(團隊)마다 오색 깃발을 나부끼며 도열하고, 그 옆에는 산같이 늘어선 도창(刀槍), 궁시(弓矢)의 더미와 수십만을 헤아리는 융차(戎車), 충차(衝車), 운제(雲梯)를 앞에 한 치중대(輜重隊), 다시 그 뒤에 2백여만 명의 궤운병(饋運兵: 수송병)들이 녹차(鹿車: 손수레) 30만 대와 수많은 노새, 당나귀, 소를 끌고 대기하였다.

모든 장병들의 시선은 북으로 향하고 있었다. 강 건너 멀리 보이는 성문에서 나타날 황제의 노부(鹵簿)를 기다리면서 지휘관들은 가끔 고개를 돌려 대열을 훑어보고, 간혹 바람에 휘말린 기폭을 얼른 펴고는 자세를 바로 하는 기수들도 눈에 띄었다.

채막(彩幕) 옆, 구병들 틈에 끼어 말고삐를 잡은 지급은 옆에서 째려보는 화급의 시선은 아랑곳없이 눈앞의 어마어마한 광경을 바라보고 있었다. 고구려가 강대하다지마는 이 기막힌 힘 앞에는 어쩔 도리가 없을 것이었다. 그는 중화민족의 위대성을 새삼 느끼면서 동북 고구려에 물밀듯 쳐들어가는 이 엄청난 사업에 양광은 황제로 출정하고 자기는 구병으로 끌려가는 하늘과 땅의 차이에 울화가 북받쳤다.

태상기(太常旗)를 앞세운 황제의 노부(鹵簿)가 미끄러지듯 성문을 빠져나오자 벌판에는 처처에서 북이 울리고 긴장이 감돌았다. 말과 사람들은 잠시 파도치며 술렁거리다가 대열을 정제하고 바람에 펄럭이는 깃발소리만 유난히 선명하게 들렸다.

무수한 깃발을 쳐든 선두의 기마대가 강을 건너 벌판에 비끼자 태상기가 다가오고 병부상서 단문진의 말 탄 모습이 나타났다. 이어서 군관들이 호위하는 가운데 황제의 혁로(革輅)는 천천히 다리를 건너왔다.

주악이 울리는 가운데 노부는 채막 앞에 멎고 단문진은 말에서 뛰어내려 혁로로 다가섰다. 기다리고 있던 대장군 세 사람은 그의 뒤에 정렬했다.

단문진이 막을 당기자 군복의 황제가 나타나고 우중문이 허리를 굽혔다.

"엄한에 친히 열병(閱兵)에 납시오니 황공하기 그지없습니다."

땅에 내려선 황제는 고개를 끄덕이고 아득하게 도열한 병사들과 무기의 바다를 둘러보았다. 아버지가 한 걸음 앞에 다가서 머리를 숙였다.

"날씨가 매우 불순하온데 우선 장막에 듭시기 바랍니다."

"괜찮소. … 말을 가져오도록 하오."

우문술이 돌아서 손짓을 하자 구병들의 선두에 따로 섰던 군관이 백마를 끌어가고 대장군들의 구병들도 제각기 말을 몰고 앞으로 나갔다. 지급은 백마에 오르는 황제와 눈길이 마주쳤다. 실로 오래간만에

수양제의 탐욕 179

지척에서 대하는 얼굴이었다. 예전보다 더욱 배가 나오고 얼굴에는 윤이 흘렀다. 더 젊어진 것이 마흔네 살이라기보다 삼십을 갓 넘은 청년으로밖에 보이지 않았다.

대담하게 머리를 쳐들고 마주 보는 자기를 주시하다가 눈길을 돌리는 황제의 얼굴에는 아무 표정도 없었다. 그렇게도 가깝고 친하게 지내던 자기를 몰라보았을 리는 없었다. 그러나 털끝만큼도 아는 내색을 하지 않았다. 사람을 5년 동안이나 시궁창에 처넣고도 모른 척한다? 너무하다. 어금니를 깨물어 보았으나 그는 용이요 자기는 지렁이에 불과했다.

아버지가 그의 손에서 고삐를 잡아채어 말에 올라탔다. 황제의 백마가 천천히 전진하자 병부상서와 대장군 3명이 바로 뒤를 따르고 그 뒤에 좌우 24군의 대장들이 따라나섰다.

각 군 앞에 이를 때마다 말을 멈춰 세우고 군례를 받았다. 아득하게 늘어선 단대(團隊)를 바라보고는 말없이 다음 군으로 이동하였다. 기병이 끝나고 보병의 검열이 끝날 때까지도 엄숙한 그의 표정에는 변화가 없었다.

지금은 예비마를 끌고 가는 구병들과 함께 멀찌감치 뒤를 따랐다. 코에 솜을 틀어막은 화급은 입을 헤벌리고 흰 김을 토해냈다. 엄청난 광경에 압도된 양 쉬지 않고 두리번거리고 눈알을 굴렸다.

병기더미가 시작되자 황제의 두 눈이 빛났다.

사위에 덕을 매고 빽빽이 들이세운 갖가지 창의 무더기는 흡사 대밭 같이 그칠 줄 모르고 계속되었다. 마상의 황제는 무더기마다 유심히 훑어보고 가끔 하나씩 빼어오게 하여 손끝으로 날을 시험했다. 창에 이어 칼도 수없이 진열되었다. 다음으로 활이 쌓이고, 활 다음에는 살의 더미가 장성(長城)같이 이어갔다. 추위를 잊고 무기의 더미를 검열하던 황제의 일행은 눈 닿는 데까지 벌판을 덮은 5만여 대의 융차(戎

車: 전차) 주위를 말을 달려 한 바퀴 돌고 나서 특수병기 앞에 이르렀다. 하늘에 치솟은 사다리들 앞에서 말을 멈춰 세운 황제는 우문술을 돌아보았다.

"저 운제(雲梯)를 한번 시험해 보지."

그는 처음으로 시범을 명령하였다.

"네."

그는 한쪽에 대령하고 서 있는 운정홍에게 손짓으로 지시하고 말을 이었다.

"아무리 높은 성이라도 오를 수 있습니다."

황제는 잠자코 사다리를 기어오르는 병사들을 쳐다보았다. 덩실하게 높은 꼭대기에서 어떤 병사는 창으로 적을 찌르는 시늉을 하고 어떤 병사는 칼로 치는 시늉을 했다. 또 어떤 병사는 연달아 활을 당겼다. 마지막으로 병사들은 내려오면서 몇 단 건너로 툭툭 쳤다. 그때마다 사다리는 접어져서 땅에 닿을 때는 사람의 키와 다를 것이 없었다. 이번에는 5, 6명이 달려들어 냉큼 들어다 옆에 있는 달구지에 올려놓았다.

황제는 만족했다. 서방과 남방의 야만족들은 야전(野戰)으로 밀어붙이면 그만이었으나 북방은 성(城)이 문제였다. 운제에 회심의 미소를 띠면서 포차(抛車)로 옮겼다. 철장대와 밧줄을 묘하게 얽어놓은 수레 옆에는 물동이만 한 돌들이 놓였다. 백 보쯤 앞에는 큰 성문을 그대로 본뜬 대문이 가로막고 있었다. 황제의 얼굴을 살피던 우문술이 고개를 끄덕이자 운정홍의 구령이 울리고 크게 부딪는 소리와 함께 돌은 허공을 날아 대문을 들이쳤다. 처음에는 끄덕하지 않았다. 그러나 연달아 퍼붓는 바람에 금이 가고 조각이 튀고 구멍이 뚫리고 마침내 부서져 떨어졌다.

황제는 고개를 돌려 대장군들에게 물었다.

"쓸 만하오?"

그의 미소 띤 얼굴을 바라보면서 저마다 한마디씩 했다.

"과연 신통합니다."

"떨어지지 않을 성이 없겠습니다."

"일기(一騎)가 아니라 일기(一器) 당천입니다."

포차를 마지막으로 열병을 마친 그들은 말을 달려 제자리로 돌아왔다. 뒤를 따르던 구병들은 주먹을 쥐고 뛰어왔다. 지급은 그들과 함께 달려와서 숨을 허덕이며 아버지의 말고삐를 잡고 예비마를 끈 화급도 입을 헤벌리고 곧 당도했다. 말을 내리는 황제의 눈길은 분명히 화급을 바라보고 괴상한 몰골에 웃음이 스치는 듯했으나 곧 엄숙한 표정으로 돌아갔다.

황제와 병부상서, 대장군 3명은 채막으로 들어가고 각 군 대장들은 밖에서 대기하였다. 채막 옆, 자기 위치에 돌아온 화급과 지급의 귀에는 안에서 얘기하는 소리가 낱낱이 들렸다.

"내 오늘같이 흡족한 일은 없소. 군율은 엄하고 병기는 쓸 만하니 승전(勝戰)은 가히 기대할 수 있겠소."

뜨거운 향차(香茶)를 마시면서 띄엄띄엄 얘기하는 황제의 목소리였다. 우중문의 카랑카랑한 목소리가 새어 나왔다.

"모두 폐하 성덕의 소치인 줄로 아뢰오."

"이만하면 소향무적(所向無敵)이라 일거에 고구려를 무찌르고 늦어도 단오에는 평양성에서 크게 잔치를 베풀 만하오."

"황감하오이다."

"그런데 우문 장군, 연전에 동도(東都: 낙양)에서도 감탄했소마는 병기들은 볼수록 신기하오."

황제의 칭찬이 떨어지자 아버지의 은근한 대답이 들렸다.

"당초에 신이 천거하온 위위소경(衛尉少卿) 운정흥(雲定興)은 역시 비상한 인재인가 합니다. 이 일을 맡은 후 3년 동안 불철주야하고 헌신 노력하여 이렇게 만들어 냈습니다."

"내 운정홍을 잊지 않고 있소. 이리 불러들이오."

귀를 기울이고 있던 화급이 문간에 다가섰으나 밖에 나온 아버지는 지급을 손짓으로 불러 나지막이 일렀다.

"너 그 말 타고 가서 운정홍을 얼른 데리고 오너라."

지급은 말을 달려 여전히 대열을 정제하고 있는 부대를 지나 무기더미에 이르렀다. 배불룩이 운정홍은 무성한 턱수염을 쳐들고 물었다.

"이거 지급이 웬일이냐?"

전에는 금은보화를 싸들고 드나들며 코가 땅에 닿도록 절하던 운정홍이었다. 한동안 보지 않던 사이에 싹 달라졌다. 지급은 말을 탄 채 그를 내려다보았다.

"너 지금 한 말 다시 해봐."

"어어, 이 위위소경 운정홍을 보구 너라?"

그는 뒤에 선 부하들을 힐끗 돌아보고 안색이 변했다.

"너 좀 가자."

"점점?"

"안 갈 테냐?"

"안 간다!"

"좋다, 너 어명을 거역했다."

그는 고삐를 틀었다. 운정홍은 허둥지둥 달려와서 그의 말고삐를 두 손으로 잡았다.

"얘, 그게 무슨 소리냐?"

"이놈 어명을 받들구 온 사람보구 얘라. 두구 보자."

그는 고삐를 채었다. 운정홍은 한사코 매달렸다.

"이거 죄송합니다. 나는 아직도 종인 줄 … 아, 아니 폐하께서 날 부르셨습니까?"

"너 안 간다구 했지? 그대루 아뢰겠다."

"아이구 이러지 마시오. … 게 말을 끌고 오지 못하느냐!"

그는 더욱 달라붙으면서 부하들을 향해 호통을 쳤다.

"오해 마십시오. 춘부장은 재생의 은인이신데 내 어찌 그 은혜를 잊겠습니까?"

그는 말에 올라타면서도 쉬지 않고 뇌까렸다.

"도련님도 다시 벼슬길에 오르시는가 보구만. 잘 부탁합니다."

지급은 곧바로 말을 달리고 운정홍이 뒤를 따랐다. 채막 옆에서 말을 내린 지급은 제자리에 돌아와 그를 외면했다. 운정홍은 따라 내리기는 했으나 감히 채막에 들어가지 못하고 주춤거렸다.

"정말입니까?"

다그쳐 물었으나 지급은 턱을 끄덕일 뿐 거들떠보지 않았다. 화급이 다가와 그의 말고삐를 받아 쥐고 속삭였다.

"어서 들어가 보시오. 참 좋겠습니다."

운정홍은 옷깃을 여미고 상반신을 아래위로 끄덕이며 안으로 들어갔다.

"위위소경 운정홍 대령이오."

그가 아뢰자 곧 황제의 치사가 떨어졌다.

"수고가 많았소. 특히 좌어위장군(左禦衛將軍)을 제수하는 터인즉 매사 더욱 힘쓰오."

"황공무지로소이다."

감격의 눈물을 머금은 대답이었다. 밖에서 듣고 있던 지급은 속으로 흥, 했다. 금은보화로 아버지를 구워삶고 눈물로 황제를 녹여 벼슬을 해먹고 병기를 만든다는 구실로 이리저리 뜯어 억만장자가 된 운정홍, 그는 이 순간 필시 눈물을 방울방울 흘리고 있을 것이었다.

황제의 엄숙한 영이 내렸다.

"내일은 정월 삼일 계미(癸未), 출정군은 예정대로 진발하오."

"성지대로 거행하겠습니다."

대장군들이 합창하듯 아뢰는 소리였다.

단문진의 인도를 받으며 황제가 채막 밖에 나왔다. 뒤따라 나온 대장군들과 밖에서 대기하고 있던 대장들의 전송을 받으며 혁로에 오른 황제의 노부는 다시 움직여 상건수를 건너갔다. 행렬이 성문으로 사라져 들어가자 그때까지 꼼짝 않던 대장군들이 돌아섰다.

우중문은 24명의 대장들 앞에 나와 명령했다.

"어명을 전달하겠소. 예정대로 내일 아침 인시(寅時) 고구려 출정에 등정(登程)하오. 우선 좌(左) 제군부터 진발하고 서차에 따라 매일 출군할 것이오. 오늘은 이만 단대별로 해산하오."

대장들이 올리는 군례를 받고 흩어진 대장군들은 제각기 말에 올랐다. 아버지는 마상에서 뒤에 걸어오는 두 아들에게 눈길을 던졌다가 고개를 돌려 먼 하늘을 쳐다보며 몇 번이고 입맛을 다셨다.

1월 3일.

아버지를 따라 말을 타고 전진하던 우문지급은 옆에서 째려보는 화급의 시선을 피하여 뒤를 돌아보았다. 수천 명의 기병에 이어 헤아릴 수 없이 많은 보병들이 따르고, 멀리 굼벵이같이 느릿느릿 성문을 빠져나오는 궤운병들의 끝없는 행렬이 눈에 들어왔다. 사람과 말, 깃발의 홍수요, 무엇이나 짓밟고 삼켜 버릴 거대한 힘의 발동이었다.

그는 자세를 바로 하고 앞을 가는 아버지의 뒷모습을 바라보았다. 능숙한 솜씨로 말고삐를 낚아채면서 망망한 벌판 너머 북녘 지평에서 눈을 떼지 않았다. 가는 데까지 가보리라, 지급은 흐리터분한 하늘을 쳐다보면서 생각했다.

위대한 작은 승리

　평지에 쌓였던 눈은 바람에 흩어져 허공에 날리고 방향을 바꾸면서 가끔 얼굴을 후려쳤다. 20인장에 승진한 능소는 직첩과 동시에 철수명령을 받고 부하들과 더불어 동북으로 글안마을을 향해 달렸다. 명령대로 막사도 불태우고 초병 하나 남기지 않았다. 아무리 생각해도 알 수 없는 일이었다.
　섣달에 들어서면서 대안의 회원진과 노하진에는 적의 대부대가 집결하고 무기와 식량을 실은 달구지들은 꼬리를 물고 들이닥쳤다. 포로의 진술에 의하면 탁군에는 천하의 군대가 다 모여 수백만이 출격명령을 기다리고 있다는 것이었다.
　이런 판국에 국경을 깨끗이 비우고 철수한다는 것은 해괴하기 그지없었다. 자기만 떠나는 것이 아니라 발착수를 경비하던 모든 고구려군이 어제로 철수를 완료했고 자기는 마지막 남은 10명의 병사들을 인솔하고 뒤를 따르고 있었다. 이렇게 되고 보면 지나간 1년의 고생은 헛수고에 지나지 않았다. 먼 이역에서 밤이나 낮이나 적과 대치하여 싸워야 했고 열흘이 멀다하고 적지에 쳐들어가서 포로를 잡아오고 다리를 끊고 때로는 불을 질러놓아야 했다. 목숨을 잃은 병사들도 적지 않았다. 그런 땅을 버리고 철수한다? 집에 편지 한 장 내지 못하는 단절된 환경에서 보낸 1년이 억울했다.

끝없이 펼쳐진 평야에 여기저기 늘어선 나무들이 강풍에 뒤흔들리며 울부짖는 광경은 어김없이 버림받은 땅이었다. 여기 머지않아 원수의 중국놈들이 휘파람을 불며 들어올 일을 생각하면 이가 갈렸다. 봄과 가을, 그리고 여름과 겨울, 철을 따라 바뀌는 발착수 양안의 다양한 자연 속에서 고구려 무사의 자랑을 간직하고 우직하게 죽음과 맞서온 지난날의 일들이 머리를 스쳐갔다.

"이번에는 휴가를 내리는 게 아닙니까?"

옆을 달리는 신병이 말을 걸었다.

"휴가?"

그는 얼굴을 치는 눈을 손바닥으로 훔쳤다. 신병은 바람을 피해 머리를 돌렸다가 다시 정면을 응시하면서 말을 이었다.

"20인장으로 승진도 하시고 또 모레 글피가 설이 아닙니까?"

"그럴까 …."

"1년에 한 번은 누구나 휴가가 있고. 더구나, 설 대목인데 …."

"다 무사태평한 때 얘기다."

더 말하지 않는 신병의 얼굴에는 실망의 빛이 역력했다. 능소는 뒤를 따라 달리는 병사들을 돌아보면서 그들의 마음속을 짐작할 수 있었다. 고향을 향해 달린다는 자체가 그들에게는 위대한 일이었다. 긴장으로 지새우던 얼굴마다 색다른 화기가 돌고 있었다. 그는 잠자코 말에 채찍을 가했다.

글안마을에 접근하면서 멀리 우측을 평행으로 달린 길을 북상하는 백여 기의 부대가 눈에 들어왔다. 자기들과 같이 발착수를 경비하던 병사들이라면 이 길을 따라가야 할 터인데, 이상하다고 생각했다. 그렇다고 요하 강구(江口)의 경비대라면 글안마을까지 오지 않고 무여라 성으로 직행하는 길이 두 군데나 있는데 아무래도 납득이 가지 않았다. 길이 교차하는 대목에서 그들과 마주치자 능소의 부대는 인솔 군관에게 경배하고 길을 비켜섰다. 모두 웃음이 없는 긴장된 얼굴이었다. 그들의 뒤를 따라 전진하는데 지난번과는 아주 다른 글안마을이 눈앞에 나타났다. 올 때에 보던 빈 집들은 그냥 있었으나 주위에는 무수한 장막들이 늘어서고 병사들과 군마(軍馬)로 들끓었다.

길가에 나와 인도하는 군관의 지시대로 장막이 늘어선 대로를 지나 북쪽 끝 길가 공지에서 말을 내려 장막을 치기 시작했다. 앞서 온 백여 명의 병사들도 장막을 늘이고 일부는 저녁식사 준비로 마른 나무를 주워다가 불을 피웠다.

능소는 부하들이 굴려온 큰 돌에 장막 끈을 비끄러매면서 냄비를 들고 옆으로 지나가는 병사들에게 물었다.

"너어덜은 어디메서 왔니야?"

"요하 강구에서 왔습니다."

능소는 더 묻지 않고 고개를 끄덕였다. 단순한 통과가 아니라 집결이 분명했다. 그는 일어서 둘러보았다. 큰 것 작은 것 합쳐서 장막은 천 개도 넘고 대강 눈짐작으로 1만을 넘는 병력이었다.

무여라 성으로 통하는 동북가도에 수많은 깃발을 바람에 나부끼며 질주하여 오는 대부대가 있었다. 능소는 큰 작전이 있다고 직감하고 다가오는 부대를 주시하였다.

1천여 명의 부대는 5백 보 거리에서 정지하여 자기들같이 야영 준비를 하고 장군기(將軍旗)를 앞세운 10여 기만 주위를 살피며 천천히 전진해 왔다.

마상의 장군은 어김없는 약광(若光)이었다. 능소는 달려가서 그의 말고삐를 잡고 인사를 드렸다.

"20인장 능소올세다."

"오래간만이다."

약광은 얼굴에 미소를 띠고 말을 내려 그의 어깨에 손을 얹었다. 능소는 반갑기 이를 데 없었다.

"그동안 무고하셋습네까?"

"응. 있다가 부를 터이니 자기 위치에 있어라."

능소는 다시 말에 올라 멀어져가는 그의 뒷모습을 바라보고 움직이지 않았다.

겨울 해는 쉬 기울어 저녁식사를 마치니 어둠이 깔리기 시작했다. 장막 안에 둘러앉아 무기를 손질하면서 병사들은 아무도 말하는 사람이 없었다.

"싸움이 터지는 게 아닙니까?"

창끝에 기름을 바르던 돌쇠가 침묵을 깨뜨렸다.

"글쎄…."

능소는 칼집에 칼을 도로 꽂았다.

"설에나 포근한 잠을 잘까 했더니 틀린가 봅니다."

능소는 칼을 장막벽에 기대세우고 창을 끌어다가 끝을 훑어보았다. 어두워서 잘 보이지 않았으나 녹슨 데는 있는 것 같지 않았다. 그는 기름을 대강 칠하고 구석에 뉘어 놓았다. 비스듬히 누워 한쪽 팔뚝을 짚고 손바닥으로 머리를 받쳤다. 어둑어둑한 가운데서 병사들은 열심히 손을 놀리고 있었다.

"발착수를 비우는 게 이상하다 했더니…."

한 병사가 혼잣말같이 뇌까렸다.

"아무렴 이 무여라를 어서 잡수시오, 하고 거저 내주겠어?"

다른 병사가 받았다.

위대한 작은 승리

"휴갈 거라고 앞장서 날친 건 언제고?"

"그땐 그때고 지금은 지금이다."

그들은 더 말이 없었다. 장막 밖에서 큰소리로 외치는 소리가 울려왔다.

"능소 20인장 계십니까?"

"여기 계시오."

능소가 응대하기 전에 문간에 앉은 병사가 대답했다.

"장군께서 급히 오시랍니다."

능소는 구석에서 칼을 집어 들고 장막을 나섰다. 밖에는 두 명의 병사가 창을 짚고 기다리고 있었다.

"가자."

그들은 어둠속을 성큼성큼 걸어갔다.

물러나오는 5, 6명의 군관을 옆을 지나 장막에 들어서니 약광은 촛불 아래 펼쳐놓았던 지도를 도로 접으면서 앞에 있는 걸상을 가리켰다. 능소는 탁자를 사이에 두고 걸상에 앉아 두 손을 무릎 위에 얹었다.

"너 적지에는 몇 번 갔다 왔느냐?"

"여섯 번 갔다 왔습니다."

"회원진 방면의 지리에 자신이 있느냐?"

"있습니다."

장막에 휘몰아치는 바람소리에 말을 중단했다가 잠잠해지자 다시 계속했다.

"너는 내일 아침부터 부하 20명을 지휘하여 나의 수병(手兵)으로 행동한다. 아침식사가 끝나는 대로 장막을 이 옆으로 옮겨라."

"네."

"이제 물러가도 좋다."

능소는 일어나 경배하고 장막으로 돌아왔다.

이튿날은 대휴식(大休息)이었다. 병사들은 장막 속에서 뒹굴고 군관들은 자기 처소에서 지도를 들여다보고 있었다. 능소는 옮긴 장막 안에서 잠깐 눈을 붙였다.

오정 조금 지나 동북가도에 수많은 달구지들이 나타나자 북이 울리고 10인장 이상의 책임자들에게 집합 명령이 내렸다.

공지에 멈춰 선 달구지들은 화전(火箭)을 더미로 부리고 마지막 몇 채는 조그만 가죽주머니를 수없이 내려놓았다. 군관들은 10인장 이상에게 주머니를 나눠주고 따로 지시가 있을 때까지 절대 열어서는 안 된다고 하였다. 주머니를 받아 옆에 찬 능소는 화전을 한 아름 안고 돌아오면서 이제 어김없는 전쟁이라고 단정했다. 전쟁이라도 제 땅에서 지키는 전쟁이 아니라 적지로 쳐들어가는 전쟁이라 생각하니 마치 끝없는 폭풍 속으로 뛰어드는 느낌이었다.

화살을 받아든 병사들은 이상한 얼굴을 했다.

"이거 화전 아닙니까?"

돌쇠가 물었다.

"응."

능소는 간단히 대답하고 비상식량의 점검을 시작했다. 육포 엿 미시, 대개 사흘분을 제대로 가지고 있었으나 올챙이로 통하는 뚱뚱한 병정은 하나도 없었다.

"어떻게 했니야?"

"먹었습니다."

올챙이는 겁에 질린 얼굴로 대답했다.

"먹어? 뉘기 먹으라고 했니야? 허가 없이 비상식량에 손을 댄 자는 어떻게 되지?"

"처벌을 받습니다."

"알고도 먹어?"

능소는 그의 가슴패기를 한 대 지르고 뺨을 후려치려다가 주먹을 내렸다. 지난여름 빗속에서 죽은 미루의 모습이 머리에 떠올랐다. 그때와는 비교도 안 될 엄청난 전쟁이 눈앞에 다가왔고 이번에는 이 올챙이의 두발을 자르게 될지도 알 수 없는 일이었다.

"조심해!"

한마디 남기고 밖으로 나오는 능소의 귀에 돌쇠의 꾸짖는 소리가 울렸다.

"넌 언제나 말썽이구나? 20인장님이 마음 좋다고 멋대로 놀아나는 거야?"

"미안합니다."

올챙이의 힘없는 대답이었다.

능소는 장막들 사이를 걸었다. 어디까지 가는 것일까. 일단 시작하면 중국 서울 장안까지 간다고 보아야 하지 않을까. 조상 대대의 원수를 짓밟으면서 만리장성을 넘어 광막한 평야를 휩쓸어 버리고 황하를 건너 동도(東都: 낙양)를 무찌르고 장안을 포위 공격할 생각을 하면 뼛속까지 후련했다.

옆에 찬 주머니를 만지면서 궁금한 생각이 들었다. 속에 든 둥글고 딱딱한 것, 보아서는 안 되는 것은 무엇일까. 비밀은 언제나 전투의 신호였다. 그는 창을 쓸 때와 칼을 쓸 경우를 생각하면서 빈집을 차지한 치중대(輜重隊) 앞에 이르렀다.

"비상식량이 남은 것이 있으문 좀 줄 쉬 없을까?"

"어디 소속이신데요?"

야무지게 생긴 치중병은 똑바로 쳐다보았다.

"약광 장군의 수병이다."

"그럼 무여라 성에서 직접 오셨을 텐데 벌써 비상식량이 없습니까?"

"수병이래도 발착수에서 왔다."

"전에 배당받은 것을 어떻게 썼다는 경위서가 필요합니다."
"뉘기의 경위서 말잉야?"
"책임자가 써야 합니다."
"내가 책임자다."
치중병은 흰 종이와 필묵을 내놓았다.
"여기 자세한 경위를 써 주십시오."
능소는 붓을 들고 망설였다. 거짓이 통하는 사회가 아니었다. 그렇다고 사실대로 쓰면 올챙이는 무사할 수 없었다.
"꼭 써야 하니야?"
그는 목청을 높여 보았다.
"규칙입니다."
매정하게 돌아서 짐짝을 정리하는 병사의 거동이 괘씸했다.
"이봐! 전쟁은 뉘기 하는 게지?"
"20인장님, 그건 장군께서나 군관들이 걱정하실 일이고, 제가 할 일은 이 식량을 규칙대로 다루는 일입니다."
"앙이 되겠다 이 말이지?"
"경위서가 있으면 됩니다."
치중병은 벽이었다. 능소는 하는 수 없이 돌아서 나왔다.

초저녁에 행동을 개시한 1만여 명의 기병들은 하늘에 총총한 별을 바라보면서 침묵의 행군을 계속하였다. 능소는 새로 배정받은 10명을 합쳐 부하 20명을 인솔하고 약광 장군의 뒤를 따라 어제 오던 길을 다시 남하하였다. 바람은 잠잠했으나 얼굴에 부딪치는 섣달의 밤공기는 살을 에듯 매서웠다. 그는 고삐를 잡고 말 잔등에서 어둠속을 응시하였으나 수많은 말굽소리에 섞여 어쩌다가 기침소리가 높이 들릴 뿐 아무것도 보이는 것이 없었다.

언덕길에 들어서자 앞에 가는 약광의 말 탄 모습이 밤하늘을 배경으로 뚜렷이 나타났다. 고삐를 우로 틀면서 힐끗 뒤를 돌아보고는 다시 사라졌다. 그것은 무한한 힘을 가진 자의 모습, 생사를 뛰어넘은 자의 모습이었다. 그의 곁에서는 두려울 것이 없다고 능소는 생각했다.

부대는 회원진 가도를 직각(直角)으로 꺾어 똑바로 서진(西進)하기 시작했다. 능소는 회원진으로 직행하는 줄 알았으나 이렇게 되면 대체로 노하진과 회원진의 중간지점을 향하고 있는 것이 분명했다. 여름에 척후로 적중을 돌파하던 고장이었다. 어쩌면 대왕산 쯤에 적의 대부대가 집결해 있는지도 몰랐다.

자정을 지나서부터 산길에 접어들었다. 언제 닦아놓았는지 산에도 널따란 길이 통해서 4열 종대는 그대로 전진하였다. 지도에서도 본 일이 없고 소문에 들은 일도 없는 길이라 적은 이 방향으로 대부대가 오리라고는 짐작을 못할 것이었다. 장군들이란 역시 마음이 깊은 사람들이라고 생각되었다.

동이 틀 무렵에 석문산(石門山)을 넘어 기슭에 당도하니 산으로 둘러싸인 분지(盆地)가 나타나고 군관이 인솔하는 30여 명의 기병과 10여 명의 등짐장사로 보이는 글안사람들이 마중하였다. 겉모양으로 보아 기병들은 척후에 틀림없었으나 글안사람들은 도시 알 수 없었다. 모두 약광 장군을 전부터 아는 양 달려와서 반가이 인사를 드렸다.

부대는 정지하고 휴식 명령이 내렸다. 말을 내린 장병들은 단대별로 장막을 치고 추위를 막았으나 국경이 가깝다고 일체 불을 일으키는 것을 금하여 비상식량으로 조반을 때웠다.

능소가 들어서니 약광은 아까 보던 척후와 글안사람들을 앞에 세우고 지도를 들여다보고 있었다.

"부르셨습네까?"

약광은 지도에서 머리를 들지 않았다. 능소는 기다렸으나 더 이상 말이 없기에 한쪽 구석으로 물러섰다. 높은 군관들이 들어서자 그는 비로소 얼굴을 들고 척후 대장은 보고를 시작했다.

"적은 우리 초병들의 철수를 수비군 전체의 철수로 알았거나 적어도 설을 앞둔 휴가로 해석한 듯합니다. 발착수 전선에 걸쳐 적의 초병이 남아 있는 것은 회원진(懷遠鎭) 가도와 노하진(蘆河鎭) 가도의 건널목뿐입니다."

회원진 가도의 건널목이라면 자기들이 지키던 곳이라고 생각하면서 구석에 서 있는 능소는 귀를 기울였다.

"적에게 발각되지는 않았겠지?"

"발각되지 않았습니다."

약광은 고개를 끄덕이고 글안복을 입은 사람들을 향했다.

빼빼 마른 사나이가 한 걸음 앞으로 나왔다.

"회원진의 민가 7백 호는 전부 적군이 차지하고 식량을 쌓아 두었습니다."

그의 입에서는 유창한 고구려 말이 흘러나왔다. 약광은 듣고만 있었다.

"성내에는 고구려군이 무여라를 철수한다는 소문이 돌고 지난 27일께부터 이미 설 기분입니다. 군관이나 병사들이나 먹고 마시는 것이 일입니다. 회원진 성내의 적 병력은 1만 정도로 추측되고 그 주변에 얼마나 있는지는 알 수 없습니다."

"노하진은?"

약광은 역시 뼈에 가죽만 씌운 듯한 사나이를 쏘아보았다. 조목조목 보고하는 내용은 회원진의 경우와 대동소이했다. 장군은 그들에게 일렀다.

"너희들의 임무는 이것으로 끝났다. 지금부터 무여라 성에 가서 각각 자기 소속 단내에 복귀해라."

글안복을 입은 사람들도 고구려 군사인 모양이었다. 능소는 물러가는 그들의 뒷모습을 지켜보는데 높은 군관들에게 얘기하는 약광의 목소리가 다시 울렸다.

"오정이 지나거든 군관들로 하여금 이번 작전의 목적을 주지시키도록 하오."

높은 군관들은 말없이 밖으로 사라졌다.

"이리 와."

약광은 능소를 앞에 불러 세웠다.

"지금 들어서 대략 짐작이 가겠지마는 회원진은 내가 지휘하고 노하진은 부장(副將)이 지휘해서 각각 급습(急襲)을 가한다. 주목적은 적의 무기와 식량에 불을 질러 철저히 없애 버리는 데 있다. 너도 배당받은 가죽주머니에는 기름과 부싯돌이 들어 있으니 그리 알아라. 가서 조반을 들고 전원 자게 해라."

물러나와 장막으로 들어서는데 병사들의 얼굴에는 유달리 활기가 있어 보였다.

"발착수에서 돌아온 병사들에게 특별 배당이 있었습니다."

돌쇠가 보고했다.

"무슨 배당인데?"

"육포 엿에다가 콩떡 사흘분입니다. 장군 특명이랍니다."

"잘됐구나."

능소는 구석에 쭈그리고 앉은 올챙이의 얼굴에 미소를 보내고 돌쇠가 내놓은 콩떡을 하나 집었다. 수고를 알아준다는 것은 흐뭇한 일이었다.

오정이 지나서부터 하늘은 흐리터분했다. 곤히 잠들었던 병사들은 일어나 일찌감치 저녁식사를 마치고 무기를 점검하거나 말을 먹이며 열심히 움직이고 있었다. 능소는 말의 앞 뒷발을 일일이 쳐들어 마철을 조사하고 나서 허리를 폈다. 못도 든든히 박히고 쇠도 생생한 것이 당분간 염려 없을 것이었다. 철편으로 엮은 말 갑옷을 씌우고 안장의 끈을 졸라맸다.

사방이 어둑어둑해지자 행동을 개시한 5천 명의 기병들은 말에 재갈을 물리고 정서(正西)로 침묵의 행군을 계속했다. 부장이 지휘하는 나머지 5천 명은 따로 서북을 향해 산비탈을 돌아가는 것이 희미하게 보였다.

전위(前衛)와 불과 수십 보 거리를 두고 가는 약광의 뒤를 따르면서 능소는 전에 적지로 들어가던 때와는 다른 느낌이 들었다. 언제나 4, 5명의 소수 인원으로 최고도의 긴장 속에 움직였다. 지금 그때와는 비교도 안 될 큰 싸움으로 뛰어들건만 마음은 훨씬 가볍고 별로 걱정되는 것도 없었다.

어쩌면 이 세상을 하직하는 길일지도 모른다는 생각이 들었다. 고향 옥저(沃沮) 마을에서 자라던 어린 시절, 어머니의 밭일에 닳은 뭉툭한 두 손, 무엇보다도 상아의 눈물을 머금은 두 눈이 가슴을 쳤다. 삶의 세계와 죽음의 세계를 오락가락하는 자기의 처지를 생각하고 될 수만 있으면 다시 한 번 상아의 옆으로 가고 싶은 소망이 간절했으나 지금 당장 죽는다 해도 깨끗이 죽을 수 있을 것 같았다.

앞에 가는 약광의 잔등에서 십자 야간표지가 쉬지 않고 상하로 움직이고 때로 비스듬히 옆으로 미끄러졌다. 간밤의 행군에서는 간혹 기침소리도 들렸으나 오늘밤은 땅을 밟는 말굽소리 외에 사람의 소리는 하나도 들리지 않았다.

자정부터 눈이 퍼붓기 시작하자 병사들은 전진하면서 안장에 처맨 흰 겉옷을 끌러 위에 걸쳤다. 그믐의 어둠속에서 딱히는 분간할 수 없었으나 아무래도 전에 한 번 거친 목창보(牧廠堡) 같았다. 부대는 일단 정지하고 앞으로부터 귓속말이 차례로 전달되었다.

"지금부터 발착수를 건넌다."

능소는 경계선을 횡단할 때마다 하던 버릇대로 고삐를 잡은 손에 힘을 주었다.

척후는 멀리 앞선 듯 전위는 여태까지와 같은 보도(步度)로 눈이 깔린 발착수를 건너고 본대가 뒤를 이었다. 전에 이 강을 건너던 일을 생각하고 능소는 명절과 술에 멍청한 중국사람들을 머리에 그렸다. 지금 이 순간 그들은 새해의 첫새벽이라고 군인들은 술에 곯아떨어지고 백성들은 차례상 앞에서 허리를 굽실거리고 있을 것이었다.

노하-회원진 가도에서 정남으로 방향을 바꾼 부대는 동이 트면서 구보로 달리기 시작했다. 회원진까지 40리 남았다고 했다. 눈은 더욱 퍼붓고 수십 보 밖도 제대로 보이지 않았다. 개가 짖는 바람에 길가 외딴집 처마 밑에 나왔던 허리 굽은 노파가 입을 크게 벌리고 멍하니 바라보다가 돌아서 집안으로 사라진 외에는 인적을 볼 수 없었다.

회원진을 10리 앞두고 날은 완전히 밝았다. 평야를 가로질러 크게 원을 그리며 서남으로 우회한 부대는 임유관-회원진 가도에 나섰다. 약광이 척후와 전위를 후퇴시키고 선두에 진출하자 능소의 부하들은 그의 좌우를 싸고 달렸다.

회원진의 누각이 퍼붓는 눈 속에 어른거리고 앞에 초소가 나타났다. 약광은 같은 속도로 달리고 있었다.

"스웨이아?"

초병이 길가에 나와 창대로 가로막고 약광은 서서히 말을 멈춰 세웠다. 능소는 침을 삼키며 응시했다. 약광은 바싹 다가서 초병을 내려다보고 눈을 흘겼다. 초병은 두 눈과 입을 동시에 크게 벌리고 외마디 소리를 질렀다.

"꺼, 꺼우리?"

막사에서 웅성거리는 소리에 이어 10여 명의 적병이 맨손으로 내닫는 모습이 눈에 들어왔다. 약광은 때를 놓치지 않고 말에 채찍을 퍼붓고 부대는 뒤를 따랐다. 적병들은 엎어지고 뒹굴며 한사코 뛰어갔다. 선두의 약광은 바싹 뒤를 쫓으면서도 창을 휘두르지 않고 활도 쏘지 않았다. 남문 누각에서 망을 보던 적의 초병은 얼른 판단이 가지 않는 양 달려오는 동료들에게 연달아 소리를 질렀으나 도망치는 적병은 소리가 나가지 않아 끽끽거릴 뿐이었다. 제일 앞선 적병이 대문에 당도해서야 떠들썩하면서 큰 문을 양쪽에서 닫으려고 서둘렀다.

고구려군은 폭풍같이 성문에 들이닥쳤다. 약광은 양쪽 대문에 달라붙은 4, 5명의 적병을 상대로 창을 휘두르고 능소 이하 다른 기병들은 옹성(甕城) 안에서 겁에 질려 이리저리 몰리는 4, 50명의 적병 속에 뛰어들어 마구 짓밟았다. 엉겁결에 밀어닥친 고구려군 앞에 무기도 제대로 갖추지 못한 적은 어찌할 바를 모르고 푹푹 쓰러졌다. 한 명이 외마디 비명을 지르며 성안을 향해 뛰자 다른 적병들도 신음소리 같은 괴상한 소리를 내며 뿔뿔이 달아났다.

고구려 기병들은 성내에 쏟아져 들어가 단대별로 흩어져 함박눈이 휘날리는 가로를 종횡으로 치달았다.

선두에서 지휘하는 군관들은 낯익은 길을 가듯 대로에서 골목으로 꺾이고 골목에서 다시 골목으로 돌면서 병사들을 질타하였다. 약광을 따라 눈이 퍼붓는 중앙대로를 북으로 달리던 능소는 뒤를 돌아보았다. 군관이 지휘하는 오륙백 기가 창을 꼬나들고 달려오고 있었다.

정면 광장 눈 속에서 수많은 사람들이 무질서하게 떠드는 소리, 말이 우는 소리가 들리고 복작거리는 인마가 눈에 들어왔다.

그들은 적중으로 돌진했다. 이미 말에 오른 자, 고삐를 잡고 한 발을 등자에 걸친 자, 술이 덜 깬 군관들은 갑옷도 차리지 못하고 어쩔 줄 모르는 병사들을 혀 꼬부랑 소리로 나무라기만 했다. 약광의 창은 정면 중앙 말 탄 군관의 가슴패기를 꿰뚫고, 돌아서 그 옆에 고삐를 잡고 비틀거리는 군관의 어깨를 찔렀다. 능소는 부하들과 함께 돌진하여 치고 찌르고 짓밟으며 돌아갔다. 뒤에 오던 군관 이하 5백 기가 당도하여 합세하자 적은 돌아서 도망치기 시작했다. 반월형으로 포위된 채 서로 밟고 밟히며 밀리던 적의 선두가 별안간 멈추고 아우성이 벌어졌다. 정면 덩실하게 높은 관가 층계 꼭대기에서 맨머리에 창을 짚고 호통 치는 적장의 모습이 보였다.

고구려군의 칼과 창은 사정없이 적의 머리와 어깨를 후려쳤다. 멈칫하던 병정들은 호통은 아랑곳없이 층계에 몰려 오르고 옆으로 빠져 달아났다. 창을 휘두르며 짓밟고 나가던 능소는 층계를 좌로 돌아 꼭대기에 올랐다. 혼자 남아 입을 벌리고 멍하니 바라보던 적장은 창을 끌고 뒷걸음치다가 그대로 풀썩 주저앉아 토하기 시작했다. 배를 움켜쥐고 애써 토하는 적장의 머리와 목덜미에 눈은 계속 내리고 있었다.

능소는 겨눴던 창을 멈추고 뒤따라 당도한 약광을 쳐다보았다. 약광은 턱을 아래로 푹 꺾고는 돌아서 광장을 내려다보고 손을 저었다. 군관과 병사들은 광장에 깔린 적의 시체들을 뛰어넘어 골목으로 사라졌다.

능소는 창으로 적장의 뒤통수를 찍어 핑 돌리고 돌아섰다. 사지를 버둥거리며 신음소리를 내던 적장은 곧 잠잠해졌다. 말 탄 채 층계 위에 선 약광은 군데군데 연기가 오르기 시작한 성내를 둘러보다가 턱으로 신호를 했다. 능소는 말에서 내려 관가로 들어가고 돌쇠와 올챙이가 따라왔다.

흙발자국이 낭자한 대청과 난간을 거쳐 널찍한 안방에 들어서니 독한 술 냄새가 코를 찔렀다. 모로 쓰러진 술상에서 굴러 떨어진 접시며 주발들이 바닥에 부서져 뒹굴고 침상에는 골패쪽이 흩어져 있었다.

한구석에 숯불이 벌겋게 달아오른 화덕을 보고 능소는 그대로 들어 침상 위에 엎어놓았다. 이불은 희멀건 연기를 뿜다가 곧 타올랐다.

그들은 탁자를 짓부숴 화염 속에 던지고 한 바퀴 돌며 방마다 눈에 띄는 대로 화덕을 뒤집어엎고 밖에 나왔다. 약광은 10여 명의 부하들이 지키는 가운데 제자리에서 꼼짝 않고 성내를 응시하고 있었다. 치솟다가 옆으로 퍼지는 연기는 더욱 짙어갔다.

그가 보고하기 전에 약광은 층계 좌우편 창고를 손으로 가리켰다. 능소는 층계를 내려 좌편 창고로 달려갔다. 돌쇠, 올챙이와 함께 쇠가 잠긴 문을 발길로 찼으나 육중한 문은 끄떡도 하지 않았다. 셋은 한꺼번에 흙벽을 찼다. 진흙은 무너지고 수숫대로 엮은 뼈대가 나타났다. 창끝으로 쳐내고 뚫린 구멍으로 차례로 안에 들어갔다. 곰팡이 냄새가 감도는 창고에는 곡식부대가 빽빽이 들어차 있었다. 능소는 창끝으로 가까운 부대를 찔러 안에 찬 수수를 쏟아버리고 빈 부대 10여 장을 겹쳤다. 주머니를 끄르니 밀로 봉한 둥근 박과 부싯돌이 나타났다. 협도로 밀을 깎아내고 조심스레 열었다. 박은 둘로 갈라지고 안에서 깨 기름이 쏟아져 부대 위에 떨어졌다. 돌쇠가 부싯돌을 쳐서 불을 붙이자 부대는 소리를 내며 타올랐다.

불붙은 부대 오륙 장을 적당한 간격을 두고 여기저기 던진 그들은 기름이 밴 부대 두세 장을 안고 구멍을 빠져 우편 창고로 뛰어갔다. 벽을 뚫고 들어간 그들 앞에는 수십만인지 수백만인지 헤아릴 수 없는 화살이 차곡차곡 쌓여 있었다. 그들은 부대에 불을 붙여 화살더미 밑에 이리저리 쑤셔 박고 밖으로 나왔다. 곡식창고와는 달리 대(竹)가 타는 소리가 활발히 들려왔다.

"눈만 아니면 화전으로 알아보는 건데."

뒤따라 뛰어오면서 돌쇠가 중얼거렸다.

"가자!"

그들이 말에 오르는 것을 기다리던 약광이 채찍을 가하면서 내달았다. 다시 중앙대로에 나선 그들은 불붙은 관가를 옆으로 돌아 북으로 말을 몰았다.

활짝 열린 북문에 당도하니 벌써 성 밖으로 빠져 북으로 달리는 부대도 있고 뒤에서 따라오는 부대도 있었다. 그들은 연기로 뒤덮인 회원진을 뒤로하고 북문을 지나 노하진 가도를 질주하였다.

느티나무 고목이 군데군데 늘어선 벌판에는 먼저 당도한 부대들이 눈을 맞으며 묵묵히 기다리고 있었다. 한 손에 말고삐를 잡고 한 팔로 부상한 전우를 껴안은 병사들도 간간이 있었다. 정면 약간 높은 위치에 오른 약광은 늘어선 단대를 훑어보고 나서 후속부대들이 달려오는 방향을 주시하였다.

마지막 부대가 당도하자 그는 한 손을 높이 쳐들었다. 전위를 선두로 부대는 오던 길을 다시 뛰기 시작했다. 능소는 너무나 어처구니없는 전투를 되새겼다. 새해 정월 초하루, 늘어지게 마시다가 죽신하게 얻어터진 중국놈들, 고구려군은 그렇게 얼빠진 짓은 않을 것이었다. 그러나 아무래도 군량창고가 마음에 걸렸다. 화살은 기분 좋게 탔으나 빈틈없이 쌓인 수수쌀은 겉만 타고 속은 멀쩡할 것만 같았다.

그들은 달리는 말 위에서 깨엿을 씹으며 전진을 계속하였다. 능소는 긴장이 풀리고 저절로 한숨이 나왔다. 싸워서 이긴다는 것, 그것은 무조건 상쾌한 일이었다.

짐작으로 오정이 가까울 것 같았다. 목창보 대안으로 접어들 지점도 멀지 않았다. 앞을 응시하고 말을 달리는 약광의 뒷모습을 바라보면서 능소는 앞일을 생각했다. 회원진을 저렇게 마구 부숴 놓았으니 중국놈들이 가만있지 않을 것이다. 어쩌면 전쟁은 벌써 시작된 것이 아닐까. 먼 일로만 생각해 오던 큰 전쟁을 피부로 느끼면서 그는 긴장이 되살아났다.

이러나저러나 발착수 건널목으로 다시는 가지 않을 것이었다. 큰 난리가 눈에 보이듯이 다가선 판국에 가는 길은 전장(戰場)과 직결되어 있었다.

별안간 북이 울리고 앞에 가던 약광이 모로 말을 달리자 병사들은 재빨리 좌우로 치달았다. 1천여 보 앞을 달리던 전위부대가 옆으로 흩어지고 그 너머 무수한 적 기병들이 눈 속을 달리며 활을 당기는 모습이 보였다. 전 부대는 순식간에 벌판에 산개(散開) 하여 멈춰 섰다. 전위와 적 사이에는 화살이 수없이 오가고 간간이 살에 맞아 말에서 떨어지는 피아의 병사들이 눈에 들어왔다.

그러나 멈춰 선 약광은 적진을 바라보고 움직이지 않았다. 장병들은 적과 약광을 번갈아 보고 초조했다. 그의 옆을 달려왔던 전군(殿軍) 지휘관이 다시 제자리로 돌아갔다.

북이 울리고 약광이 탄 말은 천천히 전진을 개시하였다. 쉬지 않고 퍼붓는 눈 속을 5천 기병은 느릿느릿 적진을 향해 다가갔다. 전위가 대적 앞에서 악전고투하는데 이럴 수는 없었다.

거리는 차츰 좁혀지고 적의 화살이 눈앞에 떨어지기 시작했다. 갑자기 북과 호각이 다급하게 울리며 창을 꼬나든 약광이 내닫고 수천 기병이 뒤를 이었다. 한숨 돌린 병사들은 적중에 돌진하여 달려드는 적을 짓밟으며 그대로 밀고 나갔다. 적진 중앙을 돌파한 약광은 그대로 수천 보 거리를 내달았다. 추격하는 듯하던 적은 이상하게 엉거주춤하고 뒤에서는 창이 부딪는 소리와 단말마의 비명이 그치지 않았다. 능소는 돌아보았다. 전군은 약광의 뒤를 따르지 않고 제자리에서 적과 혼전을 벌이고 있었다.

정지를 명령한 약광은 부대를 돌리고 북과 호각이 다시 울렸다. 돌아선 부대는 적의 배후를 향해 또다시 돌진하여 갔다.

협격을 당한 적은 한사코 대항하여 피나는 싸움이 벌어졌다. 종횡으로 달리는 약광의 창끝에서 적은 짚단같이 쓰러져 갔다.

털보 적병이 창을 겨누고 정면으로 말을 달려왔다. 능소가 재빨리 옆으로 고삐를 틀자 적은 중심을 잃고 마상에서 휘청거리며 지나쳤다. 그는 말머리를 돌리며 적의 뒤통수에 창을 내질렀다. 직통으로 맞은 적은 소리도 없이 두 손을 쳐들고 땅에 떨어졌다.

다음 순간 4, 5명의 적이 한꺼번에 몰려와 그를 둘러쌌다. 가슴패기를 찔러 연거푸 2명을 쓰러뜨리고 돌아서는 순간 바로 눈앞에 적의 창끝이 다가왔다. 날쌔게 피했으나 비스듬히 맞은 투구가 어깨를 거쳐 땅에 떨어졌다. 그는 핑 돌면서 놈의 옆구리를 찔렀다.

맨머리에 퍼붓는 눈은 얼굴을 후려치고 두 눈에 들어가 자꾸만 한 손으로 훔쳐야 했다. 적은 더욱 기승하여 사방에서 덤벼들었다. 능소는 별안간 안장에 찰싹 달라붙어 빙빙 돌면서 닥치는 대로 적마의 옆구리를 마구 찔러댔다. 곱뛰고 쓰러지는 말에서 적은 땅에 굴러 떨어져 말굽에 밟히고 그의 창에 찔렸다.

몸을 일으키는 순간 왼쪽 귀가 섬뜩했다. 상반신을 우로 틀자 적은 입을 크게 벌리고 창을 도로 젖히는 길이었다. 왼 귀 밑에 엮었던 머리가 흩어져 얼굴에 감아 붙었다. 한 손으로 쓸어버리고 적의 양미간을 향해 창을 냅다 질렀다. 흑, 소리 한마디 남기고 떨어지는 적병으로부터 창을 낚아채는데 뒤에서 우하고 외마디 비명이 울렸다.

그는 휙 돌아보았다. 자기의 뒷덜미를 겨누고 오던 창끝이 불과 한두 치 거리에서 멈추고 등을 찔린 적은 마상에서 몸을 뒤틀다가 땅에 떨어졌다. 올챙이가 그의 몸에서 뺀 창을 다시 쳐들고 있었다. 능소는 미소를 던졌으나 딱딱한 입에서 웃음은 나오지 않았다.

포위에서 풀려난 능소는 얼굴을 들어 약광을 찾았다. 사람과 말의 시체가 흩어진 벌판을 누비고 백병전은 여전히 계속되고 있었다. 백여 보 밖에서 약광은 수십 명의 적병을 상대로 창을 휘두르고 옆에는 돌쇠와 두세 명의 부하가 적과 창대를 맞대고 승강이를 벌이고 있었다. 능소는 머리칼을 날리며 말을 달렸다.

뒤를 따라오던 올챙이가 창을 겨누고 쏜살같이 앞질러 갔다. 눈앞의 적을 노리고 창을 휘두르는 돌쇠를 목표로 뒤에서 덤벼드는 적병이 있었다. 올챙이는 달리면서 창을 냅다 던졌다. 겨드랑에 창이 박힌 적은 모로 떨어져 버둥거리고 올챙이는 옆에 찬 칼을 뽑아 들었다. 능소가 박차를 가하고 돌진하자 돌쇠를 상대하던 적은 한두 번 곁눈을 팔다가 창대로 말을 내리치며 도망치기 시작했다. 올챙이가 앞질러 가로막자 옆으로 빠지려고 고삐를 트는 놈을 능소가 옆구리를 푹 찔렀다.

땅에 떨어지는 적병으로부터 창을 뽑으려는데 전속력으로 말을 달려오는 약광 장군의 모습이 눈에 들어오고 아래 잔등에 말할 수 없는 충격이 왔다. 온몸이 세로 두 동강 나는 아픔이었다. 돌아보려는 순간 무서운 번개가 머리를 휘감고 핑 돌다가 깊이를 알 수 없는 나락으로 떨어져 들어갔다. 아득하게 먼 고장에서 외치는 소리가 들렸다. 귀에 익은 약광 장군의 목소리 같았다. 소리는 희미해지고 이윽고 잠잠하면서 모든 것이 캄캄해졌다.

능소는 퍼붓는 눈 속에 쓰러져 피를 뿜고 달려온 약광은 적병의 가슴 깊숙이 창을 냅다 질렀다.

전쟁과 여인들

성(요동성)에서는 매일 부역(負役)이었다. 성 밖에 나가 나무를 찍어오고 돌을 실어오고 어쩌다가 집에 남으면 군복을 꿰매야 했다. 설날 하루만은 조용했다. 누가 시킨 듯이 부녀자들은 조반을 마치기가 무섭게 드러누워 하루 종일 잠에서 깨지 못했다. 어두워서야 일어난 그들은 식은 밥을 더운물에 말아먹고는 또 자리에 들어 잠을 잤다.

하루 낮과 밤을 단잠으로 보내고 첫새벽에 잠이 깬 상아는 매일 아침 눈을 뜨면 그렇듯이 걱정부터 머리를 쳐들었다. 오늘은 무슨 일일까. 어머니와 능소의 어머니는 벌써 잠이 깬 양 말은 없어도 자리에서 부스럭거리고 있었다. 상아는 희미한 창문에 몰아치는 바람소리를 들으면서 이대로 한숨만 더 자고 싶은 생각이 간절했다.

옆집 바당에서 수탉이 우는 소리가 요란하게 울렸다. 날이 샐 때마다 이 소리처럼 귀에 거슬리는 것은 없었다. 그는 이불을 머리 위로 뒤집어썼다. 어머니는 마을을 떠날 때 암탉 두 마리만 가지고 와서 바당에 덕을 매고 올렸는데 미욱한 옆집 아주머니는 암컷과 수컷 한 쌍을 끼고 와서 아침마다 이 소동이었다. 옆집 닭이 그치자 다른 집 닭이 목청을 뽑고 연달아 동네 닭들이 울다가 나중에는 합창하듯 떠들썩했다. 상아는 몸을 옴츠려 더욱 이불 속으로 파고들었다.

한바탕 소동이 가시고 바당에서 암탉이 꼭꼭거리며 기동을 시작했다. 능소의 어머니가 슬그머니 일어나 옷을 입는 것을 알아차렸으나 상아는 꼼짝하기 싫었다. 바당에 내려선 능소의 어머니는 뒷문을 밀었다. 찬바람이 몰아치고 그의 손을 벗어난 문은 젖혀지면서 바깥벽에 두세 번 부딪는 소리가 났다. 문을 밀어 닫는 소리에 귀를 기울이다가 상아는 자리에 일어나 앉았다. 능소의 어머니가 새벽마다 우물가에 나가 정안수를 떠놓고 치성을 드리는 시간은 짧지 않았다. 누구도 가까이 오지 못하게 하고 집에 다시 들어올 때까지 아궁이에 불이 피워 있지 않으면 성화가 자심했다.

"벌써 일어나니야?"

어머니가 누운 채 말을 걸었다.

"응."

상아는 저고리의 띠를 맸다.

"너도 스물세 살이구나. 이럭저럭 세월만 자꾸 흘러가고 …."

설날 아침에 풀지 못한 회포를 쏟으면서 어머니는 그의 잔등을 만졌다. 상아는 수없이 생각하면서도 그때마다 잊고 싶은 일이었다. 세월이 흐르고 나이를 먹는다는 것이 무섭고 그만큼 능소로부터 멀어지는 것만 같았다.

"능소는 죽었는지 살았는지 …."

어머니는 입버릇이 된 푸념이 또 나왔다. 상아는 잠자코 일어섰다.

"오늘이사 부역이 없겠지."

"글쎄 …."

상아는 등디에 가서 관솔에 불씨를 집어 불었다.

"이렇게 바램이 부는데."
상아는 붙은 불을 고콜에 얹어놓고 관솔을 하나 더 얹었다.
"참 그 저고리 쯔저진 거 아즉두 앙이 잡아맸구나."
바당에 내려서면서 대답했다.
"있다가 밥 먹구 잡아매겠습메."
그는 그믐날 성 밖에 나가 돌을 나르다가 찢어진 어깨를 만졌다.
"저레(즉시) 잡아매야지. 있다가 또 나오라문 어떻게 하니야? 일내라(이리 내놓아라)."
어머니는 일어나 앉으면서 머리맡에 놓은 자기 저고리를 던졌다. 저고리를 갈아입은 상아는 고콜에서 불을 붙여 들고 아궁이 앞에 앉았다. 뒷문이 열리면서 바람이 들어 닫치고 능소의 어머니가 장작을 안고 들어섰다. 상아는 가물거리는 불을 아궁이에 들이밀었다.
"이제사(이제야) 불을 때니야?"
능소의 어머니는 장작을 한쪽에 내려놓았다.
상아는 구석의 마른 나무를 끌어다가 아궁이에 넣고 대답하지 않았다.
"요새 아이덜은 엉덩짝에 해가 돋아야 부수털구 일어난단 말이야."
정지에서 상아의 저고리를 꿰매던 어머니는 잠깐 일손을 멈췄다가 못 들은 양 다시 바느실을 놀렸다. 불을 때는 상아를 내려다보고 섰던 능소의 어머니는 정지에 올라가 구석의 자기 광주리를 끌고 어머니 옆에 앉았다. 세전에 시작한 아들의 명주바지를 꿰매다가 가끔 일손을 쉬고 가슴을 쓰다듬었다.

셋이 둘러앉아 조반을 드는데 바당문이 열리고 군복의 지루가 들어섰다. 한 번도 좋은 소식을 갖고 오는 일이 없는 사나이였다. 웃지도 않고 그렇다고 화내는 것도 아닌 그의 얼굴은 이제 보기만 해도 가슴이 싸늘했다. 셋은 숟가락을 쥔 채 바라보고만 있었다.

"모두덜 설을 잘 쇳소다?"

아무도 대답하지 않았다. 그는 대답을 기대하지도 않았다는 태도로 계속했다.

"있다가 북이 울리문 즉시 북문 안에 모이시오. 도끼를 한나씩 가주구 와야 하구, 전처럼 발귀는 두 집에 한 채씩 요뒤 관가 오양간에서 끌구 오시오다."

"그래 오늘은 무슨 일인가?"

능소의 어머니가 묻는 말에는 가시가 있었다.

"나무를 한다오다."

"해 논 것만도 1년 때구 남겠는데 더해서 뭐하자는 게야?"

"전쟁이 1년 가겠는지 이태 가겠는지 어떻게 아오다?"

말이 막힌 능소의 어머니는 그를 노려보기만 했다.

"이 사람아, 이 능소 에미는 요새 펜채이니 오늘만이래도 면해 줄 쉬 없능가?"

말끝마다 가슴이 답답하다는 그를 위해서 어머니가 사정해 보았다.

"펜채인 사램이 밥은 꿍꿍 자시오다?"

"겉보기 그렇지 숨이 맥혀서 여간 신고하능 게 앙이네. 앙이 되겠능가?"

"웃사람의 허락이 있어야 하오다."

능소의 어머니는 안색이 달라졌다.

"그럼 어째서 전에 북문에 나간 자네 에미는 맘대루 돌레보냈능가?"

"어망이 속병은 동네 사람덜두 잘 알구 있재이오다?"

"그래 난 꾀병이란 말잉가?"

"내가 모르는 병이니 웃사람의 허락을 맡아야 한다구 했을 뿐이오다."

어머니는 또 사정했다.

"이 사람아 아프니 아프다지 좀 봐주문 어떵가?"

지루는 그 말에는 대답하지 않고 돌아서면서 한마디 던졌다.

"밧줄도 잊지 말구 가주구 오시오다."

그는 문간에 가서 고리를 잡았다. 시종 말없이 앉아 있던 상아가 일어섰다.

"지루! 그러다가 아즈망이 크게 앓으문 어쩔 셈이지?"

"그렁이까 의원을 뵈구 웃사람의 허락을 맡아오라구 하재있어?"

"의원을 뵈구 허락을 맡기 위해서도 오늘 하루만은 쉬게 해달란 말이야."

"그건 곤란한데."

지루는 다시 돌아서려고 했다.

"나도 할 말이 있어!"

상아의 매서운 한마디에 문고리를 잡으려던 손을 떨어뜨리고 지루는 유심히 쳐다보다가 눈을 아래로 깔았다.

"오늘만은 내가 웃사람에게 얘기하지."

그는 밖으로 나가 버렸다.

능소의 어머니는 눈이 빛났다. 맞은편에 앉은 상아를 건너다보고 따져 물었다.

"어째서 지루는 너한테 꼼짝 못하니야?"

상아는 얼른 대답이 나오지 않았다.

"그 할 말이라능 게 뭐잉야?"

그는 가슴이 뛰었다. 홧김에 들이댔으나 능소 어머니 앞에서는 큰 실수였다고 후회막심이었다. 잠자코 있던 어머니가 가로맡았다.

"할 말 따로 있겠습메? 너무하다는 말이지비."

"열 질 물속은 알아도 한 치 사람의 속은 모른당이까."

"벨 소리 다 합메."

흘겨보는 눈길이 심상치 않았다.

북문에서 서북으로 10리, 완만한 구릉지대(丘陵地帶)에는 참나무와 박달나무 숲이 빽빽이 들어섰다. 소가 끄는 발구를 몰고 날마다 몰려오는 성내 부녀자들의 손에 초입은 훤하게 깎였으나 울창한 숲은 끝없이 계속되었다. 상아는 여러 차례 내왕한 길을 수십 명 여자들 틈에 끼어 소 고삐를 잡고 천천히 걸었다. 어머니는 발구 위에 앉으라고 해도 앉으면 발이 시리다고 웅크린 채 열을 따라왔다. 바람은 세차게 불고 이따금 눈가루를 몰고 와서 사정없이 얼굴에 뿌렸다.

다른 병사 두 명과 함께 따라온 지루는 일전이나 조금도 다름없었다. 아는 척을 하는 일이 없고 쓸데없이 말을 걸지 않고 고삐를 잡은 손을 바꾸지도 않고 선두를 걸었다. 군대에 들어간 후부터는 확실히 예전의 지루가 아니었다.

10명씩 묶어 반을 짜고 벨 데를 지정해 주고는 병사들도 나무를 찍었다. 가끔 일하는 것을 돌아보고 몇 마디 할 얘기를 할 뿐 자기들끼리 모여 부리나케 도끼를 휘둘렀다.

상아네가 맡은 대목은 박달나무 판이었다. 숲에 들어서니 바람은 오지 않아 좋았으나 굴뚝만큼이나 굵은 나무는 어떻게나 딱딱한지 내리치는 도끼가 밖으로 튀기 일쑤였다. 남들이 참나무 세 대 찍는 사이에 한 대 찍기도 어려웠다.

"해필이문 박달나무야?"

뒤에서 불평하는 소리가 들렸다.

"참남기 수두룩한데 골라서 박달만 베랑이 사램이 어디 전디겠습메?"

"지루는 가매가 뒤에 붙은 게 앙이오?"

"같은 마을에서 온 사람덜을 봐는 못 줘도 이렇게 못 살게 굴 게사

전쟁과 여인들 211

있소?"

"저어 에미는 쏙 빼돌리구."

"골골하는 게 죽을 날이 오라재이탑데."

나뭇가지를 헤치는 소리에 화제가 바뀌었다.

"발써 출출항이 이거 어쩌겠습메?"

"이 에미네 욱둘이(개마고지 일대의 전설상의 인물. 쉬지 않고 먹어야 했다)를 닮았는가 봐."

한 손에 도끼를 든 지루는 멈춰서 구경하다가 다가섰다.

"이리덜 비끼시오다."

말 많은 여자들은 물러서고 지루는 다가서 힘차게 도끼질을 했다. 쓰러진 나무를 어깨에 메고 옆을 지나가는 지루가 곁눈에 비쳤으나 상아는 고개를 돌리지 않고 도끼질을 계속했다.

지루는 찍은 나무를 더미에 내려놓고 다시 제자리에 돌아갔다. 말 많은 여자들은 쉬지 않고 입을 놀렸다.

"지루같이 무던한 군인도 드물 게오."

"드물다마다."

"그런데 지루, 어째서 저 흔한 참낡을 두구 심든 박달을 찍게 하능가?"

"박달낡은 쓸 데가 따로 있소다."

"이 판에 방치니 다듬대를 만든단 말인가?"

"그런 게 앙이구 군대에서 쓰오다."

"이 심든 일을 어째서 해필이문 우리한테 시키능가?"

"일을 시키다 봉이 그렇게 됐소다."

상아는 그들에게 등을 돌리고 큰 나무를 어머니와 번갈아 도끼로 내리쳤다. 양쪽에서 패여 들어가던 나무는 자기 앞으로 기울기 시작했다. 어머니는 물러서고 상아가 그쪽으로 돌아 몇 번 내리치자 나무는 소리를 내며 옆으로 쓰러졌다. 도끼를 내려놓고 그루 쪽에 어깨를 넣어 메고 일어서는데 지루와 눈이 마주쳤다. 힘에 겨워 가까스로 일어섰으나 쌀쌀한 두 눈은 보고만 있었다. 상아는 끌어다가 더미에 얹어 놓고 돌아왔다.

"좀더 큰 놈이 필요한데."

상아는 잠자코 땅에서 도끼를 집었다.

"내 말이 앙이 들리는 모양이군, 좀더 큰 박달낡이 필요해."

지루는 다시 일렀다.

"저게 작단 말인가?"

어머니는 언짢은 목소리였다.

"그렇소다."

"아까 자네가 메어간 건 더 작재잉가?"

"그건 그게구, 더 큰 것도 멧 개 있어야겠다는 말이오."

"더 큰 걸 어째서 꼭 우리가 베야 하능가?"

"뉘기 베던지 베기는 베야 할 게 앙이오다."

어머니는 입술을 떨다가 한 걸음 지루 앞으로 다가섰다.

"자네는 어째서 사사건건 우릴 못 살게 구능가?"

"그게 무슨 말씀이오다?"

"일전에 돌을 나를 때도 제일 크구 심든 것만 골라 매끼재있능가?"

"그건 오해십네다."

"오해십네다?"

"큰 돌은 적게 나르구 작은 돌은 많이 나르니 심들기는 마찬가지 앙이오?"

어머니는 말이 막히고 상아는 화가 나서 다리마저 떨렸으나 참았다. 차근차근 감아 붙는 품이 말로 당해낼 도리는 있을 것 같지 않았다.

"결판을 내야겠네. 밤에 우만 아바이 너어 집에서 만나세."

"노인네덜은 요새 창대 맞추는 일루 바쁘실 게오다."

"바쁘문 어떤가?"

"더구나 말입네다, 나는 옥저마을에 있을 때는 우만 아바이 절제를 받았지마는 지금은 군의 절제를 받구 있다는 걸 명심하시는 게 좋겠소다."

"명심하시는 게 좋겠소다?"

"그렇소다."

"지루도 양심이 있어?"

상아가 불쑥 외쳤다. 그러나 지루는 아주 냉정했다.

"양심? 참, 아께 할 말이 있다구 했지? 한번 들어볼까?"

어머니와 딸은 가슴이 막혔다.

"곰곰이 생각해 봤는데, 말은 조심하는 게 몸에 해롭재이치. 말이라는 건 화살 같아서 남을 쥑일 쉬도 있지마는 때로는 잘못 쏴서 자기 발등에 백히는 쉬도 있응이까."

"……"

"저기 보이는 저것하구 그 이쪽 바위 옆에 선 것과 그 뒤에 선 놈하구, 아주 글거리(밑그루)를 찍어서 여기 가제다 놓으시오다."

그는 제일 큰 박달나무들을 지정해 주고 천천히 돌아서 걸음을 옮겨갔다. 둘러섰던 말 많은 여자들이 흩어지면서 삐죽거렸다.

"사위감이 10인장이 돼도 벨 쉬 없구만. 군관쯤 돼야 셈쉬(셈수)에 들 께오."

상아는 손에 도끼를 든 채 한 발자국 앞으로 나섰다.

"그 말 다시 해보오."

그의 두 눈에는 전에 볼 수 없던 독기가 이글거렸다. 말 많은 여자들이 돌아서 그를 쏘아보다가 다가왔다.

"지금 뭐이라구 했지?"

코 큰 여자가 삿대질을 했다.
"아께 하던 말 다시 해보오!"
"뭐 어째? 능소가 10인장 됐다구 뉘기 보구 호령하능 게야?"
"능소가 10인장 됐다구 내 한마디래도 한 일이 있소?"
"이 갈라 환장한 게 앙잉야?"
"모두덜 너무하오."
"너무해? 10인장이문 제일이야?"
"10인장은 왜 자꾸 쳐드오?"
"자세를 말란 말이다."

상아는 온 몸이 떨리고 금시라도 도끼로 내리칠 것만 같았다. 보고만 섰던 어머니가 중간에 끼어들었다.

"자세가 무슨 자세오?"
"그래 자세를 앙이 했단 말이오?"

코 큰 여자는 어머니에게 대들었다.

"어떻게 자세를 했소?"
"보자보자 항이까?"
"분명히 말해보오. 그래 아즉 잔체도 앙이 한 사위를 두구 우리가 자세를 했단 말이오?"
"앙이 했고? 남덜은 다 쫄병이구 사위 혼자만 10인장이라구 은근히 뽐내재있소?"
"말 같재인 소리 작작하오."

어머니는 딸의 등을 밀었다.

"말해서 뭐 하니? 어서 가서 낡이나 찍자."

바위 밑에 선 박달나무를 향해 가면서 어머니와 딸은 소매로 두 눈을 훔쳤다.

해가 언덕 너머로 기울자 땀이 배었던 몸에는 찬 기운이 뼛속까지 스며들었다. 찍은 나무들은 발구에 싣는 것을 지켜보던 지루가 한마디 던졌다.

"상아, 이것도 재목이라구 찍었어?"

실은 나무를 밧줄로 얽으면서 그는 대답하지 않았다.

"오늘 성적은 아주 좋지 못하단 말이야. 상아가 용감하구 심도 세다는 건 내가 잘 아는데. 위정(고의로) 이래서는 재미없지."

나무를 발구에 다 묶은 상아는 소를 끌고 걷기 시작했다. 어머니가 뒤를 따르고 조금 떨어져 말 많은 여자들이 소를 몰고 왔다.

"지루 활솜씨는 성에서도 몇째 간대."

바람에 날려 오는 얘기가 똑똑히 들렸다.

"제일이라던데."

"봄에 평양성 가문 20인장 문제없대."

"능소 꼴 좋겠다."

"참, 능소란 아아 없어진 게 앙이야?"

"죽었대."

"죽었대? 뉘기 그래?"

"들었어."

"뉘기한테 들었어?"

잠시 말이 끊어졌다가 계속되었다.

"… 지나가는 병정이 그래."

"거짓뿌데기 앙이야?"

"정말이랑이까."

어머니와 딸은 못 들은 척하고 그대로 걸었다. 능소가 10인장이 되어 돌아왔을 때는 그의 어머니에게보다도 자기들에게 더욱 공치사를 했고 마을의 경사라면서 닭 한 마리, 적어도 계란 몇 개씩은 갖다 안 겨주던 패들이었다. 상아는 참을 수 없는 서글픔을 안은 채 가끔 바람에 비틀거리며 소를 끌고 갔다.
　밥을 떠먹고 더운 아랫목에 누우니 사지가 노곤했다. 능소의 어머니는 의원에게 보였더니 숨통에 고장이 났다, 쉬어야 한다면서 관에 바칠 글을 써 주더라고 보따리에서 내보이고 어머니 옆에 누웠다. 이대로 죽으면 큰일이라느니 아들을 못 보는 것이 한이라느니 얘기가 길었다. 어머니는 잘 참고 응대했으나 상아는 쏟아지는 잠을 이기지 못하고 꾸뻑거렸다.
　바당문이 열리는 소리와 함께 찬바람이 몰아치고 지루가 들어섰다.
"지금부터 나와서 신발을 꿰매야 하겠소다."
　그는 상아를 보지 않고 누워 있는 두 어머니에게 말을 던졌다.
　아무도 대답하는 사람이 없었다.
"못 들었소다?"
　그의 말소리는 조용했다. 능소의 어머니가 먼저 일어나고 이어서 어머니가 천천히 일어나 앉았다.
"낮에 죽두룩 일하구 밤에 또 하란 말잉가?"
"그렇게 됐소다."
"전에 없던 새 법이 나왔능가?"
"그게 앙이구, 낮일이 불실한 사람은 밤일루 벌충(보충)하기루 돼 있지요."
"그럼 모두 다 가겠네?"
"앙이오. 오늘 보신대로 다른 사람덜은 다 잘했는데 아즈망이너어 한 일이 좀 부족해서 벌충을 받아야겠소다."
"남보다 잘했으문 잘했지 못한 게 뭐잉가."
"그렇게 말씀하시문 곤란하오다. 판단은 제가 하기루 돼 있소다."
"자넨 어째 우릴 잡아먹자구 드는가?"
"천만에 말씀이오다."

"약한 여자덜을 들볶구…."

"남자를 상대할 때도 있을 게오다."

상아는 묘한 웃음이 그의 입가에 나타났다가 사라지는 것을 보았다.

"난 못 하겠네."

"글쎄요. 앙이 가구 배길까요?"

상아가 일어섰다.

"엄마, 갔다 오기오다."

어머니와 딸은 낮에 입고 갔던 두툼한 옷을 입고 두건을 머리를 쌌다.

"아즈망이도 채비를 하시오다."

바당에 버티고 선 지루는 정지에 앉아 있는 능소의 어머니를 건너다보았다.

"아프다잉까."

능소의 어머니는 자신 있게 쏘아붙였다.

"하루 종일 쉐엤으문(쉬었으면) 기동을 좀 해야지오다."

"의원을 뵈구 문세(문서)를 받아왔네."

그는 베개 밑에 넣어 두었던 흰 종이를 꺼내 정지 끝에 밀어 던졌다. 지루는 고콜에 다가서 불빛에 자세히 들여다보고 한 손을 내밀었다.

"알았소다."

능소의 어머니는 문서를 받아 다시 베개 밑에 지르고 그를 내려다보았다.

"그래 이 밤중에 저 모녀를 끌구 댕기겠다는 말잉가?"

"아즈망이도 가세야지오."

지루는 냉랭하게 대답했다.

"앙—이, 문세를 보구두 그러능가?"

"그것만으로는 앙이 되구 군관의 화압(花押)이 있어야 합네다."

"그건 내일 맡겠네."

"맡을 때꺼지는 일을 해야지오다."

능소의 어머니는 벌떡 일어섰다.

"응, 너 사람을 쥑일라구 드는구나. 이눔아!"

"천만에요. 규칙대루 하는 겝네다."

"난 앙이 간다."

"가게 해 디리지오."

신발을 신은 채 정지 끝에 올라서는 지루의 두 눈이 빛났다. 옷을 챙겨 입은 상아가 얼른 막아섰다.

"어째 이래?"

어머니도 머리에 두르던 두건을 한 손에 들고 한 손으로 그의 가슴을 떠밀었다.

"이 사람아 너무하재잉가?"

지루는 버티고 서서 잠자코 능소의 어머니를 바라보았다.

"이눔의 자슥, 능소만 와 봐라!"

능소의 어머니는 풀썩 주저앉았다.

"능소요? 나도 고대하구 있소다."

지루의 대꾸는 여전히 침착했다.

"너 같은 건 한 주먹에 없애베린다."

"그건 그때 가봐야 알 게구, 어서 채비를 하시오다."

"꼭 가야 하능가?"

어머니가 물었다.

"가야지요."

그는 바람벽이었다. 어머니는 무슨 말을 할 듯하다가 침을 삼키고 돌아서 능소의 어머니를 타일렀다.

"할 쉬 없구만. 든든히 께입구 같이 가오."

능소의 어머니는 일어서 옷을 덧덧이 껴입고 바당에 내려서더니 앞장서 문을 나섰다.
 캄캄한 밤하늘에 별빛은 희미하고 바람은 유난히 매서웠다. 어둠 속에 창을 메고 달리는 군인들의 떼는 쉬지 않고 옆을 지나갔다. 동으로 뻗은 길을 곧장 가다가 성문 못 미쳐 모퉁이를 돌아 큼직한 기와집에 들어섰다. 바당에는 병정 한 명이 걸상에 앉아 들어오는 그를 쳐다보고 널찍한 정지에서 바느질을 하던 10여 명의 여자들이 일시에 내려다보았다.
 "왜 그렇게 늦었어?"
 "응."
 지루는 신통치 않게 응대하고 돌아섰다.
 "저기 올라가서 같이 일하시오."
 셋은 머리에 감았던 것을 풀고 정지에 올라가 한구석에 몰려 앉았다. 온돌이 따뜻한 것만은 다행이었다. 찬 손을 무릎 밑에 넣으니 온몸이 한 번 떨리고 노곤해 왔다. 가죽 신발을 꿰매던 여자들은 힐끗 시선을 보내다가 서로 마주 보고 좋은 얼굴이 아니었다.
 "놀러 왔나, 일하러 왔나?"
 얼굴에 주근깨투성이 여장부가 한마디 했다. 상아가 일어서 옆에 갔다.
 "일감은 어디메 있소다?"
 "보문 몰라?"
 쏘아붙이고는 턱으로 한쪽 벽 밑을 가리켰다. 털이 붙은 소가죽을 묘하게 오린 것이 몇 가지 쌓여 있고 그 옆 상자에는 송곳과 돗바늘이 잔뜩 들어 있었다. 상아는 가짓수대로 가죽을 한 아름 안고 송곳과 바늘을 셋씩 가지고 제자리에 돌아왔다. 지켜보던 여장부가 기다란 가죽끈 한 묶음을 집어던지며 투덜거렸다.
 "일일이 가르쳐야 아나?"

상아는 가죽과 끈을 갈라 두 어머니 앞에 밀어놓고 옆 사람이 하는 것을 보면서 오려놓은 가죽에 송곳으로 구멍을 뚫고 돗바늘로 꿰맸다. 밭일을 할 때 신는 도레기는 여러 번 만든 일이 있으나 그것은 가죽 한 장으로 알맞게 꿰매고 볼품을 생각지 않아도 되었다. 그러나 이 것은 일정하게 오린 여섯 가지 가죽을 꿰매고 발목에 쇠고리까지 붙이는 일이었다. 군인들이 신고 다니는 것은 보았어도 만들기는 처음이었다.

두꺼운 가죽에 구멍을 내는 것도 쉬운 일이 아니었으나 돗바늘에 낀 가죽끈이 빈틈없이 튼 손등을 스칠 때마다 아리고 갈라진 데를 다치기나 하면 칼로 에이듯 아팠다. 상아는 참고 열심히 바늘과 송곳을 놀렸다. 바닥에 앉은 지루와 다른 병정도 여자들과 마찬가지로 가죽신을 꿰매고 가끔 일어서 고콜에 관솔을 얹어놓고는 제자리에 돌아가 다시 일감에 손을 댔다.

밤이 깊어가면서 상아는 잠이 쏟아지고 저도 모르게 꾸뻑 졸다가는 놀라 주위를 둘러보았다. 바닥의 병정들은 끄떡없고 정지의 여자들도 졸지 않았다. 잠을 이기지 못하는 것은 자기들 세 사람뿐이었다. 그는 참다못해 옆에 여자에게 낮은 소리로 물었다.

"잠이 오재이오?"

"낮에 잤는데 또 잠이 와?"

"낮에 잤습메?"

"그럼 낮에 안 잤어?"

상아는 대답하지 않고 어금니를 깨물었다. 지루가 자기 일가를 없애기로 마음먹은 것이 분명했다. 성에 들어온 후로 날마다 부역에 나가야 했고 무슨 영문인지 그때마다 지루가 따라다녔다. 언제나 가장 힘든 일만 골라 시키고는 어김없이 트집을 잡아 못살게 굴었다. 참, 아까 자기도 능소를 고대한다고 했다. 눈길은 저절로 바닥을 향해 지루의 매서운 눈과 마주쳤다. 자기를 마주 보는 것은 어릴 때 함께 자란 지루가 아니고 무서운 독기를 품은 원수였다.

정신이 들면서 더 졸지 않았으나 두 어머니는 더욱 꾸뻑거렸다. 바닥에서 지루가 일어섰다.

"두 아즈망이, 여기는 자는 데가 앙이구 일하는 데오다."

정신을 차린 어머니들은 바닥에 떨어뜨렸던 일감을 다시 들고 한 손으로 눈을 비볐다. 지루가 앉자 다른 병정이 한마디 거들었다.

"세상에 보기 흉칙한 건 게으른 여자들이라니까."

지루는 말이 없었다.

"낮에 부역에 나가면 빈둥거리구 밤일에는 졸기만 하구. 그 옆에 앉은 아가씨는 잘생겼는데 겉 다르구 속 다른 모양이지."

아무도 맞장구치는 사람이 없는 것을 알고 병정은 조용해졌다.

닭이 두 홰째 울기 시작하자 여자들은 일감을 구석에 모아놓고 제각기 윗방과 뒷방에 올라가 목침을 베고 드러누웠다. 상아와 두 어머니는 일어서 바닥을 내려다보았다. 지루는 꿰매던 신발을 들고 천천히 일어서 부뚜막에 다가왔다. 가죽 조각들이 어수선하게 흩어진 정지를 한 바퀴 둘러보다가 손에 든 신발을 구석으로 밀어 던지고 얼굴을 쳐들었다.

"수고덜 했소다."

셋은 잠자코 서 있었다.

"집에 돌아가도 좋소다."

능소의 어머니가 물었다.

"곤한데 우리도 여기서 잠깐 눈을 붙엣다 가문 앙이 되는가?"

"앙이 됩네다."

"어째 앙이 되는가?"

"여기는 저 아즈망이덜 합숙입네다."

세 사람은 바당에 내려서 신발을 신고 끈을 졸라맸다. 등 위에서 지루는 억양 없는 소리로 일렀다.
"조반을 얼른 마치구 부역 나갈 채비덜을 하오다."
끈을 졸라맨 상아는 허리를 펴고 지루를 똑바로 보았다. 아무렇지도 않은 얼굴로 마주 보고 있었다. 상아가 돌아서 문고리를 잡자 입을 벌리고 서 있던 두 어머니도 발길을 돌렸다.
겨울의 새벽공기는 사정없이 피부에 파고들었다. 따라오는 두 어머니의 앞을 가면서 상아는 추위와 분노에 떨었다. 그러나 아무리 생각해도 이 절박한 고난을 이길 자신은 없었다.
그는 어두운 새벽길을 휘청거리며 소리 없이 눈물을 삼켰다.

상아는 억지로 밥을 지어 조반을 들고 나니 몸을 가누지 못하도록 잠이 쏟아졌다. 밥상을 칠 생각도 못하고 부뚜막에 웅크리고 앉아 코를 고는 것을 보고 어머니가 일어서 그릇들을 닦아 선반에 얹고 콩떡이며 깨엿을 보자기에 쌌다. 웃끝에 앉아 보고만 있던 능소의 어머니는 옷을 주워 입고 처려근지 처소에 간다고 나가 버렸다.
"어떻게 하겠니야?"
어머니가 그를 흔들었다. 놀라 깬 상아는 주위를 둘러보고서야 정신이 들었다. 그러나 어떻게 한다는 엄두가 나지 않았다.
"이게 어디 죽으란 말이지 살란 말잉야?"
상아는 두 손으로 얼굴을 감싼 팔뚝을 무릎에 얹고 말이 없었다. 머리는 무겁고 아무 생각도 나지 않았다. 어머니의 하품소리가 길게 울렸다.
바당문이 열리면서 찬 기운이 쏟아져 들어오자 상아는 머리를 쳐들었다. 바람에 흔들리던 소깡불이 제자리를 찾고 바당에 버티고 선 지루의 표정 없는 얼굴이 자기들을 건너다보고 있었다.

"채비 다 됐소다?"

밤을 새운 티는 조금도 보이지 않았다. 어머니도 상아도 멍하니 그를 바라볼 뿐 대답을 못했다.

"능소너어 아즈망이는 어디메 갔소다? 모르시오다?"

"의원의 문세를 가주구 처려근지 처소에 갔네."

"새벽부터 갔소다?"

"하여튼 갔네."

"간 사람은 갔구, 어서 가십세다."

어머니가 일어섰다.

"그래 이렇게 개돼지처럼 부레먹어야 속이 시원하겠능가?"

"그게 무슨 말씀이오다? 나라의 법도대로 나랏일을 하는 겝니다."

"밤에도 앙이 재우구 일 시키라는 법도가 어디메 있능가?"

"게으른 사람덜은 밤에 벌충을 시킨다구 하재있소?"

"유독 우리만 게을렀단 말잉가?"

"그렇소다."

말투는 여전히 조용했다.

"오늘밤에도 또 밤일잉가?"

"하아, 그건 낮에 일하는 거 봐서 결정할 문제오다. 그만 일어서시지오."

어머니와 딸은 옷을 껴입고 바당에 내려섰다. 상아는 구석에서 도끼를 두 개 집어 들고 지루의 뒤를 따라나서고 나중에 나온 어머니는 점심보따리를 머리에 이고 작대기로 문을 뻗쳤다.

어제와 같이 다른 여자들 틈에 끼어 발구를 끌고 10리 떨어진 숲에 이르니 날이 환히 밝고 먼 숲 위에 해가 오르기 시작했으나 아래윗니가 저절로 부딪치며 몸이 떨렸다. 소를 발구에서 벗겨 나무에 비끄러매고 나서 도끼를 들고 남 하는 대로 두 병사와 함께 서 있는 지루 앞으로 다가갔다.

뒤 숲속에서 회초리를 든 군관이 불쑥 나타나 지루의 뒤에 버티고 서서 꼼짝 하지 않았다. 병사들은 돌아서 경배하고 지루가 보고했다.

"지금부터 벌목을 시작하겠습네다."

군관은 유달리 큰 두 눈을 굴리다가 고개를 끄덕였다. 지루는 여자들을 향해 주의를 주었다.

"오늘 할 일도 전부터 해 온 대로 낡을 베는 일입네다. 늘 하는 얘기 오다마는 게으른 사람은 밤에 벌충을 시킬 터인즉 다아덜 열심히 하오다."

여자들은 도끼를 어깨에 메고 한 걸음 앞으로 움직였다.

"잠깐!"

군관이 외쳤다. 여자들은 발을 멈추고 뭇시선이 그에게 몰렸다.

"어제 하루 종일 일하고, 밤에 또 일한 사람은 뒤에 남으시오."

상아와 어머니를 곁눈으로 훔쳐보던 여자들은 숲으로 사라지고 뒤에 남은 병사들은 군관의 눈치를 살피며 불안한 표정이었다.

"아주머니와 저 처녀는 무슨 관계요?"

군관이 어머니에게 물었다.

"딸이오다."

"어제는 분명히 하루 종일 일했소?"

"일했소다."

"어째서 남달리 게으르다는 지목을 받았소?"

"모르겠소다."

어머니의 대답은 힘이 없었다. 옆에 선 상아는 속 시원히 억울한 사정을 호소하고 싶었으나 가슴만 답답하고 말이 나오지 않았다. 군관은 둘을 바라보다가 지루에게 눈길을 돌렸다.

"게을렀다니 어떻게 게을렀느냐?"

"일에 열성이 없었습네다."

"열성이 있고 없는 것을 어떻게 아느냐?"

"남덜이 세 대를 찍는 새(사이에) 한 대나 찍을까, 말까 했습네다."

지루는 조리 있게 답변하고 다른 병사들의 입가에는 희미한 미소가 떠올랐다. 상아는 부아가 치밀어 한마디 하려는데 군관이 또 물었다.

"참나무와 박달나무는 다르지."

알고 온 것이 분명했다. 지루는 대답하지 않고 다른 병사들은 곁눈으로 그의 동정을 살폈다.

"너 이 모녀에게 사감(私感)이 있는 게 아니냐?"

"앙입네다."

"그럼 어째서 불공평한 처사를 했느냐?"

"그렇지 않습네다."

"그렇제 않다?"

"군관님, 게으르구 앙이 게으른 판단은 현장에 나와 있는 제가 하기루 돼 있습네다."

지루의 항변에 군관은 대답을 못했다.

"더 말씀이 없으시문 저희들은 벌목두 하구 감독두 해야겠습네다."

군관은 그를 지켜보다가 명령했다.

"오늘부터 게으르다는 이유로 시키는 밤일을 일체 금한다. 이 모녀는 오늘 하루 쉬게 해라."

"네 …."

지루는 천천히 돌아서 어머니와 상아를 번갈아 보았다.

"돌아가 쉬시오다. 그러나 내일은 아츰부터 일해야 하오다."

그가 군관에게 격식대로 경배하고 숲을 들어가자 어머니가 군관에게 인사를 드렸다.

"아슴채이오다."

"어서 가보시오."

군관은 긴 말을 하지 않고 산판을 둘러보며 오솔길을 따라 등성이를 넘어갔다.

소에 발구를 메워가지고 돌아오는데 옆에 따라오는 어머니는 팔짱을 지른 몸을 웅크리고 땅을 보며 걸었다. 상아는 바람에 휘날리는 어머니의 반백 머리를 돌아보다가 눈길을 먼 하늘로 던졌다. 하늘과 땅 사이 어디나 황량한 풍경이었다.

바당에 들어서니 아랫목에 누워 있던 능소의 어머니가 일어나 앉았다.

"내 그럴 줄 알았습메."

어머니와 딸은 정지에 올라가 따뜻한 온돌에 두 손을 깔고 앉았다. 몸에 배었던 마지막 냉기가 빠지는 듯 몸은 다시 한 번 저절로 떨렸다.

"얼매나 칩었겠습메. 어서 여기 눕소."

능소의 어머니는 베개를 갖다 어머니에게 권하고 자기가 먼저 드러누웠다. 상아는 윗목에 올라 그대로 쓰러져 한 팔을 베었다. 능소 어머니의 전에 없이 신나는 목소리가 들려왔다.

"다 능소 덕택이오. 처려근지〔處閭近支: 성(城)의 최고책임자〕를 붙들구 가아 얘기를 했습메. 여사여사한 10인장의 에미라구 말이오. 그러구 나서 지루란 아아 못되게 구는 얘기를 했덩이 걱정 말라구 하재이캤소? 눈이 둥그런 군관을 내보내는 거 보구 왔습메. 이렇게 될 줄 알았지비."

"그렇게 된 게구만."

"그렇재이문 어림이나 있습메?"

"의원의 문세는 뵈았습메?"

"그럼. 보자마자 쓱쓱 적어 주는데 … 이게 앙이오? 일하지 말구 쉬라구 합데."

보자기에서 문서를 꺼내 보이는 모양이었다. 얘기는 그치지 않았으나 상아는 뼈마디마다 늘어나는 양 노곤하면서 깊은 잠에 빠져 들어갔다.

이튿날도 지루의 냉랭한 눈초리 앞에서 벌목했고 다음날도 같은 일을 계속했다. 사홀째 되던 날 새벽에는 낯선 병사가 나타났다. 지루는 다른 곳으로 갔다고 했다. 상아는 무거운 짐을 벗은 기분이었다. 일도 고되었으나 지루의 눈총을 맞는 것은 참을 수 없는 고통이었고 피가 마르는 것 같았다. 부뚜막에 앉은 능소의 어머니는 높은 어른들이 능소의 체면을 보아서 지루를 내쫓은 것이라고 단정했다.

보름을 며칠 앞두고는 부역도 일단락을 지은 듯 일은 반나절만 했다. 성내 구석구석에는 장작이 산같이 쌓이고 성벽을 따라 굵은 통나무들이 여러 군데 세워 있고 성의 아래위에는 온통 돌무더기였다. 상아는 고달픈 다리를 끌고 집으로 돌아올 때마다 이들 더미를 보면 흐뭇한 생각이 들었다. 그러나 불길한 소문이 구름을 몰고 왔다. 전쟁이 이미 터졌다고도 하고 임박했다고도 하였다. 일터에서나 집에서나 전쟁 얘기가 무던히도 입에 오르내리고 있었다.

보름이 내일로 다가왔다. 따로 지시가 있을 때까지 부역은 또 없으리라고 했다. 상아는 오래간만에 늦잠을 자고 해가 떠서야 깨었다. 능소의 어머니는 등디목에 앉아 약을 짜고 어머니는 부뚜막에 쌀을 일고 있었다.

"오늘은 일도 없는데 더 자려무나."

어머니가 돌아보았다. 더 자고 싶었으나 능소의 어머니가 무어라고 할 것 같아 하품을 삼키고 일어나 앉았다. 어머니는 돌아앉은 능소 어머니의 잔등에 눈길을 던지고는 다시 싸람박을 아래위로 놀렸다. 밖에서 사람들이 연달아 뛰어가는 발자국소리가 들리고 그다지 멀지 않은 군영에서는 북 소리가 다급하게 울려왔다. 셋은 서로 마주 보고 귀를 기울였다.

"가보구 오겠습메."

상아는 일어나 옷을 주워 입고 얼른 머리를 빗었다. 아낙네들과 간간이 섞인 노인들은 군영을 향해 뛰어가고 있었다. 상아는 앞에 가는 노인을 따라잡았다.

"무슨 일이오다?"

"을, 을지문덕 장군이 오셨다나 봐."

노인은 걸음을 늦추고 숨을 허덕였다.

상아는 노인을 앞질러 뛰었다. 군영 정문 앞에는 엄청난 군중이 들끓고 안마당에는 수많은 병사들이 창을 짚고 줄을 서 있었다.

상아는 문설주 옆에서 안을 들여다보고 있는 우만 노인을 발견하고 다가갔다.

"아바이오다?"

"응, 상아 왔니야?"

노인은 흰 수염을 바람에 날리며 반색을 했다. 상아는 같은 질문을 되풀이했다.

"무슨 일이오다?"

"글쎄 을지문덕 장군의 말씀이 있다는데…."

노인은 말꼬리를 흐렸다. 상아는 안에 늘어선 군인들을 훑어보다가 층계 위 양 옆으로 비켜선 병사들에 눈이 멎었다.

5, 6명씩 갈라선 왼편의 병사들 틈에 아무리 보아도 지루 같은 모습이 창을 짚고 활을 멘 자세로 똑바로 이쪽을 바라보고 있었다. 우만 노인에게 물으려다가 그만두었다. 더 이상 지루의 얘기를 입에 올리고 싶지 않았다. 노인이 속삭였다.

"을지문덕 장군이다."

층계 위 정면의 막사 문이 열리면서 중키의 빈틈없는 대장군이 나타나고 높은 군관들이 뒤를 이어 좌우에 늘어섰다. 구령이 울리면서 마당에 정렬한 병사들과 층계 위의 높은 군관들이 일제히 한 무릎을 꿇었다. 기둥 옆에 섰던 우만 노인도 무릎을 꿇으며 외쳤다.

"어명이라오."

상아는 뭇 사람들 틈에 끼어 한 무릎을 꿇고 단상의 동정을 살폈다. 을지문덕 장군은 군관이 받쳐 든 종이를 받아 큰소리로 읽어 내려갔다.

"잔악무도한 수왕(隋王) 양광은 마침내 수백만 장병을 이끌고 우리 고구려 침공을 개시하였도다. 나는 목욕재계하고 영용무쌍한 나의 무사들과 충성된 나의 신민들과 더불어 이 철천의 원수들을 무찔러 7백년 조국의 화근을 영원히 없이 할 것을 극조 동명성왕 앞에 엄숙히 맹세하고 이를 온 나라에 선포하노라.

생각건대 중국은 대대로 천하의 주인으로 자처하여 인근의 모든 나라와 종족에게 굴복을 강요하고 이를 거부하는 자는 힘으로 짓밟아 오늘에 이르렀나니 고구려 또한 그들의 노리는 바 되어 화를 입음이 비일비재이니라. 그러나 극조대왕의 음덕과 신민의 용전 분투로 그때마다 이를 격퇴하였을 뿐 아니라 강역을 넓히고 생업에 힘쓰고 무술을 연마하여 오늘의 막강한 대 고구려를 이룩하였나니 이에 저들의 시기는 더욱 불같이 일었도다.

앞서 양광의 부친 양견(楊堅)이 30만 군으로 우리를 침공하려다 무참히 패퇴하였음은 모든 신민이 아는 바라, 그 연유인즉 우리를 종으로 삼으려는 저들의 야욕에 있었나니라. 이제 양광은 그 부친의 실패에 비추어 여러 해를 두고 군비를 서둘러 10배의 군과 수백 배의 무기 군량으로 지난 정월 3일 이미 발정(發程)하였으니 멀지 않아 우리 강토에 당도하리로다. 그러나 우리에게 주도한 마련이 있고, 뛰어난 장수들과 용감한 무사들이 있고, 두려움 없는 신민들이 있는 한 저들은 스스로 죽음의 함정에 뛰어드는 것이니라.

대장군 이하 말단 병사에 이르기까지 군율을 엄수할 것이며 명령에 물불을 가리지 말 것이며 침공한 적은 반드시 격멸하여 남기지 말 것이며 일반 신민 또한 나라의 방패 된 자랑을 간직하고 군과 행동을 같이하여 흉악한 이 적을 철저히 격멸할지어다."

　구령에 따라 마당의 병사들이 일어서고 문 밖의 군중도 일어섰다. 아무도 말하는 사람이 없고 숨을 죽인 채 안을 바라볼 뿐이었다. 대장군과 높은 사람들이 막사로 들어가자 군관들은 저마다 자기 부하들 앞에서 주의를 주기 시작했다. "중국놈들", "되놈들", "이 원수들" 등의 낱말이 엇갈려 들려왔다.
　우만 노인이 발길을 돌리는 바람에 멍하니 서 있던 상아는 정신이 들어 그의 옆에 따라 붙었다. 그러나 무어라고 할 말이 없어 잠자코 걷기만 했다.
　"벌써 나붙었구나."
　노인은 혼잣말같이 중얼거렸다. 길가 담 벽에 잔글씨가 빽빽이 들어찬 흰 종이가 붙어 있었다. 상아는 어려운 글자가 많아 분명히 알 수는 없었으나 지금 들은 임금의 말씀이라고 짐작했다.
　"어떻게 되지오다?"
　상아는 처음으로 입을 열었다.
　"얼마간 고생을 해야지."
　노인의 대답은 담담했다.
　골목에서 헤어진 상아는 팔짱을 지르고 뛰었다. 무엇인가 가슴을 짓누르고 무작정 뛰지 않고는 배기지 못할 심정이었다.

요하를 건너는 법

탁군(涿郡: 북경)을 떠난 지 사흘.

추위를 뚫고 대평원을 동북으로 진군하는 원정군은 3백 리 길을 메우고도 탁군 주변은 출발을 기다리는 인마로 들끓었다. 수많은 깃발은 바람에 펄럭이고 전진하는 병사들의 어깨에 메인 창들은 빽빽이 들어선 삼밭(麻田)이 이동하듯 쉬지 않고 파도치며 같은 방향으로 움직여 갔다.

보병부대를 뒤에 하고 기병 3천으로 선두를 달리던 대장군 우문술은 별안간 보도를 늦추고 외쳤다.

"옆으로 비켜!"

대장군기(大將軍旗)를 나부끼고 앞에 가던 기수(旗手)들은 말고삐를 틀어 길가에 비키고 바로 뒤에 따라붙었던 10여 기의 높은 군관들도 고삐를 당기며 우문술이 쏘아보는 전방을 바라보았다.

형과 함께 예비마를 끌고 그들의 뒤를 쫓던 지급은 마상에서 상반신을 길옆으로 내밀고 앞을 내다보았다. 멀리 앞길에 전속력으로 달려오는 기병 두 명이 시야에 들어오고 그들을 주시하는 아버지의 입술 좌우에는 깊은 주름이 선명하게 나타났다. 아버지 우문술의 얼굴이 이렇게 변할 때는 반드시 변고가 일어나고야 말았다.

아버지가 말을 멈춰 세우자 기병 제단(梯團)은 차례로 정지하였다. 달려오던 두 군관이 말에서 뛰어내려 아버지의 마전에 허리를 굽실하고 흰 김을 토하며 숨을 돌렸다. 지급은 슬금슬금 앞으로 나가 귀를 기울였다.

"너희들은 뭐냐?"

아버지는 성난 목소리였다.

"노하, 회원 양진이 적의 기습을 받았습니다."

한 군관이 얼굴을 쳐들고 보고했다.

아버지는 침을 삼키고 말이 없었다.

"장군 이하 고위 지휘관들이 거의 전사했기 때문에 생각 끝에 저희들이 우선 달려왔습니다."

"놈들이 불을 지르는 바람에 성내는 다 타버리고 양곡 무기 모두 잿더미가 되고 말았습니다."

"언제 일이냐?"

아버지는 큰소리로 물었다.

"설날 새벽입니다."

"술들을 퍼마셨구나!"

두 군관은 머리를 떨어뜨렸다. 아버지는 뒤를 돌아보고 맨 뒤의 젊은 군관을 손짓으로 불러 길가에 비켜 세우고 귓속말로 명령했다.

"너는 이들과 함께 급히 탁군에 가서 병부상서께 여쭈어라. 노하, 회원 양진이 고구려군의 기습을 받아 결딴났다는 소식을 듣고 나는 본대를 떠나 현지에 급행한다고 말이다."

아버지는 머리를 들지 못하는 둘을 향했다.

"이 군관을 따라 당장 탁군에 가서 사실대로 보고해라."

그들은 허리를 굽실하고 말에 올랐다.

탁군으로 가는 세 군관을 보내고 나서 아버지는 부장에게 총지휘를 맡기고 기병 3천으로 질주하기 시작했다. 하루 종일 말이 없고 뒤를 돌아보는 일도 없었다. 밤에도 잠깐 눈을 붙였다가는 달리고 식사시간 외에는 쉬는 일도 없었다.

임유관(臨楡關)에서 만리장성(萬里長城)을 넘어서부터는 본토와는 달리 넓은 벌판은 볼 수 없고 길은 산 사이를 누비고 지나갔다. 달구지에 실린 부상병들이 잇달아 남하하고 근원을 알 수 없는 소문이 병정들 사이에 퍼졌다. 고구려군은 비호같아서 성벽도 훌쩍 뛰어넘는다느니, 번개같이 나타났다가 번개같이 사라져 회원진도 눈 깜짝할 사이에 쓸어버렸다느니, 소문은 꼬리를 물고 돌아갔다.

이튿날 첫새벽에 떠난 부대는 오정이 훨씬 지나 회원진(懷遠鎭) 교외에 당도했다. 산비탈을 돌자 남문 누각이 멀리 보이는데 길가 언덕배기에는 수백 명의 병정들이 달라붙어 언 땅을 파고 있다가 일손을 멈추고 그들을 바라보았다. 감독하던 군관이 '좌익위 대장군 우문술'의 깃발에 놀라 달려와서 허리를 굽혔다.

"이렇게 빨리 오실 줄은 모르고 영접을 못해서 죄송합니다."

말을 세우는 아버지의 안색이 좋지 않았다.

"너는 어디 소속이냐?"

"원래 망우영 소속입니다마는 어제 여기로 이동해 왔습니다."

"땅은 왜 파느냐?"

"지난 정초에 고구려군이 기습해 와서 …."

"그건 알고 있다. 땅은 왜 파느냐 말이다."

"전사들을 묻을 것입니다."

"너도 군관이냐?"

아버지의 낮으면서도 독기가 서린 말투였다. 군관은 떨었다.

"출정군이 지나가는 길목에 그런 무덤을 파놓으면 미숙한 병정들의 마음은 어떨 것 같으냐?"

"좋지 않을 것입니다."

"좋지 않을 일을 왜 하지?"

" … 미처 생각이 돌지 않았습니다."

"보이지 않는 산속에 옮겨라."

아버지는 다시 말을 달리고 부대는 전진을 계속하여 성내로 들어갔다. 집들은 벽만 앙상하게 남고 검은 연기를 토하던 문들이 휑하니 뚫려, 타다 남은 양곡과 무기며 가장 집물이 들여다보였다. 거리에서는 병정들이 시체를 모아다가 더미로 쌓고 있었다. 지나가는 그들을 쳐다보다가는 알 수 없다는 듯 고개를 기웃거리고 딱딱하게 얼어붙은 시체를 발로 굴렸다.

중앙대로를 북상하여 관가에 이르렀으나 집은 타서 주저앉고 장막이 몇 개 쳐 있을 뿐이었다. 달려 나온 군관은 깃발과 아버지 우문술을 번갈아 쳐다보고 연달아 허리를 굽실거렸다.

"총지휘자는 누구냐?"

마상에서 거동을 지켜보던 아버지가 물었다.

"총지휘자는 따로 없사옵고 영주 자사께서 지금 노하진에 계신데 내일 오신다는 기별입니다."

"군량미는 얼마나 있느냐?"

"타다 남은 것을 수습 중이온데 별로 쓸 만한 것이 없습니다."

"전사자는 얼마냐?"

"지금 시체를 모으는 중이온데 부지기수올시다."

아버지는 황량한 성내의 모습을 둘러보다가 군관 3명을 불러 각각 명령을 내렸다.

"너는 지금부터 부하 1천 명을 거느리고 발착수의 선에 전개하여 목창보 이남을 경계해라. 너는 부하 1천 명을 지휘하여 목창보 이북 발착수의 선을 경계하고 영주 자사로 하여금 노하진 성내를 정리케 해라. 사흘 후에 내가 간다. 너는 나머지 병력을 이끌고 내 직할부대로 남는다. 북문 밖에 영을 치고 사흘 이내에 성안의 모든 시체를 매장하고 쓸 만한 무기와 양곡을 가려내라."

"각각 그 지역의 기존 병력은 휘하에 넣는다."

일사천리로 명령을 내리는 아버지의 일거일동은 노련하고 자신에 차 있었다. 그는 아들 형제를 돌아보았다.

"너희들은 직할 부대를 따라 북문 밖에 나가서 장막을 쳐라."

명령을 마친 아버지는 5, 6기만 거느리고 성안을 순시하러 떠났다. 화급과 지급은 직할 부대의 꼬리에 붙어 북문을 나섰다. 지휘관은 문에서 천여 보 떨어진 광장을 야영지로 지정하고 20명의 병사들에게 대장군의 장막과 마구간을 설치하라고 명령했다. 한 패는 양가죽 장막을 내려 광장 중앙에 치고, 다른 한 패는 멀리 뒤편 느티나무에 달려가서 토수래 장막을 둘러 마구간을 만들기 시작했다.

아버지는 종이를 펴고 붓을 들었다. 지급은 먹을 갈면서 아버지가 써 내려가는 것을 지켜보았다.

"병부상서 단문진(段文振) 각하. 일전에 도중에서 만난 회원진 군관 2명을 소생 휘하 군관에게 위송하온바 접견하시고 대강 현지 상황을 짐작하셨으리라 믿습니다. 그로부터 주야겸행으로 오늘 회원진에 도착하여 성내외를 순찰하고 우선 보고를 드립니다. 회원진은 글자 그대로 잿더미로 화하여 대장군 영조차 설치할 건물이 없어 북문 밖에 장막을 치고 임시변통하는 형편입니다. 수삼 년을 두고 애써 비축하여 온 군량과 무기가 오유(烏有)로 돌아간 것은 말할 것도 없고 수비군도 괴멸 상태여서 쓸 만한 병력은 천 명도 될까 말까 합니다. 노하진도 같은 피해를 입었다고 합니다.

이런 형편에 성상께서 예정대로 수일내에 거동하신다면 어가를 모실 곳조차 없으니 황송하기 그지없는 일입니다. 뒤처리를 하고 마련이 되면 곧 아뢸 터이오니 그때까지 어가의 거동을 연기하시는 것이 합당할까 합니다. 또 출정군의 진군도 예정대로 추진하신다면 무기는 고사하고 현재에 군량이 없으니 큰 변이 아닐 수 없습니다. 되도록 진군을 늦추시고 각 군의 치중대를 대폭 강화하여 자립 자족토록 하시고 독운(督運) 양현감(楊玄感)을 여양(黎陽)에 급파하여 군량 수송을 더욱 촉진하시도록 바랍니다.

당초의 묘략(廟略: 조정의 전략)은 급히 진격하여 해빙(解氷) 전에 우선 요하를 도강하고 날씨가 풀리는 대로 일거에 진격을 개시하기로 되었습니다마는 사세 이에 이르고 보면 이 계획 또한 변경하지 않을 수 없겠습니다. 따라서 해빙 후에 요하를 건너기 위해서는 부교(浮橋) 등 새로운 대책을 고려하심이 옳을까 합니다.…"

지급은 우선 싸움이 연기되었다는 것, 봄이 올 때까지는 이 근처에서 하릴없이 세월을 보내게 되었다는 것을 알고 배가 나온 황제의 노한 얼굴을 머리에 그리며 속으로 씩 웃었다. 몇 명 목이 달아날 것이 분명했다.

잔인한 유언

　능소는 머리가 북치듯 윙윙거리고 온 방안이 마구 도는 바람에 다시 눈을 감았다. 옆에 앉은 의원이 손목을 잡고 맥을 짚고 있었다.
　"정신이 드는 모양이군."
　아주 먼 고장에서 울려오는 산울림 같은 목소리였다.
　"쉬. 약을 떠 넣어."
　역시 산울림같이 귓전에 맴돌았다. 숟갈로 떠 넣는 탕약이 목에 걸렸다가 넘어갔다. 넘어가면서 다시 떠 넣고 넣으면 반드시 목에 걸려 숨이 막히고 고통은 더했다. 그만두라고 이르고 싶었으나 말이 되어 나오지 않고 차츰 의식이 몽롱해지면서 아픔이 사라지고 깊은 잠으로 빠져 들었다.
　다시 잠이 깨었을 때에는 머리맡에 앉은 돌쇠의 얼굴이 똑똑히 보였다. 애써 눈을 크게 뜨고 해가 비친 창살을 바라보았다. 회원진에서 싸우던 일이 아득한 옛 얘기같이 되살아오고 돌쇠의 얼굴이 아주 정답게 눈에 들어왔다. 돌쇠는 숟갈을 들어 옆에 있는 주발의 꿀물을 떠서 목을 축여 주었다.

"여기가 어디메야?"

그는 띄엄띄엄 물었다.

"무여라 성입니다. 정신이 나세요?"

능소는 고개를 끄덕이려다가 머리가 울려 얼굴을 찌푸렸다.

"움직이지 마십시오."

돌쇠가 이마를 짚어 주었다.

"오늘이 메칠잉야?"

"정월 십육일입니다."

몸은 땅 속으로 가라앉듯이 무거웠으나 움직이지 않으면 고통은 없었다. 이불에 덮인 몸뚱이는 아주 굳어진 것 같고 발가락 끝이 가까스로 움직일 뿐이었다.

"올챙이가 다리를 다쳐서 옆방에 있습니다. 20인장님은 머리 때문에 조용한 데 있어야 한다고 여기 혼자 모셨습니다."

밖에 나갔던 늙은 의원이 들어와 온돌에 손을 녹이고 그의 손목을 잡았다. 처음으로 의원을 똑똑히 본 능소는 놀랐다.

"아바이 앙이오?"

군복은 입었으나 옥저마을의 나지막한 고개 너머 이웃 동네 의원에 어김없었다. 노인은 얼굴에 미소를 띠고 끄덕였다.

"그래."

능소는 반갑기 이를 데 없었다. 오래간만에 대하는 고향의 얼굴이었다.

"약한 사람 같으면 큰일 날 뻔했네마는 자넨 위장이 튼튼해서 약을 잘 새긴 덕에 살았네."

"어떻게 여기 왔소다?"

"전쟁이 아잉가."

입을 크게 벌리는 그를 보고 돌쇠가 자세히 설명했다.

"지난 정월 초이튿날 양광은 우리 고구려를 친다고 정식으로 조서를 내리고 다음날부터 수백만 대군이 진군을 개시했답니다. 우리 성상 폐하께서도 온 나라에 칙서를 내리셨는데 이 성에도 며칠 전에 도착했습니다. 오늘 아침에는 을지문덕 장군께서 여기 오시고."

가족이 걱정되었다. 전쟁이 터졌다면 옥저마을도 죽고 죽이는 폭풍 속에 휩쓸릴 것이 아닌가.

"혹시 우리 집 소식 못 들었소다?"

능소는 의원에게 물었다.

"만나지는 못했지마는 옥저마을 사람덜두 지난 섣달에 모두 요동성에 들어갔응이 잘 있겠지."

집을 떠난 후 처음으로 듣는 고향 소식이었다.

"성에는 집도 다 마련이 돼서 조금도 불편한 게 없네."

바람에 파란 싹이 물결지던 옥저마을의 넓은 들판, 상아, 어머니— 평화롭던 지난날은 가고 시산한 세월이 왔다는 생각과 함께 자기 처지에 가슴이 싸늘했다.

"저는 언저게나 낫겠소다?"

"글쎄 … 좀 걸리지. 허지만 걱정 말게."

의원은 자신있게 얘기하고 능소는 창문에 기우는 햇살을 바라보며 더 말이 없었다. 사잇문이 열리고 세 명의 낯선 병사들이 들어섰다.

"곧 옆방으로 옮겨 드리랍니다. 높은 어른들이 오시는 모양입니다."

의원은 밖으로 나가고 돌쇠와 병사들은 이부자리째로 그를 맞들어 옆방 윗목에 갖다 누였다. 방안에는 20여 명의 부상자들이 자리 위에 단정히 앉아 있다가 그들을 돌아보았다. 바로 옆자리에 있던 병사가 두 손으로 그의 팔을 잡으며 눈물을 글썽거렸다.

"돌아가시는 줄만 알았습니다."

올챙이의 목소리는 떨렸다.

"다리를 다쳤다지."

"괜찮습니다."

그들은 서로 마주 보고 말을 잇지 못했다.

군관이 들어서 눈짓을 하는 바람에 부상병들은 자리 위에서 자세를 바로하고 능소는 누운 채 문을 주시했다.

약광 장군의 인도를 받으며 을지문덕 장군과 연자발 장군이 들어서고 의원이 뒤를 따랐다. 사이를 두고 아주 젊은 군관이 조그만 상자를 겹쳐 든 5, 6명의 병사들을 거느리고 문간에 나타나 그대로 방안을 주시하고 있었다. 젊다기보다 앳된 군관의 햇볕에 그을린 얼굴은 보기만 해도 시원스러웠다.

을지문덕, 연자발 두 장군은 약광과 의원의 설명을 듣고 문간에서부터 일일이 부상병들의 상처를 보고 한마디씩 주고받으며 다가왔다. 2년 전 평양성에서 보던 반백은 아주 백발이 되었고 수염도 검은 것은 하나도 보이지 않았다. 앉은 병사들과 주고받는 한마디에는 겉치레가 없고 걱정하고 고마워하고 또 아파하는 성의가 역력했다. 마침내 능소의 머리맡에 왔다.

"능소라고 20인장입니다. 회원진 전투에서 적병을 무찌르고 무기와 군량 창고를 부수는 데 출중한 공을 세웠습니다."

약광의 설명에 장군은 고개를 끄덕이고 연자발 장군이 한마디 했다.

"약광 장군한테서 네 얘기를 잘 들었다."

약광의 눈짓으로 의원이 두 손을 모아 쥐고 앞에 나섰다.

"허리에 창상을 입고 머리를 철퇴로 맞았습네다. 창상은 내장을 한 치쯤 빗나가서 괜채인데 머리가 대단했습네다. 죽 정신을 못 채리다가 오늘 아츰부터는 말도 하구 이제 모진 고비는 지나갔습네다."

을지문덕은 머리를 천으로 감은 그의 옆에 앉아 한 손을 잡았다.

"손에도 아직 붓기가 있구나. 나도 여러 해 전에 무여라 전투에서 머리를 다쳤는데 조용한 곳에서 움직이지 않는 것이 제일이더라."

장군은 의원을 쳐다보고 물었다.

"혼자 있을 만한 방이 없느냐?"

"이태꺼지 이 옆방에 혼자 뒀는데 조금 전에 여기 욍겠슙네다."

"성한 사람 때문에 아픈 사람을 옮겨서야 쓰나…."

장군은 일어서 부상병들을 둘러보고 입을 열었다.

"고마운 얘기를 어떻게 했으문 좋을지 모르겠다. 너희들이 이 무여라를 지켜주고 이번에 회원진과 노하진에서 용감히 싸워 준 덕분에 적의 계책은 크게 무너졌다. 우리 고구려는 너희들 같은 용감한 무사들이 있기 때문에 어떠한 적도 물리칠 수 있고, 또 모든 채비도 완전히 갖춰 있으니 마음 놓고 상처를 고치는 데 전심해라. 나라에서는 진정으로 너희들을 은인으로 생각하고 할 수 있는 일은 다할 작정이다. 이번에 성상 폐하께서는 특히 너희들을 위해서 손수 잡으신 녹용으로 환약을 만들어 보내셨으니 높으신 성지를 받들어 하루 속히 튼튼한 몸이 되기를 바란다."

얘기를 마친 장군은 문간을 향해 나지막이 부르며 손짓을 했다.

"이봐."

젊은 군관의 인도로 병사들이 안고 있던 나무상자를 받쳐 들고 다가왔다. 을지문덕은 병사들로부터 받은 상자를 일일이 나눠 주고 부상자들은 두 손으로 공손히 받았다. 일어나지 못하는 능소의 상자는 구석에 있던 돌쇠가 대신 받아 그의 머리맡에 놓아 주었다. 순간 능소는 상자를 들었던 한 병사와 눈이 마주치고 가슴이 뛰었다. 지루였다. 그러나 저쪽에서는 아뭏지도 않게 얼굴을 돌렸다.

마지막으로 을지문덕이 그들을 둘러보았다.

"무엇이든지 소망이 있으면 사양 말고 말해 보아라."

아무도 말하는 사람이 없고 긴장된 침묵이 흘렀다. 능소는 망설이다가 돌쇠에게 손짓을 했다.

"저기 선 저 다부지게 생긴 병사는 우리 고향 친구 같은데 얘기해도 좋은지 알아 봐라."

허리를 꾸부린 돌쇠의 귀에 대고 속삭이는데 장군들은 미소를 잃지 않고 바라보고 있었다.

허리를 펴고 일어선 돌쇠는 을지문덕 장군 앞에 한걸음 다가섰다.
"여기 있는 이 병사와 얘기해도 좋은가 알아봐 달라고 합니다."
"아는 사인가?"
"고향 친구랍니다."

장군은 벽에 붙어선 병사를 돌아보고 일렀다.
"너도 반갑겠다. 천천히 얘기도 하고 놀다 오너라."

부상병들이 앉아서 드리는 인사를 받으며 장군 일행은 돌아서 문으로 사라지고, 지루가 머리맡에 와 앉았다. 능소는 무작정 그의 손을 잡았다.

"지루야…."

그러나 지루는 표정이 없고 잡힌 손에 힘을 주지도 않았다. 말씨도 이상했다.

"오래간만입네다."
"… 입네다?"
"옛날에 친구지 지금은 20인장님과 병사의 사입네다."

두 눈에는 찬 기운이 돌았다.
"그러지 마라."
"앙입네다."
"… 언저게 군에 들어왔니야?"

"작년 여름입네다."

능소는 사이를 두고 물었다.

"우리 집 소식 아니?"

"요동성에 들어와 있습네다."

"모두 탈이 없구?"

"탈이 없습네다."

묻는 말에만 간단히 대답하고 어떻게 지냈느냐, 얼마나 아프냐 소리 한마디 없었다. 상아의 소식을 알고 싶었으나 목구멍까지 나오는 것을 삼키고 말았다.

"더 말씀이 없으문 이제 가봐야겠소다."

지루는 엉거주춤 일어서려고 했다.

"넌 지금 어디메 있니?"

"메칠 전부터 을지문덕 장군 직속 궁병(弓兵) 입네다."

"참 잘됐구나. 이제부터 어디메 가니야?"

"그건 모르지오."

또 침묵이 흘렀다. 옛날의 원한을 그대로 품고 있는 것이라고 생각하니 보기도 싫어졌다. 능소는 팔을 이마에 얹고 눈을 감아 버렸다.

"이제 가보겠소다."

능소는 얘기하고 나니 머리가 아파 움직이지 않았다.

다른 부상병들은 모두 누웠으나 홀로 다리를 뻗고 있던 올챙이가 문으로 나가는 지루의 뒷모습을 지켜보다가 한마디 했다.

"거 묘한 사람이군요."

단순히 옛일을 앙심으로 품고 있을 뿐 아니라 무엇인가 매우 잘못된 것이 아닌가 하는 의심이 들었다. 행여 자기가 없는 사이에 노리고 있던 상아를 손아귀에 넣고 비웃는 것이 아닐까. 확실히 그의 태도에는 냉소(冷笑)의 기미가 있었다.

"20인장님 미안합네다."

올챙이가 자리에 드러누웠다.

"괜채이타. 어서 눕어라."

능소는 생각을 털어 버리고 곁눈으로 그를 보았다. 올챙이는 엎드린 자세로 눈을 내리깔고 있었다.

"그게 아니고 비상식량 사건 말입니다."

그의 옆모습에는 천진한 기운이 있었다.

"미안합니다."

"… 다리는 어떻게 다쳤니야?"

"이쪽 허벅다리를 창에 찔리고 쓰러지는 바람에 이쪽 발목을 삐었습니다."

그는 손으로 가리키며 대답했다.

"고향은 드렁골이라구 했지? 너 혼자 군에 들어왔니야?"

"몇 명 있지요. 뿔뿔이 흩어져 어디 있는지 모릅니다마는 저하고 제일 가깝던 키다리는 지난여름까지는 요동성에 있었습니다."

"몇 형제라고 했지?"

"남매올시다."

"… 고향에 가구 싶니야?"

"그야…."

올챙이는 쓸쓸히 웃었다. 돌쇠와 병사들이 다가와 허리를 굽히고 침구의 네 귀를 들었다.

"제자리로 도로 가셔야겠습니다."

능소는 자리에 다시 일어나 앉는 올챙이에게 일렀다.

"가끔 내 방에 놀라 와."

올챙이는 고개를 숙였다. 능소는 또 머리가 울려 눈을 감았다.

새해는 철수가 일렀다. 입춘(立春)은 지난해 섣달에 지나가고 우수(雨水) 경칩(驚蟄)이 정월에 든 탓인지 2월도 보름께가 되자 날씨는 한결 달라졌다. 추위가 아주 가신 것은 아니었으나 살에 닿는 바람에는 부드러운 기운이 완연하고 요하의 얼음이 풀렸다는 소식도 들렸다.

능소는 지팡이를 짚고 부상자들을 수용한 집과 집 사이를 천천히 지나 하오의 거리에 나섰다. 민간 사람은 볼 수 없고 군인들만 간간이 오갈 뿐이었다.

남북으로 뚫린 대로에 나서니 길가의 집들은 비어 있고 기마의 대부대가 북을 향해서 달리고 있었다. 보통 훈련 같은 경장(輕裝)이 아니었다. 눈짐작으로 석 달분은 넉넉한 군량에 화살을 잔뜩 싣고 맨 뒤에는 치중대가 따라가고 있었다. 이동이 분명했다.

회원진 선에서 일단 정지하여 대열을 정비한 수백만 중국군이 공격을 개시한다는 소문은 이달에 들어 끈덕지게 들려왔다. 그런데 적이 오는 남으로 가지 않고 반대 방향으로 가는 것은 무슨 까닭일까? 요하 이동으로 철수한다면 동문으로 갈 터인데 부대는 북문으로 빠져 나가고 있었다. 사방은 어수선하고 이 무여라 성을 지킬 기미는 아무 데도 보이지 않았다. 능소는 현기증이 나서 빈집 벽에 기대 눈을 감고 진정하였다.

발길을 돌려 느릿느릿 걷는데 저쪽에서 올챙이가 10여 명의 병사들과 함께 바쁜 걸음으로 다가왔다.

"어디메 가니야?"

능소는 발을 멈췄다.

"완쾌한 병사들은 곧 처려근지 처소에 모이라는 명령이 왔습니다. 부디 조리 잘 하십시오."

"그래. 어서 가봐라."

"언제 또 뵙겠는지 모르겠습니다."

올챙이는 정색을 하고 그의 앞에 인사를 드렸다. 앞질러 간 병사들을 따라잡으려고 뛰면서 연거푸 뒤를 돌아보다가 골목으로 사라지는 그를 지켜보던 능소는 한 손으로 옆구리를 잡고 부지런히 지팡이를 놀렸다. 아침에 처려근지 처소에 불려간 돌쇠가 무슨 소식을 가지고 왔을 것 같았다.

대문으로 막 나오던 돌쇠는 달려와서 그의 겨드랑이에 한 팔을 끼고 어깨동무로 걸었다.

"무슨 소식이 있었니야?"

"제가 10인장으로 올랐답니다."

"참 잘됐다."

능소는 생사를 같이해온 그의 경사가 자기 일같이 기뻤다.

"20인장님은 고향에 가시게 됐습니다. 회복이 안 된 부상자는 내일 아침 요동성으로 옮긴답니다."

오랜 세월을 두고 갈구하면서도 단념하던 일이 막상 눈앞에 다가오고 보니 가슴만 설레고 말이 나오지 않았다.

"짐은 다 챙겨 놨습니다."

"아슴채이타(고맙다)."

"새로 10인장 되는 사람들은 동명신궁에 모여 맹세를 드리고 그길로 어디 가는 모양입니다."

"그래…."

부하이면서도 좋은 친구였던 돌쇠와 헤어지는 것이 서운했으나 어쩔 수 없었다.

"약광 장군의 거처는 알 수 없었습니다. 성내에 안 계신 것만은 틀림없습니다."

을지문덕 장군과 함께 문병 온 후로 한 번도 나타나지 않았다. 또다시 전선으로 출정한 것일까?

잔인한 유언

"너는 가는 데가 어딘지 모르니야?"
"모릅니다."
"장군이 어느 싸움터에서 부르시는지도 모르지."
"글쎄올시다."
"잘해봐."
안에 들어서자 돌쇠는 자기 짐을 집어 들었다.
"부디 몸조심하십시오."
능소는 억지로 웃어 보이고 자리에 앉아 문을 나가는 돌쇠를 바라보았다. 문이 닫히고 발자국 소리가 멀어지면서 방안은 갑자기 어두워지는 것만 같았다.

요하(遼河). 굽이굽이 흐르다가 바위에 부딪쳐 흰 거품을 튀기고 소용돌이치며 급한 물결로 변했다가 다시 고요를 되찾고 멀리 하늘과 맞닿은 데까지 이어가는 강물을 지켜보면서 능소는 꼼짝하지 않았다. 갈 때는 눈보라 속에 3백여 명의 전사들이 말을 달려 한숨에 빙판을 가로질렀었다. 그러나 이제 상처 입은 몸을 배에 의지하고 같은 물을 천천히 대안으로 다가가고 있었다.
"자넨 전쟁에는 귀신이 다 됐겠네."
부상자와 호송병들 틈에 끼어 옆에 앉은 늙은 의원이 말을 걸었다. 능소는 어떻게 대답할지 몰라 빙그레 웃고 말았다.
"사람이 살아가는 걸 보문 다 제각기야. 어떤 이는 애써 사람을 쥑에야 하구 어떤 이는 살릴라구 애써야 하구."
그는 혼잣말같이 뇌까리다가 물었다.
"사람 쥑일 때 심정은 어떤가?"
"아바이는 전쟁에 앙이 나가 봤소다?"
"나가기야 많이 나갔지마는 죽는 걸 살렸지, 산 사람 쥑에야 봤능가."

"그렇겠소다."

"어떤 심정인가?"

"글쎄올세다. 쥑이는 심정이나 살리는 심정이나 마찬가지 앙이겠소다?"

"마찬가지라?"

"아바이는 살리는 데 재미를 붙이구 말입네다."

노인은 그를 물끄러미 바라보다가 고개를 끄떡였다.

"… 그렇겠군. 얼매나 쥑였능가?"

"좀 쥑였소다."

"자네쯤 되문 전쟁이 신나겠지?"

"… 글쎄올세다."

아주 신나기도 하고 아주 진저리가 나기도 하는 것이 전쟁이었다.

"그래, 신날 거야. 하여튼 인간 세상은 묘해."

능소는 강물에 눈을 던졌다. 부상자들을 실은 또 한 척에 이어 수레와 짐을 실은 배들이 뒤따르고 말들은 헤엄쳐 건너고 있었다.

"자네 참 이번에 돌아가문 혼례를 올리능가?"

"가봐야지오다."

"그 각시 이름이 뭐더라?"

"상아올세다."

"그래. 상아가 오래전에 우리 집에 와서 패독산 지어간 일이 있지."

"뉘기 앓았는데?"

능소는 정신이 바짝 들었다.

"가아 에미가 감기에 들레서 …. 그 후에는 앙이 오는 거 봉이 모두 무탈한가 봐."

"언저게 일이오다?"

"가만있자, 가슬은 앙이구, 여름인가 봄인가 …."

잔인한 유언 249

배들은 강가에 닿았다. 호송병들은 먼저 뛰어내려 헤엄쳐 건너온 말을 끌어오고 배에서 수레를 들어 내리고 분주히 서둘렀다. 부리나케 말에 수레를 메우고는 다시 배에 올라 걷지 못하는 부상자들부터 업어 나르고 나머지는 겨드랑이에 팔을 넣어 부축했다. 능소는 지팡이를 짚고 제 발로 걸어 마차에 올라탔다.

"나는 우리 고구려 병사들이 움직이는 걸 보문 저절로 기운이 난단 말이야."

마차 안 옆자리에 앉은 의원이 한마디 했다.

"번개 같다구 할까."

10여 대의 마차 행렬은 천천히 움직이기 시작했다. 요동성까지 앞으로 3백 리, 빠른 말로 달리면 하룻길이었으나 병든 사람들을 실은 마차는 느릿느릿 남진(南進)을 계속했다. 오정의 햇살이 넓은 벌판을 덮고 동남에서 불어오는 바람은 지난해의 마른 잎사귀를 날리며 지나갔으나 겨울 같은 무서운 기운은 없었다. 능소는 봄을 느끼면서 지평선 너머 고향 옥저마을을 생각했다.

길에는 가끔 대소의 기병 집단이 스쳐갈 뿐 일반 사람들은 볼 수 없었다. 지나가는 마을에서는 개도 짖지 않고 밭에서 모이를 찾는 닭의 모습도 보이지 않았다. 모두가 일찍이 본 글안마을같이 버림받은 황량한 정경이었다. 그러나 연도의 역참마다 병사들은 활기 있게 움직이고 밤에 당도한 데서는 더운 음식에 따뜻한 방을 마련해 놓고 맞아주었다. 만나는 병사마다 고맙다, 수고했다는 말을 잊지 않고 잠든 연후에도 방마다 한 명씩 자지 않고 시중을 들어주었다. 밤중에 깬 능소는 목이 말랐다.

"이봐, 물을 좀 줄 쉬 없을까?"

불편한 몸을 애써 일으키는데 촛불을 켜놓고 걸상에 앉았던 병사가 얼른 다가왔다.

"더운물입니까, 찬물입니까?"

"방이 더워서 … 찬물을 줘."

병사는 밖에 나가 주발에 물을 떠 들고 들어왔다. 능소는 한 모금 마시다가 물었다.

"이거 꿀물이 앙이야?"

"네. 좋지 않으시면 다시 떠오겠습니다."

"그런 게 앙이구, 나만 이래서 미안하재잉야?"

"아닙니다. 을지문덕 장군의 명령으로 전국 역참마다 부상자들을 위한 꿀이 마련돼 있습니다."

"그래 …."

능소는 꿀맛을 음미하면서 천천히 마시고 자리에 도로 누웠다. 부상한 자기들을 보고 나라의 은인이라고 하던 장군의 말씀은 겉치레가 아니었다. 그는 흐뭇한 마음으로 다시 잠이 들었다.

이튿날 새벽에 기동한 마차들은 하루 종일 남으로 전진하여 저녁놀이 비친 소요하(小遼河: 渾河)를 건너 밤중에 역관에 들었다. 식사 후 한 팔을 베고 비스듬히 누웠는데 밖에서 말굽소리가 요란하게 울리고 사람들이 이리저리 뛰더니 한 병사가 들어와 방안에 지켜 앉은 병사에게 귀엣말로 속삭였다.

"약광 장군이 오셨다."

옆에서 듣고 있던 능소는 문간에 가서 신발을 신고 일어섰다. 구석의 지팡이를 잡고 문을 나서려는데 횃불을 쳐든 역장이 약광을 인도하고 대문을 들어섰다. 천천히 마당에 내려서 인사하려고 했으나 장군은 그의 두 어깨를 잡았다.

"좀 어떠냐?"

"많이 나았습네다."

"두루 바빠서 그만 … 어서 들어가 보자."

장군은 능소의 겨드랑이를 끼고 방 안에 들어섰다. 부상자들은 앉은 자세로 머리를 숙이고 약광은 신발을 벗었다. 가운데 들어와 앉은 장군은 일일이 부상자들의 증상을 물었다.

"모두들 앞으로도 상당히 오래 걸리겠구나."

장군의 얼굴에는 걱정하는 빛이 있었다.

"너희들 가운데는 다시 군에 들어오지 못할 사람도 있을 게다. 이것을 나와 마지막 작별이라고 생각지 말고 소식도 전하고 찾아도 오너라."

가물거리는 촛불 아래 부상자들은 고개를 떨어뜨리고 침묵이 흘렀다. 능소는 침을 삼키고 물었다.

"멀리 댕게오셨습네까?"

"응, 을지문덕 장군과 연자발 장군을 따라 동북 제성(諸城)을 돌아보고 오는 길이다. 북으로 부여성〔扶餘城: 장춘(長春) 북방 농안(農安) 부근〕까지 갔다가 다시 남하해서 국내성까지 수십 개 성을 돌아다니면서 검토해 봤지마는 모든 것이 완벽하다. 너희들은 안심해도 좋다."

장군은 속 시원히 대답했다.

"적은 지금 어디꺼지 왔습네까?"

"아직도 발착수 언저리에 있다."

"언제쯤 쳐들어올 것 같습네까?"

"곧 올 게다. 너희들이 무여라 성을 떠날 때는 어김없이 전송한다던 것이 이렇게 됐구나. 오늘밤 같이 자면서 얘기라도 하고 싶지마는 일이 급해서 이제 또 가봐야겠다."

장군은 문간에 가서 신발을 신고 일어섰다. 부상자들은 불편한 몸을 벽에 기대고 일어서 그를 전송했다.

"그럼 잘 있어라."

앞에 선 부상자들의 어깨에 손을 얹었던 장군은 방안을 향해 한마디 남기고 문밖으로 나갔다. 다시 역장의 횃불을 따라 멀어져 가는 그의 뒷모습을 지켜보면서 부상자들의 눈에는 눈물이 고였다.

문을 닫고 저마다 자리에 들었으나 잠이 오지 않는 양 부스럭거리고 간간이 한숨소리가 들렸다. 약광 장군과 더불어 군인생활은 어둠 속으로 사라져갔고, 그렇다고 앞날이 확실하게 보이는 것도 아니었다. 어쩌면 절름발이나 외팔이로 긴 인생항로를 응달에서 보내게 될지도 모른다는 불안감이 새삼 감돌고 있었다. 능소는 그런 일보다도 내일이면 만나게 될 정든 사람들을 생각하면 가슴이 설레면서도 어쩐지 불안했다. 행여 무슨 일이 있지나 않았을까.

다음날도 마차의 행렬은 넓은 벌판에 남북으로 뚫린 군도(軍道)를 천천히 남하하여 대량수〔大梁水: 태자하(太子河)〕를 건널 무렵에는 이미 밤이 깊었다. 호송병들은 횃불로 뱃길을 비추며 부상자들을 건네고 마차에 옮겼다.

능소는 불에 비친 물결에 억만 가지 생각이 스쳐갔다. 어린 시절 여름철이면 친구들과 이 물가에서 종일 헤엄을 치고, 날이 저물어 둑에 찾아 나온 어머니가 큰소리로 불러서야 비로소 옷을 주워 입고 앞을 다투어 뛰어가곤 했다. 철이 들어서는 반디(그물의 일종)를 들고 이 강가에 드나들었다. 봄철 이맘때만 되면 넓적돌 밑에서 아직도 겨울의 긴 잠을 깨지 못한 버들치며 뚝쟁이를 잡는 재미는 이루 말할 수 없었다. 지렛대로 돌을 움찔거리면 한데 얽혀 겨울을 지낸 고기들은 놀라 흩어진다는 것이 대개는 반디 속으로 몰려들기 일쑤였다. 언젠가 예신제날 강에 친 발에 송어가 무더기로 걸려 상아가 기뻐하던 일, 그날 밤 보름달 아래 벌어진 윤무(輪舞)의 정경, 추억은 꼬리를 물었다.

마차들은 곧 움직이기 시작하고 얼마 안 가 좌편 저만큼 옥저마을의 지붕들이 어둠 속에 나타났다. 사람의 소리도 개 짖는 소리도 들리지 않았으나 한 군데 불이 비치는 집이 있었다. 모두들 성안으로 이사 했다는데 다니러 온 것일까, 아니면 마을에도 교대로 파수를 둔 것일까? 눈여겨보아도 자기 집이나 상아네 집 근처에는 불빛이 없었다. 될 수만 있다면 잠시 내려 둘러보고 싶었으나 그럴 수도 없었다. 그는 마차 위에서 온 마을이 어둠 속에 잠겨 버릴 때까지 고개를 돌리지 않았다.

요동성 북문에 당도할 무렵에는 자정이 넘었다. 문밖에는 처려근지 이하 군관들이 앞줄에 도열하고 뒤에는 일반 사람들이 횃불을 치켜들고 그들을 기다리고 있었다. 처려근지와 군관들은 멈춰선 마차들을 일일이 찾아 위로하고 일반 사람들은 제자리에 선 채 혹시 있을지도 모르는 아들과 동생 친지의 얼굴을 찾아 두리번거렸다. 마차에 앉은 부상자들도 열심히 사람들을 훑어보았다. 능소는 군중 속에 어김없이 끼어 있을 상아의 얼굴, 두 어머니의 얼굴을 찾아 눈을 굴렸다. 아들을 찾은 아버지의 환성, 어머니를 찾은 아들의 반가운 목소리가 군중과 마차 행렬 사이에서 연달아 오가건만 상아도 두 어머니도 보이지 않고 횃불에 비친 우만 노인의 주름진 얼굴이 사람들 사이에서 자기를 보고 외쳤다.

"이 사람아, 능소!"

능소는 손만 흔들고 대답하지 않았다. 가슴이 텅 빈 것 같고 무어라고 할 기분이 나지 않았다.

처려근지와 군관들이 인도하는 가운데 마차들은 성문으로 움직여 들어가고 횃불을 든 사람들은 옆을 따라오며 자기의 혈육과 오래간만의 회포를 풀었다. 늙은 우만 노인도 얼굴에 미소를 잃지 않고 그에게 다가오려고 했으나 사람들에 밀려 겉돌기만 했다.

마차들은 처려근지 처소 못 미쳐 길가의 큰 기와집 앞에 서고 호송병들은 부상자들을 부축하여 넓은 방으로 들어갔다. 처려근지는 미리 마련된 음식을 그들과 같이 들면서 노하, 회원진 전투 얘기를 하고 그들의 공을 다시금 치하했다. 전투의 전모는 참가한 당자들보다도 더 자세히 알고, 적은 1백만 군대의 석 달 양식을 잃었다고 했다. 이 집은 부상자들을 위해서 지었고 갖가지 약이며 훌륭한 의원들이 있으니 안심하고 쉴 것이며 걱정되는 일이 있으면 언제든지 자기를 찾아오라고도 했다.

식사를 마치고 일어선 처려근지는 만약 성안에 집이 있는 사람으로 자기 집에서 치료를 받고 싶은 사람이 있으면 그렇게 해도 무방하다고 한마디 남기고 돌아갔다.

능소는 뒤에 남은 군관에게 집에서 치료를 받겠다고 얘기하고 밖으로 나왔다. 길가에는 아직도 사람들이 그대로 서성거리며 안에서 나올 부상자들을 기다리고 있었다. 우만 노인은 불 꺼진 횃불을 한 손에 들고 다가와 나머지 손으로 그의 팔을 잡았다.

"20인장이 됐네 … 그래 어디메를 다쳤능가?"

"머리하구 옆구리를 다쳤는데 머리는 다 나았구 옆구리가 아즉 덜 나았소다."

"상처는 만지지 말아야 하네."

"그동안 동네 일루 얼매나 고생하셨소다."

"나야 무슨 고생인가 … 어망이 소식은 들었겠지?"

능소는 가슴이 철렁했다.

"우리 어망이 어떻게 됐소다?"

"가슴이 아파서 약을 쓰구 있네."

"가보시기오다."

우만 노인은 지팡이로 힘들게 걷는 그의 겨드랑이에 팔을 넣으려고 했으나 능소는 사양했다.

"괜채이오다."

"우리 마을에서 상아너어 모여(녀)를 못 만났능가?"

"마을에 있소다?"

"난 만난 줄만 알구 … 청명(淸明)이 내일이라, 좀 이르기는 하지마는 가까운 마을 사람덜은 씨를 뿌리구 오라는 영이 내레서 어제 아츰에 마을로 돌아갔네."

"예에 …."

"자네 오는 줄 알문 얼매나 반가와하겠능가? 늘 못 잊어서 지다렜는데."

"아바이는 마을로 앙이 돌아가시오다?"

"나도 갔다가 볼일이 있어서 아께 석양에 댕기러 왔네. 이 밤으로 갈 건데 부상자덜이 돌아온다기에 혹시나 해서 남았덩이 정말 자네가 오재이겠능가 …."

"아슴채이오다."

"아츰에 가문 소식 전함세."

고향에 돌아오는 날의 정경은 몇 번이고 머리에 그려 보았건만 이렇게 서글픈 귀향(歸鄕)은 미처 생각지 못했었다. 그는 달 없는 밤길에 지팡이를 천천히 놀리면서 허전한 마음을 어찌할 길이 없었다.

우만 노인이 앞장서 바당문을 열고 외쳤다.

"능소가 왔소. 20인장이오, 20인장."

"아이구—."

가까스로 일어나 앉는 어머니의 모습이 등잔불에 비치고 옆에 앉았던 낯선 여인은 얼른 일어나 밖으로 사라졌다. 돌보아 주는 이웃인 모양이었다. 우만 노인은 부뚜막에 걸터앉고 능소는 정지에 올라가 어머니 앞에 엎드렸다.

"네가 … 왔구나."

아들의 손을 잡은 어머니는 더 말을 잇지 못했다. 흰 머리가 부쩍 늘고 뼈와 가죽만 남은 어머니는 아주 작아 보였다.

"숨이 몹시 차오다?"

"응. 그래도 … 널 봉이 … 숨이 화알 나오는 것 같다. … 어째 막대(지팡이)를 … 짚었니야?"

"옆구리를 다쳐서. 거진 다 나았응이 염려 없소다."

"얼매나 … 아팠겠니야. 그 몹쓸 되놈덜이 … 어디 … 좀 보자."

어머니는 그의 옆구리에 손을 가져왔다. 어릴 때, 넘어져서 무릎을 다치고 울며 뛰어든 자기를 어루만져 주던 바로 그 가슴 아픈 표정과 목소리였다. 능소는 어머니의 손을 잡았다.

"아뭉지도 앙잉걸 가주구, 내일 아츰에 보시오다."

부뚜막에 앉았던 우만 노인이 일어섰다.

"이제 난 가보겠네."

능소도 옆구리를 짚고 일어섰다.

"발써 가시오다?"

"잠깐 눈을 붙였다가 마을로 떠나야겠네. 가는 즉시로 상아를 보낼게."

뒤에서 어머니의 찢는 듯한 목소리가 울렸다.

"앙이 되오다. … 보내지 … 마시오다."

능소는 휙 돌아보았다. 두 눈이 빛나고 숨이 차서 어깨가 들먹거리고 있었다. 우만 노인은 알 수 없다는 얼굴로 보고만 있었다.

"왜 그러시오다?"

능소가 물었다. 표독스럽다고밖에 할 수 없는 태도는 일찍이 어머니에게는 없던 일이었다.

"다 생각이 있다. … 아바이, 우리 능소가 … 왔다는 얘기도 … 하지 마시오다."

우만 노인은 능소를 쳐다보았다. 고개를 돌린 능소는 입을 벌리고 어찌할 바를 몰랐다. 노인은 어머니와 아들을 번갈아 보다가 돌아섰다.
"그럼 다덜 몸조심하오."
"안영히 가시오다."
부뚜막에서 노인을 전송한 능소는 제자리에 돌아와 어머니를 도로 누이고 베개를 받쳐드렸다.
"죽기 전에 … 널 만났응이 … 한이 없다."
어머니는 머리맡에 앉은 아들의 손을 잡고 쳐다보았다.
"돌아가시기는. 인차(곧) 나슬(나을) 게오다."
"내가 … 다 안다. 메칠이 … 앙이다."
"마음 푹 놓으시오다."
"네게 … 얘기하기 전에는 … 죽어도 … 눈을 … 못 감을 사연이 있다."
불길한 예감에 능소는 가슴이 뛰었다.
"너 … 그 갈라 … 잊어버레라."
"무슨 말씀이오다?"
"상아 갈라 … 말이다. 성한 줄 아니? … 다 틀렸다."
능소는 어머니에게 잡힌 손을 슬그머니 빼어 찍찍거리는 등잔의 심지를 끄집어 올리고 바당 벽에 걸린 밧줄을 주시하며 애써 마음을 가라앉혔다.
"너 … 내 말을 … 앙이 곧이듣는구나."
"무슨 일이 있었소다?"
그는 눈길을 돌리지 않았다.
"작년 봄이다. 제 에미가 … 몸살이 나서 … 고개 너메 … 약 지을라 보냈덩이 … 일은 거기서 … 틀어졌단 말이다."
의원이 상아가 패독산을 지어갔다고 하던 얘기가 머리에 떠올랐다. 그는 고개를 돌려 어머니를 내려다보았다. 바로 지금 억울한 일을 당한 양 어머니는 분노에 떨고 있었다.

"내 눈으로 … 똑똑히 봤다."

능소는 저도 모르게 큰소리를 치고 일어섰다.

"그 늙은 눔의 간나새끼 능청맞게, 당장 가서 없애 베레야지."

"앙이다, … 의원이 앙이다."

어머니는 그의 발목을 잡았다.

"그럼 어떤 눔의 새끼오다?"

그는 치를 떨었다.

"앉아라. 지금 … 여기 … 없다."

능소는 주저앉았다. 어머니는 잔기침을 하고 아들의 무서운 얼굴을 쳐다보았다.

"모르기는 몰라도 … 지루란 아아 … 틀림없다."

"똑똑히 봤다멘서 모르기는 모르당이 무슨 말씀이오다?"

"상아 갈라 … 치매가 쯔저지구 … 뒤통수에 가랑잎이 … 달라붙구 … 셍펜(형편)이 없더라."

능소는 이를 갈았다. 전부터 쫓아다니더니 자기가 없는 사이에 기어이 일을 치고 말았다. 무여라 성에서 만났을 때의 태도가 눈앞에 되살아나고 더욱 화가 치밀었다.

"그럼 어째 그눔알 가만뒀소다?"

"뉘긴지 … 알았니야?"

"셍펜없었다멘서도."

"글쎄 … 갈라가 … 셍펜없었지 … 어떤 아안지 몰랐다. 그 후에 … 가만히 봉이 … 지루란 아아 … 틀림없더라."

어머니의 얘기는 근거가 있으면서도 어딘가 모호했다. 확실한 근거보다 모호한 점이 더욱 모호하기를 바라는 마음이 간절했다.

"어떻게 지루란 걸 알았소다?"

잔인한 유언 259

"눈치를 보문… 안다."

"눈치가 어쨌는데?"

"보문… 다 안다."

어머니는 모로 돌아누워 가슴을 움켜쥐었다. 능소는 저고리 밑으로 손을 넣어 어머니의 잔등을 쓰다듬었다. 앙상한 뼈대 위로 가죽이 밀리고 살점은 하나도 잡히지 않았다. 쇠잔할 대로 쇠잔한 몸에서 예전의 굳세던 마음도 지쳐 갈피를 잡지 못하는 것 같았다. 어쩌면 애매한 상아를 흰눈으로 보고 트집을 잡는 것이 아닌가 하는 생각도 해 보았다. 턱없이 며느리를 들볶는 시어머니의 경우는 이웃에도 몇 군데 있었다. 그러나 곡절이 있는 것만은 어김없었다.

"오죽하면… 한집에 살다가… 이렇게 갈라져 나와… 옆집 신세를… 지겠니야? 딴 집 달라구… 관가에 가서… 사흘 졸랐다."

진정한 어머니는 돌아누운 채 중얼거렸다. 기진한 모습에 능소는 될수록 말을 피하기로 했다.

"알았소다. 이제 그만 쉬시오다."

"갈라는… 성한 갈라 앙이다. 지루란 아아는… 사람도 앙이구. 내 정신 봐… 혹시 네가… 오문 준다구… 닭을 잡아 놨는데."

능소는 일어나려고 움찔거리는 어머니를 붙잡았다.

"아께 처려근지랑 잘 먹었소다. 뒀다가 아츰에 먹지오다."

"그래. 처려근지가… 음식을 대접하덩이? 그래야지… 20인장인데."

어머니의 목소리에는 만족의 여운이 있었으나 꺼지는 등불같이 아물거리는 목숨은 그대로 눈에 보이는 듯했다.

"이제는… 더 전쟁에… 앙이 가겠지?"

어머니는 아직도 잔등을 쓰다듬고 있는 아들의 손을 잡았다.

어머니는 능소의 손을 잡은 채 잠들기 시작했다. 그는 오래도록 움직이지 않고 귀를 기울여 어린 아기같이 가냘픈 숨소리를 세다가 어머니가 걸어온 고달픈 길을 머리에 그렸다. 그것은 겨울바람에 홀로 굴러가는 낙엽의 역정(歷程)과 흡사했고 이제 그 역정마저 끝장이 보이고 있었다. 모로 누운 어머니의 얼굴은 그의 흐린 안막에 희미해지고 상아의 얼굴이 겹쳐졌다.

그는 눈을 감았다. 무슨 까닭인지 옛일 가운데서도 억울한 일들만 스쳐가고 비오는 밤에 죽은 미루의 머리를 자르던 일이 생생하게 떠올랐다. 이미 지나간 죽음과 각각으로 다가오는 죽음 또 언젠가 자기도 치러야 할 죽음을 생각하면 삶에 비해서 죽는다는 것은 기막히게 단순했다. 상아가 날 배반해? 죽여 없애는 것은 문제가 아니었다.

그는 손을 빼어 어머니의 어깨에 이불을 끌어 덮어드리고 옆에 누웠다.

아침에 의원이 왔을 때는 정신이 똑똑하고 미음도 제대로 들던 어머니가 오정이 지나서부터 숨소리가 고르지 못하고 가끔 혼수상태에 빠졌다. 시중을 들던 이웃 여인이 나서는 것을 마다하고 굳이 의원을 찾아갔으나 자리를 뜨려고 하지 않았다. 가봐야 소용없고 오늘밤을 넘기기 어렵겠다면서 청심환(淸心丸) 몇 알을 내주었다.

약을 받아들고 돌아서니 해는 서문 누각으로 기울고 집집마다 저녁밥을 짓는 연기가 바람을 따라 모로 비껴 오르고 있었다. 세상이 이렇게 우울하고 인간이 이렇게 무력할 수는 없었다. 그는 지팡이를 놀려 골목을 돌아 대로에 나섰다.

군복의 병사들이 오가는 길을 걷다가 옆길로 꺾어드는데 뒤에서 뛰어오는 발자국 소리와 함께 부르는 소리가 들렸다.

"능소 아잉야?"

그는 발을 멈추고 돌아섰다. 상아가 숨을 허덕이며 달려와서 그의 팔에 매달리고 조금 떨어져 그의 어머니가 바쁜 걸음으로 쫓아왔다.

"우만 아바이한테서 들었네."

상아는 좋아서 어쩔 줄 모르고 그를 쳐다보았다. 팔을 잡은 손은 터서 여러 군데 핏줄이 달리고 바람에 머리칼을 날리는 얼굴은 지칠 대로 지친 표정이었다. 분노와 연민, 증오와 애정이 엇갈린 착잡한 감정으로 능소는 그를 내려다보기만 했다. 쳐다보던 상아는 얼굴에서 웃음이 사라지고 뒤따라 당도한 어머니에게 길을 비켜 한걸음 물러섰다.

"그동안 안영하셌소다?"

능소는 인사를 올렸으나 그의 얼굴에는 표정이 없었다.

"그래 얼매나 고생했능가? 상처꺼지 입구."

"대단채이오다."

어머니는 곁눈으로 딸의 안색을 살피다가 물었다.

"어망이는 좀 어떤가?"

"오늘밤을 넹기기 어렙답네다."

"오래간만에 와서 정새(경황) 없겠네."

어머니는 다시 한 번 딸에게 눈길을 던지고 앞장서 걸음을 재촉했다.

"내가 만저 들어가 봐야지."

"어망이 그렇게 대단해?"

걸음을 옮기는 그의 옆에 다가선 상아가 물었다.

"응."

상아는 한 팔을 부축하려고 겨드랑이에 손을 넣었으나 능소는 뿌리쳤다.

"혼자 걷게 내베레 둬."

상아는 고개를 떨어뜨리고 걷다가 앞을 가로막고 섰다.

"능소, 어망이한테 무슨 소릴 들었지?"

능소는 대답하지 않았다. 상아의 맑은 눈에서 불이 일었다.

"정말인 줄 아는구나!"

"너 따위는 쬑에서 없애 베린다."

"사람덜이 이렇게 치사할 줄은 몰랐어. 맘대로 해."

상아는 그의 옆을 휙 지나 골목을 돌아가 버렸다. 사정을 들어보지도 않고 성급하게 굴었다는 회한(悔恨)이 머리를 쳐들었다. 그렇다고 당장 어쩔 수도 없어 발길을 돌리고 말았다.

상아의 어머니는 혼수상태에 있는 어머니 옆에 홀로 앉아 있었다. 바당에 들어서 신발을 벗고 옆에 올라와 앉을 때까지 유심히 뜯어보면서도 입을 열지 않았다. 능소는 더운 물에 청심환을 풀어 숟가락으로 어머니의 입에 떠 넣었다. 약물은 목으로 넘어가지 않고 옆으로 흘러 베개에 떨어졌다. 상아의 어머니가 자기 치맛자락으로 어머니의 얼굴을 닦으면서 물었다.

"상아는 어디메 갔능가?"

"모르겠소다."

그는 어머니의 손목을 잡고 고개를 돌리지 않았다. 맥은 크게 치다가도 잠잠해지고 또 크게 쳤다.

"이 정새에 무슨 말을 하겠능가마는 상아를 괄세하문 죄를 받네. 가보구 와야지."

상아의 어머니가 일어서자 능소도 따라 일어섰으나 아무 말도 하지 않았다. 바당에 내려서 신발을 신고 문을 밀던 상아의 어머니가 돌아섰다.

"자네 가아 보구 뭐라구 앙이 했능가?"

능소는 잠자코 눈길을 돌렸다.

"아무래도 좋네마는 생사람을 잡아서는 앙이 되네."

상아의 어머니는 문을 닫고 나가 버렸다. 능소는 꼼짝 않는 어머니의 옆에 도로 앉아 차츰 어둠이 짙어가는 창살을 바라보았다.

밤이 어지간히 깊어서 함지에 식사를 이고 온 상아의 어머니는 상을 차려 그의 앞에 밀어 놓고도 한마디 말이 없었다. 그를 외면하고 어머니의 옆에 앉아 약을 풀어 떠 넣는 얼굴에는 노기가 서려 있었다. 능소는 내키지 않아 국만 들고 나서 누워 있는 어머니를 사이에 두고 그와 마주 앉았다. 세상에 이처럼 슬픈 일, 답답한 일, 거북한 일이 한꺼번에 밀어닥칠 수는 없었다. 밤이 깊어가고 새날이 닥쳐와도 무거운 침묵은 그대로 계속되었다.

첫닭의 울음소리가 여기저기서 들리는 가운데 어머니는 눈을 활짝 뜨고 가쁜 숨을 몰아쉬었다. 능소는 부둥켜안고 가슴에 손을 넣었다. 숨통은 크게 몇 번 치고는 아주 멎어 버리고 싸늘한 기운이 퍼지기 시작했다. 설움이 북받치고 소리 없는 눈물이 어머니의 얼굴을 적시고 흘러서 자리에 떨어졌다. 맞은편에 앉았던 상아의 어머니는 어머니의 치뜬 눈을 감겨주고 턱을 받치며 흐느껴 울었다.

종시 얼굴을 보이지 않던 상아도 장례날에는 나타나 부지런히 일을 거들었다. 군대에서 내준 마차에 어머니의 관을 싣고 옥저마을로 돌아올 때는 뒷자리에 앉아 있었다. 그러나 항시 눈길을 피하고 누구와도 말을 주고받는 일이 없었다.

마을에서는 우만 노인의 지휘로 모두 나와 상여를 맞아 주었고 반나절 일을 쉬고 양지바른 언덕 아버지 산소 옆에 무덤을 파주고 잔디도 떠왔다. 홀쭉한 지루의 아버지도 모습을 보였다. 상아는 함께 잔디를 입히면서 자기의 칭찬, 능소의 칭찬을 늘어놓는 아낙네들과도 말을 하지 않았다. 성분이 끝나고 제사를 드릴 때는 홀로 멀찌감치 떨어져 마을을 내려다보고 서 있었다.

동네 사람들은 흩어져 내려가고 마지막 남은 우만 노인이 그의 옆에 다가가 서녘 하늘의 저녁놀을 가리키며 무어라고 말할 때 비로소 몇 마디 대답했다. 능소는 노인과 나란히 선 상아의 옆모습을 바라보다가 지팡이로 절름거리며 아버지의 무덤을 한 바퀴 돌았다. 가장자리에 난 소 발자국을 손으로 흙을 긁어 메우고 일어섰다. 상아의 어머니가 어머니의 무덤 앞에서 제상을 도로 챙겨 광주리에 담아 놓고 손짓으로 불렀다. 그는 옆에 가서 앉았다.

"여기 돌아가신 자네 어망이는 생전에 상아를 오해하고 있었네. … 상아한테서 자세한 얘기를 들어보게. 칭찬받을 일이지 오해받을 일이 앙이네. 나 같은 게 뭘 알겠능가마는 세상일은 외곬으로 듣고 외곬으로 보아서는 앙이 되네."

"알아듣겠소다."

상아의 어머니는 광주리를 이고 일어섰다.

"어둡기 전에 내려가 봐야지."

상아가 달려와 받아 이려는 것을 굳이 뿌리치고 어머니는 우만 노인을 불렀다.

"아바이 같이 가오다. 오늘 지악은 우리 집에서 잡숫구."

어머니와 함께 앞을 가는 노인의 말소리가 들렸다.

"마을 사람덜이 합의를 봤소. 두 집 씨앗은 공동으로 뿌리기로 말이오. 그렁이 능소나 잘 돌봐주오."

"그래서야 쓰오다? 기왕 왔응이 내일부터 또 일해야지오다."

"앙이오. 부상병 돌보는 건 더 큰일이오."

능소는 그 뒤에 고개를 숙이고 가는 상아를 따라잡고 한동안 잠자코 걷다가 속삭였다.

"내가 지나쳤던가 봐. 미안해."

"미안한지 앙이 한지는 얘기를 들어봐야 알 게 앙이야?"

상아의 대답은 쌀쌀했다.

"덮어놓구 윽박지르구, 덮어놓구 사과하구, 난 능소가 그럼 사램인 줄 몰랐어."

잔인한 유언 265

그는 대답할 말이 없었다.
"있다가 다 얘기할께 듣구 나서 결판을 내잔 말이야."
능소는 죄를 짓고 끌려가는 심사였다.

욕망과 갈등의 나날

　지루는 요동성 처려근지〔處閭近支: 성(城)의 최고책임자〕가 친히 불러 을지문덕 장군의 궁병으로 들어가라고 할 때부터 세상이 달라졌다. 젊은 군관 연개소문 지휘하에 궁병 1백 명이 장군의 앞을 달리고 뒤에는 창병(槍兵) 1백 명이 따르는 행렬이 나타나기만 하면 어느 성에서나 바람이 일어났다. 온 성이 마중 나오고 검열이 있고, 손님으로 대접을 받았다.
　어디 가나 건드리는 자가 없고 10인장이니 20인장은 눈에 차지 않고 낮은 군관 정도는 부러울 것도 없었다. 한 가지 안 된 것은 다른 병사들의 눈초리가 새로 들어온 자기에게 싸늘한 것이었다. 멋대로 놀라지. 그런 것쯤은 상관없었다.
　시초부터 나쁘지 않았다. 요동성에서 임명되어 처음 찾아간 것이 무여라 성이었는데 을지문덕 장군과 더불어 능소란 놈이 앞에 나타난 것이다. 어떻게 못났으면 똥되놈의 창에 찔려 앉은뱅이도 못 되는 누운뱅이처럼 자빠져 있단 말이냐? 바로 거기 나타났으니 말은 다 했다.

주제에 지루야 어쩌구? 어림도 없지. 언젠가는 너는 내 손에 없어질 줄만 알아라. 너뿐이 아니다. 미쳐 돌아가는 갈라두 없다. 앙칼진 것이 어디다 대구 칼질이냐 말이다. 똥되놈들이 싹 쓰러지면 이튿날은 너희들이 죽는다 생각하면 어김없다.

조국 고구려의 천하를 두루 돌아다니기도 처음이었다. 을지문덕·연자발·약광 세 장군을 한꺼번에 모시고 무여라 성을 떠나 북으로 천리를 달려 부여성(扶餘城)에 이르렀을 때도 그다지 나쁘지 않았다. 서북으로 침상같이 돌아간 나지막한 연산(連山)이나 그 앞 동남으로 트인 벌판은 하얀 눈으로 덮이고 산에 의지한 성벽에는 갖가지 깃발이 휘날리고 있었다. 먼 옛날 우리 조상들이 여기서 일어나 왕국을 건설한 얘기며, 동명성왕도 여기 살다가 남으로 탈출하여 고구려를 세웠다는 얘기를 생각하면서 그는 주위를 살폈다.

20리쯤 될까, 동쪽에도 남북으로 달린 낮은 산봉우리들이 보였으나 서남으로 뻗은 벌판은 끝을 알 수 없고, 눈 속에 내민 조며 수수 그루들이 굵직굵직했다. 남문 밖에는 처려근지 이하 군관들이 고깔에 깃을 단 정장으로 부하들을 지휘하여 도열하고 성안으로 뻗은 대로 양 옆에는 백성들이 빽빽이 몰려서서 기다리고 있었다. 대장군 앞을 달리는 궁병 중에서도 맨 앞에서, 늘어선 장병들을 훑어보며 성문으로 들어갈 때의 감회는 사람이라고 다 경험할 수 있는 일이 아니었다. 누구보다도 능소와 상아가 여기 없는 것이 한이었다. 이 순간의 자기를 보기만 해도 코가 납작해질 것이었다.

성에서 두 밤을 묵는 동안 을지문덕 장군은 처려근지와 군관들을 거느리고 성의 안팎을 두루 돌아보고 병사들과 무기를 자세히 검열했다. 여기도 요동성과 마찬가지로 성벽 아래위에는 돌투성이고 집집마다 땔나무가 더미로 쌓여 있었다. 여러 채를 차지한 야장간에서는 수십 명의 야장들이 칼이며 창을 불리고 달구지에 실은 쇳덩이들이 쉬지 않고 들어왔다.

　떠나는 날 아침에 장군들은 이 성의 군관들과 오랜 시간 문을 닫아매고 회의를 열었다. 지루는 마침 비번이어서 옛날 부여왕이 살던 대궐터며 사당 등을 구경하고 남 하는 대로 절도 했다. 마주치는 병사들은 부러운 눈초리로 바라보고 청하지 않아도 인도하고 설명해 주었다. 개중에는 어떻게 하면 대장군의 궁병이나 창병이 될 수 있느냐고 묻는 자도 간혹 있었다. 그때마다 지루는 귀신같은 솜씨가 아니고는 아예 생각조차 말라고 엄숙히 선언하는 것을 잊지 않았다. 그런 병사는 더욱 자기를 존경하고 등에 멘 활을 슬쩍 만져 보기도 했다.

　부여성에서 다시 북상하여 염수〔鹽水: 송화강(松花江)〕이북 땅을 돌아보고는 말머리를 돌려 남으로 달렸다. 10여 일 걸려 신성〔新城: 무순(撫順)〕까지 천이백 리 연도의 성들을 살피고 소요하〔小遼河: 혼하(渾河)〕를 건너 현토성에서 일박하고 동남으로 삼백 리를 전진하여 비류수를 건널 무렵에는 캄캄한 밤이었다.

　그들은 강을 건너 모래 벌에 여기저기 모닥불을 피우고 말에서 짐을 내려 장막을 쳤다. 얼마 떨어지지 않은 산기슭의 작은 동네에서는 개가 짖고 창에 비친 불빛에 사람들이 들락날락하는 것이 보였다.

　장막 안에서 쉬는 장군과 군관들에게 식사를 바치고 난 병사들은 말먹이를 주고 나서 끼리끼리 모닥불에 둘러앉아 수수떡이며 콩떡을 불에 구워 요기를 했다. 하늘에는 별들이 반짝이고 북쪽과 달리 뺨을 스치는 바람에는 훨씬 다사로운 기운이 있었다. 지루는 떡을 씹으며 사방을 둘러보았다. 검은 산들이 지척에 다가서고 강물은 돌에 부딪쳐 소리를 내며 어둠 속을 흘러갔다.

　동네에서 횃불을 든 사람들이 몰려 나왔다. 선두의 허리가 꾸부정한 노인은 망건을 두른 위로 상투가 오똑하게 보이고, 뒤를 따르는 아낙네들의 흰 치마가 불빛에 누르스름하게 드러났다. 노인은 앞질러 달리며 짖어대는 삽살개를 달래고, 아이들은 따라오지 말라는 어머니들의 성화에 못 이겨 동구에 처져서 꼽추가 치켜든 횃불 주위에 몰려서 있었다.

"뉘시오?"

다가온 동네 사람들은 발을 멈추고 노인은 횃불을 머리 위로 쳐들어 모닥불에 둘러앉은 사람들을 유심히 보고 물었다.

"군인들이오."

제일 가까이 앉은 병사가 대답했다.

"하, 우리 군인들이구만. 어쩐지 그런 것 같아서 …."

노인은 횃불을 내리고 따라온 아낙네들의 긴장했던 얼굴이 풀렸다.

"우리 군인 아니문 딴 군인도 있소?"

"이 동네에는 가끔 불칙한 말갈 사람들이 밤중에 나타나서 행패를 부린다오."

"어디 사는 놈들인데 그런 짓을 한단 말이오?"

다른 군인이 물었다.

"전에는 없던 일인데 동부에서 많은 말갈군이 이 길을 지나 남으로 가지 않았겠소. 여러 날 두고 몰려갔지요. 그때부터 종종 도망쳐 나온 것들이 못된 짓을 합지요."

"우린 말갈 사람들이 아니니 안심하고 어서 가서 쉬시오."

군인은 내뱉듯이 말하고 손에 쥔 수수떡을 입으로 가져갔다.

"하, 동네에 들어와서 편히 쉬실걸."

"걱정 말고 어서 들어가시오."

노인은 불꽃을 튀기며 돌아서 아낙네들을 앞세우고 동네로 들어갔다. 올 때와는 달리 활기 있게 얘기하는 소리가 들렸다. 그들은 다시 모닥불에 둘러앉아 떡을 씹었다.

식사를 마친 병사들은 마른 나무를 주워다가 불에 얹기도 하고 제자리에 앉아 지나온 성들의 얘기도 하고 더러는 두 손으로 머리를 받치고 모래 위에 드러누워 하늘의 별을 바라보았다.
다시 동네에서 사람들이 나타났다. 이번에는 횃불을 치켜든 아이들과 삽살개들이 앞장서고 동이와 함지를 인 여자들에 이어 노인이 맨 뒤에 따라왔다. 병사들의 시선은 그리로 쏠리고 누웠던 축도 일어났다. 먼저 당도한 삽살개들은 멀거니 서서 모닥불을 지켜보다가 생각난 듯 장막 주위의 어둠 속을 뛰어 다녔다.
앞장서 온 아이들이 돌아서 어머니와 누나들의 길을 비춰주고, 뒤쫓아 온 아낙네들은 횃불에서 튀는 불티를 피하여 조심스레 몸을 가누고 모여든 병사들은 머리에 인 것을 받아 모래 위에 내려놓았다. 동이에서는 강한 술냄새가 풍겨왔다.
"두메라 아무것도 없고, 술이나 한잔씩 드시오. … 이건 군관들께 드릴까 해서 … 누구 좀 통해 줬으면 좋겠는데 … ."
노인은 자그마한 오지단지를 한옆에 끼고 안주와 젓가락이 든 모랭기(작은 함지)를 두 손으로 들고 있었다. 병사들은 마주 보다가 지루를 불렀다.
"햇내기 지루, 네가 가라."
지루는 아니꼬웠으나 노인의 술단지를 넘겨받고 앞에 나섰다.
"가십세다."
횃불을 든 소년을 앞세우고 중앙의 큰 장막으로 걸어가는데 노인이 입을 열었다.
"군관이 몇 분인지도 모르고 이거 …. 높은 군관도 계시오?"
"……."
"장군 되시는 분은 안 계시겠지요?"
"을지문덕 장군이 계시오."
지루는 볼멘소리를 내뱉고 노인은 발을 멈췄다.

"뭐요? 늙은 사람을 놀리문 못 쓰오."

지루도 멈춰 섰다.

"놀리당이? 이게 놀릴 일이오?"

지루는 노인을 똑바로 건너다보았다. 노인은 입을 벌리고 횃불을 든 소년이 큰소리로 물었다.

"아저씨, 정말 을지문덕 장군이야?"

지루가 대답하기 전에 약광 장군이 장막 밖에 나타났다.

"무슨 일이냐?"

"이 동네 사람덜이 술을 대접하겠답네다."

요동성에서 군인으로 뽑힐 때에 말을 건네고는 직접 맞상대하기는 처음이었다. 이번 길에 근 달포나 행동을 같이하면서 눈길이 마주치는 일이 한두 번이 아니었으나 알아보는 것 같지 않았다. 장군이 자기 같은 일개 졸병까지 알 까닭이 없다고 생각했는데 그렇지 않았다.

"지루 이리 와."

지루는 단지를 안은 채 그의 앞으로 다가갔다.

"너 동네에 들어갔지?"

장군은 낮으면서도 성난 목소리였다.

"앙이올세다."

"백성들에게 폐를 끼쳐서는 안 된다는 걸 모르지 않겠지?"

"알구 있습네다."

"그런데 이게 어찌된 일이냐?"

"동네 사람덜이 제 발로 걸어왔지 이쪽에서 달라구 한 게 아입네다."

장군은 주발을 하나씩 받아들고 모닥불 주위에 엉거주춤 서서 이쪽을 주시하는 병사들을 바라보고 말이 없었다. 지루는 불에 비친 그의 얼굴이 꼼짝하지 않는 것을 보고 억울한 누명을 쓰게 된 것이 분했다.

아 새끼들, 이러니까 슬슬 피하고 날 보냈지? 두구 보자. 뒷장막에서 군관들이 몰려나와서 옆으로 다가왔다.

"좋아, 저 노인과 소년을 이리 불러오고 너는 돌아가 병사들더러 술을 마셔도 좋다고 해라."

지루는 단지를 땅에 내려놓고 몇 걸음 물러나와 노인에게 일렀다.

"어서 들어가 보시오."

모랭기를 두 손으로 받쳐 든 노인이 소년의 횃불을 따라 장군 앞으로 나가는 것을 보고 지루는 돌아서 모닥불로 달려왔다.

"마세도 괜채이탄다."

병사들은 환성을 올리며 저마다 주발로 동이의 술을 떠가지고 불 옆에 자리를 잡았다. 여자들은 함지에서 육포를 집어 한 조각씩 그들의 손바닥에 놓아 주었다. 모래 벌에는 불에 굽히는 육포의 냄새와 더불어 활기에 찬 얘기 소리가 퍼져갔다.

"뭘로 빚은 술인데? 아주 별미로구만."

저쪽 가에 앉은 병사가 묻자 뒤에 서 있던 중년 여인이 대답했다.

"기장쌀로 빚었지요."

"이거 잔치 때나 쓰는 술인데 … 아주머니 여기 앉으시오."

지루는 술을 한 모금 마시고 육포를 뜯으며 뒤에 서 있는 십육칠 세의 소녀를 돌아보았다. 둥근 얼굴이 유달리 아름다울 것은 없었으나 복스럽게 생긴 편이었다. 요것도 상아처럼 겉과 속이 달라 요사스러울지 모른다는 생각에 눈길을 돌렸다.

"다리가 아파서 좀 앉겠어요."

소녀는 방긋 웃고 허리를 굽혔다. 지루가 잠자코 옆으로 움직여 자리를 만들자 그는 쪼그리고 앉아 꼬챙이로 불을 뒤적였다.

"잠도 못 자게 이거 안됐다."

옆에 앉은 호리호리한 병사가 말을 걸었다. 소녀는 엉뚱한 것을 물었다.

"뙤놈들과 전쟁이 붙었다는데 모두들 북쪽으로 안 가고 왜 남쪽으로 내려오세요?"

"웅 ―, 그게사 남에도 필요하니까 남으로 가지."

"쫓겨오는 건 아니겠지요?"

소녀는 대담하게 쳐다보았다.

"쫓겨? 우리 고구려군이 그래 똥되눔들한테 쫓길 줄 아냐?"

소녀는 고개를 떨어뜨렸다.

"아시당초에 그런 소리 마라."

"걱정이 돼서 그래요."

"쬐그만 게 나라 걱정 안 해도 된다. 변경에서는 벌써부터 모두 성 안에 들어가고 야단들인데 여긴 다행인 줄만 알아라."

다시 고개를 든 소녀는 조금도 다행스러운 눈치를 보이지 않았다.

"북으로 요동성·부여성부터 쭈욱 훑어 내려왔지마는 끄떡없다. 나라 걱정은 어른들에게 맡기고…."

술기운이 돈 병사는 말이 많았다.

"아저씨, 요동성 잘 아세요?"

"아다마다. 돌아보고 오는 길이라니까."

"그럼 혹시 꺽쇠라는 병정 모르세요? 모두들 키다리라고 불러요."

"키다리… 하도 많은 병정들이라서…."

지루는 키다리라는 소리에 유심히 귀를 기울였으나 입을 열지 않았다. 떠들던 병사는 큰 발견이나 한 듯 별안간 소녀를 건너 그의 옆구리를 찔렀다.

"참 너 지루, 요동성은 네가 환하겠구나."

"뭐 그저 그렇지."

"너 혹시 키다리라는 사나이 못 봤니?"

"보기는 봤지마는 키다리가 한두 사램이야?"
"하긴 그렇구나."
"드렁골에서 온 키다리 모르세요? 여기가 드렁골이에요."
소녀는 그의 입술을 쳐다보았다.
"그 키다리문 얼매 전꺼지 같이 있었지."
억양 없는 대답이었으나 소녀는 큰소리를 질렀다.
"우리 오라버니예요!"
"이 드렁골에 다른 키다리는 없니야?"
"그래 우리 오라버니 잘 있어요?"
"잘 있을 게다."
"지금도 요동성에 있어요?"
"한 달 전까지는 있었다."
"요즘은 통 소식이 없네요. 왜 소식이 없을까요?"
"그게사 내가 어떻게 알겠니야?"
소녀는 새침하고 고개를 돌렸다.
"너 왜 인간이 그렇게 돼 먹었니? … 저런 인간 상대할 것 없다. 오라버니는 틀림없이 잘 있다."
호리호리한 병정이 끼어들었으나 소녀는 응대하지 않았다.
"너 이름은 뭐라고 하니?"
"강선(降仙)이에요."
소녀는 내키지 않는 대답이었다.
"오늘밤은 네 오라버니를 대신해서 내가 어머니 아버지를 찾아뵈야지. 허가를 맡고 올께 …."
병사는 일어서 옷깃을 바로잡았다. 지루는 놀길 잘 논다고 속으로 비웃었다.
"앉으세요. 어머니 아버지는 안 계세요."

소녀는 병사를 쳐다보았다.
"안 계시다니?"
그는 선 채로 물었다. 쳐다보던 소녀는 눈을 내리깔고 힘없이 대답했다.
"아버지는 벌써 돌아가고 어머니도 한 달 전에 돌아갔어요."
"그래…."
병사는 다시 앉았으나 무어라고 해야 할지 엄두가 안 나는 양 꼬챙이를 집어 들고 소녀가 하는 대로 불을 뒤적거리며 한동안 말이 없었다. 병사와 병사, 병사와 여인들 사이에는 시름없는 얘기들이 그치지 않았다.
"그럼 혼자 어떻게 살지?"
그는 고개를 들지 않고 물었다.
"오라버니가 돌아올 때까지 아까 그 노인 댁에 있기로 했어요."
"그래…."
"좋은 사람들이에요. 딸이 셋 있는데 다 시집가고 아들은 군인 나가서 영감 노친만 있어요."
"군인은 어디메 갔는데?"
"그걸 몰라요. 울 오라버니보다 훨씬 늦게 나갔어요."
"이름은 뭔데?"
"올챙이라고 해요."
"허허, 무슨 이름이 그래?"
"하여튼 그래요."
병사는 지루를 돌아보았다.
"애 지루야, 올챙이란 병정은 모르니?"
"모른다."
또 말이 끊어졌다. 지루는 주발에 마지막 남은 술을 마시고 둘을 바라보았다. 하는 수작들이 여간 틀려먹은 것이 아니었다.

어느새 나타났는지 장막에 들어갔던 노인이 뒤에 다가서 소녀를 불렀다.

"강선아!"

불 앞에 앉았던 소녀는 얼른 일어서 노인이 겹쳐 든 빈 단지와 모랭기를 받아들었다. 술이 알맞게 돌아간 노인은 유쾌한 표정이었다. 병사는 일어서 치사를 했다.

"여러 가지로 고맙습니다."

"약소하오 … 그 어른들이 그렇게 자상할 줄은 몰랐소. 은(銀)을 한 냥쭝이나 주시지 않겠소."

"네 …."

"사양하다 못해 이번 예신제에 제물을 마련해서 전쟁에 이기도록 신령님께 치성을 드리겠다고 했소."

노인은 모닥불 옆에 흩어져 있는 아낙네들을 불렀다.

"자, 모두들 들어가야지."

병사들은 밑바닥에 남은 술을 들어 잔을 비우고 여자들은 빈 그릇을 함지에 담아 이고 일어섰다.

"그럼 들어가 봐야겠소. 돼지라도 잡고 싶었지마는 아예 소문을 내지 말라는 바람에 그만 … 그런 어른들 뵙기 쉬운 일이오?"

노인은 한마디 남기고 돌아섰다.

"안녕히 가세요."

강선이도 인사하고 노인을 따라갔다. 병사들은 횃불을 따라 몰려가는 아낙네들을 바라보다가 장막으로 들어갔다.

이튿날 첫새벽에 떠난 그들은 산길 130리를 달려 하오에 국내성 20리 못 미쳐 삼차로(三叉路)에 당도했다. 가파른 산줄기 사이로 뚫린 골짜기마다 시냇물이 흐르고 물가에 무수한 장막들이 늘어섰다. 동남으로 뚫린 벌판에는 고구려 군관들이 지휘하는 말갈 보병 부대가 색다른 깃발들을 날리며 도열하고 국내성 처려근지가 수백 명 기병들의 선두에서 대기하고 있었다.

"말갈병의 주력 1만 명입니다. 나머지는 분부대로 여기서 대행성에 이르는 요지에 분산 배치하고 있습니다."

군례를 올린 처려근지가 을지문덕 장군 앞에 보고했다.

장군은 곧 그의 인도로 연자발·약광 두 장군과 함께 벌판으로 말을 달렸다. 머리를 땋아 길게 뒤로 늘어뜨린 말갈군을 한 바퀴 검열하고 다시 삼차로에 돌아온 장군들은 말을 내려 서로 마주 섰다.

"전에 얘기한 대로 전세(戰勢)에 따라 이들은 장군의 휘하에 들어가게 돼 있소."

을지문덕이 약광에게 일렀다.

"모든 면에서 우리 고구려군과 구분하는 일이 없도록 각별히 조심하오."

"알겠습니다."

을지문덕은 이마에 손을 올려 서산에 기우는 해를 바라보다가 처려근지를 향했다.

"앞길이 바빠서 나는 그냥 가야 하겠소."

"먼 길에 피곤하실 터인데…."

"괜찮소."

을지문덕 장군은 말갈군을 파악하기 위해서 뒤에 남은 연자발, 약광 두 장군의 어깨에 손을 얹었다.

"전쟁이 끝날 때까지 다시 만나기는 어려울 것 같소. 잘 부탁하오."

"노체 안녕하시기를 바랍니다."

두 사람은 노장군 앞에 절하고 일어섰다. 장군이 말에 오르자 군관 연개소문이 재빨리 선두에 나서고 뒤이어 궁병들이 앞장서 달렸다.

장군의 말이 움직이자 대열을 정제하고 대기하던 창병들이 뒤를 따라 전진했다. 서남으로 뚫린 길을 선두에서 달리던 지루는 비탈길을 도는 순간 뒤를 돌아보았다. 제자리에서 움직일 줄 모르는 두 장군과 병사들과 깃발에 비친 저녁놀이 유난히 빛났다.

바위틈으로 비스듬히 내민 소나무가지 사이로 뭇 병사들과 깃발들이 사라지고 연자발 장군에 이어 약광 장군의 모습도 사라졌다. 그는 고개를 돌려 먼 하늘에 깔린 조개구름을 바라보았다. 마지막 낯익은 얼굴과 작별하는 허전함이 없지 않았으나 보다 높은 고장으로 향하는 기대가 앞섰다.

압록강 북안의 성들을 검토하며 사흘 동안에 600리를 달려 대행성〔大行城: 구연성(九連城)〕에서 하룻밤을 자고 해돋이에 배로 압록강을 건넜다. 얘기로만 듣던 압록강 양안에 보이는 산들은 소나무가 빽빽이 들어서고 강둑에는 민들레꽃이 산들바람에 나부꼈다. 추운 고장에서 다사로운 봄의 세계로 들어온 훈훈함이 있었다. 이 한 달 반 동안 자신과 자신을 둘러싼 환경은 눈부시게 변전(變轉)하고 모든 것이 좋은 방향으로 움직이는 것 같았다.

그러나 배가 대안에 닿고 육지를 밟는 순간 마음 한구석에 구름이 일었다. 이 강을 사이에 두고 이제껏 거쳐 온 땅은 광활하고 고구려군은 막강했다. 아무리 생각해도 중국군은 이 강을 건널 힘이 있을 것 같지 않았다.

그렇게 되면 낭패였다. 북에 있는 능소란 놈은 이미 공을 세워 20인장까지 되었는데 부상은 했어도 죽지도 않고 병신도 안 되었다. 싸움터에 나가 쳐들어온 되놈들을 들고 치는 날에는 한바탕 더 올라갈 것이었다. 장군을 따라다니는 바람에 지금은 거드럭거릴 수도 있으나 전쟁이 끝나 모두 고향에 돌아가는 날 나는 여전히 졸병이다. 그것도 안전한 땅에서 놀고먹던 졸병이라고 손가락질을 할 것이다. 능소란

애는 어쩌면 군관쯤 돼 가지고 와서 어깨를 재고 상아, 고것은 아양을 떨고 — 그 꼴을 어떻게 본다? 죽여도 거저 죽이는 것이 아니라 내 앞에 무릎을 꿇게 해야 하고 오욕의 구렁에서 죽게 해야 하는 것이다. 어쩌면 자기는 잘된 것이 아니라 아주 묘하게 얽혀 들었고 잘된 것은 능소였다.

그는 어깨를 늘어뜨리고 물에서 헤어 나온 말로 다가갔다. 어느 틈에 연개소문이 달려와서 앞을 막아섰다.

"뭐야 넌!"

그도 발을 멈췄다.

"왜 지렁이같이 꾸물대느냐 말이다."

"불만이 있습네다."

그는 습성이 되어 버린 억양 없는 목소리로 대답했다.

"불만?"

연개소문의 맑은 눈에서 불꽃이 튀었다.

"저를 싸암터에 보내 주시오다."

"뭐? 싸움터가 어딘데?"

그것은 자기도 몰랐다.

"주제넘은 수작 마라."

"주제넘은 게 앙이구 후방은 싫습네다."

"어디가 후방이고 어디가 전방인지 네가 어떻게 알아? 위에서 다 생각이 있어서 시키는 일인데 다시 한 번 이러쿵저러쿵 하다가는 군율로 다스리겠다."

지루는 하는 수 없이 뛰어가서 말고삐를 잡아끌고 둑에 올라 안장을 얹었다. 아까부터 힐끗힐끗 훔쳐보던 눈매가 부리부리한 병사가 끈을 죄면서 시비를 걸었다.

"너 어드렇게 돼 먹은 놈 아냐? 늘씬하게 얻어맞아야 알겠니?"

"벨눔의 새끼 다 보겠다."

"야 이것 봐라. 전방이다 후방이다 네레 그래 군관이란 말이야?"

"무슨 참견이야?"

"너 같은 반 뙤놈의 새끼가 끼어들 때부터 이상하다 했더니 …."

"반 뙤놈?"

지루는 한 걸음 앞으로 나섰다. 병사는 칠 듯이 주먹을 쳐들었다가 획 돌아서 다시 안장에 손을 댔다. 소리 없이 다가온 연개소문이 둘 사이에 멈춰 섰다. 그는 번갈아 훑어보다가 잠자코 발을 옮겨 다른 병사들이 바삐 서두는 틈으로 사라졌다. 지루는 나지막이 속삭였다.

"두구 보자."

저쪽에서도 일손을 쉬지 않고 속삭였다.

"응 —, 다갈통 깨질 줄만 알아라."

지루는 이 자부터 버릇을 가르쳐야겠다고 생각했다.

남으로 달리는 길가의 밭에는 조, 수수, 콩의 푸른 싹이 돋아 오르고 먼 산에는 아지랑이가 삼삼했다. 북에서 입고 온 군복이 지겹고 등에는 땀이 배었다. 압록강을 떠난 지 반나절, 산모퉁이를 돌자 한 마장 앞에 역관이 나타나고 떠들썩하며 말을 갈아타는 군관과 병사들이 눈에 들어왔다. 그들은 곧 깃발을 앞세우고 연달아 채찍을 퍼부으며 질주하여 왔다. 다가오는 깃발을 유심히 지켜보고 전진하던 연개소문이 별안간 크게 외치고 말에서 뛰어내렸다.

"어명이오!"

뒤를 달리던 을지문덕과 모든 장병들도 말에서 재빨리 내려 대열을 정비했다.

달려오던 일행은 장군 앞에서 말을 내리고 군관이 한 발자국 앞에 나와 숨을 허덕였다.

"그젯밤 마리치〔莫離支: 수상(首相)〕각하께서 별안간 세상을 떠났으니 대장군께서는 황급히 평양성으로 돌아오시라는 어명이십니다."

을지문덕 장군은 숙였던 고개를 쳐들고 병사들은 그의 안색을 살폈다. 군관은 깃발을 내리고 장군에게 예를 올렸다.

"먼 길에 수고하셨습니다."

"마리치께서는 무슨 병환으로 돌아가셨느냐?"

"병환도 없이 밤에 주무시다가 그대로 돌아가셨습니다."

선두에 있던 연개소문이 말고삐를 옆에 병사에게 맡기고 달려왔다. 그의 눈에는 눈물이 괴고 입을 움직이려다가 그대로 다물고 땅을 내려다보았다. 장군은 그의 어깨에 손을 얹었다.

"궁병과 창병 각각 5명, 네가 지휘하여 다음 역에서 말을 바꿔 타고 나와 동행한다."

다시 말에 오른 그들은 곧바로 역관으로 달렸다.

을지문덕은 연개소문이 창병과 궁병의 10명 일대를 편성하는 동안 선임 군관을 불러 명령했다.

"너는 남은 군관과 병사들을 인솔하고 예정대로 행군하여 식성〔息城: 안주(安州)〕 본영으로 돌아가라."

오랜 여로에 지친 말들을 역에 남기고 새 말로 갈아탄 장군과 연개소문의 10여 명 일행은 즉시 역관을 출발하여 남으로 쏜살같이 달렸다. 지루도 아까까지 치밀던 시장기를 잊고 연개소문의 뒤에 바짝 달라붙어 채찍을 마구 내리쳤다.

안개 속의 도하(渡河) 작전

고구려군의 선제공격으로 전선의 비축미를 잃은 중국군의 전진은 일단 주춤하고 여양창〔黎陽倉: 하남성(河南省) 서남〕·낙구창〔洛口倉: 낙양 동공현(東鞏縣)〕·회락창(回洛倉: 낙양 북 70리)에서 쏟아져 나온 군량미는 마소와 노새 당나귀의 등에 실려 물밀듯 북으로 향하고 2월에 들어 운하의 얼음이 풀리자 발이 묶였던 배들도 양곡을 싣고 탁군(涿郡: 북경)에 몰려들었다.

보급체계를 정비한 중국군은 다시 전진을 계속하여 탁군에서 북으로 만리장성을 넘어 영주〔營州: 열하성(熱河省) 능원(凌源)〕·노하진(蘆河鎭)에 이르는 길과 동으로 해안을 따라 임유관〔臨楡關: 산해관(山海關) 서남〕에서 회원진에 이르는 길은 인마와 군량·무기의 대열로 들끓었다.

2월 그믐. 마지막 부대가 떠나자 황제 양광은 3대(臺)·5성(城)·9시(寺)의 만조백관과 돌궐(突厥)·고창(高昌) 왕 등을 거느리고 친위 육군(親衛六軍)의 호위 하에 탁군을 떠났다. 앞서 간 1백여만의 전투부대와 1백만의 궤운병, 아직도 탁군에 산더미같이 남은 보급품을 싣고 출발을 대기 중인 역시 1백만의 궤운병을 생각하고 그는 자신만만했다. 이 무한량의 병력과 물력 앞에 아무리 영악한 고구려 종자들이라도 어찌할 도리가 있을 수 없을 것이었다. 놈들이 선수를 써서 노하·회원진을 들부순 것은 괘씸하기 그지없고, 그로 말미암아 작전이 한 달도 더 늦어졌으나 모든 것이 제자리로 돌아간 지금은 개의할 것이 못되었다. 그의 머리에는 낙엽같이 무너져 짓밟히는 고구려군과 무릎을 꿇고 구명을 호소하는 고구려왕 고원(高元)의 처량한 모습이 있을 뿐이었다.

탁군을 떠난 지 사흘, 임유관에 당도한 황제는 저녁식사를 마치고 병부시랑(兵部侍郞·국방차관) 곡사정(斛斯政)을 불렀다. 출발에 앞서 병부상서 단문진을 좌후위 대장군(左候衛 大將軍)으로 임명하여 먼저 전선으로 보내고 곡사정을 측근에 두어 병사를 관장케 한 것도 잘한 일이었다. 단문진은 묵중하고 통솔력이 있으니 전선의 지휘관으로 적당하고 젊은 곡사정은 영리한 데다가 머리가 빠르고 얼굴도 잘 생겼으니 가까이서 자기를 돕는 것이 좋았다.

"병부시랑 곡사정 대령이오."

그의 목소리만 들어도 미소가 떠올랐다.

"이리 가까이 오도록 하오."

곡사정은 무릎걸음으로 어전에 다가앉았다.

"내호아(來護兒)의 수군(水軍)은 따로 명령이 있을 때까지 동래〔東萊: 산동성(山東省) 등주(登州)〕에서 대기하도록 한 것은 경도 아는 일이오."

"네."

"여기까지 오면서 죽 그 생각을 했소. 경은 언제쯤 진발하는 것이 합당할 것 같소?"

"즉시 바다를 건너 평양성을 치는 것이 옳을까 합니다."

"무슨 까닭이오?"

"반드시 평양성을 뺏지 못한다 하더라도 이 방면을 치면 적은 대항하지 않을 수 없고 따라서 그들의 병력이 분산되어 북으로부터 남하하는 본군(本軍)의 진격이 유리하게 전개될 것으로 압니다."

황제는 대답이 없고 얼굴에서는 미소가 사라졌다. 곡사정은 혹시 비위를 거스르지 않았을까 걱정이었다.

"미거한 신이 어찌 용병(用兵)을 알겠습니까. 그렇게 생각해 보았을 뿐입니다."

"… 전쟁에 가장 중요한 것은 무엇이오?"

"네 … 이기는 일입니다."

막연한 질문에 얼른 대답이 나가지 않았으나 그는 곧 머리가 돌았다.

"그렇소. 이기기 위해서는 어떻게 해야 하오."

"네 … 이기기 위해서는 대병력을 한꺼번에 한 고장에 집중하여 적을 압도해 버리는 것이 요결입니다."

황제의 얼굴에는 미소가 되살아났다.

"바로 그거요 … 평양성에서 요하까지 얼마요?"

"2천 리로 알고 있습니다."

"2천 리의 거리를 두고 북에서는 요하에서 운병(運兵)하고 남에서는 평양성을 공격한다면 이것도 대병력을 한꺼번에 한 고장에 집중하는 것이 되오?"

황제는 의문나는 것을 묻는 것이 아니라 이미 결심한 바를 얘기하고 그의 찬양을 바라고 있는 것이 분명했다. 섣불리 자기 생각을 털어놓은 것이 경솔했다고 후회되었으나 이미 늦었다. 자기는 언제나 입이 빠른 것이 흠이었다.

안개 속의 도하(渡河) 작전

"신이 어리석어서 미처 거기까지 생각하지 못했습니다."

"내 신하들은 하나만 보고 둘은 보지 못하는 것이 통폐야."

"황공하오이다."

옥좌에 앉은 황제는 상반신을 뒤로 젖혔다.

"북으로부터 진격하여 남하하는 본군이 압록강 도강과 때를 같이하여 수군도 평양성 연안에 등륙(登陸)하는 것이 어떻겠소? 그리하여 전군이 일거에 북으로부터 치고 서로부터 치면 평양성은 삽시간에 떨어지고 고구려는 망하는 것이 아니겠소?"

"과연 신묘한 계책이로소이다."

곡사정은 머리를 조아렸다.

"병사에 제일 조심할 것은 병력을 분산하여 각개 격파를 당하는 일이오."

"명심하겠습니다."

그는 또 머리를 숙였다.

"내 결심이 섰으니 내 장군에게 밀서를 보내서 이 뜻을 전하고 명령 일하 하루 사이에 출동할 수 있도록 만반의 태세를 갖추라고 하오."

"성지대로 거행하겠습니다."

절하고 물러나오는 곡사정을 지켜보면서 황제는 흡족했다. 승전은 눈앞에 있고 수(隋) 나라의 판도는 순식간에 요하에서 동으로 뻗어 동해에 이르고 남으로 반도를 삼킬 것이었다. 어쩌면 여름이 가기 전에, 늦어도 가을 안에는 온 천하가 내 발밑에 굴복하리라.

그는 측근을 물리치고 자리에 들어서도 가슴이 부풀었다. 천지개벽 이래 가장 큰 제국에 가장 위대한 제왕은 누구냐? 이름하여 수(隋) 황제 양광이라고.

회원진에 당도한 황제는 발착수의 선에 전열(戰列)을 펴고 대기 중이던 출정군에 진격 명령을 내렸다. 삼월 초의 다사로운 하늘 아래 백만 대군은 발착수를 도강하여 지평선에 가물거리는 아지랑이를 바라보며 무여라 벌을 휩쓸고 동진(東進)하였다. 척후들의 보고로 고구려 수비군이 싸우기도 전에 도망쳤다는 것은 알고 있었으나 이렇게 깨끗이 없어질 줄은 몰랐다. 사람의 그림자는커녕 강아지 한 마리 보이지 않았다. 처음에는 무슨 술책이 아닌가 경계도 했으나 아무리 가도 무인지경이었다. 긴장했던 얼굴에는 웃음이 돌고 전쟁에 나가는 것이 아니라 들에 놀러 가는 것이나 진배없었다.

발착수를 떠난 지 5일, 단문진·우중문이 지휘하는 주력은 요하의 선에 진출하고 황제의 어가를 모신 친위군과 우문술의 부대는 무여라 성에 당도하여 겹겹으로 포위하였다. 그러나 사대문은 활짝 열리고 성 내는 죽은 듯이 고요했다. 성의 방어에는 귀신같다는 고구려 놈들이 성마저 팽개쳤을 리 없으니 이것이야말로 속임수라고 황제는 엄중 경계를 명령했다. 아침부터 잔뜩 긴장하고 5리도 못되는 거리를 한걸음 한걸음 포위망을 좁혀 갔으나 오정이 지나도록 응대하는 자는 나타나지 않았다. 마침내 지근거리에 이르러 무작정 활을 쏘며 성문에 들이닥친 병사들이 안을 기웃거리고 아무리 뜯어보아도 텅 비어 있었다.

그래도 안심이 안 되어 활을 거두고 창을 꼬나든 군관과 병사들은 사방을 두루 살피며 조심조심 성내로 들어갔다. 큰길을 훑고 골목을 뒤져도 고구려 군인뿐 아니라 도시 사람이라고는 단 한 명도 없었다.

해질 무렵에 신나게 말을 달려 나온 공격군 지휘관이 완전 소탕과 모든 준비의 완료를 알리자 황제의 혁로가 성문으로 들어가고 말 탄 장군들이 뒤를 좇았다. 다시 그 뒤를 따르는 높은 군관들에 이어 구병들과 함께 전진하던 화급은 안장 위에서 크게 기침을 하고 옆에 가는 동생을 돌아보았다.

"애 지급아."

지급은 못 들은 척했다.

"이 무여라 성에서야말로 내 솜씨를 보일 작정이었는데 다 틀렸다. 내가 있는 한 너는 조금도 걱정 마라."

지급은 고개를 돌려 얼핏 흰 눈을 던졌으나 아무 말도 하지 않았다. 성문으로 들어가면서도 화급은 여전히 중얼거렸다.

"내 이 고구려 개똥쇠들을 가만둘 줄 아니? 어림도 없지."

성문을 지나 앞에 가던 높은 군관이 돌아보고 눈을 부라리는 바람에 화급은 입을 다물고 말았다.

황제를 처려근지 처소에 모시고 나온 우문술은 앞마당에 높은 군관들과 함께 서 있는 부장(副將)에게 성 안팎 요소에 부대를 배치하라 명령하고 한구석에 말고삐를 잡고 서 있는 아들 형제 앞에 가까이 왔다.

"너희들은 오늘부터 구병을 면한다. 말은 다른 병사들에게 맡기고 얼른 가서 식사를 하고 기다려라."

우문술은 돌아서 황제의 처소로 걸어갔다. 형제는 군관이 시키는 대로 옆에 선 구병들에게 고삐를 넘기고 땅거미 지는 마당을 가로질러 맞은편 기와집 사랑채로 향했다. 황제의 처소에 불이 켜지고 주위의 큰 집마다 하나둘 창문에 불빛이 나타났다.

"뭐야 이거!"

대문을 들어서면서 화급이 호통을 쳤다. 안채에 촛불을 켜놓고 섬돌에 앉아 있던 병사가 일어서 나왔다.

"뭐 잘못됐나요?"

"사랑채는 왜 이렇게 캄캄하냐 말이다."

"불을 켜지요."

육척 거구의 병사는 느릿느릿 안채에 들어가 불을 켜가지고 나왔다.

"이봐 우린 바쁘다."

문을 열고 촛불을 방안에 들여놓는 병사에게 또 호통을 퍼부었다.

"빨리 식사를 가져와!"

"네에."

그는 안으로 발을 옮겼다.

"바쁘단 말이다."

"네에."

형제는 방안에 들어가 걸상에 앉았다.

"저런 굼벵이 같은 걸 불러온 아버지부터 답답하다."

화급은 아버지가 회원진에서, 탁군에 있는 이 종을 일부러 불러들인 심사를 알 수 없었다.

그는 소반에 식사를 받쳐 들고 들어와 탁자에 늘어놓았다.

"얘 행달(行達)아, 오늘부터 우린 구병이 아니다."

"네에."

병사의 넓적둥글한 얼굴에는 아무 표정도 나타나지 않았다.

"너는 기쁘지 않으냐?"

"네에, 기쁩니다."

지급은 웃는 일도 화내는 일도 없는 이 종이 마음에 들었다.

밖에서 기침소리가 나고 문이 열리면서 어영(御營) 군관이 얼굴을 들이밀었다.

"너희 둘은 즉시 무장을 하고 이리 나와."

지급은 일어나 옷을 바로잡고 구석에 세워둔 창을 집어 들었으나 화급은 엉거주춤했다.

"아직 식사가 덜 끝났는데요."

"나오라면 나와!"

젊은 군관은 여느 군관들같이 사양하는 빛이 없었다. 화급은 허둥지둥 물을 마시고 손으로 입을 닦으며 창을 들고 대문 밖에 나섰다. 황제의 처소를 밝힌 불빛을 배경으로 버티고 선 군관 앞에는 10여 명의 다른 병사들이 도열하고 있었다. 형제는 그들의 뒤에 붙어 섰다.

"너희들은 지금부터 자정까지 어전(御殿) 주변에서 파수를 본다. 특히 우수해서 선발되었으니 잘 할 것으로 믿지마는 조금이라도 곁눈을 판다든지 무엄한 일이 있어서는 안 된다. 자정에 교체할 때까지 자기 위치를 떠나는 자는 엄벌에 처한다."

군관은 앞장서 황제의 처소를 한 바퀴 돌면서 전후좌우 요소에 두 명씩 배치하고 모퉁이를 돌아갔다.

어전 뒤곁에 배치된 형제는 발소리를 죽이고 서성거리다가 문틈으로 안을 들여다보았다.

황제는 아버지 우문술과 곡사정을 상대로 술을 마시고 있었다.

"… 단상서(段尙書: 단문진)의 병환이 위중하다니 걱정이오."

황제는 한잔 들이켜고 안주를 집었다.

"신도 그 소식을 듣고부터는 걱정이 떠나지 않습니다."

아버지는 무릎 위에 두 손을 모으고 있었다. 황제는 그에게 잔을 권하고 말을 이었다.

"대장군이 진중(陣中)에서 병이 났으니 좋은 조짐 같지 않소."

"폐하의 위광(威光)이 엄존하온데 어찌 이것이 조짐일 수 있겠습니까. 이 무여라에서 보신 바와 같이 폐하의 태상기(太常旗)가 향하는 곳에 감히 항거할 자는 없습니다."

곡사정의 유창한 목소리가 흘러나왔다.

"그건 그렇고, 우문 장군은 단상서가 올린 표(表)를 어떻게 생각하오?"

아버지는 한참 생각하다가 대답했다.

"도중의 성들은 내버려 두고 전군(全軍)으로 일거에 남하하여 평양성을 직격(直擊)하라는 것이 그 표(表)의 요지인가 합니다. 좋은 생각입니다마는 신중에 신중을 기해야 할 일로 생각됩니다."

"무슨 뜻이오?"

"이번은 다른 때와 달라 폐하의 친정(親征)이십니다."

"친정이라고 적도(敵都)를 직격해서는 안 된다는 법이 있소?"

"어가를 모시고 적지 깊숙이 들어갔다가 만에 일이라도 사면을 포위당하는 사태가 벌어진다면 큰일이 아닐 수 없습니다. 여기서 평양성까지는 2천 리온데 도중의 성들을 다치지 않고 간다면 그럴 가망이 충분히 있습니다."

황제는 눈을 감고 생각하다가 곡사정을 향했다.

"곡시랑의 생각은 어떻소?"

"전쟁은 오래 끄는 것보다 속전(速戰)하여 속결(速決)하는 것이 상책인가 합니다. 그러므로 어가는 이 무여라 성에 계시고, 전군은 단상서의 진언대로 즉시 진격하여 평양성을 치는 것이 어떠하오리까?"

"우문 장군은 여기 이견이 없소?"

"없습니다."

황제는 탁자 위의 큼직한 촛불을 바라보며 골똘히 생각하다가 크게 기침을 하고 선언했다.

"경들의 생각은 잘 알겠소. 내가 적지에 깊이 들어가 사면을 포위당하면 천자의 체모가 안 된다는 것은 옳은 말이오. 그렇다고 신하들은 포위당해도 무방하다는 법은 있소? 인군(人君)으로 취할 길이 아니오."

"성려에 감읍할 따름이오다."

곡사정의 감격어린 소리와 아울러 두 사람은 상반신을 굽히고 황제는 말을 이었다.

"세상만사 튼튼함만 같지 못하오. 더구나 전쟁은 국가대사라 사생(死生)과 존망(存亡)이 여기 달려 있는데 어찌 모험을 할 수 있겠소?"

"지당하오이다."

두 사람은 숙였던 고개를 더욱 숙였다.

안개 속의 도하(渡河) 작전

"고구려 종자는 만만치 않소. 그러기에 우리는 만 4년 이 전쟁을 준비했고, 130만여 명의 정예군(精銳軍)과 2백만을 넘는 궤운병, 도합 3백여만을 동원하지 않았소? 우리 중국역사에 이런 대군을 움직인 일이 있소? 아마 금후에도 없을 것이오. 군신(君臣)이 합력 일치하여 요하에서부터 장애가 되는 성들을 하나하나 부수면서 착실히 남하하는 것이 정도라고 생각하오. 흔히 화단은 권도(權道)에서 일어나는 법이오."

"지당하오이다."

황제가 하품하는 것을 본 두 신하는 절하고 일어서 옆문으로 나갔다.

"게 누구 없느냐?"

두 사람이 밖으로 사라지자 황제는 일어서 큰소리로 불렀다. 옆방에서 3명의 시종이 몰려나와 허리를 굽혔다.

"초롱을 차비해라."

시종 한 사람이 구석방에 들어가 초롱불을 켜 가지고 나왔다. 앞문으로 나갈 줄 알았던 황제는 돌아서 천천히 뒷문으로 다가오고 있었다. 문틈으로 들여다보던 화급과 지급은 부리나케 층계를 내려 계하에 창을 짚고 마주 섰다.

문이 열리면서 집안의 불빛이 마당에 쏟아지고 시종이 치켜든 초롱불을 따라 황제가 나타났다. 층계를 내려선 황제는 양쪽에 마주 선 형제를 잠시 눈여겨보는 듯했으나 잠자코 그들을 지나 뒷마당 동편에 있는 측실로 걸어갔다. 어둠 속에서 지급은 하늘의 별을 쳐다보고 화급은 속삭였다.

"임마, 똑바로 서 있어."

돌아올 때는 한마디 있을 것도 같았다.

다시 초롱불을 앞세우고 다가왔으나 이번에는 숫제 눈길조차 돌리지 않고 안으로 들어가 버렸다. 화급은 크게 한숨을 내쉬고 어깨를 떨어뜨렸다.

　이튿날은 아침부터 어수선했다. 새벽에 요하의 진영에서 말 탄 급사(急使)가 뛰어들면서부터 불길한 소문이 떠돌았다. 병부상서 겸 좌후위 대장군 단문진이 간밤에 죽었다고 했다. 앓다가 죽었다는 축도 있고, 그런 게 아니라 번개같이 달려든 고구려 무사의 창에 찔려 죽었다는 축도 있었다.

　3월 15일.

　친위군과 우문술 예하부대를 이끌고 새벽에 무여라 성을 떠난 황제는 해가 뜰 무렵 요하의 선에 진출하여 강변 수십 리 벌에 포진한 1백만 군의 순시에 나섰다.

　그를 모시고 부대마다 검열하며 돌아가는 장군들의 뒤를 멀찌감치 따르는 구병과 호위병들 틈에 끼어 화급은 강 너머 둑에 진을 치고 있는 고구려군을 유심히 바라보았다. 진지에서 이쪽을 바라보는 병사들과 그 뒤에서 말을 타고 이리저리 뛰는 자들, 변변할 것도 대단할 것도 없었다.

　우군은 어마어마했다. 탁군에서 보던 때와는 달리 넓은 지역에 단대마다 충차(衝車)며 포차며 갖가지 군기(軍器)를 차지하고 깃발을 날리며 늘어선 군대, 눈 닿는 데까지 병사들과 군마와 무기와 장막의 세계였다. 이대로 밀고 나가면 강 건너 고구려군 따위를 짓밟아 뭉개는 것은 문제도 안 될 것이었다.

　해가 떨어져서야 본영에 돌아온 황제는 한층 높은 언덕에 둘러친 장막에서 동녘 고구려의 하늘에 솟은 둥근 달을 바라보다가 명령을 내렸다.

　"나는 심히 만족하오. 19일 아침 진시(辰時) 초에 도강을 시작할 터인즉 공부상서(工部尚書)는 부교(浮橋) 등 도강준비에 만전을 기하오. 그리고 내일은 단상서의 영전에 치제(致祭)하고 그 관을 향리에 호송할 것이니 예부상서는 차비를 서두르오."

밖에서 대기하고 있던 화급과 지급은 물러나온 아버지의 뒤를 따라 언덕을 내려왔다. 밝은 달빛을 받아 깃발과 장막, 사람과 말들은 더욱 장관이었다. 화급은 입을 헤벌리고 홀로 좋아했다.

3월 19일.

이틀을 계속 내리던 이슬비가 그치고 아침햇살이 비치는 요하에 도하작전이 벌어졌다. 5리 간격을 두고 물가에 엮어 두었던 세 줄기 부교가 천천히 우선회(右旋回)를 시작했다. 대장군들과 함께 언덕 위 장막 밖에서 바라보고 있던 황제는 말을 달려 물가로 내려왔다. 수십 척의 쪽배를 옆으로 나란히 놓고 그 위에 판자들을 못으로 고정하여 통로를 만든 부교는 한 끝이 강가에 세운 기둥에 밧줄로 매여 있었다. 전면과 좌우 드높이 넓적한 철판을 막아 방패로 삼은 큰 배가 선두에 붙어 수십 명의 벌거숭이 병사들이 노를 젓는 데 따라 원을 그리며 강심(江心)을 향해 움직여 갔다.

강변에 열을 지어선 병사들은 적을 뚫어지게 지켜보고 대안의 고구려군도 잠자코 내려다보고만 있었다. 누구 하나 입을 여는 사람이 없고 노 젓는 소리와 후방에서 말이 우는 소리가 가끔 들릴 뿐이었.

배가 물가에서 멀어짐에 따라 부교의 원은 차츰 커지고 마침내 일직선이 되었다. 별안간 선두에서 함성이 터졌다.

"아이고!"

부교는 대안에 일장(一丈)이나 미치지 못하고 놀란 벌거숭이 병사들은 엉거주춤 뒤를 돌아보았다. 지휘군관은 입술을 떨고 장군들을 쳐다보았다. 우문술이 급히 앞에 나서 두 손을 쳐들었다 내리면서 큰 소리로 외쳤다.

"닻을 내려, 닻을!"

벌거숭이 병사들은 양쪽에서 닻을 던지고 물속으로 뛰어들었다.

어느새 날아온 고구려군의 화살에 두세 명은 피를 쏟으며 허우적거리고 나머지는 물 밑으로 헤엄쳤다.

　말 탄 군사들이 달려와서 상류와 하류에 가설된 부교도 대안에 미치지 못한다고 했다. 군중에는 불평이 일고 강 너비를 잘못 짐작한 총감독 공부상서(工部尙書) 우문개(宇文愷)는 사색이 되어 어전에 무릎을 꿇었다. 그러나 황제는 뜻밖에도 미소를 띠고 그와 장군들을 번갈아 보았다.

　"강 너비야 누군들 재보게 됐소? 하는 수 없지. 예정대로 도강을 개시하오."

　공부상서 우문개는 어전에 연거푸 절하고 장군들은 흩어져 자기 위치로 달려갔다. 황제와 대장군들과 구병 호위병들은 다시 언덕에 올라 강물을 훑어보았다.

　지금은 아버지가 시키는 대로 대장군기를 높이 쳐들고 좌우로 흔들었다. 진영마다 수많은 북들이 울리고 강가에 정렬했던 장병들은 창을 꼬나들고 5리 간격을 둔 세 줄기 부교를 따라 일제히 돌진을 감행하였다.

　고구려군의 사격은 정확했다. 함성을 지르며 전속력으로 달리던 병사들이 대안에 닿지 못한 부교 끝에 이르러 주춤하면 어김없이 집중사격을 퍼부어 무더기로 강 속에 쓸어 넣었다. 쓰러져도 가고 가면 쓰러져 강물은 죽은 시체와 울부짖는 부상자로 들끓었다.

　그러나 북들은 여전히 울리고 강가에서 칼을 빼어 든 군관들은 꾸짖고 발길로 차서 병사들을 부교로 내몰았다. 부교는 수천수만의 인간을 빨아들여 씹어서 강물에 뱉어 버리는 지옥의 괴물이었다.

　북소리와 더불어 하루 종일 반복된 죽음의 돌진에서 얼마나 많은 목숨이 물속으로 사라졌는지 딱히 아는 사람은 없었다. 해가 지고 강가에 어둠이 깔리기 시작해서야 북소리가 멎고 희미하게 물을 가로지른 부교에는 다시 사람의 그림자가 나타나지 않았다.

오만 가지 걱정이 되살아나서 잠을 이루지 못한 화급은 밤새 중얼거리고 때로 동생을 들볶아 깨웠다. 제일 안 된 것은 공부상서 우문개요, 마땅히 죽어야 한다고 떠들다가는 장막 틈으로 달을 쳐다보며 고향 생각이 간절하다고 했다. 고구려 놈들은 씨알도 남기지 않고 모가지를 비틀어 없애 버리겠다고 벼르다가도 죽을 것만 같다고 우는소리를 했다.

서녘에 달이 지고 장막 안에는 어둠이 감돌았다. 지쳤는지 혹은 잠이 들었는지 화급은 조용해졌다. 그로 해서 몇 번이고 선잠을 깨었던 지급은 다시 잠을 청하고 있었다.

별안간 강에서 함성이 일어나고 쇠붙이가 부딪는 소리, 단말마의 비명들이 울려 왔다. 잠잠하던 화급이 후딱 뛰어 일어섰다가 풀썩하고 이불 속으로 파고들었다. 지급은 자리에서 일어나 장막 틈으로 내다보았으나 어둠 속에 딱히 보이는 것은 없고 떠들썩하는 소리는 아무래도 대안에서 들려오는 것이 틀림없었다. 호통과 고함에는 중국말도 있었으나 때로 알 수 없는 고구려 말도 섞여 있었다. 어둠을 타고 마구 밀고 건너간 것일까. 그도 잠이 달아나고 바짝 긴장했다.

동이 트고 장막 안이 희멀겋게 밝아오자 지급은 밖으로 나왔다. 어떻게 된 영문일까? 강을 가로질렀던 부교는 셋이 다 밤사이에 다시 돌아와 이쪽 물가에 길게 누워 있었다.

말굽소리와 함께 우중문이 군관들을 거느리고 다가왔다.

"이렇게 일찍 거동하십니까?"

"아냐, 밤에 일이 좀 있었지 … 지금 돌아가는 길이야."

"부교는 어떻게 된 겁니까?"

"아직도 몰라? 팔자 좋은 병정들이로구나. 간밤에 맥철장(麥鐵杖) 장군이 야음을 타고 물을 건너 적진을 기습했다. 그 틈에 병정들이 다시 끌어온 거야. 맥 장군과 낭장(郎將) 두 명, 병사 3천여 명은 모두 전사하고 돌아오지 못했지마는 덕분에 부교는 살았다. 용감한 장수였지 …."

우중문은 군관들과 함께 말을 달려 멀어져갔다. 지급은 돌아서 장막으로 발을 옮겼다. 맥철장은 가끔 집에 찾아왔으나 진한 사투리에 무식한 말투가 비위에 거슬려 상대를 하지 않았었다. 거인에다가 힘이 세고 하루에 500리 길은 거뜬히 간다는 소문이 있었다. 그러나 심부름꾼으로 안성맞춤이겠으나 그따위가 어떻게 자사(刺使)를 지내고 태수(太守)를 하느냐고 멸시하는 처지였다. 더구나 이번 원정에는 우둔위 장군(右屯衛將軍)으로 깃발을 날린 데 이르러서는 밸이 꼴려 참을 수 없었다. 원래 분수에 없는 감투는 쓰는 법이 아니다. 우직하게 놀더니 우직하게 잘 죽었다, 놈의 새끼.

조반을 마치고부터 부교 주위에는 소부감(小府監) 하조(何稠) 지휘 하에 병사들이 몰려들고 망치 소리가 요란하게 울렸다. 좌우 양측에 일정한 간격을 두고 굵직한 기둥이 들어서고 병사들은 두꺼운 판자들을 메어다가 강가에 쌓고 있었다. 화급은 무시로 드나들며 별의별 소문을 가지고 왔으나 지급은 하루 종일 장막 안에서 뒹굴었다.

3월 22일.

새벽의 요하(遼河)는 짙은 안개에 뒤덮여 지척을 분간할 수 없었다. 이틀에 걸쳐 수리를 끝낸 세 줄기 부교는 안개 속으로 소리 없이 기동하여 또다시 우선회를 시작했다. 두꺼운 판자로 지붕을 씌우고 좌우 양측에 벽을 만들어 움직이는 굴다리가 되었다. 물을 가로질러 대안에 접근하여도 노 젓는 소리조차 들리지 않는 양 아무 기척도 없었다.

배가 대안에 닿고 갑병(甲兵)들이 물밀듯 쏟아져 나와서야 물가를 지키던 고구려 초병들이 비로소 발견하고 크게 외치며 돌진해왔다.

소수의 초병들과 창을 부딪치고 접전하는 사이에 본대가 소리 나는 방향으로 달려왔다. 그러나 피아를 구분할 수 없고, 굴다리에서 줄기차게 쏟아져 나온 중국군은 대안을 뒤덮고 각각으로 지보를 확대해 갔다. 처처에서 혼전이 벌어지고 쇠가 부딪는 소리, 단말마의 비명이 울려 퍼졌다.

대안의 멀리 후방, 고구려 본진에서 북소리가 천천히 울리고 간간이 호각소리도 들려왔다. 혼전하던 고구려 장병들은 후퇴하기 시작했다. 한층 높은 언덕에서 대장군들을 뒤에 거느리고 안개 너머 저편으로 후퇴하는 고구려군을 바라보고 섰던 황제 양광은 우문술을 돌아보았다.

"적은 후퇴하오."

"네. 후퇴하고 있습니다."

"안개 속에서 혼전이 벌어지면 소수의 적은 곧 분산되어 절제(統制)를 잃을 것이니 저들이 후퇴하지 않을 수 없는 첫째요, 저들의 장기(長技)는 활인데 안개 속에서는 이를 쏠 수 없으니 이것이 그 둘째요."

"과연 신묘한 계책이십니다."

"이번 원정에서 가장 어려운 요하 돌파에 성공했으니 일은 반이나 성공했소."

"폐하 성덕의 소치이십니다."

아침 해가 차츰 하늘 높이 오르고 강을 덮었던 안개도 걷히기 시작했다. 세 군데서 도하에 성공한 중국군은 대안의 평야에 교두보(橋頭堡)를 확보하고 착실히 밀고 나갔다. 뒤를 이어 부교를 건너가는 인마는 개미떼같이 대안에 오르고 고구려군은 아득하게 보이는 산기슭에서 이리저리 말을 달리는 것이 눈에 들어왔다.

3월 25일.

선진 20만이 우중문의 총지휘 하에 도강을 완료하고 황제 양광을 태운 혁로는 부교를 굴러 대안에 올랐다. 아침햇살에 태상기가 나부끼는 언덕에서 수많은 병사들이 포진한 평야를 둘러보던 황제는 채색 장막으로 들어가고 우문술이 뒤를 따랐다. 전선까지 나갔던 우중문이 군관을 거느리고 벌판을 가로질러 달려왔다. 언덕 아래에 군관들을 남기고 올라와 나란히 서 있는 화급과 지급 앞에서 말을 내렸다.

"아버지도 안에 계시지?"

"계십니다."

그는 대답을 기다리지 않고 장막으로 사라졌다.

"수고했소. 적정은 어떻소?"

찻잔을 놓고 황제가 묻는 소리였다.

"척후의 보고에 의하면 적의 병력은 2만 내외로 추산됩니다."

"겨우 2만이라, 그럴 리 있소?"

"지난 22일 도강한 이래 야음을 타고 적진 깊숙이 여러 번 척후를 보내 탐색했습니다마는 대체로 틀림없습니다."

"기병이오? 고구려 종자들은 어디 가나 말이라 … 두 장군은 협력해서 오늘 안으로 이것들을 쓸어버리도록 하오."

"성지대로 거행하겠습니다."

우중문은 아버지와 곡사정을 거느리고 밖에 나와 산기슭의 고구려군 진지를 바라보면서 물었다.

"우문 장군은 적의 의도를 어떻게 판단하오?"

"글쎄올시다."

세 사람은 같은 방향을 주시하고 있었다.

"안개 때문에 도강을 허용한 것은 사실이지마는 그렇다고 한 번도 역습을 해오지 않는 것이 이상하단 말이오. 그동안 사흘 밤이나 좋은 기회가 있지 않았소?"

"정면의 적 병력은 2만에 틀림없습니까?"

곡사정이 물었다.
"틀림없소."
"증원 부대가 오는 기미도 없고요?"
"그런 기미도 없소."
"그렇다면 적은 여기서 결전(決戰)할 의사가 없는 것이 분명합니다. 이 적의 임무는 도강을 저지하는 데 있는 것이 아니라 도강을 계기로 타격을 주자는 데 있고 병력은 되도록 온존(溫存)할 의도인 것 같습니다."
곡사정의 입빠른 소리에 우중문은 좋은 얼굴이 아니었다.
"문제는 그 다음이오."
아버지 우문술도 띄엄띄엄 한마디 했다.
"고구려군 같은 정병(精兵)이 적을 만나서도 싸우지 않는다면 딴 의도가 있다고밖에 볼 수 없지요."
"하여튼 두고 봅시다. … 오정을 기해서 공격을 개시하면 어떻겠소? 우문 장군이 좌익을 맡고 내가 우익을 맡지요."
"그렇게 하시지요."
"각 5만 기로 일거에 밀어붙입시다."
곡사정은 황제의 장막으로 들어가고 우중문과 아버지는 말에 올라 언덕 아래로 내려갔다. 뒤를 따라가면서 화급은 연거푸 헛기침을 하고 지급은 말갈기를 쓰다듬었다. 아버지와 함께 군관들 앞에 멈춰선 우중문은 그들을 더욱 주위에 가까이 불러 세우고 속삭이듯 나지막한 소리로 지시를 내렸다. 조금 떨어져 대기하고 있던 지급은 애써 귀를 기울였으나 알아들을 수 없었다. 아버지는 옆에서 별 말 없이 군관들을 훑어보기만 했다.
지시를 받은 군관들은 흩어져 자기 진영으로 달려가고 우중문은 남은 군관 두 명과 함께 언덕 아래 우측 장막으로 향했다. 아버지는 깊은 생각에 잠긴 양 자기들은 거들떠보지도 않고 좌측에 마련된 장막으로 천천히 말을 몰고 갔다.

이른 점심을 마친 좌우 각 5만의 기병집단(騎兵集團)은 대장군 우중문과 우문술의 지휘 하에 전열(戰列)을 정제하고 벌판 너머 아지랑이 감도는 먼 산 아래 적진을 응시하고 있었다.

언덕 위에 황제가 뭇 신하들을 거느리고 나타났다. 곡사정이 옆에서 굽실거리고 황제는 가끔 손을 들어 손가락질을 했다.

멀리 적진에서 먼지가 일고 먼지는 각각으로 다가왔다. 황제는 연달아 손가락질하고 그의 발아래 구름같이 대열을 정비한 10만 기병들은 저마다 활을 들고 긴장했다. 사람은 기척이 없고 말들이 울부짖는 소리만 간단없이 울려 퍼졌다.

정면 20리 폭을 산만한 대열로 달려오는 고구려군의 깃발과 말 탄 무사들의 모습이 역력히 눈에 들어왔다. 군관들은 장군의 눈치를 살피고 장군들은 대장군의 거동을 살폈으나 우중문도 아버지도 똑바로 앞을 바라보고 움직이지 않았다.

마침내 고구려군이 1천여 보의 거리로 육박해 왔다. 황제의 언덕에서 북이 크게 울리자 처처에서 다급한 북소리가 일시에 콩 볶듯 터져 나왔다. 대장군의 깃발이 좌우로 흔들리고 전군은 활을 쏘며 돌진해 나갔다.

고구려군은 별안간 말머리를 돌려, 오던 방향으로 도주하기 시작했다. 활줄 한 번 당기지 않고 죽자 사자 내닫는 적에게 화살은 비 오듯 쏟아지고 말들은 전속력으로 추격해 갔다. 그러나 피아의 거리는 좁혀지지도 않고 벌어지지도 않았다. 화살은 닿을 듯하면서도 항상 미치지 못하고 대열에서 처졌던 10여 명이 맞아 떨어졌을 뿐이다.

멀리 보이던 작은 산들은 뚜렷한 연산(連山)으로 모습을 나타내고 고구려군은 산을 향해 줄달음쳤다.

화살이 동이 났다. 다시 대장군기가 옆으로 흔들리고 군관들의 입에서는 호각 소리가 요란하게 울렸다. 장병들은 활을 등에 걸치고 안장에서 창을 빼어 꼬나들고 내달았다. 고구려군은 골짜기로 달아나고 기슭은 눈앞에 다가왔다.

별안간 북이 천천히 울리고 정지명령이 내렸다. 아버지는 옆을 달리던 군관을 돌아보았다.

"산 뒤에는 복병이 있을 것 같다."

"아무래도 술책 같습니다."

도주하던 고구려군도 멈춰 서서 힐끗힐끗 돌아보고 있었다.

"회군!"

명령을 내린 아버지는 말에 채찍을 퍼부어 선두로 돌고 전군은 돌아서 숨을 돌리며 오던 방향으로 전진했다. 좌군의 동향을 살피던 우군도 뒤이어 군을 돌렸다.

도망치던 고구려군도 말고삐를 틀어 같은 속도로 따라붙었다. 뒤에서 차례로 전달이 오고 마지막으로 전달을 받은 군관은 아버지에게 보고했다.

"도망치던 적이 따라온답니다."

"내버려 둬."

뒤에서 비명이 터지고 대열은 웅성거리기 시작했다. 지금은 돌아보았다. 앞발을 걷어안고 허공에 치솟는 말이며 두 손을 벌리고 땅에 떨어지는 병사들의 모습이 눈에 들어왔다. 서로 밀고 부딪쳐 대열은 혼란에 빠지고 있었다. 고구려군은 더욱 가까이 육박하여 화살은 사정없이 쏟아졌다.

아버지는 고삐를 틀어 뒤로 돌며 돌격 명령을 내렸다. 북이 울리고 혼란 중에서도 대열은 다시 방향을 바꾸어 적을 향해 돌진했다. 고구려군은 한때 주춤했다가 돌아서 말에 채찍을 퍼부어 또다시 도망치기 시작했다.

그러나 바싹 앞을 도망치면서도 쉬지 않고 화살을 퍼부어 왔다. 병사들은 마구 쓰러져 땅에 뒹굴고 우군의 말굽에 짓밟혔다. 창을 안장에 지르고 활을 내리는 병사들도 있었으나 대개는 전통이 텅 비어 있었다. 지급은 창을 휘두르고 돌진하는 아버지의 뒤에서 주위를 둘러보았다. 바로 옆을 가던 병사가 활을 다시 메고 창을 뽑는 순간 정통으로 살을 맞고 으악 소리와 함께 말에서 떨어졌다.

아무리 눈여겨보아도 화급이 없었다. 죽지는 않았을 것이고 어느 구석에 죽은 척 엎드려 있으리라.

이판저판 내 전쟁이 아니고 양 배때기 전쟁이다.

산기슭에 이르러 고구려군은 또 골짜기로 쏟아져 들어갔다. 아버지는 더 추격하지 않고 다시 회군을 명령했다. 이번에는 일부 병력으로 적을 감시케 하고 천천히 후퇴하였다. 벌판에 즐비하게 깔린 시체 사이사이에는 아직 숨이 붙어 있는 부상병들의 애절한 신음소리가 그치지 않았다. 아버지는 그들의 후송과 시체 처리를 명령하고 직속 군관들과 함께 먼저 말을 달려 언덕으로 향했다.

3월 26일.

고구려군은 완전히 자취를 감추고 척후조차 나타나지 않았다. 밤사이 그들과 대치하고 있던 군관은 자정을 기해서 남으로 이동했다고 보고하였다. 대휴식령이 내렸다.

3월 27일.

형제는 아침부터 황제의 장막 밖에서 안에 들어간 아버지를 기다리고 있었다. 장군들을 앞에 불러 세운 황제의 목소리가 들려왔다.

"예정대로 이제부터 진격을 개시하오. 앞서 정한 대로 우중문 장군은 낙랑도 대장군(樂浪道 大將軍)으로 장차 적도 평양성을 공격한 후 이 방면을 총관하되 우선 요동성을 공격할 것이며, 형원항(荊元恒)

장군은 요동도 대장군(遼東道 大將軍)으로 요동지역을 총관할 것이니 먼저 우장군과 협력하여 요동성을 치고 우문술 장군은 부여도 대장군(扶餘道 大將軍)으로 부여성을 공격하고 일대를 평정하오. 신세웅(辛世雄) 장군은 현토도 장군(玄菟道 將軍)으로 현토성과 신성(新城)을 공략한 다음 일대를 평정하고 설세웅(薛世雄) 장군은 옥저도 장군(沃沮道 將軍)으로 신세웅 장군과 동행하되 신성에서 갈라져 남하하면서 남소〔南蘇: 남산성자(南山城子)〕·목저〔木底: 목기(木奇)〕 등 연도의 제성을 점령하고 국내성을 손에 넣은 다음 압록강을 건너 옥저(沃沮: 함경도 방면) 일대를 평정하오. … 나는 본국과 연락이 편한 이 자리에 조당(朝堂)을 설치하고 친위군은 곡시랑(斛侍郞: 곡사정)이 지휘할 것이오. 장군들과 작별함에 즈음하여 다시 한 번 각자 맡은 바 임무를 명백히 하는 터인즉 유루가 없어야 하며 항시 나에게 현지 상황을 보고하도록 하오. 들리는 바에 의하면 고구려에서는 마리치로 있던 연자유가 죽고 을지문덕이 그 자리도 겸했다고 하는데 이것이 사실이라면 매우 인심이 흉흉할 것이오. 이 기회에 우레같이 진격하면 단시일 안에 승리를 거둘 것이 분명하오. 만사 신중히 처리하기 바라오."

"신 등은 분골쇄신하여 성지대로 거행하겠습니다."

우중문의 답사에 이어 장군들이 물러나왔다.

가장 먼 길을 맡은 아버지 우문술은 누구보다도 먼저 대장군기를 앞세우고 말에 올랐다. 전후에 각각 수천 기의 기병이 달리고 기병들의 뒤에는 보병, 보병 뒤에는 궤운병들이 있었다. 북으로 천 리는 아득했다.

다시 전장으로

"약광 장군은 지금 어디메 계십니까?"

능소는 조용히 물었다.

탁자에서 글을 쓰고 있던 요동성 처려근지〔處閭近支: 성(城)의 최고책임자〕는 머리를 들지 않았다.

"상처가 낫았응이 돌아가야 하겠습네다."

늙은 처려근지는 붓을 놓고 한 손으로 턱을 괴었다.

"여기서 나와 같이 싸우면 어때? 이 요동성 수비군도 장군의 휘하에 있으니 마찬가지 아니냐?"

"앙입네다. 저는 장군의 수병입네다."

"네 뜻은 알겠다마는 장군 계신 데까지 가기는 어려울 게다. 요하를 건넌 적은 계속 남진하여 선봉은 어젯밤 소요하〔小遼河: 혼하(渾河)〕에 도달했다. 2, 3일 안에 이 성은 포위될 것이다."

"장군은 어디메 계십니까?"

"무여라(武厲羅)에 계시다."

북쪽 어느 성에 있는 줄만 알았던 능소는 놀리는 것이 아닌가 의심했다.

"무여라는 적의 수중에 들어간 줄 아는데요?"

"성과 길이 들어갔지 무여라 벌은 그대로 있다."

능소는 그럴 듯도 하다고 생각했다.

"장군은 요하를 도강하는 적에게 큰 타격을 주고 남진하다가 서쪽으로 방향을 바꾸어 다시 요하를 도강했다. 지금 무여라 성에서 글안 마을에 이르는 가도 연변에 포진하고 계시다."

"정확한 위치는 어디맵니까?"

"자꾸 변하니까 … 근방에 가서 군관에게 물으면 안다."

그는 돌아서려고 했다.

"기어이 가겠느냐?"

"가겠습네다."

"잠깐 기다려."

처려근지는 다시 붓을 들어 백지에 몇 자 적어 주었다.

"싸움터에는 오해가 많은 법이다. 만일의 경우에는 이것을 보여라."

문서를 받아들고 밖에 나선 능소는 걸음을 재촉했다.

거리에는 무기를 실은 수레들이 달리고 성벽 위에는 활을 멘 초병들이 부쩍 늘었다. 그믐께부터는 지팡이를 버렸고, 상아네 모녀가 극진히 돌보아 준 덕분에 몸은 오히려 뚱뚱해졌다. 다만 아직도 전 같은 기운이 없는 것이 흠이었다.

"어디메 갔다 오는 질이야?"

문간에서 서성거리는 상아의 이마에는 땀이 서려 있었다.

"응, 좀 볼일이 있어서."

"정슴을 해놓구 가봉이 있어야지. 집에 왔는가 해서 뛔 왔는데 집에도 앙이 오구."

"발써 정슴이야?"

능소는 해를 쳐다보았다. 사월의 태양은 어지간히 뜨거웠다.

"어망이 있어?"

"도끼가 앙이 들어서 얘장간에 가주구 갔어."

"그럼 한 바퀴 돌구 와서 어망이랑 같이 먹지."

그들은 모퉁이를 돌아 한참 걷다가 언덕바지로 올라갔다. 옥저마을에 어머니를 묻고 돌아와서부터 날씨만 좋으면 언제나 같이 걷던 길이었다. 언덕에는 연분홍 살구꽃이 만발하고 바위 밑에는 샘이 솟고 있었다. 능소는 어느 해 겨울 마을 사람들과 함께 동원되어 쌓아올린 성벽을 새로운 감회로 쳐다보다가 물가에 앉았다.

"오늘 무슨 일이 있었어?"

상아도 따라 앉으면서 그의 얼굴을 들여다보았다.

"내일 무여라에 돌아가게 됐어."

능소는 샘을 내려다보고 대답했다. 상아는 잠자코 있었다.

"또 가게 돼서 미안해."

"짐작은 하구 있었어. 해필 적이 들끓는 무여라에 가지?"

"약광 장군이 거기 계시대."

풀잎을 만지락거리는 상아는 서쪽 무여라로 뻗은 하늘을 바라보고 말이 없었다.

"이번에 와서는…."

상아는 딴 말로 그를 가로막았다.

"적이 쏟아져 들어온다는데 어떻게 가지?"

"적이 없는 데로 골라 가문 돼."

"거기 가나 여기 있으나 싸우기는 매일반이 앙이야? 어째서 꼭 무여라에 돌아가야 하지?"

"같이 싸우던 사람덜이 지다리구 있어."

상아는 풀잎을 샘에 던졌다. 잎은 소용돌이에서 돌다가 물을 따라 아래로 흘러 내려갔다. 능소는 핏기가 사라지는 상아의 손을 잡았다.

"오해 마라. 전쟁이란 그런 게야."

상아는 고개를 옆으로 돌리고 눈물을 삼켰다.

"꼭 돌아올게 염려 말구."

"어떻게 또 지다리지?"

능소는 더 할 말이 없고 오래도록 침묵이 흘렀다.

"가봐야지. 정슴이 다 식었겠네."

상아가 일어섰다. 능소도 따라 일어서 성안을 내려다보았다. 수없이 늘어선 무기 창고와 식량 창고, 야장간, 숱한 병사들과 군마들, 모든 것이 어마어마한 살상을 향해 줄달음치고 있었다. 그는 이 줄달음 속에 새로운 힘을 느끼면서 한 걸음 내디뎠다.

"어망이 지다리겠다."

언덕길에 내려 집에 닿을 무렵에는 상아도 마음을 가라앉히고 다시 대범한 표정이 되었으나 점심상을 마주하고도 여느 때처럼 상냥한 대화는 없었다. 몇 숟갈 뜨고는 먼저 수저를 놓고 구석에 가서 옷궤를 열고 몇 겹으로 쌓인 능소의 저고리를 꺼내 들고 바느실로 하나하나 띠를 달기 시작했다.

"자네 떠나게 됐능가?"

지켜보고 있던 상아의 어머니가 물었다. 능소는 양치질을 끝내고 대답했다.

"예, 아츰에 떠나게 됐소다."

어머니는 상을 돌려놓고 바로 앉았다.

"하기사 이런 시절에 젊은 사램이 집구석에 백혀서야 쓰겠능가? 거저 몸이 걱정이네."

"몸은 완전히 나았소다."

"전에 같이 싸우던 사람덜을 찾아가겠지? 그럴 게야. 메칠 전에 질에서 군관을 만났덩이 우리가 맽긴 말은 자네가 필요한 때에는 언제든지 찾아가라구 했네."

"예."

어머니도 광주리에서 바느실을 찾아 딸의 일을 거들었다.

"잠깐 집에 가서 챙길 거 챙기구 오겠소다."

능소는 일어섰다.

"자네 소용되는 게나 싸놓구 인차 오게."

"그러지요."

그는 문 밖에 나섰다.

이튿날 새벽 조반을 마친 능소는 말을 끌고 서대문으로 향했다.

"이번 기회에 예(禮)를 올려야 하는 건데 그만 어망이가 돌아가서…."

그는 옆을 따라오는 상아를 돌아보았다.

"할 쉬 없지. 다음번에 와서도 쭉에 베린다구는 않이 하겠지?"

비스듬히 쳐다보는 상아는 억지로 웃고 있었다.

"허허 … 그 얘기는 죽을 때까지 두구두구 하겠지."

상아는 화제를 바꿨다.

"바느실은 저고리 갈피에 있어. 흰 실하구 검은 실을 다 넣었응이 검은 데 흰 실로 꿰매지 마라."

"그래."

능소는 그에게 미소를 던졌다.

서대문 앞에 당도하자 상아는 그의 팔을 잡고 정색을 했다.

"꼭 돌아와야 해."

"그럼."

능소는 그의 어깨에 손을 얹었다가 곧 말을 이끌고 대문으로 다가

갔다.

"어디 가십니까?"

초병은 창대로 앞을 가로막았다.

"무여라로 간다."

"지금이 어느 땐데. 안 됩니다."

능소는 처려근지의 문서를 내밀었다. 자세히 훑어보던 초병은 문서를 도로 주면서 고개를 흔들었다.

"허지만 이 길도 곧 막힐 겝니다. 간밤에 적은 소요하를 건넜습니다."

"알고 있다."

그는 문서를 받아 넣고 대문 밖에 나서 뒤를 돌아보았다. 이른 아침의 쌀쌀한 공기 속에 홀로 팔짱을 지르고 선 상아가 지켜보고 있었다.

"어서 들어가 봐!"

능소는 한마디 던지고 말에 올라 채찍을 내리쳤다. 대량수〔大梁水: 태자하(太子河)〕를 우로 끼고 서(西)로 뻗은 길을 전속력으로 달리기 시작했다. 등 뒤에 아침 해가 솟아 벌판에 퍼지고 참새떼가 길을 가로질러 멀리 날아갔다. 갈아붙인 땅에 한층 높이 수숫잎들이 햇살에 반짝였으나 그 밑은 잡초싹으로 뒤덮였다. 금년 농사는 틀렸다고 생각하면서 그는 더욱 채찍을 퍼부었다.

가끔 5, 6명의 작은 부대와 마주칠 뿐 달리 사람은 볼 수 없고 지나는 동네마다 비어 있었다. 마상에서 떡과 엿으로 점심을 때우고 계속 전진하여 해가 떨어지기 전에 대량수와 소요하가 합치는 대목에 당도했다. 강가에 빽빽이 들어선 지난해의 마른 갈은 키를 넘고 새로 돋아나는 푸른 싹들이 물 위에 하늘거리고 있었다. 언덕을 의지하여 4, 50명의 병사들이 포진하고 초병이 길을 막았다.

"어디 가시지요?"

능소는 말에서 내려 문서를 내밀었다.

"더 이상 못 가십니다."

초병은 잘라 말했다.

"무여라 성에서 남하한 적은 요하와 소요하의 중간지역으로 밀고 내려와서 어젯밤부터 대안에는 적의 척후가 출몰하고 있습니다."

적의 진격은 생각보다 빠르고, 길이 막힌 능소는 얼른 생각이 떠오르지 않았다.

"되돌아가시지요."

"그건 앙이 될 말이구…."

그는 건성으로 대답하면서 대안에 눈을 던졌다. 곡식과 잡초가 엇갈린 푸른 벌판은 잠잠하고 강물을 낮게 스치던 제비 한 쌍이 언덕 너머로 사라져 갔다.

적의 척후가 여기까지 나타난다면 나루 건너 북서로 갈린 길은 갈 수 없고, 서남방으로 우회하여 오솔길을 더듬는 수밖에 없었다.

멀리 석양이 지는 붉은 하늘 아래 희미하게 봉우리들이 누워 있었다. 그 너머 요하까지는 줄잡아도 70리, 돌게 되면 1백 리도 넘을 것이었다. 떠날 때에는 늦더라도 오늘 안으로 요하에 당도하리라 마음먹었으나 뜻대로 될 것 같지 않았다.

"보시오."

초병이 대안을 가리켰다. 북서로 뚫린 길을 1천여 명의 적병들이 다가오고 언덕 그늘에서 뛰쳐나온 기병 한 명이 마주 달려갔다. 기병은 말을 내려 군관으로 보이는 자와 오랫동안 얘기하며 가끔 손을 들어 이쪽을 가리키고 때로는 두 팔을 벌리기도 했다. 간밤에 나타났다는 척후의 일당이리라. 적은 파수를 배치하고 길 양쪽에 장막을 치기 시작했다.

손을 들어 말없이 초병과 작별한 능소는 말고삐를 끌고 갈대밭 뒤를 한동안 가다가 강이 크게 굽이친 대목에서 돌아보았다. 중간에 점점이 들어앉은 언덕과 갈 숲에 가리워 적은 시야에서 사라졌다. 그는 다시 말에 올라 풀밭을 남으로 달렸다.

앞에 덩실하게 높은 산이 가로막고 강변은 절벽이어서 더 이상 전진할 수 없었다. 해는 이미 떨어지고 서녘 하늘에 남은 붉은 기운도 각각으로 검푸른 색깔로 변해갔다.

물가에서 말을 내린 능소는 대안을 훑어보았다. 인기척을 찾을 수 없는 벌판에는 오솔길이 세 갈래로 달리고 있었다. 그는 옷을 벗어 머리에 동여매고 말을 끌고 물속으로 들어갔다. 찬 기운에 뼛속까지 오싹하고 온몸이 부르르 떨렸다. 전에는 이런 일이 없었건만 중병을 치르고 난 후는 달랐다. 그는 팔을 이리저리 놀리면서 깊은 데로 다가들었다.

소요하와 대량수를 합쳐 흐르는 물은 깊고 넓었다. 중간쯤부터 숨이 차고 안장까지 흠뻑 물속에 잠긴 말은 머리를 치켜들고 애써 헤엄쳤다. 그는 한 손으로 안장의 가죽끈을 휘어잡고 몸의 균형을 유지했다.

대안에 오를 무렵에는 황혼이 내리깔리고 찬 기운에 아래윗니가 부딪쳤다. 그는 옷을 풀어 입고 안장을 내려 물을 닦았다. 낮에, 달리는 말 잔등에서 요기를 했으나 시장기가 한꺼번에 몰려 가죽 주머니를 풀었다.

돌등에 앉아 콩떡과 닭의 다리를 씹는데 북쪽에서 말이 우는 소리가 들렸다. 그는 씹던 것을 멈추고 귀를 기울였다. 간간이 들리는 소리는 아군인지 적인지 분간이 가지 않았으나 달리는 말에서 주고받는 소리는 아니었다. 그는 든든히 배를 채우고 일어섰다.

재갈을 물리고 올라탄 능소는 서(西)로 뻗은 오솔길을 따라 어둠을 헤치고 말을 몰았다. 맑은 하늘에 별들이 총총하고 멀지 않은 숲 속에서는 승냥이가 으르렁거리고 다른 짐승들이 다급하게 뛰어 달아나는 기척이 요란했다. 노루 아니면 토끼떼라고 생각했다.

길을 막는 자도 없고 적도 나타나지 않았다.

밤새 전진하여 먼동이 트는데 눈앞에 남북으로 산줄기가 나타났다. 요하는 이 산 너머를 흐를 것이었다.

고개에 오르자 발밑에 흐르는 넓은 강물이 눈에 들어오고 대안도 산이었다. 그는 뛰어내려 말에 풀을 뜯기다가 길섶에 앉아 남은 떡을 천천히 씹었다. 바람결에 사람의 말소리가 들리는 듯했다. 정신을 차리고 귀를 기울였으나 주위는 고요하고 아무런 기척도 없었다.

식사를 마친 능소는 밝아오는 동녘 하늘을 바라보다가 말에 올라 굽이굽이 돌아간 산길을 내려갔다. 길은 숲에 가렸다가도 다시 나타나고 또 사라지며 발아래 강으로 이어져 갔다.

급각도로 꺾이는 대목에서 말 탄 그림자가 달려오다가 숲길로 사라지는 것이 눈에 들어왔다. 순간의 일이라 정체를 똑똑히 보지 못했다. 그는 말고삐를 채어 길가 나무 밑에 들어서 활을 내리고 앞을 주시했다.

말굽소리가 차츰 크게 울리면서 숲이 끝나고 두 명의 고구려 병사가 달려왔다. 그는 박차를 가하여 길 복판에 나섰다.

"너어덜은 뭐잉야?"

능소는 거리를 두고 크게 외쳤다. 두 병사는 속도를 늦추다가 다시 말에 채찍을 내리치고 그중 한 명이 소리를 질렀다.

"능소 20인장 아니시오?"

돌쇠와 낯선 병사였다. 달려온 돌쇠는 말을 내려 능소와 어깨를 마주 잡고 낯선 병사는 땅에 한 무릎을 꿇고 정식으로 경배를 드렸다.

"어떻게 된 일입니까?"

돌쇠가 반가워 어쩔 줄을 몰랐다.

"상처가 나아서 너어덜을 찾아가는 질이다."

그는 돌쇠의 어깨를 놓고 물었다.

"약광 장군이 요하에서 싸우실 때 너어덜두 참가했겠지?"
"네."
그는 간단히 대답했다.
"그래 어디메 가는 질잉야?"
"장군의 편지를 갖고 요동성 가는 길입니다."
"처려근지께 가는 편지야?"
"연자발 장군께 가는 편집니다. 오골성(烏骨城)에 계시다는데 요동성 처려근지 처소에 가져가면 거기서 전해 준답니다."
"조심해라. 도중에는 적이 나대구 있응이까."
"20인장님도 조심하십시오. 이 요하 저편 무여라 벌은 그 애들 세상입니다."
"장군은 지금 어디메 계시니야?"
"글안마을에서 북으로 1백 리 들어간 늑대산에 계십니다."
"그럼 잘 댕게오너라."
능소는 그들의 인사를 받고 말에 올라 채찍을 내리쳤다.
"물가 검은 바위 밑에 나룻배가 있습니다."
돌쇠의 목소리가 뒤를 따라왔다.
강에 당도한 능소는 쉬 배를 찾았다. 안장을 내려 짐을 배에 싣고 말을 물속으로 내몰고 나서 노를 젓기 시작했다. 이 요하를 지나간 두 번과는 달리 이번에는 혼자 쪽배로 건넌다 생각하니 세상의 어수선함이 더욱 가슴에 왔다. 언제 끝장이 날지 알 수 없는 이 비바람 속에서 고향 옥저마을은 쑥밭이 되고 자기는 적지로 들어가는가 하면 상아는 각각으로 다가오는 적 앞에서 죽음을 생각하고 있을 것이었다.

남을 죽이고 남의 땅을 침범하지 않고는 배기지 못하는 자들이 있는 이상 세상은 소란하게 마련이요, 그들을 영원히 꺾어 없애는 것은 하늘 아래 제일가는 큰일에 틀림없었다. 여기 뛰어든 것은 역시 잘한 일이었다.

 다시 무여라 땅에 올라선 능소는 고개를 넘어 아침햇살이 퍼진 들판의 오솔길을 서(西)로 말을 달렸다. 지평선에 잇닿은 평야에는 간간이 숲이 우거졌을 뿐 사람도 마을도 보이지 않았다. 검은 땅에 피어오른 잡초의 탐스러운 잎들을 눈여겨보면서 전쟁만 없다면 이 땅도 얼마든지 기름진 터전이 될 수 있다고 생각했다.

 오정이 가까울 무렵 눈앞에 울창한 숲이 나타났다. 몇백 년도 더 되었을 느티나무 거목이 하늘을 찌르는 사이사이로 빈틈없이 참나무, 느릅나무 등속이 엉겨 붙었다. 길을 따라 들어서니 땀이 식고 찬 기운이 등골을 스쳐갔다.

 한참 달리는데 머리 위에 수십 마리의 까마귀떼가 허공을 돌며 떠들어댔다. 언제 들어도 귀에 거슬리는 이 소리에 그는 얼른 숲을 빠져나가야겠다고 더욱 채찍을 내리쳤다. 10리는 왔다고 생각할 무렵 앞이 트이고 더 많은 까마귀들이 오락가락하는 것이 눈에 들어왔다.

 숲이 끝나자 땅에 앉았던 까마귀들이 낮게 떠올라 머리 위를 돌았다. 능소는 주위를 살피면서 말을 멈춰 세웠다. 말굽 자국이 어지러운 가운데 백발의 상투를 땅에 박고 모로 쓰러진 노인 옆에는 반라(半裸)의 젊은 여인이 머리가 부서진 젖먹이를 안고 쓰러져 있었다. 제각기 고을의 성을 찾아 들어간 이때 피치 못할 사정에 얽혀 이 들판 어느 구석에 남아 있던 외로운 일가이리라.

 능소는 창을 꼬나들고 말굽을 따라 내달았다. 멀리는 못 갔을 것이다. 피를 보지 않고는 참을 수 없는 심정이었다.

 느티나무 고목 사이를 누비고 서로 뻗은 길을 한참 달리니 비스듬히 서북에 번뜩이는 물이 눈에 들어왔다. 햇볕을 받은 강물은 남북으로 흐르는데 정면 천여 보에 이르러서는 둑에 가려 보이지 않았다. 능소는 연거푸 박차를 가하여 질주했다.

둑에 이르자 물을 들이켜는 말을 등지고 돌등에 앉아 점심을 먹던 적병 두 명이 기성을 발하고 후다닥 일어섰다. 능소는 틈을 주지 않고 그대로 말을 달려 창으로 한 놈의 앞가슴을 내지르자 씹던 것을 토하고 물가에 나가 떨어졌다. 나머지 한 놈은 얕은 강물에 뛰어들어 마구 달아났다. 그는 창대로 말을 후려치며 쫓아 들어갔다. 돌에 걸쳐 엎어진 놈의 잔등을 내리찔러 핑 돌렸다가 빼자 용솟음치는 피가 물결에 퍼져갔다. 능소는 창끝을 물에 담그고 두 놈을 번갈아 보았다. 하나는 강가에서, 또 하나는 물속에서 짐승 같은 비명을 지르고 허우적거리다가 기진하고 잠잠해졌다. 그는 창을 다시 쳐들고 대안에 올라섰다.

땀이 온 몸을 적시고 있었다. 창을 안장에 지르고 소매로 얼굴과 목을 훔치고 나서 힘을 주어 고삐를 당겼다. 말은 다시 서쪽을 향해 달리기 시작했다. 황혼이 깔릴 무렵 고갯길에 들어서자 우측 골짜기에서 시냇물이 흘러나왔다. 능소는 물줄기를 따라 골짜기로 들어갔다. 어제와 오늘밤도 자지 않고 달려 피곤이 몰리고 걷잡을 수 없이 잠이 쏟아졌다.

그는 샘가에서 안장을 내리고 풀과 나뭇잎을 훑어 말먹이를 주었다. 후미진 곳에 말다래(馬障泥)를 깔고 앉아 미시를 타 마시고 깨엿을 씹는데 주위는 아주 캄캄하고 숲속에서는 올빼미가 울었다. 몸은 나른하고 눈이 저절로 감겨 더 이상 참을 수 없었다. 그는 창을 옆에 놓고 드러누워 깊은 잠에 빠져 들어갔다.

새벽에 잠이 깬 능소는 해가 뜨기 전에 고갯마루에 올라섰다. 훤히 트인 벌판을 동서로 달린 것은 무여라 성과 글안마을을 잇는 길이었다. 그는 마상에서 한숨 돌리고 낯익은 이 길을 훑어보았다. 서북으로 20리, 연기가 오르는 고장이 글안마을인데 지금 보이는 것은 고구려 사람들이 올리는 연기가 아니고 노하·회원 양 진에서 전진하여 온 적 후속 부대가 아침밥을 짓는 연기리라.

고요하던 길에 10여 기의 적 기병들이 먼지를 일으키며 동으로 달려갔다. 늑대산으로 가려면 이 길을 가로질러야 하는데 대낮에 적군에게 발각되지 않고 가기는 어려울 것이었다. 그렇다고 샘가에 다시 돌아가 온종일 밤까지 기다리는 것도 갑갑한 일이다. 다행히 한길까지의 10리는 중도까지 숲으로 덮여 있었다. 가는 데까지 가 보리라. 그는 고개를 내려갔다.

숲속을 뚫고 간 오솔길을 달리는데 전방에서 사람들의 고함소리가 엇갈리고 말들이 우는 소리가 들렸다. 그는 무작정 채찍을 내리쳐 숲을 빠져나왔다. 대로를 따라 글안마을 쪽으로 도주하는 수백 명의 적군을 추격하는 우군 1백여 기가 눈에 들어왔다. 길에는 짐을 실은 손수레들이 뒤집히고 노새 당나귀들은 식량 부대를 등에 얹은 채 이리저리 뛰고 있었다. 능소는 벌판을 가로질러 우군의 뒤를 쫓아갔다.

죽을힘을 다해서 뛰던 적은 길을 버리고 뿔뿔이 흩어져 벌판으로 달아났다. 우군은 추격을 멈추고 돌아서 달려오기 시작했다. 도중에서 부딪친 능소는 말을 내려 선두의 군관에게 인사했다.

"20인장 능소, 요동성에서 상처를 치료하구 돌아오는 질입네다."

말을 세운 텁석부리 군관은 잠자코 쏘아보다가 물었다.

"어디 소속이냐?"

"약광 장군 수병입네다."

"가자."

그는 더 이상 묻지 않고 채찍을 내리쳤다. 능소는 대열 맨 뒤에 붙어 말을 달렸다. 제자리에 돌아온 그들은 손수레를 부수고 창으로 부대를 찔러 군량을 흩어버리고는 짐을 실은 노새 당나귀들을 휘몰고 북으로 질주하였다.

그들은 마상에서 콩떡으로 시장기를 달래며 계속 달려 오정 때는 산길로 접어들었다. 간간이 나무그늘과 바위 뒤에서 창을 든 초병이 나타나는 험한 길을 10여 리 더듬다가 산모퉁이를 돌자 평평한 골짜기 시냇가에 여러 채의 장막이 나타났다. 그들의 도착을 알고 있는 양 4, 5명의 군관들이 밖에 나와 기다리고 있었으나 약광 장군의 모습은 보이지 않았다.

짐을 내리고 말을 손질한 병사들은 미리 마련한 식사를 마치고 곧 잠자리에 들었다. 밤새 행동한 탓으로 해가 떨어지기도 전에 그들은 자리에 눕자 곧 잠이 들었다. 능소는 개울에 나가 세수를 하고 발을 씻었다. 낯익은 얼굴은 하나 없고 외톨이 같은 고독감이 엄습해 왔다.

산속의 어둠은 쉬 찾아들었다. 해가 지자 곧 캄캄해지고 장막에는 불이 켜졌다. 능소는 장막에 돌아와 잠자는 병사들 앞에 앉았다가 다리를 뻗고 드러누웠다. 눈을 감으니 등잔불 밑에서 홀로 눈물짓는 상아의 모습이 삼삼했다. 세월이 무던한 사람들을 괴롭히고 못할 일을 덮어씌운다고 푸념하는 그의 목소리가 들리는 것만 같았다. 그는 애써 잡념을 털어버리고 잠을 청했다.

깊이 잠들었던 능소는 떠들썩하는 소리에 눈을 떴다. 밖에서는 말 굽소리가 요란하고 횃불을 든 사람들이 이리 뛰고 저리 뛰었다. 그는 자리에서 일어났다. 같은 칸에서 잠든 병사들은 그대로 코를 골고 깨우는 사람도 없었다. 그는 밖으로 나섰다.

새로 도착한 병사들이 말을 끌고 흩어져 뒤로 돌아가고 중앙의 외딴 장막에는 군관들이 몰려 들어갔다. 능소는 횃불을 들고 지나가는 병사에게 물었다.

"무슨 일잉야?"

"약광 장군이 오셨습니다."

병사는 한마디 남기고 그대로 가버렸다. 능소는 천천히 장군의 장막으로 걸어갔다.

"오늘밤은 이만하고 쉬기로 합시다."

장시간 기다린 끝에 귀에 익은 장군의 그 목소리가 울리고 군관들이 몰려 나왔다. 능소는 망설이다가 문간으로 다가섰으나 초병이 가로막았다.

"무슨 일입니까?"

"장군을 좀 뵈야겠다."

"오늘은 피곤하실 터이니 아침에 오시지요."

"어떻게 앙이 되겠니야?"

"밤도 깊었습니다."

하는 수 없이 돌아서려는데 안에서 굵직한 목소리가 울려나왔다.

"그게 누구냐?"

초병 대신 능소가 대답했다.

"20인장 능소올세다."

"들어오너라."

능소는 휘장을 젖히고 안으로 들어갔다.

"네가 웬일이냐?"

장군은 절하려는 그의 팔을 잡아 걸상에 앉히고 자기도 앉았다.

"아께 행길에 나갔던 부대를 만나 따라왔습네다."

"몸은 어떠냐?"

"나았습네다."

"어머니도 무고하시고?"

"어망이는 제가 도착해서 메칠 후에 돌아갔습네다."

"참 안됐구나."

장군은 등불을 바라보고 오랫동안 말이 없었다.

"도중에서 돌쇠하고 낯선 병사 한 사람을 만났습네다."

능소가 다시 말문을 열었다.

"그래? 중국말을 잘해서…. 네가 왔으니 예전 네 부하들을 돌려주지. 나는 아침 일찍 떠나야 하니 지금 얘기해 둬야겠다. 당분간 전과는 다른 전쟁을 해야 한다. 전에는 적의 병력을 살상하는 것이 목표였는데 이제부터는 그게 아니고 적의 군량을 없애는 데 힘을 기울인다. 그러기 위해서는 되도록 대적(大敵)은 피하고 그들의 뒤를 따르는 보급부대만 골라 습격한다."

"알겠습네다."

"적은 이미 요동성을 포위했다. 너는 2, 3일 여기서 쉬고 돌쇠가 돌아오거든 부하를 이끌고 소요하〔小遼河 : 혼하(渾河)〕와 대량수〔大梁水 : 태자하(太子河)〕 사이 군도(軍道) 연변으로 돌아가라. 이 지역에는 이미 작전 중인 다른 부대들도 있다."

뜻밖의 명령에 능소는 놀랐다.

"소요하와 대량수 사입네까?"

"네 고향에 가까우니 지리에 밝고 여러 가지로 편리할 게다. 자세한 것은 군관에게 일러둘 터이니 그리 알아라."

능소는 물러나왔다. 초승달이 비친 천막 사이를 돌아오면서 적지를 누비고 오던 길을 다시 돌아갈 가지가지 고초를 생각했다. 그러나 고향 옥저마을 가까이서 적과 싸운다 생각하면 힘이 났다. 어쩌면 적의 포위를 뚫고 상아와 만날 수도 있을 듯했다.

여인의 또 다른 전쟁

 적의 화살이 뜸한 틈을 타서 상아는 아낙네들과 함께 점심 함지를 이고 성벽으로 올라갔다. 바로 성 밑까지 몰려와서 활을 쏘고 포차로 돌을 날리던 적은 수없는 시체를 남기고 밀려가는 중이었다.
 고구려 병사들은 성벽 위에 쭈그리고 앉아 점심을 먹으면서도 살기등등한 눈은 적을 노리고 있었다.
 상아는 병사들 옆에 서서 쫓겨 가는 적을 바라보았다. 사월 초에 성을 포위한 적은 밤이나 낮이나 파도같이 밀려왔다가는 밀려가며 오월이 지나고 유월에 들어서도 같은 일을 되풀이하였다. 살아남은 자들이 쫓겨 가는 저쪽에는 즐비하게 깃발이 늘어서고 말과 사람들이 개미떼같이 진을 치고 있었다. 도시 중국 사람들의 씨는 얼마나 많기에 두 달을 두고 그렇게도 많이 죽었건만 조금도 줄어든 눈치는 보이지 않았다.
 처음 포위당했을 때의 무시무시하던 분위기도 가시고 이제 적의 함성이나 날아오는 화살에도 마음이 동하는 일은 없었다. 그럴수록 걱정은 가슴 깊이 파고들어 웃음을 잊은 지 오래되었다. 한번 떠나간 능소는 또다시 소식이 없고 전쟁은 언제 끝날지 알 수 없었다. 전에는 갑갑하면 산에 오르고 들에라도 나갈 수 있었으나 지금은 성안에 발이 묶여 뜻대로 안 되었다.

전과 다른 사정은 그뿐이 아니었다. 걱정은 되면서도 능소가 돌아오리라는 신념은 언제나 마음 한구석에 살아 있었다. 그러나 지금은 그게 아니었다. 단순히 변경을 지키러 간 것이 아니라 적이 깔려 있는 무여라 벌로 싸우러 갔으니 생각할수록 살을 에이는 심정이었다. 도대체 자기의 팔자, 능소의 팔자를 이렇게 점지해 준 신령님의 마음보가 얄궂기 그지없었다.

"물러서요!"

병사들은 먹던 음식을 밀어놓고 고함을 치며 앞에 나와 활에 살을 재웠다. 물러갔던 적은 포차를 앞세우고 다시 몰려와서 활을 쏘기 시작했다. 살은 성벽에 부딪고 때로는 머리 위를 스쳐 허공을 날아갔다. 상아는 성가퀴(城堞)에 몸을 숨기고 내려다보았다. 적은 각각으로 다가오고 화살은 빗발치듯 날아오건만 성 위의 고구려 병사들은 꼼짝 않고 지켜보고만 있었다.

성 밑까지 당도한 적이 대문을 향해서 포차로 돌을 날리기 시작하자 성 위의 병사들은 일제히 사격을 개시했다. 살은 거의 허비가 없고 정확히 맞아 적병들은 비명과 함께 쓰러지고 성 위에 쌓았던 돌은 무더기로 쏟아져 포차를 들부쉈다. 상아는 마음이 후련하고 그 많은 돌을 나르던 고생이 보람으로 바뀌는 흐뭇함이 있었다.

말 탄 적의 군관들은 창을 휘둘러 후퇴하는 부하들을 막으려고 날뛰었으나 홍수에 둑이 무너지듯 막무가내로 밀려 달아났다. 화살을 퍼붓던 우군 병사들은 그들이 멀어지자 사격을 중지하고 다시 앉아 먹던 주먹밥에 손을 댔다.

빈 함지를 머리에 인 여자들의 행렬은 다시 성벽에 내려 얼마 떨어지지 않은 한밥집으로 향했다. 누구 하나 돌아보는 사람도 입을 여는 사람도 없었다.

한밥집에는 교대로 나온 아낙네들이 기다리다가 함지를 받아 내려주었다.

"내일은 쉬고 모레 점심 때 늦지 않게 나오시오."

감독 병사가 엉거주춤 서 있는 그들에게 일렀다. 상아는 똬리를 한 손에 들고 흩어지는 여자들 틈에 끼어 한길을 걸었다. 잔등에 달라붙은 베적삼을 들치고 한 손으로 이마의 땀을 훔치는데 뒤에서 외치는 소리가 울렸다.

"비껴요, 비껴!"

화살을 실은 손수레가 수없이 지나갔다. 끌고 가는 병사들의 햇볕에 탄 얼굴에서 흙먼지와 땀이 범벅이 되어 검은 땟국이 흘러내렸다. 상아는 비켜섰다가 길을 가로질러 골목에 들어섰다.

"이제 오니야?"

옆 골목에서 자루를 멘 우만 노인이 나타났다.

"아바이오다?"

"나도 너어 집에 가는 질이다."

상아는 노인의 옆을 따라 걸었다.

"그게 뭐인지 제가 이겠소다."

"소금이다. 그양 가자."

"소금이오다!"

성에 들어온 후 소금은 특히 귀한 물건이었다. 식량은 미리 마련해서 부족하지 않았으나 소금은 관에서 조금씩 내주는 것을 아껴 써도 모자랐다.

"간밤에 뙤눔덜 소금 장막을 들이치고 빼앗아 왔다더라."

"그렇구만…."

"그래서 특벨히 노나 주는 게다."

집 앞 조그만 땅에 심은 배추를 솎던 어머니가 일어서 인사했다.

"아바이, 뭘 그렇게 메구 오오다?"

"소금이랍메."

상아가 앞질러 대답했다.

"받아 이구 오지, 아아도."

"받아 이겠다는 걸 내가 위겠소(우겼소)."

노인은 자루를 땅에 내려놓았다.

"되눔덜한테서 빼앗은 게랍메."

상아는 어머니에게 설명하고 바당에 들어가 모댕기를 들고 나왔다. 노인은 자루를 풀고 함께 넣었던 바가지로 하나 떠 주었다.

"한 집에 이거 하나씩이오."

노인이 허리를 굽히고 자루 끝을 돌려 묶자 어머니와 딸은 쪼그리고 앉아 모댕기의 소금을 만지작거렸다.

"아바이, 이 전쟁은 언저게나 끝이 날 것 같소다?"

어머니가 노인을 쳐다보고 물었다.

"그게사 어떻게 알겠소? 하지마는 전쟁에도 고비가 있소. 한 번은 고비가 올 게오."

노인도 자루를 묶고 나서 쪼그리고 앉았다.

"그럼 큰 변이 나는 게 앙이오다?"

"글쎄 가아덜이사 이 요동성을 기어이 뺏겠다구 덤베드는 게지마는…."

노인은 멀찌감치 성벽 위에 보이는 초병에게 눈을 던졌다가 말을 이었다.

"그눔덜이 성을 뺏게 되문야 더 말할 게 있소? 그렇게는 앙이 될 게오."

"언저게나 제 세상이 오겠는지, 요새 같애서는 사는 게 사는 것 같지 않소다."

"군량을 얼매나 가주구 왔는지는 몰라도 먹을 게 떨어지문 물러갈 게 앙이오?"

"이게 불쌍해서 … 전쟁이 끝났다구 되는 게 앙이구 능소가 살아서 돌아와야 하겠는데 그게 늘 가슴에 맺힌단 말이오."

"능소가 뙤놈 손에 죽을 사램이오? 아시당초에 그런 걱정 마오."

노인은 자루를 둘러메고 일어섰다.

"모두덜 불러다가 노나주겠는거 그러시오다."

어머니는 자루 밑을 받쳐 일으켰다.

"살아가는 셍펜도 볼 겸 바람도 쐬구 …."

우만 노인이 옆집 바당문으로 들어가는 것을 보고 어머니와 딸은 배추와 소금을 들고 집으로 들어왔다.

"소금도 소금이지마는 이렇게 갇헤 있응이 채소가 귀해서 …."

어머니는 잔 배추를 물에 씻으면서 푸념을 했다. 지난겨울 마을을 떠날 때 가지고 온 마른 시래기도 떨어지고 채소라고는 손바닥만 한 땅에 심은 배추밖에 없었다.

"할 쉬 없재이오? 쥑일 건 뙤놈덜입메."

상아는 쌀을 일면서 무작정 화가 치밀었다.

유난히 북소리가 요란한 밤에도 죽은 듯이 자고 새벽에 잠을 깨었는데 밖에서 다급히 뛰는 발자국 소리에 이어 바당문을 두드리며 외치는 소리가 났다.

"군에서 왔소. 집집마다 애기 볼 사람만 남구 한밥집에 모이시오!"

"앙―이, 우린 내일 정슴 때부터요."

여인의 또 다른 전쟁 325

벌써부터 일어나 머리를 빗고 앉았던 어머니가 대답했다.
"그런 걸 셀 때가 아니오. 빨리들 나와야 하오."
"예에, 알았소다."
병사는 창대로 땅을 구르다가 다음 집으로 뛰어갔다. 자리 속에서 듣고 있던 상아는 일어나 세수를 하고 옷을 갈아입었다.
"엄만 집에 있소다."
"간밤에는 유벨나게 요란하덩이만 큰일 난 모양이다."
어머니는 머리에 두건을 썼다.
"엄만 집에 있으랑이까."
"앙이다. 이런 때 빠지는 건 사램이 앙이다."
그들은 바당에 서서 식은 밥을 냉수에 말아 들이켜고 밖에 나섰다. 훤하게 밝아오는 거리에 아낙네들이 달려가고 있었다. 상아는 어머니의 팔을 부축하고 반이나 뛰었다.
성이 가까워지자 들것에 실려 오는 부상병들이 그치지 않고, 성벽 위에 늘어선 병사들은 연달아 활을 쏘고 돌을 굴렸다. 화살 뭉치를 둘러멘 병사와 잔등에 돌을 짊어진 병사들이 꼬리를 물고 성벽을 오르내리고 있었다.
한밥집은 웅성거렸다. 집안의 가마로는 모자라 밖에도 여러 개의 큰 가마를 돌 위에 걸어놓고 불을 때고 쌀을 퍼내고 물을 길어오고 한쪽에서는 남자들이 돼지를 잡고 모두 바삐 돌아갔다. 상아는 싸람박을 들여다가 어머니에게 맡기고 자기는 동이를 이고 가까운 우물로 갔다. 순서를 기다리는 아낙네들은 쉴 사이 없이 입을 놀리고 팔뚝질을 했다.
"양광이 성 밖에 와 있대."
"두 달이 지나도록 성을 못 뺏었다고 노발대발했다는걸."
"언제 왔는데?"

"언제 왔는지는 모르지만 어제 밤새도록 친위군까지 합세해서 들이치는 바람에 이 난리래."

"우리 병정들도 모두 나왔다나 봐."

상아는 차례가 오자 물을 퍼 이고 돌아섰다. 중국 황제가 성 밖에 왔다면 이것은 보통 일이 아니었다. 우만 아바이가 얘기한 고비라는 것이 온 모양인데 큰 변이 일어날 것만 같았다. 황제가 직접 손을 댄 이상 온 중국의 힘을 기울여서라도 성을 뺏고 말지 그저 물러서지 않을 것이요, 세상은 막바지에 온 것이 틀림없었다. 죽는 것이 억울했다.

쌀이 담긴 어머니의 싸람박에 물을 붓고 나머지를 함지에 쏟아 붓는데 병정 한 사람이 다가서 어깨를 쳤다.

"처녀는 동이를 놓고 이쪽에 서요."

젊은 여자들만 골라 한 끝에 몰아세웠다. 눈여겨보면서 추리다가 더 이상 없다고 생각했는지 돌아선 병정은 십여 명의 젊은 여자들에게 일렀다.

"안됐지마는 화살을 날라 줘야겠소. 나를 따라오시오"

그의 뒤를 따라가면서 여자들은 두건을 풀어 똬리를 틀었다. 성벽을 따라 즐비하게 기대세운 사다리에는 벌써 화살 뭉치를 이고 오르는 여자들이 하얗게 달라붙어 있었다.

별안간 성 밖에서 북소리 호각소리가 요란하게 울리고 성벽에 부딪는 바위소리, 호통치고 울부짖는 소리들이 뒤범벅이 되어 금시 하늘과 땅이 뒤집힐 듯 소동이 벌어졌다. 가끔 멀리 성벽 위 허공에서 날아드는 살을 피해 벽 가까이를 걸어가던 그들은 늙은 남자들이 손수레와 우마차에서 부리는 화살더미 앞에 멈춰 섰다.

저쪽 끝 마차에서 한 뭉치 메고 휘청거리는 우만 노인의 모습이 눈에 들어왔다. 상아는 말을 건넬 겨를도 안 되어 남들이 하는 대로 더미에서 한 뭉치 골라잡았다. 머리에 얹고 일어서는 순간 다가오는 노인과 눈이 마주쳤다. 언제나 부드럽던 노인의 얼굴은 무겁고 웃음이 없었다. 메었던 것을 더미 위에 내리고 상아의 뭉치를 받쳐 일으키면서 숨을 허덕였다.

"조심해라."

한마디 남기고 마차로 돌아갔다. 상아는 한쪽으로 기우는 살뭉치를 바로 잡고 사다리를 오르기 시작했다. 지난겨울에 베어들인 투박한 통나무들을 반씩 포개 넓적넓적하게 엮은 덕은 사다리라기보다 층층대 같았다. 짐이 무겁지 않으면 넉넉히 뛰어서 오르내릴 수 있을 것이었다.

꼭대기에 당도했으나 아무도 받아주는 사람이 없고 늘어선 병사들은 앞을 향해 쉬지 않고 활을 당기고 있었다. 북소리에 섞여 활줄이 팽하고 울리는 소리, 적의 화살이 벽에 부딪는 소리, 허공을 쌩하고 지나가는 소리에 머리가 어지럽고 가슴이 떨렸다. 급할 때에는 가끔 병사들의 점심이며 저녁밥을 가지고 여기까지 올라왔으나 이렇게 무시무시한 싸움은 처음이었다. 병사들은 돌아보지도 않고 옆에 쌓인 살을 집어서는 쏘고 다시 집었다.

상아는 성에 올라 뭉치를 내리고 머리를 드는 순간 기가 질렸다. 성 밖의 경사지며 잇닿은 벌판이며 온통 사람의 천지였다. 하늘 아래 이렇게 사람이 많을 줄은 몰랐다. 흡사 요동성은 사람의 바다 속에 떠 있는 섬 같았다. 그뿐이 아니었다. 성 밑에는 밤새도록 죽어간 중국 병사들의 시체가 호수를 둘러싼 둑같이 빙 돌아가고 있었다.

적은 뛰지도 않았다. 마치 큰 숲이 움직이듯 북소리와 함께 한 걸음 한 걸음 다가와서는 1백여 보 거리에서 일제히 화살을 퍼부었다. 그러나 성가퀴에 몸을 의지한 고구려 병사들을 꿰뚫지 못하고 성 위에서 내리퍼붓는 화살에 풀같이 쓰러지고, 쓰러지면 또 다른 인간의 숲이 다가왔다. 멀리 벌판 한가운데 말 탄 군관들이 무수히 늘어선 그 뒤 높은 언덕에는 채색 장막이 서고 장막 옆에는 유난히 큰 깃발이 아침 해를 받고 펄럭였다. 밝은 상아의 눈에는 깃폭에 그린 해와 달, 다섯 개의 별들이 똑똑히 보였다. 그 앞에 눈부신 갑옷을 입고 서 있는 것은 필시 소문에 듣던 중국 황제 양광이리라.

"살이다, 살!"

저만큼 떨어진 병사가 한 손을 내저으며 외쳤다. 상아는 내려놓았던 뭉치를 끌고 가서 풀었다. 병사는 곁눈도 팔지 않고 한 대 집어 재우기가 무섭게 냅다 쏘았다. 위를 보고 활을 겨누던 둥근 얼굴의 적병이 가슴을 맞고 나가 떨어졌다.

"구경 온 거야, 살을 나르는 거야?"

병사가 무서운 얼굴로 힐끗 돌아보고 다시 활을 당겼다. 금방 사람이라도 잡아먹을 독기가 이글거리는 눈이었다. 똬리를 집어 든 상아는 사다리를 내리뛰었다. 딴 여자들은 벌써 다른 뭉치를 이고 돌아서는 길이었다.

싸움은 하루 종일 계속되었다. 점심에 주먹밥을 하나 얻어먹고 해가 질 때까지 성을 오르내리다가 어두워 집에 돌아온 상아는 지쳐 쓰러졌다. 먼저 와서 상을 차려놓고 기다리던 어머니가 억지로 잡아 일으켰다.

"그래도 한술 떠야 한다."

그는 어머니가 싸주는 배추쌈을 몇 개 받아먹고 옷고름도 풀지 않고 그대로 드러누워 버렸다.

한밤중에 문을 두드리는 소리에 잠이 깨었다.

"상아야!"

옆집 아주머니의 목소리였다. 비 내리는 소리에 사람들이 뛰는 소리 쇠붙이가 땅에 떨어져 돌에 부딪는 소리가 부산했다.

"무슨 일이오?"

어머니가 물었다.
"뙈놈덜이 남문(南門) 쪽에 넘어왔다오."
어머니와 상아는 동시에 일어나 문을 열었다.
"넘어오당이!"
"운제(雲梯)를 타구 넘어왔답메. 빨리 도끼를 들고 나오오."
"우리 군사덜은 뭐 하는 게오?"
"다 죽은 게지비."

아주머니는 어두운 빗속을 달려갔다. 바당 구석에서 도끼를 찾아 든 상아는 따라나서는 어머니를 정지에 밀어붙이고 밖으로 나서 곧장 남문을 향해 뛰었다. 비는 억수같이 퍼붓고 번개가 칠 때마다 눈앞에 보이는 것은 죽음의 거리에 틀림없고 이 골목 저 골목에서 도끼를 들고 뛰는 여자들의 비에 젖은 모습은 호수에서 버둥거리는 쥐의 신세나 진배없었다. 상아는 어둠 속에 어른거리는 죽음을 보고 뛰었다.

남문이 가까워지면서 빗소리에 가렸던 아우성과 비명, 쇠와 쇠가 부딪는 소리들이 뚜렷이 들렸다. 물구렁을 밟은 상아는 얼굴에 튄 흙탕을 소매로 훔치고 계속 뛰었다.

머리 위에서 번개가 가로지르며 늘어선 창기병들이 나타나고 그 저쪽에서는 서로 휘어잡고 단도로 찌르고 엉켜서 뒹구는 접전이 벌어지고 있었다. 번개는 사라지고 캄캄한 속에 귀가 찢어질 듯 벼락이 쳤다. 상아는 지옥을 생각했다.

십자로에 이르자 창기병들을 등지고 선 병사가 시키는 대로, 여자들은 한쪽으로 몰려갔다.

훨씬 떨어진 성 밑에 이른 그들은 더미로 쌓였던 박달나무를 둘이 한 대씩 맞메고 큰길을 건너 넓은 광장에 둘러친 장막으로 들어갔다. 초롱불 밑에서 늙수레한 남자들이 톱으로 자르고 망치를 휘두르며 땀을 흘리고, 병사들은 그들이 손질을 끝낸 재목을 가로 세로 맞춰 발같이 엮어가지고는 여럿이 맞들고 밖으로 내뛰었다.
"상아도 왔니야?"
통나무를 내려놓는데 망치로 꺽쇠를 내리치던 우만 노인이 돌아보았다.
"어떻게 된 일이오다?"
얼굴을 적신 빗물을 두 손으로 훔치고 물었다.
"뙤눔덜이 포차를 끌구 와서 성을 들부시구 폭포같이 쏟아져 들어왔단다. 밤이겟다, 뇌성벽력은 치겟다…. 그렇다구 걱정은 말아라."
노인은 또 망치를 내리쳤다.
불에 비친 여자들의 모습은 사람이 아니었다. 빗물과 흙탕에 젖은 몰골에 살기를 품은 두 눈, 한 손에는 도끼를 들고 있었다.
행여 어둠 속에서 뙤놈들이 덤벼들면 대갈통을 내리치라고 했다. 무서운 그들의 눈, 장막을 나서 박달나무 더미로 뛰어가면서 능히 사람을 죽일 수 있는 눈들이라고 생각했다. 죽고 사는 것이 박달나무를 들었다 내려놓는 것처럼 대단할 것도 없는, 얼마든지 있을 수 있는 일로 느껴졌다. 차라리 죽는 것이 숨 막히는 이승의 짐을 벗어 버리고 아주 홀가분할 것도 같았다. 그러나 지금 이런 순간에도 능소에 대한 환상은 마음 한구석 깊숙한 고장에서 가물거리고 있었다.
"이러구 살아서 뭐 하니야?"
통나무 앞끝을 메고 일어서는데 옆집 아주머니는 뒤끝에 어깨를 넣으며 고달픈 탄식을 내뱉었다. 둘은 나무의 무게에 몇 걸음 휘청거리다가 게걸음으로 들어서자 아주머니는 또 내뱉었다.
"네엔장, 뙤눔 만나서 사생 절단(결단)을 냈으문 좋겠다."
"그러게 말이오다."
상아는 숨을 허덕였다.
"네사 지다리는 신랑이라도 있재잉야? 나 같은 게사 남펜이 있니야, 아아덜이 있니야."

　지금 이 시각에도, 아까 본 어둠 속의 병사들같이 적과 칼놀음을 하고 있을 능소, 어쩌면 벌써 이 세상을 등지고 신령님의 나라에 갔을지도 모르는 능소를 기다리는 허망함이 가슴을 쳤다. 전쟁은 모든 것을 앗아가고 오늘이 아니라도 내일이나 아니면 적어도 이 전쟁이 끝날 때까지는 아주머니 같은 신세가 될지도 모른다는 두려움에 소름이 끼쳤다.
　하지마는 그런 날이 정말 온다면 아주머니같이 살아 있지는 않을 것이다. 이 고달픈 세월을 지탱하여 온 단 하나 기둥은 능소를 향한 정성이었다. 그것이 무너지는 날 자신도 저절로 무너진다는 것은 너무나 분명한 일이었다. 그는 생각을 털어버리고 어깨를 짓누르는 통나무를 두 손으로 받쳐 들고 장막으로 달렸다.
　동이 트면서 비가 멎고 소란하던 남문 주변도 조용해졌다. 밤새도록 나무를 운반하던 여자들도 흩어져 진흙길을 집으로 향했다. 상아도 같은 동네 여자들 틈에 끼어 어깨를 늘어뜨리고 간밤에 오던 길을 더듬었다.
　무너졌던 성벽에는 박달나무 울타리가 여러 겹으로 들어서고 그 아래 흙탕에는 이루 헤아릴 수 없는 시체들이 겹겹으로 쌓이고 혹은 물구렁에 뒹굴고 있었다. 수십 명의 병사들이 시체를 뒤집어 적과 우군을 가르고 한쪽에서는 들것에 얹어 옮겨 가는 중이었다.
　아무도 말하는 사람이 없었다. 상아도 고개를 숙이고 걷기만 했다. 온몸이 크게 얻어맞은 것처럼 쑤시고 아팠다.
　바당문 고리를 당기려다 말고 귀를 기울였다. 가까운 서문(西門) 쪽에서 북이 울리고 함성이 일어났다. 오늘도 쉬지 않고 싸울 모양이었다.
　"밖에 뉘기 왔니야?"
　어머니가 기동하는 소리에 상아는 문을 열고 안에 들어섰다.

평양성으로 향하는 적의 칼날

　부여성(扶餘城)을 포위한 지 두 달, 아버지 우문술은 눈에 띄게 성미가 날카로워지고 걸핏하면 화를 냈다. 부하들만 죽이고 후퇴하여 오는 군관들을 몽둥이로 뚜드려 패는 일도 드물지 않았다. 요하를 건너 북으로 1천 리를 진격하여 처음 이 성을 포위했을 때는 닷새, 아무리 늦어도 열흘이면 짓밟아 버리고 그대로 남하하여 평양성(平壤城)으로 간다고 했다. 그때쯤은 남방의 여러 성도 떨어져서 압록강까지는 휘파람을 불고 간다는 것이 군관들의 장담이었다. 그러나 그 많은 성 중에서 단 하나도 떨어졌다는 소식은 없고 이 부여성을 지키는 고구려 놈들은 날이 갈수록 더욱 기승했다.
　새벽에 잠이 깬 지급은 아무리 생각해도 일은 묘하게 된 것이 틀림없었다.
　"지급아."
　옆에 누운 화급이 옆구리를 찔렀다. 지급은 돌아누웠다.
　"넌 쇠고기 먹고 싶잖아? 등심을 구워서 간장에 푹 찍어 먹으문 얼마나 좋겠니. 돼지고기라도 말이다."

화급은 입맛을 다시고 돌아누운 지금도 침을 삼켰다. 고구려 땅에 들어서기만 하면 계집과 술과 고기로 세월을 보내게 된다고 하였으나 이 넓은 땅에 도시 사람이라고는 성에서 활을 내리쏘는 병사들 외에는 볼 수 없고 술과 고기도 어림없는 얘기였다. 지난 3월 그믐께 요하를 건너 천 리 길을 북상하면서 지나는 마을마다 샅샅이 뒤졌으나 쌀 한 톨, 닭 한 마리 구경할 수 없었다. 이 성을 포위한 후로도 사방을 휩쓸었으나 고양이 한 마리 찾아내지 못했다.

2백만도 넘는 궤운병들이 본국에서 별의별 것을 다 실어온다는 것도 소문뿐이지 요즘은 하루 세 끼 먹는 것이 큰일이었다. 식량을 절약해라, 허비하는 자는 참형에 처한다 — 군관들은 날마다 한 번씩은 호통을 쳤다. 본국에서 여기까지 오는 수천 리 길에는 고구려 놈들이 없는 데가 없다고 했다. 깨끗이 물러간 줄 알았던 무여라(武厲邏) 벌에도 놈들이 들끓어서, 으슥한 대목에 숨었다가 별안간 냅다 치는 바람에 궤운병들은 싣고 오던 것을 뺏기고 도망치기 바쁘다는 것이었다. 지금 병사들이 배를 채우고 있는 군량은 이 무서운 길을 천신만고 끝에 빠져나온 것이라고 하니 일은 묘하게 되었다. 먹지 않고야 싸울 수 있느냐 말이다.

요하(遼河) 동안(東岸)에 머물러 있던 양 배때기가 홧김에 남하하여 요동성(遼東城) 공격을 직접 지휘한다지마는 배때기 마음대로 될까? 10여 일 전에 그 소식을 듣고부터 아버지는 더욱 초조해서 연달아 총공격을 퍼부었으나 그때마다 수많은 장병들이 피를 뿌리고 죽어갔을 뿐이다. 어저께만 해도 아침부터 개미떼같이 성으로 몰려 닥쳤으나 내리퍼붓는 화살에 병정들은 푹푹 쓰러지고 돌을 마구 굴리는 바람에 포차니 충차니 형편없이 부서지고 말았다. 말이 공격이지 하루살이가 불에 뛰어드는 식이었다. 오늘은 또 얼마나 많은 목숨들이 박살날 것인가? 그건 그렇고 장안(長安)에서 쇠고기를 불에 구워 간장에 찍어먹던 그 맛은 생각만 해도 침이 솟았다. 겨우 있다는 것은 육포, 그것조차 대장군의 아들에다 호위병이 된 덕분에 하루에 한 조각씩 입에 들어가건만 고기 맛이라고는 하나 없는 마른 작대기 씹기였다.

"난 아무래도 집에 가야 할까 부다."

화급은 한숨을 내쉬었다.

"나 같은 약골이 여태까지 버틴 것만도 대단하다고 생각잖아? 이젠 틀렸다. 허리가 아프고 가슴이 제리고 견딜 수 있어야지. 네가 좀 아버지께 여쭈어라. 내 몸이 형편없다고 말이다."

북소리가 울리면서 새벽의 고요를 뚫고 인마가 부산하게 달리기 시작했다. 지급은 침상에서 일어나 옷을 입었으나 화급은 자리에 누운 채 움직이지 않았다.

"사지가 쑤시고 꼼짝 못하겠다."

동생의 거동을 지켜보던 화급은 눈이 마주치자 고개를 돌려 버렸다. 옆 장막에서 아버지의 목소리가 들려왔다.

"오늘은 공격을 중지하고 대휴식이다. 다만 희망자들끼리 사냥에 나가는 것은 무방하다."

화급은 부스스 일어나 장막 틈으로 밖을 두리번거리고 흩어지는 군관들의 발자국소리가 옆을 스쳐갔다.

"야 오늘은 날씨가 좋구나. 사냥에는 그만이겠다."

지급은 잠자코 신발 끈을 맸다.

"허지만 곰 같은 고구려 놈들이 어느 구석에 숨어 있는지 알 수 있어야지."

화급은 다시 자리에 드러누워 크게 한숨을 내쉬었다. 지급은 구석에 가서 옹배기의 물에 세수를 하고 일어서 얼굴을 닦았다.

"너도 사냥 가니? 나도 가고 싶다마는 허리가 아파서 …."
침상에 꼬부리고 누운 화급은 주먹으로 자기 허리를 두드렸다.
"가거든 산돼지 한 마리 부탁한다."
지급은 산챗국으로 목을 축이며 식사를 마치고 밖에 나섰다. 여름 밤은 쉬 밝아서 동녘 하늘은 붉게 물들고 산에는 해 뿌리가 돋아 오르고 있었다. 점심보따리를 안장에 처매고 말을 몰아 끝없이 늘어선 장막 틈을 누비고 벌판에 나섰다. 활을 둘러멘 300여 기가 동쪽 연산(連山)을 향해 달리고, 깃발들이 나부끼는 부여성은 초병들이 꼼짝 않고 내려다볼 뿐 아무 기척이 없었다.

성을 등지고 멀어지면서 인마에 짓밟힌 검붉은 땅은 차츰 초록으로 변하고 머리 위에는 제비들이 시름없이 날고 있었다. 앞에 가는 말굽 소리 외에는 온 누리가 고요한 것이 전쟁의 기색은 아무 데도 보이지 않았다. 그는 채찍을 퍼부어 기병들을 따라잡았다.

20리 떨어진 산기슭에 닿을 무렵에는 태양은 허공에 솟아오르고 온몸이 땀으로 젖었다. 지급은 군관들의 지휘 하에 여기저기 흩어져 산등성에 오르는 병정들의 뒤를 따라 숲을 헤치며 천천히 말을 몰았다. 숲에서 어쩌다가 놀란 꿩들이 날개를 치고 날아갔으나 그렇게도 흔한 노루조차 보이지 않았다. 부여성을 포위한 10만 군이 틈만 있으면 설치는 바람에 어느 먼 고장으로 이동한 것이 분명했다.

오정까지 숲속을 헤맸으나 토끼 한 마리 잡지 못했다. 속에서 시장기가 치밀고 나뭇가지에 긁힌 팔목의 상처는 땀이 배어 아렸다. 노루라도 만나면 푹 찔러 화풀이를 하려던 지급은 소득 없는 사냥에 싫증이 났다. 그는 대열을 벗어나 골짜기를 향해 내리달렸다. 골짜기를 한참 달리다가 바위틈에서 나오는 샘을 발견하고 말을 내려 점심을 먹으려는데 말굽소리가 요란하게 울렸다. 그는 일어서 활을 내리고 살을 재웠다.

"여기다."

모퉁이를 돌아오는 7, 8기의 선두에서 한 병정이 외쳤다. 지급은 활을 도로 메고 호통을 쳤다.

"뭐냐, 너희들은!"

"군관께서 대장군의 아드님을 보호해 드리랍니다."

바로 앞에서 말을 내린 병정들은 고삐를 만지작거리며 그를 바라보았다.

"좋아, 그렇다면 지금부터 너희들은 내 명령대로 움직인다. 당장 앉아서 점심을 먹어라."

병정들은 풀밭에 말을 매어놓고 저마다 점심주머니를 들고 왔다. 지급은 비스듬히 앉아 육포를 반찬으로 주먹밥을 먹었다.

목이 메어 표주박으로 샘물을 뜨는데 병정들은 콩밥을 씹으며 자기에게 곁눈질을 하고 있었다. 그는 물을 마시고 나서 육포 한 조각을 그들에게 집어던지고 고개를 돌렸다. 무엇이나 닥치는 대로 들부수고 싶은 심정이었다.

병정들과 함께 다시 말에 올랐으나 장막으로 돌아가기에는 이르고 그렇다고 갈 데가 있는 것도 아니었다. 그는 선두에서 무작정 등성이에 올라 눈앞에 파도같이 전개된 봉우리들을 바라보다가 다음 골짜기로 내려갔다. 다시 다음 등성이에 올라갔다가 골짜기에 떨어지고 또 등성이에 올랐다.

"이렇게 무턱대고 가면 위험합니다."

예쁘장한 병정이 앞으로 달려와서 말렸다. 지급은 주먹으로 그의 턱을 쥐어박고 채찍을 힘차게 내리쳤다. 아무리 가도 다시는 무어라고 하는 자가 없었다.

등성이를 열 개도 더 넘었다. 옷은 몸에 달라붙고 말도 비틀거리기 시작했다. 다음 등성이에 올라선 지급은 말을 나무에 매고 그늘에 앉아 손바닥으로 얼굴의 땀을 훔쳤다. 중복(中伏)의 더위는 장안이나 고구려 땅이나 마찬가지였다.

참나무 잎 사이로 봍(자작나무, 떡갈나무 껍질로 지붕을 이는 데 쓰는 것) 지붕이 언뜻 눈에 들어왔다. 그는 손을 내저어 옆에서 떠드는 병정들을 제지하고 유심히 내려다보았다.

골짜기 이쪽 산기슭에 바싹 붙여 세운 두 채의 귀틀집은 통나무의 껍질도 벗기지 않았고 벽에 흙도 바르지 않았다. 지붕이나 통나무 벽이나 비바람에 썩은 흔적은 없고 세운 지 얼마 안 되는 것이 분명했다. 숨을 죽이고 귀를 기울였으나 아무 소리도 들리지 않았다.

그는 서녘 하늘에 기우는 해를 바라보다가 창을 짚고 일어섰다.

"내려가 보자."

그러나 따라 일어선 병정들은 움직이려고 하지 않았다.

"얼른 돌아가야 합니다."

예쁘장한 병정은 돌아서 말고삐를 풀려고 했다. 지급은 그의 가슴패기를 잡고서 흔들어 댔다.

"왜 말이 많지?"

"가봐야 빈집입니다."

"가자면 갈 것이지!"

그는 두 눈을 부라리고 앞장서 골짜기로 내려갔다. 병정들은 창을 꼬나들고 말없이 따라왔.

가까이 가면서 묘한 생각이 들었다. 고구려 종자들은 모여 사는 줄 알았는데 밭도 없는 산속에 단 두 채가 서 있는 것도 이상하고 창문 없는 벽에는 드나드는 널빤지 문이 하나씩 달려 있을 뿐이었다. 이런 산속에 곳간도 이상했다. 집 주위에는 말굽자국이 부산하고 군데군데 마분(馬糞)이 흩어져 있었다.

불안한 예감에 주위를 둘러보았으나 산속은 고요하기만 했다. 지급은 선두에서 첫 집의 판자문을 들이찼다. 잠기지 않은 문은 활짝 열리면서 안벽에 부딪치고 그들은 몰려 들어갔다.

부대들이 여러 줄로 천정까지 쌓이고 부대마다 큼직한 글씨가 쓰여 있었다. 대개는 "낙구창"(洛口倉)이라 적혀 있고 간혹 "회락창"(回洛倉)이라 쓴 것도 눈에 띄었다. 창으로 무작정 찔러대는 병정들의 손이 떨렸다. 5천 리 떨어진 낙양(洛陽) 교외, 나라의 창고에 쌓였던 곡식부대들이 여기 고구려의 외딴 산속 곳간에 쌓여 있는 데는 무시무시한 사연이 있을 것이었다. 싣고 오다가 고구려군에 뺏기고 가슴을 찔려 죽는 중국병정들의 찡그린 얼굴들이 부대 위에 아물거렸다. 콩 수수 조가 쏟아져 흐르고 병정들의 입에서는 공포의 헛기침이 연거푸 튀어나왔다.

마구 찌르고 돌아가는 지급은 말할 수 없는 희열을 느꼈다. 죽이고 들부수는 일처럼 신나고 흐뭇한 것은 없었다. 오래간만에 직접 자기 손으로 감행하는 파괴에 맺혔던 것이 풀리고 속이 후련했다.

옆집이 궁금했다. 그는 병정들을 휘몰고 뛰어나와 같은 판자문을 박차고 안으로 들어섰다. 화살이 차곡차곡 쌓여 있었다. 이것도 고구려 화살이 아니고 언젠가 낙양 북교에서 양 배때기가 검열할 때 보던 두 갈래 중국 화살이었다. 덮어놓고 창으로 내리갈기다 보니 대가 튀고 부서지는 소리가 시끄러웠다.

"불이다, 불을 질러!"

이번에도 예쁘장한 병정이 한마디 했다.

"위험해?"

"연기가 오르문 적이 쫓아옵니다."

"넌 아는 것도 많구나, 제엔장."

병정은 입을 벌리고 그를 쳐다보았다. 지급은 호통을 쳤다.

"내가 뭐랬지."

"불을 지르라고 했습니다."

"질러!"

예쁘장한 병정은 품에서 부싯돌을 꺼내 치고 다른 병정들은 화살을 두세 대씩 뭉쳐 무릎에 대고 분질렀다. 그들은 제각기 분지른 화살에 불을 붙여 화살더미에 질러 놓았다.

마른 대에서는 불길이 오르고 소리를 내며 타기 시작했다. 지급은 작대기로 불을 뒤적였다. 자연이 만든 생명을 없앨 때에는 구구한 잔소리가 많았으나 인간이 만든 물건은 그것이 없어 좋았다. 양 배때기가 아버지에게 명령하고 아버지가 다시 운정홍에게 명령하여 활장이들이 늘어지게 뚜드려 맞으며 깎아 만든 화살, 자기는 지금 그것을 이 고구려 산속에서 태우고 있는 것이다. 배때기가 이 광경을 보면 화를 낼까 칭찬을 할까, 놈의 새끼.

불길이 크게 오르자 숨 막히는 더위에 그들은 밖으로 나왔다. 이미 황혼이 깃들고 먼 산에서 소쩍새가 울고 있었다.

"빨리 이 자리를 떠야 합니다."

예쁘장한 병정은 대답도 기다리지 않고 산으로 올리달렸다.

엉거주춤 눈치만 살피던 다른 병정들은 집안에서 쏟아지는 불빛을 피하여 어둠속으로 옮겼다가 슬금슬금 그의 뒤를 따라 산으로 기어올랐다.

"돌아와 보면 너희들도 섭섭할 게다, 요 꺼우리들아."

지급도 천천히 산 위에 올라 나무에 맨 말고삐를 풀었다.

서북 부여성의 방향으로 말머리를 돌린 그들은 산길을 애써 달렸으나 말들은 돌부리에 걸리고, 시장기에 배에서는 물소리가 그치지 않았다. 금시 고구려군이 쫓아오는 듯 병정들은 나지막한 잔기침을 마지않고 어둠속에서도 연거푸 뒤를 돌아보았다.

— 이 기저귀 같은 것들도 살겠다고 야단이구나 —

밤을 새워 오솔길을 더듬은 그들은 먼동이 틀 무렵 둥근 고갯마루에 올라서자 눈앞에는 넓은 벌판이 전개되고 멀리 부여성 쪽에서 함성과 북소리들이 요란하게 울려왔다. 병정들은 살았다는 듯 한숨을 내쉬고 멈춰 선 말 위에서 희멀겋게 밝아오는 벌판을 내려다보며 움직일 줄을 몰랐다.

"좀 쉬어 갈까."

지급이 말에서 내리자 다른 병정들도 따라 내려서는 그대로 땅에 쓰러지고 말들은 풀을 뜯었다. 지급은 자작나무에 기대앉아 두 다리를 뻗고 잠이 들었다.

참을 수 없는 시장기에 잠이 깨었을 때는 여름의 밝은 햇살이 벌판에 퍼지고 부여성과 먼발치로 성을 둘러싼 중국군이 선명하게 눈에 들어왔다. 북도 울리지 않고 군대도 제자리에 머문 채 간간이 말을 달리는 군관들만 분주히 돌아갔다. 한대 얻어맞고 또 얻어맞을 채비를 하는구나. 지급은 크게 헛기침을 했다.

"깼다, 깼어."

떨어져 뒤에 모여 앉은 병정들이 속삭이는 소리가 귀에 들어왔다. 그는 고개를 돌려 곁눈으로 노려보았다. 설익은 다래와 머루를 뜯어다 놓고 먹는 참이었다. 예쁘장한 병정이 재빨리 한 움큼 들고 뛰어왔다.

"주무시는 줄만 알고…."

그는 앞에 놓고 제자리로 돌아갔다. 신 것을 좋아하는 지급은 배고픈 김에 설익은 것이 더욱 구미에 맞았다. 씨도 토하지 않고 다 먹고 나니 약간 취하는 듯했으나 기운이 났다.

부여성에서는 또 북이 울리며 전보다 더욱 대단한 함성이 일어나고 성을 에워쌌던 병정들이 홍수같이 죄어가고 있었다. 자기들끼리 쑥덕거리다가 예쁘장한 병정이 앞에 와서 굽실했다.

"어떻게 할까요?"

지급은 대답하지 않았다. 병정은 머뭇거리다가 다시 한 번 물었다.
"가봐야 하지 않겠습니까?"
"가봐라."
그는 성에서 눈을 떼지 않았다.
"안 가시겠습니까?"
"난 한잠 자야겠다."
지급은 두 손으로 뒷머리를 괴고 드러누워 버렸다. 또 무더기로 죽고 아버지는 더욱 성화를 부릴 것이다. 병정은 제자리로 돌아갔다. 햇볕을 가린 그늘 밑에서 함성을 먼 바다의 파도소리같이 들으면서 그는 잠이 들었다.
황제 양광과 창으로 겨루다가 튀어나온 배통을 찌르려는 순간 잡아 흔드는 바람에 눈을 비비고 일어나 앉았다. 다른 병정들은 말고삐를 끌고 내리막길에 들어서고 예쁘장한 병정이 그의 귀에 대고 다급하게 속삭였다.
"꺼우리들입니다."
두 골짜기 너머 산등성이에서 말 탄 고구려 병사 5, 6명이 이쪽 골짜기로 쏟아져 내려오고 있었다. 그는 뛰어 일어나 말에 올라탔다. 벌판에 내려선 그들은 쉬지 않고 달렸으나 고갯마루에 당도한 고구려 병사들은 멈춰 선 채 잠자코 내려다볼 뿐 쫓아올 기색은 없었다. 지급은 중천에 뜬 해를 쳐다보며 고삐를 당겼다.
"천천히 가자."
보도(步度)를 낮춘 병정들은 소매로 얼굴과 목의 땀을 훔쳤다. 숨을 허덕이면서도 눈은 뒤로 돌아 고구려 병사들을 떠나지 않았다.
"다행입니다."
예쁘장한 병정이 나란히 말을 몰면서 한마디 했다.
뒤에서 한 병정이 외쳤다.

"놈들이 꺼졌습니다."

모든 시선이 일시에 뒤로 돌았다. 고갯마루의 고구려 병사들은 자취를 감추고 놀란 장끼가 산허리를 가로질러 날고 있었다. 빨리 가야 좋을 것은 없었으나 시장기에 못 이겨 그들은 힘없이 채찍을 내리쳤다.

성에 다가오자 떠들썩하게 또 공격이 시작되고 이루 헤아릴 수 없는 병정들이 몰려가고 있었다. 성 위에서는 돌을 굴리고 화살이 쏟아져 내려왔다. 비명 호통 아우성이 그치지 않고 언덕 위에서 군관들을 앞에 하고 성을 가리키며 무어라고 외치는 아버지의 모습이 보였다. 지급은 실컷 보아온 광경을 외면하고 홀로 떨어져 장막으로 돌아왔다.

"너 큰일 났다."

웃통을 벗고 침상에 엎드려 육포를 씹던 화급이 일어나 앉았다. 지급은 종을 불렀다.

"행달아. 먹을 거 가져와."

"네에—."

옆 장막에서 길게 끌었다.

지급이 맞은편 침상에 길게 눕자 화급은 주먹으로 자기 침상을 내리쳤다.

"아버지가 가만둘 줄 아니? 조사(詔使)가 왔다 가고 야단났다. 군율로 다스린댄다. 오늘이야말로 성을 뺏는다고 한 팔 떨어진 병신도 다 나가는데 넌 뭐야?"

화급이 을러대는 소리를 귓전에 들으면서 잠이 들려는데 아버지가 불쑥 장막에 들어섰다.

지급은 침상 위에 일어나 앉고 화급은 맨발로 땅바닥에 내려섰다. 말없이 버티고 서서 쏘아보던 아버지는 창을 거꾸로 쥐고 형제를 한 대씩 후려쳤다. 화급은 맞은 어깨를 비비며 무릎을 꿇고 지급은 움직이지 않았다.

"밖으로 나와!"

아버지는 돌아서 나갔다.

"이놈아, 너 때문이다."

화급은 팔뚝질을 했으나 지금은 응대하지 않았다. 군복을 차려입은 형제는 창을 끌고 밖에 나섰다. 군관들이 아버지의 장막에 모여들고 성을 공격하던 부대들은 후퇴하여 오는 중이었다.

시키는 대로 밖에 나왔으나 어떻게 해야 하는 것인지 알 수 없었다. 아버지가 아들을 죽이지는 않을 것이고, 군관들이 보는 앞에서 두드려 패는 것일까. 지금은 매를 맞는 것쯤은 무섭지 않았다. 어슬렁어슬렁 아버지의 장막 앞에 가서 창을 짚고 섰다. 그는 안으로 들어가는 군관들을 외면하고 서쪽 연산으로 기울어지는 저녁 해를 바라보았다. 중간에 엉거주춤 서 있던 화급이 살금살금 다가와서 귓속말로 물었다.

"어떻게 되는 거야?"

군관들이 다 모이자 아버지는 목청을 높였다.

"어명을 전하겠소."

무릎을 꿇는 소리가 어수선하게 들리다가 다시 조용해지자 아버지는 크게 기침을 하고 조서를 읽었다.

"요하(遼河) 이동(以東)에서 고구려의 성들을 공격 중인 나의 모든 장수들에게 고하노라. 내가 친히 구군(九軍)을 거느리고 탁군(涿郡: 북경)을 떠난 지 반 년, 요하를 건너 각지에 분진(分進)하여 적의 성들을 포위한 지도 이미 2개월이 넘었건만 단 한 성도 이를 빼앗았다는 소식을 듣지 못함은 나의 심히 분통히 여기는 바로다. 그간에 흉악한 적도들은 아군의 배후에 잠입하여 야도(野盜)같이 난동을 일삼으니 치중(輜重)은 크게 무너져 본국을 떠난 무기 식량으로 전선의 장병들에게 도달하는 것은 백에 하나도 되지 아니함은 경들이 익히 아는 터이니라. 그 위에 적은 모든 백성과 모든 물자를 성안으로 이동하여 굳게 지키니 현지에서 이를 지판할 길 또한 없는지라. 이대로 시일을 천연하면 수백만 대군은 적지에서 기아(飢餓)에 허덕이거나 헛되이 회군(回軍)하여 본국으로 돌아가는 길밖에 없나니 다 같이 나의 차마 할 수 없는 일이로다.

이에 나는 엄숙히 명령하노니 각 군은 병력의 3분의 1을 한도로 정병(精兵)을 선발하여 대장군 및 장군들의 직접 지휘 하에 즉시 요동평야를 남하하여 대행성〔大行城: 구연성(九連城)〕 남방 압록강(鴨綠江) 북안에 집결하라. 여기서 전열(戰列)을 정비하고 우익위 대장군 우중문 총지휘 하에 압록강을 도강하여 파죽지세(破竹之勢)로 밀고 내려가 일거에 적의 수도 평양성을 무찌르고 고구려왕 고원(高元)과 마리치〔莫離支〕 을지문덕을 사로잡아 나에게 바치라. 특히 유의할 것은 현재 공격 중인 성들은 남은 3분지 2의 병력으로 계속 포위할지니 이는 적의 병력의 집중을 막고 남하하는 군대에 대한 추격을 막기 위함이니라. 나는 계속 요동성 서(西) 육합성(六合城)에 머물며 승전(勝戰)의 소식을 고대할 터인즉 경들은 진충(盡忠) 갈력(竭力)하여 나의 뜻을 받들지어다."

밖에서 듣고 있던 지금은 속으로 웃었다. 양 배때기가 직접 포위 공격하는 요동성도 끄떡없는데 수도 평양성은 몇십 배 더 튼튼할 것이 아닌가. 왕과 마리치를 사로잡아다가 바치라? 육갑 작작해라. 절하는 기척에 이어 모두들 좌정하는 소리가 들리고 아버지는 또 계속했다.

"어제 조사가 다녀가셨으나 지금에야 어명을 전하는 데는 이유가 있소. 아까 조서에서도 말씀하신 바와 같이 110여 만 전투군이 출동하여 두 달 이상 공격했지마는 성은 하나도 뺏지 못했소. 신자(臣子)로서는 참으로 성상을 뵈올 낯이 없소. 이 부여성만이라도 점령해서 성상의 염려를 덜어 드리려고 오늘은 아침부터 계속 총공격을 한 것이오. 성을 점령하고 성루(城樓)에서 조서를 선포하고자 했으나 이 마지막 공격도 수포로 돌아갔소. 통분하기 그지없으나 부득이하오.

나는 어명대로 내일 첫새벽에 떠나겠소. 부장(副將)에게는 미리 일러 두었으니 그 지시를 받아 남을 부대는 남고 떠날 부대는 지금부터 출동준비를 서둘러 완료하고 명령을 대기하오. 남는 부대는 부장이 지휘할 것이니 순종하여 실수가 없도록 하오."

애기를 마친 아버지는 물러나오는 군관들을 밖에까지 전송했다. 어느 얼굴이나 웃음은 볼 수 없고 땅만 보고 걸어갔다. 군관들이 사라지자 아버지는 성난 목소리로 불렀다.

"이리 들어와!"

형제는 그의 뒤를 따라 장막으로 들어갔다. 탁자 뒤에 선 아버지의 눈에서 불꽃이 튀었다.

"너희들은 짐승이다."

그들은 고개를 떨어뜨렸다.

"마땅히 군율로 다스릴 물건들이다. 우리 우문 가문에 너희들 같은 병신이 나타날 줄은 몰랐다. 죗값을 할 테냐, 안 할 테냐?"

"하겠습니다."

화급이 떨리는 목소리로 대답했다.

"화급이 너, 나를 따라 남으로 가지?"

"네네, 정말 가고 싶습니다. 그런데 자꾸 배가 아파서…."

"그래, 넌 배가 아프고, 지급이 넌 어디가 아프냐?"

"아픈 데 없습니다."

"남으로 갈 테냐?"

"전 아무래도 좋습니다."

아버지는 탁자를 돌아 화급의 덜미를 잡았다. 주먹으로 뺨을 후려치다가 발길로 차서 밖으로 내쫓아 버리고 지급에게 일렀다.

"넌 날 따라간다. 즉시 떠날 차비를 해라."

부여성에서 평양성까지 3천 리, 광막한 벌판을 휩쓸고 내려갈 대군

(大軍)과 갖가지 무기더미와 공성기(攻城器)들을 머리에 그리면서 그는 꾸리던 짐의 끈을 졸라맸다.

덫에 걸린 공룡

　수병 3천 기(騎)를 거느리고 밤에 봉린산(鳳麟山)의 본영을 떠난 마리치〔莫離支: 수상(首相)〕겸 대장군 을지문덕은 2백 리 길을 단숨에 달려 해 뜰 무렵 평양성 교외에 당도했다.
　호위대의 선두를 달리면서 지루는 신이 났다. 마침내 싸움이 터진 것이다. 북에서 요하를 건넌 양광의 1백만 대군이 밀고 내려온다는 소문은 봄부터 끈덕지게 퍼졌으나 봄이 가고 여름이 와도 아무런 기척이 없었다. 산과 들을 달리며 활을 쏘고 창을 휘둘러 땀을 흘리다가도 맥이 풀렸다. 북방의 여러 성에서는 부녀자들까지 동원되어 피나는 싸움을 하고 있다는데 수천 리 떨어진 고장에서 단련이라는 이름 아래 땀이나 흘리고 밥만 축낸다는 것은 말도 안 되는 수작이었다. 어째서 당장 밀고 올라가서 성을 포위한 되놈들을 짓밟아 없애 버리지 못하는가. 보기와는 달리 을지문덕 장군도 맹추가 아닌가 의심이 들었다.
　더구나 북쪽 어느 하늘 아래에서 부하 20명을 휘몰아 날치고 있을 능소를 생각하면 속이 뒤집혔다. 참다못해 지난 단오날 술 취한 김에 연개소문에게 대들었다가 혼난 일도 있었다.

"울재이는 수탉하구 싸우재이는 병정을 뭣에 씁네까?"

주먹으로 탁자를 내리치며 고함을 질렀었다.

"일개 졸병이 용병(用兵)을 논하는 거냐?"

장막이 떠나갈듯 호통이 떨어지고 문간에 지켜 섰던 파수병이 덜미를 잡아 끌어냈다.

"네레 다시 그래봐라, 끓어 엎어 놓고설라메는 모가지를 쌍둥 잘라 팡가친다."

파수병은 욕설을 퍼붓고 창대로 어깨를 내리쳤다. 멍든 자국은 지금도 퍼렇게 남아 있고 외상매를 맞은 것이 분했으나 하는 수 없었다. 그럴수록 윗사람들이 하는 일마다 용렬하게만 보였다.

6월에 들어서면서 형세는 일변했다. 식성(息城: 안주) 일대의 백성들도 북에서처럼 모든 재산을 싣고 성안으로 들어왔다. 을지문덕 장군은 각 처에서 달려온 높은 군관들과 만 하루 동안 장막 안에서 의논하고 돌려보냈다. 무슨 공론을 했는지는 몰라도 장막 뒤켠에서 파수를 보다가 흘러나오는 장군의 한마디만은 분명히 들었다.

"평양성 이북 오골성(烏骨城) 이남의 군도(軍道) 연변에 주둔하는 모든 부대는 앞서 지시한 위치에 포진하고 명령을 대기하오."

높은 군관들이 흩어져간 이튿날 식성에 있던 본영은 북으로 30리, 대로에서 10리 떨어진 봉린산으로 옮겼다. 이번에는 군관들도 되놈들이 십중팔구 쳐내려온다고 하였다.

병사들의 눈이 북으로 향하고 있는데 서해(西海)에서 급사가 달려왔다. 평양성을 거쳐 밤을 뚫고 새벽에 당도한 군관은 장군 앞에 큰소리로 보고했다.

"어제 오시(午時)경, 중국 수군 2천여 척이 패수(浿水: 대동강) 강구(江口)에 나타났습니다."

장군은 고개를 끄덕이고 군관은 계속했다.

"주선(主船)의 깃발에는 창해도 총관 우익위 대장군(滄海道 摠管 右翊衛 大將軍) 내호아(來護兒)라 씌어 있습니다. 고건무(高建武: 영양왕의 동생, 훗날의 영류왕) 대장군께서는 적의 병력을 10만으로 보고 계십니다."

"대장군께서는 어디 계시냐?"

"해구산성(海鷗山城: 평양 남서 60리, 대동강변)에 계십니다."

장군은 잠시 생각하다가 조용히 일렀다.

"너는 즉시 돌아가서 대장군께 여쭈어라, 나는 내일 오정까지 해구산성에 당도한다."

밖에서 듣고 있던 지루는 기운이 났다. 을지문덕 장군이 보는 앞에서 되놈들을 짓밟아 공을 세울 날이 온 것이다. 능소란 놈이 북쪽 무인지경에서 아무리 나대보았자 누가 알아준단 말이냐. 나는 그게 아니다. 임금 다음으로 높은 마리치께서 항상 보고 계신단 말이다.

즉시 출동준비를 서두른 부대는 낮에 자고 황혼에 봉린산을 떠나 밤길을 한숨에 달려 이제 평양성 밖에 이른 것이다. 벌판에 내려 말에 풀을 뜯기면서 조반을 먹는데 아침 햇살을 받은 성루의 파수병들이 웃는 낯으로 손을 흔들었다. 풀밭에 앉은 병사들 가운데도 간간이 손을 들어 응대하는 모습이 보였다.

밥을 먹으면서도 성문에서 눈을 떼지 않았다. 임금을 뵈러 대궐로 들어간 장군이 언제 다시 나올지 알 수 없었다. 넓은 거리에 청기와집들이 들어선 성안을 한 번 더 보고 싶은 생각이 들었다. 지난봄 장군을 따라 며칠 묵으면서 처음 서울 구경을 했었다. 대궐이며 높은 어른들의 집은 말할 것도 없고 어디나 모두 기와집이었다. 거리에는 멋진 마차들이 달리고 여자들의 비단옷 차림도 북쪽의 시골과는 댈 것도 아니었다.

　장군이 마리치로 올랐으니 꿈같은 서울에 오래 머물 것으로 생각했으나 돌아간 연자유 마리치의 국장(國葬)이 끝나자 이튿날 식성으로 돌아왔었다. 평양성에서는 연속부절로 대신들이 와서 국사를 의논하고 돌아갔으나 장군은 단 한 번 평양성에 다녀왔을 뿐이다. 공교롭게 감기에 걸려 따라가지 못한 것은 지금도 한이었다.

　조반을 마친 지루는 음식 주머니를 안장에 처매고 먼 하늘을 보며 하품을 했다. 깊이를 알 수 없는 파란 하늘에 흰 구름이 한 점 떠 있었다.

　성문에서 말 탄 군관이 달려 나와 부장(副將)에게 무어라고 보고하자 북이 울리고 군관들의 구령에 따라 부대는 대오를 정제했다. 을지문덕 장군의 선도를 받은 임금의 행렬이 성문을 나와 그들 앞에 멈춰 섰다. 장군이 홀로 떨어져 부대 정면에서 말을 내리자 주악이 울리고 3천 장병들은 한 다리를 뒤로 물리며 어전에 경배를 울렸다. 처음 보는 마상의 임금은 지루의 눈에도 근사했다. 이렇게 어두운 그림자 하나 없이 밝고 맑은 얼굴은 난생 처음이었다.

　주악(奏樂)이 그치고 한 무릎을 꿇은 장군의 은은한 목소리가 울려퍼졌다.

　"조상 대대의 원수 중국군은 마침내 수도 평양성의 문턱에 침공해 왔습니다. 신 마리치 겸 대장군 을지문덕은 대 고구려의 모든 무사들과 더불어 이 적을 분쇄하여 국가를 편안케 할 것을 성상폐하 앞에 맹세합니다."

　임금은 고개를 끄덕이고 대답했다.

　"나는 경들의 충성과 무용(武勇)을 믿소."

　다시 주악과 더불어 일어선 장병들은 말에 올라타고 남서로 달리기 시작했다. 벌판에 곧게 뚫린 길을 아득하게 멀어져갈 때까지 임금 일행은 제자리에서 지켜보고 있었다.

콩과 조, 수수가 무성하게 자라고 간혹 벼를 심은 논도 눈에 띄었으나 사람은 보이지 않고 이따금 평양성으로 올라가는 급사(急使)들이 전속력으로 말을 달려 옆을 스쳐갈 뿐이었다.

대장군 고건무는 중도까지 마중 나왔다. 을지문덕 장군은 보도(步度)를 늦추고, 호위대를 지휘하여 앞에 가던 연개소문은 그대로 달려 그의 앞에서 말을 내려 경배를 드렸다.

"오래간만에 뵈옵겠습니다."

건무 장군은 돌아보지도 않고 앞으로 전진했다. 뒤를 따르는 군관들이 곁눈으로 내려다보는 가운데 연개소문은 무안한 얼굴로 일어서 무릎에 묻은 흙을 털었다. 나라에 퍼진 소문으로는 이 임금의 아우와 연개소문의 아버지가 무엇 때문인지 사이가 좋지 않아서 돌아간 연자유의 국장에조차 나타나지 않았다고 했다.

아침에 본 임금과는 형제간이라면서 아주 딴판이었다. 호리호리한 몸매에 급한 성미가 얼굴에 들끓었다. 어머니가 다르기 때문일까. 지루는 그의 거동을 지켜보았다. 을지문덕 장군 앞에서는 공손했다. 거의 동시에 말을 내렸으나 건무 장군이 먼저 인사를 드리려는 것을 장군이 팔을 붙잡고 자기가 먼저 경배를 드렸다.

"이렇게 마중 나와 주시니 황송하기 그지없습니다."

"마리치께서 친히 오시니 백만 군을 얻은 듯 마음 든든합니다."

인사가 끝난 그들은 별다른 얘기도 나누지 않고 나란히 말을 달렸다. 3천 명의 기병들은 성 못 미쳐 산기슭에 남기고 장군과 호위대만 건무 장군을 따라 해구성(海鷗城)으로 들어갔다. 다른 성들과 마찬가지로 성안은 어디나 병사들과 무기더미가 눈에 뜨이고 근처에서 모여든 백성들이 들끓었다. 떠도는 풍문으로 중국 수군은 아직도 패수(浿水) 강구(江口)를 떠나지 않았다고 했다. 장군은 건무 장군의 군영으로 들어가고 연개소문이 지휘하는 호위대 200명은 그 앞 광장에 막을 치고 쉬었다.

저녁때부터 이상한 일이 벌어졌다. 술독을 실은 달구지들이 꼬리를 물고 성문으로 들이닥쳤다. 무슨 술이냐고 물어도 싣고 온 병사들은 모른다는 대답이었다. 본영 앞에 멈췄던 달구지들은 안에서 나온 군관들의 인도를 받아 골목으로 흩어져 들어갔다. 지루는 어슬렁어슬렁 뒤를 따라가 보았다. 달구지는 가다가도 큼직한 집 대문 앞에서 두세 독씩 내려 안으로 들여다 놓고는 또 다음 큰 집을 찾아 떠났다. 이 판국에 무슨 얼빠진 수작인지 도시 알 수 없었다. 병사들에게 술을 마시고 기운을 내라는 것인지, 싸우기도 전에 승전 축하연(祝賀宴)부터 마련하는 것인지 그 어느 쪽이든 제정신일 수 없었다.

이튿날은 더욱 해괴한 일이 일어났다. 새벽부터 백성들은 성문으로 쏟아져 나갔다. 먹을 것과 입을 옷가지만 가지고 가장집물은 고스란히 남긴 채 떠나가는 그들은 좋은 얼굴이 아니었다. 지루는 괴나리봇짐을 이고 가는 반백 노파에게 물었다.

"어떻게 된 일이오다?"

"내가 어떻게 알갔시요? 들어오라 해서 들어왔더니 또 나가라 해서 나가디 않갔소?"

"어디메 가시오다?"

"피양 가디요."

"어째서 모두 팽개치구 가시오다?"

"나라에서 보상한다구 팡가티구 가라니끼니 팡가틸 수밖에."

노파는 그를 아래위로 훑어보고 돌아서 가버렸다. 이건 또 무슨 수작이냐. 어제는 술을 강물처럼 끌어들이더니 오늘은 백성들을 몰아낸다? 변덕도 유만부득이지. 되놈들이 그렇게 무서워? 마리치니 대장군이니 하는 것들도 겁만 찼구나. 그는 장막에 돌아와 온종일 뒹굴었다.

덫에 걸린 공룡 353

다음날은 한층 더 참을 수 없는 광경이 벌어졌다. 이른 아침에 남문으로 쏟아져 나간 4, 5천 명의 기병들이 10리 남방 패수 강변에 진을 치기 시작했다. 그것까지는 좋았으나 나머지 기병과 보병들은 동문과 서문을 빠져 평양성으로 가는 두 갈래 길을 북상하기 시작했다.

해질 무렵까지는 성안은 텅 비고 두 대장군을 따라다니는 궁병과 창병 4백 명이 본영 언저리에 서성거리고 있을 뿐이었다. 이 북새통에도 을지문덕 고건무 두 대장군은 본영 깊숙한 방에 틀어박혀 나오지 않았다.

흙먼지를 일으키고 북으로 달리는 기마부대, 무거운 짐을 이기지 못해 엉기적거리는 보병들의 행렬 — 성루에서 파수를 보던 지루는 들으라는 듯이 소리를 질렀다.

"간나새끼들이."

난간에 두 손을 얹고 패수에 지는 낙조(落照)를 바라보던 연개소문이 고개를 돌렸다. 물끄러미 바라보기만 하고 말이 없는 얼굴이 밉살스러웠다. 팔자가 좋아서 근사한 집에 태어난 데다가 근사하게 생기기는 했다마는 너도 속을 뒤집으면 나올 것은 겁밖에 없을 게다, 지루는 눈길을 피하지 않고 마주 보았다. 젊은 연개소문이 천천히 다가왔다.

"너 할 말이 있구나."

"예, 되놈덜이 그렇게 무섭습네까?"

연개소문은 양미간을 찌푸렸다.

"어째서 온다는 소리만 듣구두 내빼는 겁네까?"

"내뺀다?"

"저기 내빼는 게 앙이 보이오다?"

지루는 손을 들어 후퇴하는 부대들을 가리켰다.

"또 용병을 논하는구나.

지루는 할 말이 있을 듯했으나 말이 나오지 않았다.

"넌 분명히 비뚤어졌다. 금후에 또 이런 일이 있으면 이번에는 용서 없이 군율로 다스린다."

연개소문은 돌아서 층계를 내려갔다. 내가 비뚤어져? 흥.

본영 앞에서 인마가 부산하게 움직이더니 을지문덕 장군과 함께 나온 건무 장군이 말에 올라타고 그의 궁병과 창병들이 앞뒤에 대오(隊伍)를 갖추었다. 두 장군은 한동안 웃으며 얘기를 주고받다가 건무 장군이 고삐를 당기면서 채찍을 내리치자 대열은 남문을 향해 움직이기 시작했다. 을지문덕 장군과 연개소문은 제자리에 서서 떠나가는 그들을 지켜보다가 모퉁이를 돌자 안으로 들어가 버렸다.

대장군기를 앞세운 대열이 남문에 다가오면서 건무 장군이 힐끗 성루를 지켜보았다. 햇살에 두 눈이 유난히 빛났다. 지루는 묘한 눈이라고 생각했다. 성문을 나서서는 연달아 채찍을 퍼부어 대열은 전속력으로 달려갔다. 10리 밖 패수 강가의 진영에서 수십 기의 기병들이 마주 달려오고 있었다.

해는 강 너머 서산에 떨어지고 교대 파수병이 층계를 올라왔다. 지루는 창을 들고 첫 단을 내려서다가 돌아보았다. 마주 오던 기병들이 대열과 어울려 함께 진영으로 달려가는 중이었다.

이튿날, 될 대로 되라고 늘어지게 자고 일어난 지루는 조반을 마치고 본영 앞 남문으로 통하는 길을 천천히 걸었다. 을지문덕 장군은 무엇을 하는지 오늘도 밖에 나타나지 않았다. 백성들이 버리고 간 암탉 한 마리가 가로지를 뿐 거리는 고요하기만 했다.

남문을 통과한 군관 한 명이 곧장 말을 달려 옆을 지나갔다. 햇볕에 탄 검은 얼굴에서는 땀이 물처럼 흐르고 전통 밑으로 보이는 잔등도 흠뻑 젖었다. 군관은 본영 앞에서 말을 내려 문으로 들어갔다. 지루는 오던 길을 되돌아 숙사로 돌아왔다. 몇몇 병사들은 활줄을 울려 시험하거나 창끝에 기름을 치고, 나머지는 뒹굴며 잡담을 하고 있었다.

군에 들어온 후 요즘같이 한가하고 게으르기는 처음이었다.
"무장은 필요 없다. 그대로 모여!"
문간에 나타난 10인장이 명령하고 사라지자 병사들은 일제히 밖으로 뛰어나와 본영 앞에 줄을 지어 섰다. 망치와 못빼기를 몇 개씩 든 10인장들은 병사들을 여덟 패로 나누어 제각기 한 패씩 이끌고 흩어져 갔다. 지루의 대열은 남북 대로를 전진하다가 남문 앞에 멈춰 섰다. 10인장은 버티고 서서 도무지 알 수 없는 명령을 내렸다.
"지금부터 이 성문을 뜯는다. 정하게 못을 빼서 상하지 않도록 조심히 해라."
병사들은 입을 벌리고 귀를 의심했다. 그러나 10인장은 앞줄에 선 병사들에게 연장을 나눠주고 자기가 먼저 못빼기로 돌쩌귀를 빼기 시작했다. 정말 성문을 떼는 것이 분명했다. 적이 쳐들어오는데 성문을 뗀다? 반역이 아니라면 미친 짓이 틀림없었다. 뒷줄에 섰던 지루는 하는 거동을 지켜볼수록 기가 막혔다. 서 있는 다른 병사들도 서로 마주 보고 말은 없었으나 안색이 달라졌다.
한쪽 문이 떨어지는 것을 보고 지루는 가슴이 철렁했다. 어김없는 망조(亡兆)였다. 한 병사가 앞으로 나가자 서 있던 병사들은 약속이나 한 듯이 몰려갔다.
"성문은 왜 떼지요?"
앞장선 병사가 대들었다. 성문을 벽에 기대세우던 젊은 10인장은 일을 마치고 돌아섰다.
"그건 나도 모른다."
성문을 뜯던 병사들도 일손을 멈추고 바라보았다.
"도대체 적 앞에서 성문을 뗀 역사가 어느 나라에 있습니까?"
"마리치 대장군의 명령이다."
병사들은 더 말이 없고 숨 막히는 침묵이 흘렀다.

"미쳤다, 미쳤어."

한쪽에서 찢어지는 듯한 소리가 울렸다. 10인장은 얼굴을 붉히고 호통을 쳤다.

"너희들이 군령(軍令)을 놓고 시비할 셈이냐!"

군령을 앞세우는 10인장의 서슬에 병사들은 풀이 죽고 연장을 든 병사들은 다시 일을 시작했다. 10인장은 물러선 병사들을 훑어보다가 돌아서 나머지 문으로 다가갔다.

마침내 성문은 두 짝이 다 떨어졌다. 병사들은 사방에서 성문을 맞들고 본영을 지나 북문 밖으로 나섰다. 다른 패들은 벌써 성문을 들고 오솔길을 따라 옆 산으로 올라가고 있었다. 그들의 뒤를 따라 성문을 받쳐 들고 가면서 지루는 이 해구산성(海鷗山城)을 장사지내러 가는 느낌이었다.

깊숙한 숲속에 성문들을 쌓고 돌아서 내려가는 병사들은 얼굴마다 우울하고 아무도 말하는 사람이 없었다. 마지막으로 도착한 지루는 같이 온 병사들과 함께 들었던 문짝을 내려놓고 일어섰다. 인솔 10인장은 소나무가지 사이로 멀리 남으로 흘러가는 패수를 응시하고 움직이지 않았다.

병사들은 그의 곁으로 다가갔다. 건무 장군이 진을 치고 있는 그 너머 곧게 남으로 뻗은 패수를 돛단배들이 천천히 거슬러 오르고 있었다. 넓은 강물을 뒤덮은 배의 행렬은 끝없이 계속되고 간혹 병사들의 창끝이 강렬한 여름의 태양을 받아 이 산까지 반짝였다.

서(西)로 흘러 패수로 들어가는 매상천(梅上川)을 5리쯤 앞두고 배의 행렬은 패수 좌안에 바싹 붙으면서 적은 상륙을 개시했다. 지루는 난생 처음 보는 중국병정들이었다. 개미가 구멍에서 쏟아져 나오듯이 그 숱한 배에서 몰려나온 적병들은 매상천과 그 남방 20리 황주천(黃州川) 사이 패수 강변을 덮었다. 정말 10만은 될 것이 분명했다. 그러나 배로 온 탓인지 거의 보병이요, 말 탄 자는 백에 하나 될까 말까 했다.
 그 이쪽 고구려 진영에서는 수천 명의 장병들이 말에 올라탄 채 구경만 하고 있었다. 적은 단대(團隊)별로 방진(方陣)을 치고 동북방으로 이동하여 매상천 연변으로 다가왔다. 산 위의 10인장도 병사들도 침을 삼키고 바라보았다.
 우군 기병들이 적진을 향해서 전진을 개시했다. 달리지도 않고 서서히 다가가다가 강가에 멈춰 서서 활을 쏘자 적진에서는 무더기로 화살이 날아왔다. 크지도 않은 매상천은 그대로 돌파하고 밀고 내려가 짓밟을 수도 있을 터인데 제자리에 엉거주춤하고, 쏘는 화살도 신통치 않았다.
 "가자!"
 10인장이 성난 얼굴로 산을 내려오자 병사들도 뒤를 따랐다. 내려다보이는 남문누각에 을지문덕 장군과 연개소문을 둘러싸고 먼저 내려간 병사들이 몰려 서 있었다.
 그들은 텅 빈 본영을 지나 남문으로 갔다. 뒷짐을 지고 남방을 바라보는 장군의 얼굴에는 별다른 것이 없고 어떻게 보면 싸움하는 장수라기보다 구경 나온 사람 같기도 했다.
 다급한 북소리와 함께 제자리에서 움직이지 않던 우군이 건무 장군을 선두로 매상천을 가로질러 적진으로 쏟아져 들어갔다. 흙먼지 속에서 찌르고 짓밟고 돌아가는 무서운 기세는 지루가 전부터 생각하던 고구려 무사에 틀림없었다. 비명이 일어나고 적은 이리 밀리고 저리 밀리다가 통제를 잃은 채 도망치고 우군은 그대로 밀고 내려갔다. 지루는 가슴이 후련했다.
 대장군기를 앞세운 적의 후진(後陣)이 활을 쏘며 교대하여 앞으로 나왔다. 10배도 훨씬 넘는 적세는 4, 5천 기의 고구려군을 3면을 둘러싸고 천천히 전진을 계속했다. 새로운 적 앞에서 일단 정지했던 우군은 일거에 중앙을 돌파할 듯 폭풍같이 돌진해 나갔다.

그러나 3면을 포위한 적은 제자리에 버티고 서서 계속 활을 쏘고 우군 속에는 살에 맞아 말에서 떨어지는 자가 속출했다. 장군기가 옆으로 흔들리고 북이 울리면서 고구려 기병들은 말머리를 돌려 후퇴하기 시작하였다.

적은 착실히 추적을 계속하여 매상천의 선에서 정지하고, 그 후방에서는 패퇴했던 부대들이 대오의 정비를 서둘렀다. 후퇴하던 고구려군은 해구산성과 매상천 중간지점에 포진하고 다시 적을 맞아 싸울 기미를 보였다.

을지문덕 장군은 이마에 손을 얹고 중천에 오른 해를 쳐다보다가 연개소문에게 일렀다.

"내려가 볼까."

파수 한 명을 제외하고 나머지 병사들은 장군과 연개소문의 뒤를 따라 누각 층계를 내려 본영으로 돌아왔다.

점심을 마친 200명의 병사들은 사대문의 파수까지 철수하고 연개소문 지휘 하에 을지문덕 장군을 따라 북문으로 빠져나왔다. 홍예문에 울리는 말굽소리가 허망하게 귓전에 울리고 어쩌면 이대로 평양성까지 밀릴지도 모른다는 불안에 지루는 입술이 탔다.

큰길을 북진하던 행렬의 선두는 우로 꺾어 해구산을 오르는 사잇길을 더듬기 시작했다. 소나무 그늘 속을 한참 오르다가 정상이 가까워지자 연개소문은 나지막한 소리로 정지를 명령했다. 뛰어내린 지루는 나무에 말을 매면서 무심코 뒤를 돌아보았다.

해구산 뒤 기슭을 따라 완전무장한 기병들이 풀밭에 앉아 쉬고 안장을 얹은 말들은 풀을 뜯고 있었다. 그는 유심히 둘러보았다. 벌판에 흩어진 작은 산과 숲 그늘마다 고구려 병사들이 없는 데가 없었다. 어느 것이 봉린산에서 함께 온 부대인지 분간이 가지 않았으나 그저 물러서는 것이 아니라 무슨 일이 크게 벌어질 것이 분명했다. 그는 창을 들고 산마루로 올라갔다.

벌판에 포진한 우군은 움직이지 않고, 매상천에 진출한 적은 부대의 배치를 바꾸는 중이었다. 갑옷을 입은 부대는 앞으로 나오고 나머지는 뒤로 후퇴하여 장막을 치고 야영준비를 서둘렀다. 갑병(甲兵)만으로 편성된 적의 공격군은 매상천을 돌파하고 진격을 개시하였다. 석양에 빛나는 갑옷의 대집단을 바라보는 산 위의 병사들 속에서는 가끔 긴장된 헛기침이 나오고 침을 삼키는 소리가 옆 사람의 귀에 들어왔다.

"내호아(來護兒)가 직접 공격을 지휘하는 모양입니다."

적진의 선두를 전진하는 대장군기를 가리키고 연개소문이 한마디 했다. 옆에 선 을지문덕 장군은 고개를 끄덕였다.

"공격군 병력은 6, 7만 되지 않겠습니까?"

아까부터 뚫어지게 내려다보고 있던 장군은 간단히 대답했다.

"4만이다."

마침내 적은 다가와 접전이 벌어졌다. 고구려군은 말을 달리며 활을 쏘았으나 적은 갑옷에 자신을 가졌는지 한 걸음 한 걸음 죄어들며 비 오듯 화살을 퍼부었다. 적도 쓰러졌으나 우군 속에서도 가끔 살에 맞아 비명을 지르며 곤두서는 말들이 나타나고 활을 겨누다가 그대로 말에서 떨어지는 병사들의 모습도 보였다.

해가 지고 황혼이 깔리기 시작했다. 압도적인 적을 이기지 못한 고구려군은 또다시 물러섰다. 해구산성 남문 가까이까지 일거에 후퇴한 우군은 추격하여 오는 적과 싸웠으나 이미 통제를 잃고 뿔뿔이 흩어져 산발적으로 대항하다가 동서남 세 대문으로 무너져 들어왔다. 적도 바싹 뒤를 쫓아 성내로 쏟아져 들어왔다.

산 위의 을지문덕 장군은 수병을 거느리고 말에 올라 산을 내려왔다. 북문 밖에 이르렀을 때는 후퇴하는 고구려군의 선진이 문을 빠져 쏜살같이 북으로 달려갔다. 장군일행도 멈추지 않고 북으로 전진하다가 좌로 꺾어 벌판을 서(西)로 달렸다. 어두운 벌판에는 벌써 말고삐를 틀어잡은 고구려 병사들이 깔려 있었다.

그들은 숲속 장막 앞에서 말을 내렸다. 봉린산에서 온 군관들이 마중하는 가운데 장군은 그들과 함께 안으로 들어가고 병사들은 주위에 흩어져 나눠주는 주먹밥으로 저녁을 때웠다.

부산하게 후퇴하던 우군의 말굽소리도 잠잠해지고 성을 점령한 적도 더 이상 추격하여 오지 않았다. 벌판에는 다시 인기척이 끊어지고 개구리 소리가 요란하게 울렸다.

자정이 넘어 성내에서는 장구소리, 퉁소소리가 울리고, 노랫소리가 흘러나왔다. 성루에서도 가끔 혀 꼬부랑 소리로 알 수 없는 말을 목청을 높여 지껄이는 자가 있었다. 나무그루에 기대앉아 잠이 들었던 지루는 눈을 뜨고 귀를 기울였다. 떠들썩하는 폼이 크게 잔치가 벌어진 모양이었다.

10인장이 돌아다니며 주먹밥을 나눠주고 귓속말로 출동명령을 전했다. 어둠속에서 잠자코 일어선 병사들은 재갈을 물린 말고삐를 끌고 장막 앞으로 모여들었다. 연개소문이 그들에게 속삭이듯 주의를 주었다.

"지금부터 성내로 쳐들어간다. 어떤 경우에도 입을 열어서는 안 되고 멋대로 대열을 떠나서도 안 된다."

장막에서 나온 을지문덕 장군을 따라 말에 오른 그들은 벌판에 나섰다. 수를 알 수 없는 기병들이 대열을 정비하고 대기하고 있었다. 보이지 않는 어둠속에서는 온 벌판이 병사들로 덮인 느낌이었다.

연개소문에 이어 장군이 말고삐를 당겨 전진하자 벌판의 대열은 그 뒤에 붙어 더욱 서(西)로 움직여 갔다. 얼마 안 가 별빛을 받은 패수의 넓은 물이 앞에 나타났다. 선두의 연개소문은 다시 말고삐를 좌로 틀어 강변을 따라 남으로 방향을 바꾸었다. 해구산성 서문에 닿을 무렵에는 동녘 하늘이 희미하게 동트기 시작하고 비스듬히 보이는 남문쪽에도 다가오는 다른 부대가 눈에 들어왔다. 처음으로 발견한 듯 성위의 파수병들이 고함을 질러댔다.

을지문덕 장군이 한 손을 쳐들자 뒤에 붙어선 고병(鼓兵)이 북을 내리치고 뒤따라 온 성 주위에서 콩 볶듯 북소리가 터졌다. 성을 포위한 고구려군은 홍수같이 사대문과 사소문으로 쏟아져 들어갔다. 연개소문의 뒤를 따라 지루는 창을 꼬나들고 해구산성 서대문으로 돌진하여 들어갔다. 5, 6명의 파수병은 창을 휘두르다가 순식간에 짓밟혀 버리고 우군은 거침없이 성안의 동서대로를 질주하였다.

길 양편 처마 밑에 삿자리를 깔고 술에 취해 누워 있던 중국병정들은 비틀거리며 길을 메우고 도망쳤다. 웃통을 벗은 자, 창을 거꾸로 끌고 가는 자, 개중에는 미처 신발을 신지 못하고 맨발로 뛰는 자도 있었다.

고구려 기병들은 그들 속에 뛰어들어 찌르고 짓밟으며 전진했다. 동서대로와 남북대로변에 노숙(露宿)하던 중국군은 사대문으로 들이닥친 고구려군에게 쫓겨 중앙 십자로 일대에 몰렸다. 서로 밀고 당기며 아우성치고 재빠른 자들은 골목으로 빠져 민가에 숨어들었다.

지루는 서로 엉켜 어쩔 줄 모르고 밀고 당기는 군중의 꼬리에서 비틀거리는 적병의 벌거숭이 잔등에 창을 꼬나박았다. 들고 있던 활을 떨어뜨리고 두 팔을 너풀거리다가 푹 고꾸라졌다. 난생 처음으로 죽이는 인간이었다. 창을 잡아 빼자 검붉은 피가 용솟음치고 잠시 꿈틀거리다가 축 늘어지는 것이 노루보다도 간단했다.

그는 말에 채찍을 퍼부어 적중으로 밀고 들어갔다. 앞뒤가 막힌 중국군은 말굽에 짓밟히고 칼과 창에 맞아 쓰러지면서도 제대로 손조차 움직이지 못했다. 겨눌 것도 없었다. 비스듬히 아래로 찌르기만 하면 비명이 터지고 말에 채찍을 내리칠 때마다 몇 놈씩 쓰러졌다. 마치 삼밭(麻田)에 말을 몰고 들어간 듯 우군은 적을 휩쓸고 나갔다.

오정 무렵에는 대로는 온통 적군의 시체로 덮이고 본영 앞 광장은 사로잡힌 자들로 메워졌다. 몇몇 군관들은 대로에 말을 달리며 적장 내호아의 시체를 찾고 건무 장군의 부대를 제외한 나머지 부대들은 남문 밖에 나가 대열을 정비했다.

지루는 본영 대문 앞에서 꿇어앉은 포로들을 구경하다가 거리를 내다보았다. 거의 집집마다 문짝이 부서지고 들여다보이는 방안과 툇마루에는 옷가지며 그릇들이 팽개쳐 있고 길가에는 죽은 자들이 약탈한 보따리가 수없이 뒹굴고 있었다.

동문에서 급히 달려온 군관이 대문 앞에서 말을 내려 손으로 이마의 땀을 훔치며 안으로 들어갔다.

"지금 적 10여 명이 동문을 돌파하고 나갔습니다."

마당에서 건무 장군과 얘기하던 을지문덕 장군의 표정이 굳어졌다.

"어떤 자들이냐?"

"모두 말 탄 자들이었습니다."

을지문덕 장군은 눈을 감고 군관은 계속했다.

"골목에서 불쑥 나타나 번개같이 달아나는 바람에 한참 쫓아가다가 놓치고 말았습니다."

을지문덕 장군은 건무 장군을 돌아보았다.

"내호아를 놓친 모양입니다. 예정대로 저는 추격하고 대장군께서는 성안에 숨어 있는 잔적(殘敵)을 소탕하시면 어떻겠습니까?"

"그렇게 하지요."

두 사람은 대문 밖에 나와 말에 올랐다. 지루는 연개소문이 지휘하는 궁병과 창기병의 대오에 끼어 을지문덕 장군을 따라 남문으로 향했다. 문 밖에 나서도 장군은 그대로 달리고, 대기하고 있던 1만여 명의 기병이 그의 좌우를 질주하였다.

멀리 전방에는 성을 뛰어넘어 도망쳤는지 죽을힘을 다해 뛰어 달아나는 적병들의 모습이 아물거렸다. 수백 명, 많이 잡아도 천 명을 넘지는 못할 것이었다.

기병들은 마상에서 주먹밥을 씹으며 6월의 더위 속을 계속 달렸다. 매상천 너머 20리, 패수가 크게 굽이치는 대목에 몰린 적선 언저리에는 수만 병력이 배에 오르느라 복작거리고 일부는 벌써 남으로 움직여 가고 있었다.

매상천의 선에는 적의 대부대가 포진하고 중앙의 큰 깃발에는 창해도 부총관 돈황태수 좌무위장군 주법상(滄海道 副摠管 敦煌太守 左武衛將軍 周法尙)이라 씌어 있었다. 대안에서 일단 정지하여 적진을 바라보던 을지문덕 장군의 눈길이 강을 따라 동으로 움직였다. 그대로 돌진하여 짓밟지 않는 것을 안타깝게 생각하던 지루는 장군의 시선이 가는 데로 고개를 돌렸다. 적진 매상천 남안에는 새로 찍어다 적잖이 종심(縱深)을 두고 깔아 놓은 가시나무 덤불이 눈 닿는 데까지 계속되었다.

고구려군은 말머리를 돌려 매상천 북안(北岸)을 동쪽으로 달리기 시작했다.

"전군(殿軍) 1천은 현 위치에 남아 적을 감시하라고 해라."

장군은 옆을 달리는 연개소문에게 명령했다. 말고삐를 틀어 돌아선 연개소문은 뒤를 향해 달려갔다.

벌판을 10여 리 동진한 고구려군은 장애물이 없어진 굴곡부(屈曲部)에서 매상천을 도강하여 남으로 달렸다. 측면에 위협을 느낀 적군은 매상천의 선에서 후퇴하여 뱃머리의 교두보(橋頭堡)에 포진하고 마지막 배들을 타느라 아귀다툼을 하는 중이었다. 패수에 떠 있던 적선은 대개 자취를 감추고 남은 것은 수십 척에 지나지 않았다.

백발의 노장군을 선두로 고구려군은 바람같이 적진에 밀려닥쳤다. 퇴로를 차단당한 적은 필사적으로 창을 휘둘러 대항했으나 압도적인 기세로 밀어붙이는 고구려 기병들을 당할 길은 없었다. 물가의 병정들은 서로 먼저 배에 오르려고 떠밀고 잡아당기다가 저희끼리 창을 맞대고 을러댔다.

마침내 강에 떠 있던 나머지 배들도 땅 위의 우군을 팽개치고 떠나버렸다. 살길을 완전히 잃은 적병들은 무릎을 꿇고 두 손을 비비는 자, 무기를 버리고 강가의 모래 벌을 무작정 뛰어 도망치는 자, 물속에 뛰어드는 자, 적은 완전히 괴멸상태에 들어갔다.

지루는 혼자 떨어져 주먹을 쥐고 내닫는 적병을 쫓아갔다. 몸에는 칼 한 자루 없이 뛰다가는 엎어지고 다시 일어나 뛰었다. 지루가 말에 채찍을 퍼부어 앞지르자 적병은 풀썩 주저앉아 두 손을 비비는 것이 애꾸였다. 그는 천천히 말을 몰아 주위를 돌면서 내려다보았다. 헤벌린 입에서는 게거품이 흐르고 하나 남은 눈알이 쉬지 않고 뱅뱅 돌았다.

아무리 보아도 그 눈이 비위에 거슬렸다. 살려서 붙들어 갈 수도 있으나 너는 그 못생긴 눈 때문에 죽어야겠다. 그는 창을 겨누고 내리치려다가 묘한 생각이 들었다. 요 애꾸의 애꾸를 없애 버리면 어떻게 될까.

그는 창을 내리고 애꾸를 정시했다. 겁에 질렸던 애꾸가 히죽 웃었다. 웃다가 일어서 두 손을 머리 위까지 쳐들고 큰절을 했다. 지루는 말에서 내려 한쪽 어깻죽지를 잡았다. 애꾸는 누런 이빨을 드러내고 또 웃었다. 그는 별안간 땅족을 차서 쓰러뜨리고 가슴패기를 깔고 앉았다.

애꾸는 크게 입을 벌리고 흰 눈을 치떴다. 이건 더욱 용서할 수 없는 괴상한 눈깔이었다. 앞가슴에 찬 협도(狹刀)를 빼어 괴상한 눈깔

덫에 걸린 공룡 365

을 겨누자 밑에서는 사지를 버둥거리고 요동을 쳤다.

"이 간나새끼!"

그는 한쪽 팔을 내리찍었다. 적은 동물 같은 비명을 지르고 더욱 몸을 뒤틀었다. 지루는 칼끝을 바싹 애꾸눈에 들이댔다. 적병은 이를 악물고 조용했다. 다시 칼을 들어 애꾸눈을 겨누었으나 이번에는 숫제 눈을 감아 버렸다.

그는 멱살을 잡아 짓누르고 외쳤다.

"이 간나새끼, 그 잘난 눈깔 뜨란 말이다."

적병은 반응이 없고 뒤에서 불호령이 내렸다.

"뭐 하는 거냐?"

연개소문이 말 위에서 내려다보고 있었다. 지루는 피 묻은 칼을 들고 땅에 내려섰다.

"적을 쥑이는 질입네다."

"고구려 무사는 그따위 지저분한 장난은 안 한다."

"예."

대답은 했으나 속으로는 못마땅했다. 제 땅에 쳐들어온 똥뙤놈을 어떻게 죽이건 시비가 무슨 시비냐 말이다.

"얼른 그놈을 끌고 와."

연개소문은 북쪽 본진으로 달려갔다. 고구려군은 강가에서 대열을 정비하고, 붙들린 포로들의 행렬은 우군 병사들의 감시 하에 벌써 해구산성을 향해 움직이고 있었다. 협도를 지르고 말에 오른 지루는 멍청하니 서서 떨고 있는 애꾸를 채찍으로 내리쳤다.

"뛰란 말이다."

그는 내리치던 채찍으로 북을 가리켰다. 애꾸는 칼에 맞은 팔을 한 손으로 누르고 걷기 시작했다. 지루는 또 내리쳤다.

"간나새끼, 뛰라는데."

알아차린 애꾸는 말에 뒤질세라 숨을 허덕이며 옆을 뛰었다.
즐비하게 흩어진 시체와 버리고 간 무기, 식량 더미 속을 달려 애꾸를 포로 행렬 꽁무니에 밀어 넣고 본진에 돌아오니 을지문덕 장군은 군관들에게 지시를 내리는 중이었다. 언제 왔는지 건무 장군도 옆에 서 있었다.
" … 시체 처리는 고건무 장군 휘하에서 맡기로 되었으니 이제부터 제각기 소속 영으로 돌아간다. 봉린산 부대도 마찬가지다."
건무 장군과 인사를 나눈 을지문덕 장군이 말에 올라 채찍을 내리치자 그의 휘하 3천 기병들이 움직여 북으로 달리기 시작했다.
지루는 고개를 돌려 석양에 비친 모래 벌을 돌아보았다. 뒹구는 똥뙤놈의 시체만도 5천은 될 것이다. 붙들려온 놈들도 그쯤은 될 것이고, 거기다가 성안에서 박살난 것이 4만, 생각할수록 기분이 좋았으나 애꾸의 한 눈을 찔러보지 못한 것만은 한이었다.

덫에 걸린 공룡

을지문덕 장군의 담판

　불쑥 튀어나온 바위틈, 나무그늘에 앉은 능소는 아까부터 북으로 무여라(武厲邏) 성까지 뻗은 대로(大路)를 주시했다. 아침 해는 어지간히 솟아 여느 때 같으면 적의 치중대가 나타날 시각이 되었다.
　4월초에 부하 20명을 이끌고 무여라에서 여기로 옮긴 후 하루에 한 번은 적과 부딪쳐 싣고 가던 무기와 식량을 빼앗고 혹은 부숴 버렸다. 덕분에 화살은 얼마든지 있고 먹을 것도 족했다.
　6월에 들어 적의 황제 양광이 이 길로 남하하여 요동성 공격을 독려하면서부터 모든 것이 달라졌다. 치중대도 단위가 커지고 호송 병력도 부쩍 늘었다.
　집 걱정도 큰일이었다. 요동성은 이 산 너머 대량수(大梁水: 태자하)에서 40리, 상아는 양광이 직접 지휘하는 수십 만 적군의 포위 속에 갇혀 있는 것이다. 무여라를 떠날 때에는 어쩌면 그를 만날 수 있으리라 가슴이 부풀기도 했으나 요동성에는 접근조차 할 수 없었다. 적어도 황제가 직접 포위 공격하는 것이니 그의 체면을 위해서도 이

성만은 기필코 짓밟으려고 들 것이다. 그렇게 되는 날의 광경을 생각하고 싶지 않았으나 그럴수록 억만 가지 걱정이 가슴에 사무쳤다. 그는 요동성이 있는 남녘 하늘을 바라보다가 고개를 다시 북으로 돌렸다. 잊어야지.

5리 떨어진 울창한 숲을 돌아 창을 꼬나든 2, 30명의 기병들이 나타나고 짐을 잔뜩 실은 6, 70채의 달구지와 태마(駄馬)의 행렬이 뒤를 이었다. 중국놈들도 끈덕진 족속이었다. 발착수(渤錯水)에서 여기까지 500리 길에는 숨어 있다가 들이치는 고구려군이 얼마든지 있건만 그 속을 뚫고 여기까지 오는 자도 심심치 않게 있었다. 그러나 1백여 만 대군을 먹인다는 것은 어림없는 일이었다. 능소는 더위와 빗속에 갖은 고생을 무릅쓴 지나간 두 달에 보람과 위안을 찾았다.

달구지와 태마의 뒤에는 또 2, 30명의 기병들이 따라붙었다. 능소는 숲을 주시했다. 적의 후위(後衛)가 완전히 숲을 지나 전진을 계속하는데 별안간 뒤를 따라 돌아 온 6, 7기의 고구려 기병들이 활을 쏘며 달려들어 2, 3명의 적병을 쓰러뜨렸다. 돌쇠가 지휘하는 복병이었.

적이 말머리를 돌려 창으로 돌격을 감행하자 돌쇠의 부대는 접전을 피하고 급히 후퇴하였다. 적은 더 이상 추격하지 않고 다시 치중대의 후미로 돌아왔으나 후퇴하던 돌쇠는 다시 쫓아와 거리를 두고 활을 쏘았다.

능소는 등성에서 기슭으로 내려갔다. 재갈을 물리고 대기하고 있던 5, 6명의 기병들을 휘몰고 대로에 나서 곧장 적을 향하여 돌진해 갔다. 300여 보의 거리에서 둘로 갈라진 능소의 소부대는 비스듬히 벌판으로 달려 적의 전위를 좌우에서 공격하였다. 적은 무턱대고 활을 쏘아댔으나 고구려군은 별로 쏘지 않고 쏘기만 하면 적병 한 명은 어김없이 말에서 떨어졌다.

적은 활을 거두고 창으로 돌격해 왔다. 능소와 5, 6명의 병사들은 뿔뿔이 흩어져 벌판으로 달아나고 적은 기승하여 2, 3명이 한 명을 목표로 쫓아왔다. 능소는 말에 채찍을 내리치며 돌아보았다. 후위를 공격하던 돌쇠와 그의 부하들도 벌판을 달리고 적은 맹렬히 추격하는 중이었다.

뒤에서 비명과 아우성이 터졌다. 조금 떨어진 숲속에서 불쑥 나타난 고구려군 7, 8 기가 적의 치중대를 짓밟고 있었다. 창으로 말, 당나귀, 노새를 찌르고, 끌고 가던 적병들은 무기를 버리고 도망쳤다. 추격하여 오던 적의 전위는 고삐를 틀어 제자리로 돌진해 갔다.

다시 돌아선 능소는 앞에 달려가는 적병을 겨누고 활을 당겼다. 잔등을 맞은 적은 앞으로 고꾸라지면서 말목을 안고 버둥거리다가 옆으로 미끄러져 땅에 떨어졌다. 주인을 잃은 말은 앞발을 쳐들고 곤두섰다가 원을 그리며 벌판을 돌고 쓰러진 적병은 땅에 코를 박고 두 손으로 풀을 쥐어뜯었다.

적의 치중대를 부수던 부하들이 창을 안장에 꽂고 활을 쏘기 시작했다. 앞뒤에서 협격(挾擊)을 당한 적은 갈팡질팡 활을 쏘다가 옆으로 빠져 벌판을 서남방으로 도망쳤다. 능소는 추적하지 않고 치중대로 다가갔다. 살과 창을 맞은 당나귀며 노새들은 모로 쓰러져 마지막 숨을 몰아쉬고 간간이 번쩍 일어서려고 움찔거리다가 다시 쓰러지는 놈도 있었다.

이미 뺏은 식량만도 숲속 막사에 주체 못할 정도로 쌓여 있는지라 말에서 내린 병사들은 달구지를 뒤집어엎고 부대를 찢어 낟곡을 길바닥에 흩어 버렸다. 능소는 실컷 보아온 낙구창(洛口倉)의 입구자(口)를 겨누고 창을 질러 빙 돌렸다.

후위를 유인하여 멀리 벌판에 나갔던 돌쇠도 돌아왔다. 식량을 부숴 버린 병사들은 손을 대지 않은 달구지에서 저마다 화살묶음을 집어 안장에 싣고 끈을 졸라맸다.

능소는 중천에 뜬 해를 쳐다보고 말에 올랐다.
"전진!"
21명의 대열은 큰길을 북으로 달리다가 실개천을 따라 우로 꺾어 들었다. 언덕배기 길이 시작되면서 소리를 내어 흐르는 시내 양쪽 가에는 살구나무 숲이 늘어서고 잎 사이사이로 아직 덜 익은 열매가 얼굴을 내밀었다.

숲을 의지하여 시냇가에 친 3채의 장막 앞에 멈춰선 그들은 제각기 풀이 무성한 대목을 찾아 말을 매고 알몸으로 시냇물에 뛰어들었다. 능소는 후미진 물속에 앉아 바닥의 조약돌을 내려다보며 가슴에 물을 끼얹었다. 땀을 흘린 뒤에는 이보다 상쾌한 일도 없었다. 숲속에서는 그쳤던 매미소리가 다시 들려오기 시작했다.

목욕을 마친 그들은 물가 그늘에 둘러앉아 점심을 먹었다. 숲속은 냉기가 돌아 여름에도 음식이 변하지 않아 좋았다. 쉬이 쉬던 콩떡도 항아리에 넣어 그늘진 시냇가에 담그면 이틀이 지나도 생생하였다.

어귀에 섰던 초병이 달려와 숨을 허덕였다.
"약광 장군 같습니다."
능소는 먹던 떡을 놓고 일어섰다. 벌써 숲을 헤치고 오솔길을 달려오는 말굽소리가 요란했다. 그들은 얼른 옷깃을 여미고 달려가서 창을 들고 왔다. 대열을 정비하는데 말 탄 약광 장군이 나뭇가지 사이에 나타났다.
"오래간만에 뵈옵겠습네다."
능소는 앞에 나가 절하고 단출한 일행은 말에서 내렸다.
"그동안 별고는 없었느냐?"
장군은 그의 어깨에 한 손을 얹었다.

그는 장군을 조용한 뒷장막으로 모셔 들였다. 돌쇠가 떠온 샘물을 마시고 난 장군은 탁자 위의 먹을 갈기 시작했다. 눈치 빠른 돌쇠는 물러가고 능소가 벽에 걸린 주머니에서 백지 말이를 꺼내 그의 앞에 바치자 장군은 붓을 들었다.

"마리치〔莫離支〕대장군 각하, 적이 남하할 기세를 보인다 함은 앞서 보고 드린 바 있습니다마는 마침내 요동성을 포위 중인 적군 중에서 10만이 오늘 새벽 등정하였습니다. 부여성을 포위하고 있던 우문술을 비롯하여 신성, 현토, 금산, 목저 등 여러 성을 공격하던 적들도 오늘 같은 시각에 행동을 개시한다고 합니다. 사로잡은 적 군관으로부터 압수한 비밀문서에 의하면 적의 총 병력은 30만 5천, 우중문, 우문술, 형원항(荊元恒), 설세웅(薛世雄), 신세웅(辛世雄), 장근(張瑾), 조효재(趙孝才), 최홍승(崔弘昇), 위문승(衛文昇)의 아홉 장군이 지휘할 것이며 이들은 남으로 뻗은 주요 군도(軍道)를 분진(分進)하여 압록강 북에 집결하기로 되어 있습니다. 압수한 문서의 원본을 동봉합니다. 저는 적의 병참선을 계속 교란할 일부 병력을 남기고, 나머지는 기도를 감추기 위하여 오골성까지 분산 전진할 계획입니다. 여기서 병력을 집결하고 말갈군을 합하여 전에 내리신 지시대로 추격태세로 들어가겠습니다. 적이 도중에서 남진을 단념하는 일이 없도록 극소수의 적 보급부대는 다치지 않고 통과시키도록 조처하였습니다.

연자발 장군께서 따로 보고가 있을 줄 믿습니다마는 적군이 오골성을 통과한 후에는 일체의 증원부대나 보급부대는 이 선 이남에는 한 발도 들여놓지 못하도록 만반의 태세를 갖추고 있습니다.

끝으로 각하의 건투를 빕니다."　　　　　　— 6월 15일 "약광"

써내려가는 것을 주시하고 섰던 능소는 저도 모르게 한숨을 내쉬었다. 장군은 품에서 문서를 꺼내 편지와 함께 봉하고 그에게 일렀다.

"돌아가는 형편은 지금 본 대로다, 너는 지금부터 부하 2명을 이끌고 식성 북방 20리 봉린산에 달려가서 마리치 대장군께 이 편지를 전해 드려라."

능소는 말라붙은 입을 열고 대답했다.

"예."

"나머지 부하는 내가 맡는다."

"전하구 나서 어디메 돌아오문 됩네까?"

"마리치 각하의 분부대로 해라, 돌아오지 못할 게다."

장막에서 물러나온 능소는 돌쇠, 올챙이와 함께 말을 달려 숲을 헤치고 큰길에 나섰다. 얼마 전에 성난 양광이 앞서간 군대의 뒤를 쫓아 요동성으로 내려간 이 길을 이번에는 우문술의 군대가 또 짓밟고 내려올 것이었다.

곧바로 남으로 달려 대량수(大梁水)가 보이는 언덕에 올랐다. 나루터는 전과 다름없이 수백 명의 적군이 지키고 있었다. 그는 간도(間道)를 따라 진로를 동남으로 잡고 달렸다. 오늘 새벽에 요동성을 떠났다면 모레쯤은 그들을 앞질러 큰길을 갈 수 있을 것이었다. 하오 내내 달려 요동성에서 동으로 50리 떨어진 대량수 상류를 건널 무렵에는 해가 완전히 졌다. 물가에서 미시와 육포로 요기를 한 그들은 다시 말에 올라 동서로 뻗은 큰길을 가로질렀다.

벌판 동녘 하늘에는 보름달이 솟아오르고 있었다. 달빛 아래 잠든 광막한 평야를 바라보다가 남으로 달린 오솔길에 들어서면서 그는 채찍을 내리쳤다. 식성(息城)까지는 아득한 길이었다.

압록강을 건너 비로소 패수(浿水)가의 대승(大勝)을 알았다. 적의 주력부대 4만을 성안에 몰아넣고 깨끗이 없애 버렸고 나머지는 대장군 이하 바다로 도망쳤다고 하였다. 소식을 알리러 북으로 달리는 병사들은 기운이 넘쳐흘렀다. 능소는 후련하면서도 등 뒤에 밀고 내려오는 30여 만의 적군을 생각하면 앞날이 어떻게 될는지 알 수 없었다. 편지에서 본 대로 을지문덕 장군께서는 미리부터 짐작하고 계실 것이고 본영을 식성에서 봉린산으로 옮긴 것도 그런 곡절 때문일 것이다.

계책이 있겠지.
 본영은 기슭에 늘어선 장막들을 지나 그다지 높지 않은 산 위에 있었다. 초병이 아침 햇살에 창끝을 번뜩이며 막아섰다.
 "어디메 가십네까?"
 지루였다. 언젠가 보자고 벼르던 일을 잊고 능소는 우선 반가웠다.
 "지루 앙이야?"
 그러나 지루는 침착했다.
 "어디메 가시니야구 물었습네다."
 지나간 일들이 머리를 스치며 능소의 얼굴도 굳어졌다.
 "마리치 대장군을 뵈오러 간다."
 "무슨 일입네까?"
 "약광 장군의 편지를 가주구 왔다."
 "그렇습네까, 잠깐 지다리시오."
 지루는 돌아서 안으로 들어갔다. 인간이 어떻게 하면 저렇게 될 수 있을까, 그의 뒷모습을 지켜보면서 능소는 움직이지 않았다. 사생결단의 날이 오고야 말 것이었다.
 "네 이름은?"
 지루보다 한 걸음 앞서 나온 연개소문이 물었다. 전에 한 번 본 일이 있는 이 젊은 군관의 시원한 얼굴, 활기 있는 동작이 마음에 들었다.
 "능소라구 합네다."
 "이리 들어와."
 돌쇠와 올챙이를 밖에 남기고 그는 연개소문을 따라 장막으로 들어섰다. 싸움터에서 이제 돌아왔다는 노장군은 그런 티는 하나 없이 미소로 그의 절을 받았다.
 "고생이 많았겠다."
 능소는 품에서 편지를 꺼내 드렸다. 아무 말 없이 두세 번 읽은 장군은 동봉한 문서를 오래도록 훑어보고 나서 머리를 들었다.
"동행이 몇이냐?"
"저와 10인장 1명, 병사 1명입니다."
장군은 연개소문을 돌아보았다.
"모두 네 휘하에 두어라."
능소는 연개소문을 따라 밖으로 나왔다. 초병을 교대한 지루가 올챙이와 얘기하고 있었다. 웃음을 띠고 손짓을 하는 품이 아까와는 달라진 것 같고 다정한 옛 친구를 만난 듯했다. 연개소문을 보자 얘기를 그치고 올챙이는 이쪽으로 달려왔다.
능소는 말을 끌고 연개소문을 따라 장막들 사이를 걷고 돌쇠에 이어 올챙이가 옆에 따라 붙었다.
"저 지루라는 병사, 같은 고향이시죠?"
올챙이가 낮은 소리로 물었다.
"응."
"저의 고향에 들른 일이 있답니다."
"그래?"
능소는 별로 흥미 없는 대답이었다.
"여기 장막을 치고 기다려라."
맨 뒤쪽 느티나무 그늘에 이른 연개소문은 한마디 남기고 가버렸다. 그들은 나무에 말을 매고 안장에서 짐을 내렸다. 능소는 홍수에 밀려 낯선 땅에 표착한 외로움을 씹으면서 장막끈을 풀었다.

입추(立秋)가 지나고 6월도 저물면서 봉린산의 아침저녁에는 선뜻한 기운이 스쳐갔다. 능소는 눈앞에 다가선 가을의 발소리를 들으며 북에서 밀려오는 적의 대군을 기다렸다.
대장군의 처소에는 북에서 달려오는 군사(軍使)가 하루에도 5, 6

회는 있었고 평양성과도 하루에 한 번은 내왕이 있었다.

마침내 적의 주력이 오골성(烏骨城) 교외를 통과했다는 보고가 들어왔다. 봉린산에서는 마지막 대검열이 있었고 높은 군관들이 남북으로 파송되어 갔다.

이튿날 아침에는 적의 유력한 부대가 대행성(大行城) 주변에 진출하여 압록강변에 포진하고 여러 줄기의 부교(浮橋)를 가설하기 시작했다는 소식이 들어왔다. 날마다 들어오는 보고는 적이 무인지경을 가듯이 휩쓸고 내려온다는 얘기뿐이고 도중에서 고구려군이 이를 막아 싸웠다는 소리는 한마디도 없었다. 더구나 우리 영토 깊숙이 들어와서 압록강에 부교를 놓는다면 들고 치기에는 다시없는 기회일 터인데 단 한 명의 병정도 나가서 이를 방해하였다는 소식은 없었다. 능소는 장군의 계책을 믿으면서도 어쩐지 불안했다.

다음날 새벽 봉린산에는 출동명령이 내렸다. 산 아래 벌판에서는 인마가 어수선하게 뛰는 소리, 외치는 소리에 섞여 가끔 말이 우는 소리가 산에 메아리쳤다.

이른 조반을 마치고 본영 앞에 도열한 호위대 200명은 제각기 말고삐를 잡고 명령을 대기하였다. 차츰 동녘 하늘이 밝아오고 산 아래 정렬한 3천 기병의 모습이 똑똑히 눈에 들어왔다. 장막에서 나온 연개소문이 그들 앞에서 크게 기침을 하고 입을 열었다.

"지금부터 마리치 각하를 모시고 압록강으로 간다. 각하께서는 어명을 받들고 적장과 만나 담판을 지으실 예정이다. 특히 너희들은 어떠한 사태에 처해서도 명령에 절대 복종할 것이며, 신명을 다하여 각하의 방패가 돼야 한다."

연개소문은 말을 끊고 둘러보다가 능소 일행에 눈이 멎었다.

"20인장 능소, 10인장 돌쇠 이리 나와."

대열 좌측에 붙어 섰던 능소와 돌쇠는 말을 끌고 앞으로 나갔다.

"능소, 너는 호위대 중의 호위대다, 각하의 거동에 항시 옆을 떠나지 말 것이며, 돌쇠, 너는 필요한 때에 통역을 맡을 터이니 능소와 행동을 같이하고 나머지 병사 한 명은 열중으로 들어가라."

연개소문은 장군의 막사로 들어가고 능소는 뒤를 돌아보았다. 올챙이가 말을 끌고 지루의 옆으로 다가가고, 흰 눈으로 이쪽을 노려보던 지루는 능소와 눈길이 마주치자 고개를 돌렸다.

장막에서 나온 을지문덕 장군의 흰 수염이 아침 햇살에 반짝였다. 말없이 호위대와 산 아래 기병들을 훑어보고, 대기하고 있던 말에 오르자 재빨리 말에 올라탄 연개소문이 앞을 달리고 궁병들이 뒤를 이었다. 장군은 고삐를 틀어 서서히 움직이고 능소와 돌쇠도 말에 올라 그의 뒤에 바싹 다가붙었다.

대고구려 마리치 대장군 을지문덕(大高句麗 莫離支 大將軍 乙支文德)의 깃발을 앞세운 3천2백여 명의 기병 집단은 연개소문을 선두로 벌판을 가로질러 대령강(大寧江)을 건넜다. 산 위에 높이 오른 아침 해를 뒤에 하고 옥녀봉(玉女峰)을 우로 보며 곧장 서(西)로 말을 달렸다.

능소는 얼마 전에 내려오던 길을 거꾸로 더듬으면서 그때 느끼던 불안을 되씹었다. 머지않아 대적이 밀어닥칠 이 대로연변은 어디나 조용한 여름철의 초목이 무성할 뿐 적을 맞아 싸울 우군의 포진은 보이지 않았다. 그러나 앞을 달리는 을지문덕 장군에게서는 불안의 그림자도 찾을 수 없고 언제나와 마찬가지로 평정(平靜) 그것이었다. 그는 마음 한구석에서 머리를 쳐들던 불안이 무사답지 못한 초조감이라고 스스로 부끄러워했다.

당일로 300리를 달려 설암산(雪暗山: 차련관(車輦館) 남방) 북쪽 실개천가에서 하룻밤을 야영한 그들은 이튿날 북으로 150리를 달려 하오에 압록책(鴨綠柵: 의주)에 다다랐다.

산을 의지하여 대로 양측 요소요소에 기병들을 배치한 장군은 초소에서 나온 군관의 인도로 산채(山砦)에 올라갔다. 강 속으로 튀어나간 산에 굵은 말뚝을 두른 성채는 100여 명의 병사들이 지키고 있을 뿐이었다. 장군은 석양이 비친 압록강과 그 너머 대안의 벌판을 메운 적군을 뚫어지게 바라보았다.
　연개소문과 함께 장군의 뒤에 선 능소는 난생 처음으로 이렇게 놀라운 광경을 보았다. 무수한 장막들이 쳐 있고 장막 주변 눈 닿는 데까지 사람과 말이 깔려 있었다. 그 사이사이 운제(雲梯)며 충차(衝車), 포차가 수없이 늘어서고 덩실하게 높은 화살더미도 여러 군데 있었다. 여러 줄기 부교가 섬과 대안을 잇고 다시 섬에서 이쪽 강가에 잇닿았다.
　"접전은 없었느냐?"
　장군이 옆에 선 군관에게 물었다.
　"네. 지시대로 감시만 했습니다."
　"적진에 가서 직접 전해라, 내가 왔는데 내일 아침 찾아뵙겠다고 말이다."
　군관은 얼른 말귀를 알아듣지 못하는 눈치였다.
　"아침에 적장(敵將)과 담판을 짓는다."
　장군이 돌아서자 군관은 장막으로 인도하였다. 능소는 연개소문의 뒤를 따라 안으로 들어갔다. 장군을 모실 침상과 탁자 등이 정돈되어 있고 밖에는 병사들이 창끝을 번뜩이며 주위를 에워쌌다.
　한 병사가 찬 오미자(五味子) 물을 가지고 들어와 접시에 붓자 군관은 밖으로 물러나갔다. 장군은 깃이 달린 고깔을 벗어 탁자 위에 놓고 접시를 들어 마셨다. 능소도 병사가 권하는 대로 문간에 선 채 접시를 들었다. 밖에서는 5, 6명의 기병들을 이끌고 흰 깃발을 앞세운 군관이 산을 내리달리고 있었다.

이튿날 아침. 해돋이에 장막을 나선 을지문덕 장군이 호위대 200명만 거느리고 부교가에 나가자 적의 군관 10여 명이 기다리다가 앞장서 부교를 건너갔다. 장군의 뒤에 따라붙은 능소는 이렇게 소수의 호위만 거느리고 수십 만 적군 속에 들어간다는 것은 위험하기 그지없다고 생각했으나 앞에 가는 장군은 연개소문과 날씨 얘기를 주고받고 있었다.

"금년에는 장마가 없을 모양이지?"

"네. 지난봄에 건널 때보다도 물이 준 듯합니다."

연개소문은 강을 내려다보고 대답했다.

첫 부교가 끝나고 섬에 들어서자 웃통을 벗고 짐을 나르던 적병들이 일손을 멈추고 우두커니 서서 일행을 바라보았다. 갈빗대가 앙상한 가슴은 까맣게 타고 두 눈은 정신 나간 사람모양 정기가 없었다. 장군은 그들을 유심히 훑어보며 지나갔다.

섬이 끝난 대목에서 다시 시작되는 부표를 건너 대안에 오르니 적의 높은 군관이 앞을 가로막고 호위대는 더 이상 못 간다고 막았다. 말고삐를 틀어잡은 연개소문이 노기 띤 얼굴로 그를 노려보는데 장군이 한마디 했다.

"군관, 호위대는 여기 남기로 하더라도 필요한 인원 3, 4명은 동행해야 하지 않겠소?"

돌쇠가 앞에 나서 통역을 하자 적 군관은 고개를 끄덕였다.

"떵하오. 그러나 그 3, 4명도 무기는 못 가지고 들어가오."

모두들 망설였으나 장군은 당연하다는 듯 무기를 풀어 옆에 선 병사에게 넘겼다. 연개소문과 능소 돌쇠도 무기를 뒤에 남기고 장군의 뒤에 따라섰다.

창을 짚은 병정들이 양편에 도열한 속을 연개소문 이하 3명만 거느리고 적의 군관들을 따라 전진하던 을지문덕 장군은 큼직한 장막 앞에서 말을 내렸다. 적병들이 달려와서 말고삐를 받았다. 능소는 고삐를 넘겨주면서 참을 수 없는 모욕을 느꼈다. 무엇 때문에 이렇게까지 머리를 숙이는 것인가.

네 사람은 군관이 인도하는 대로 장막에 들어갔으나 안에는 아무도 없었다. 길쭉한 탁자가 가운데 놓이고 탁자 위에는 교의가 열 개, 이쪽엔 단 하나 놓였을 뿐이었다. 을지문덕 장군은 군관이 권하는 대로 교의에 앉고 연개소문 이하 세 사람은 뒤에 섰다.

군관이 물러간 후 아무리 기다려도 나타나는 사람은 없었다. 밖에는 창을 꼬나든 병사들이 장막을 에워싸고 가끔 생각난 듯 얼굴을 들이밀었다가 사라졌다. 팔짱을 지르고 앉은 장군은 졸다가 코를 골고 뒤에 지켜선 세 사람의 얼굴에는 노기가 서리기 시작했다.

오정이 훨씬 지나 바깥이 떠들썩하면서 아까 인도하던 군관이 장막을 헤치고 비켜서자 장수복의 뚱뚱한 사나이가 이빨을 쑤시며 들어서고 뒤에 7, 8명이 따라 들어왔다. 그들이 탁자 위의 교의를 뒤로 물릴 때까지도 장군은 그대로 코를 골고 있었다. 연개소문이 가볍게 어깨를 흔들었다.

장군은 크게 하품을 하고 일어섰다.

"아, 잘 잤다."

"이거 실례했소이다, 을지문덕이외다."

장군이 서서히 일어서고 돌쇠가 뒤에서 통역하자 뚱뚱한 사나이는 능청맞은 웃음을 띠고 입을 열었다.

"대수(大隋) 우익위 대장군 우중문이오."

사나이는 돌아서서 좌우에 늘어선 인물들을 소개했다.

"이분은 좌익위 대장군 우문술, 이분은 위무사(慰撫使) 유사룡(劉士龍), 이분은 좌효위 대장군 형원항, 이분은 … 앉으시지요."

소개가 끝나자 자리를 권하고 자기들도 앉았다.

"우리 두 나라 사이에 전단(戰端)이 일어난 것은 매우 유감이오. 그러나 모든 잘못은 고구려에 있다는 것을 알아야 하오."

을지문덕 장군은 그를 정시하고 대답하지 않았다.

"대국을 섬길 마음이 없을뿐더러 오히려 요하(遼河)를 건너 우리 중국땅인 무여라(武厲邏)를 점령했으니 이것은 무슨 심사에서 나온 것이오?"

장군은 사이를 두고 천천히 대답했다.

"중국이 대국임은 익히 알고 있소. 그러나 고구려도 대국이라는 것을 잊지 말았으면 고맙겠소, 무여라의 얘기가 나왔소마는 중국의 북면 경계는 원래 만리장성(萬里長城)이 아니오?"

"그게 무슨 말이오?"

우중문은 안색이 달라졌다.

"진시황(秦始皇)이 만리장성을 쌓은 것은 다른 족속에 대해서 중국의 국경을 명시하고 그 이남의 자기 영토를 지키겠다는 결의를 표명한 것이 아니오?"

우중문은 눈만 껌벅이고 한 사람 건너 앉은 유사룡이 염소수염을 배틀면서 끼어들었다.

"진나라 때는 과연 그러하지요. 허나 그 후 한무제(漢武帝)는 이 요동 땅을 휩쓸고 지금 귀국 수도가 있는 훨씬 이남까지 우리 강토에 넣어 사군(四郡)을 설치하지 않았소이까? 그 후 공손(公孫)씨는…."

"무력으로 침공했다는 것과 원래 자기 땅이고 아니고는 전연 다른 문제가 아니겠소?"

장군의 표정은 엄숙하고 유사룡은 기를 썼다.

"무엇이 다르오이까?"

"우리가 만리장성을 넘어 귀국의 하북(河北)을 점령했다면 이것을 그대로 고구려 땅으로 인정하겠소?"

유사룡이 불리한 것을 눈치 챈 우문술이 얼른 화제를 바꿨다.

"지금은 그런 얘기로 시비를 논할 때가 아니오. 요컨대 고구려는 우리 중국과 선린우호(善隣友好)를 바라오, 안 바라오?"

"그것은 일찍부터 우리 성상폐하의 소원이오, 내가 어명을 받들고 오늘 여기 온 것도 그 때문이오."

"그렇다면 귀국 왕은 요동성에 행차하셔서 우리 황제 폐하를 뵈옵도록 하오."

"폐하께 여쭈어 보아야 알겠지마는 선린우호를 위한다면 그것도 무방할 것이오. 그러나 귀국군대가 우리 강토에 있는 한 안 될 말이오. 우선 군대를 철수하시오."

"그것도 말이라고 하오?"

우중문이 주먹으로 탁자를 내리쳤다.

장군은 대답하지 않았다.

"정 그렇게 나온다면 당신은 돌아가지 못할 줄 아시오."

"그럴 수도 있겠지요."

담담한 대답이었다.

"잠깐 여유를 드릴 터이니 곰곰이 생각해 보시오."

우중문이 일어서 한마디 남기고 돌아서자 다른 사람들도 그를 따라 뒷문으로 나가 버렸다.

"이 자들이 정말 잡아 가두려는 게 아닙니까?"

젊은 연개소문이 상기된 얼굴로 물었다.

"그야 알 수 없지."

뒤에 선 세 사람은 마주 보고 긴장했다.

장군은 또 졸기 시작하고 세 사람은 버티고 선 채 움직이지 않았다.

틈바구니로 내다보이는 장막의 그늘이 길게 동쪽으로 기울고 땅에 비친 햇살은 유달리 밝았다. 능소는 시장기를 참고 눈을 감았다. 어떻게 돌아가는 판국인지 도무지 알 수 없었다.

갸름한 얼굴의 유사룡이 만면에 웃음을 띠고 들어와 맞은편 자리에 앉았다.

"오래 기다리게 해서 미안합니다."

을지문덕 장군은 입맛을 다시며 그를 건너다보았다. 유사룡은 염소수염을 한 번 내리 쓰다듬고 계속했다.

"저는 원래 상서우승(尙書右丞)으로 우리 폐하를 지척에 모시는 만큼 폐하의 뜻을 익히 알고 있습니다. 폐하께서는 평화로운 가운데 우리 두 나라의 문제를 해결하고자 하십니다. 저를 특히 위무사(慰撫使)로 임명하사 여기까지 보내신 것도 그런 데 본뜻이 있습니다."

유사룡은 말을 끊고 장군의 눈치를 살폈다.

"계속하시지요."

"귀국의 임금께서 요동성까지 행차하시기만 하면 피 한 방울 흘리지 않고 모든 일이 해결될 터인데 참 안타깝습니다."

"진실로 그런 뜻이라면 우선 귀국 군대를 요하(遼河) 이서(以西)로 철수하시오."

"지금 와서 그건 어렵지 않겠습니까?"

"결국 우리 폐하를 귀국 군중(軍中)에 보내라는 뜻인데 처지를 바꿔 생각해 보시오. 그럴 수 있겠소?"

"각하, 중국군의 힘을 오산하지 마십시오. 나라나 개인이나 우선 살고 볼 일이 아닙니까?"

장군은 빙그레 웃기만 했다.

"솔직히 말씀드리지요. 지금도 우중문, 우문술 두 대장군을 비롯해서 모두들 각하를 붙잡아 포로(捕虜)로 하자는 것을 제가 극구 반대했습니다."

"고맙소이다."

"다시 한 번 잘 생각해 보십시오."

"내가 생각하는 바는 다 얘기했소. 다만 귀국에서 우리가 무여라를 점령한 것을 매우 아프게 생각하시는 모양인데 그렇다면 무여라에서 철수할 용의가 있소. 대신, 귀국의 모든 군대는 요하 이서로 철수해야 하오."

"우리 폐하 친정(親征)의 체모를 생각해서도 그렇게는 안 될 것입니다."

"내가 우리 조정에서 가지고 온 화평조건은 이것뿐이오."

"그러시다면 각하는 못 돌아가십니다."

"전쟁이 끝날 때까지 기다리지요."

유사룡은 한 손으로 턱을 괴고 심각한 표정이었다.

"그때까지 무사하실 것 같습니까?"

장군은 잠자코 있었다.

"각하를 볼모로 잡아두면 고구려군은 사기가 떨어지고 따라서 곧 항복하리라는 것이 우리 군의 계산입니다."

"그건 아주 잘못된 계산이오. 노한 고구려군은 더욱 용분(勇奮)할 것이오."

유사룡은 고개를 떨어뜨리고 잠시 생각하다가 머리를 쳐들었다.

"생각하기 나름이지요. 제 소원은 귀국의 임금께서 요동성에 오시는 일입니다."

"나를 잡아 가두고 우리 폐하더러는 요동성에 오라, 고구려를 그렇게 보아서는 안 될 것이오."

장군은 정색을 했다.

"… 오늘밤 여기서 주무시면서 잘 생각해 보십시오."

"내가 오늘밤 여기서 묵는다면 우리 군중(軍中)에서 뜻하지 않은 오해가 일어날 염려가 있소."

"… 잠깐 기다려 주십시오."

유사룡은 일어서 뒷문으로 나갔다. 뒤에 지켜 섰던 능소와 돌쇠는 한숨을 내쉬고 연개소문은 문간에서 눈을 떼지 않았다.

유사룡이 우중문과 우문술을 앞세우고 들어왔다. 그들은 앉지도 않고 우중문이 비스듬히 내려다보면서 한마디 했다.

"우리 중국군을 한번 보시는 것도 해롭지 않을 것이오."

장군은 천천히 일어섰다.

"귀국군의 성망은 일찍부터 들어오던 터인데 보여주신다니 영광이 외다."

뒤뜰에는 100여 명의 군관들이 대기하고 아까 타고 온 말들도 끌려와서 말뚝에 매여 있었다.

우중문 이하 세 사람이 말에 오르자 을지문덕 장군에 이어 연개소문과 능소, 돌쇠도 말에 올라탔다.

중국병사들은 석양이 비치는 벌판에서 훈련을 받고 있었다. 포차로 돌을 날리는 부대, 운제를 오르내리는 병정들, 말을 달리며 창을 휘두르고 혹은 활을 쏘는 자들, 수천 명씩 방진(方陣)을 친 보병들이 창을 꼬나들고 홍수같이 밀고 나가는 부대들, 어처구니없이 많은 병력에 북소리와 고함소리, 곳곳에 쌓인 무기더미와 공성기(攻城器)들 ─ 사람의 혼을 잡아 빼는 광경이었다.

우중문, 우문술, 유사룡 세 사람이 무작정 말을 달려 부대들의 사이사이를 누비고 지나가는 바로 뒤에 을지문덕, 연개소문 이하 네 사람이 따르고 다시 그 뒤에 중국 군관 100여 명이 달렸다. 능소는 주위에 벌어진 광경에 감탄하고 앞에서 연거푸 채찍을 내리치는 장군을 눈여겨보았다. 가끔 고개를 돌려 병정들이 훈련하는 것을 보기는 하였으나 별로 흥미 없는 얼굴이었다. 그러나 장막천으로 덮은 큰 더미를 지날 때마다 유달리 눈을 박아 보고 잘 보이지 않을 때는 상반신을 옆으로 틀기도 했다.

　한 바퀴 돌고 장막 앞에 돌아와 말을 내릴 무렵에는 해가 서산에 지고 주위의 하늘은 유달리 붉게 물들었다. 우중문은 이마의 땀을 씻고 을지문덕 장군에게 일렀다.

　"나는 원래 살상을 싫어하오. 돌아가시거든 잘 의논해서 화를 자초하지 마시오."

　그는 대답을 기다리지 않고 우문술과 함께 장막으로 들어가 버렸다. 돌아간다는 소리에 능소는 돌쇠와 마주 보고 길게 한숨을 내쉬었다.

　"대접이 소홀해서 안됐습니다. 안녕히 가십시오."

　뒤에 남은 유사룡이 허리를 굽실하자 을지문덕 장군은 정중히 고개를 숙이고 말에 올랐다.

　그들은 다시 군관의 인도를 받아 창병들이 도열한 길을 거쳐 강가에 나왔다. 방금 돛단배에서 내린 20여 명의 중국군이 '창해도 군사'(滄海道 軍使)의 깃발을 앞세우고 옆을 지나가면서 욕설을 퍼부었다.

　"고구려 놈들 죽여 버린다."

　돌쇠가 귀엣말로 통역했으나 장군은 못 들은 양 기다리고 있는 호위대 앞에 나가 말을 세웠다.

　"아까 맡아둔 무기를 가져오지."

　연개소문이 인도하는 중국 군관에게 이르고 돌쇠가 다시 통역했다. 군관이 무어라고 외치자 무기를 안은 병사들이 초막(草幕)을 나와 느릿느릿 걸어왔다. 마상의 장군은 말없이 땅거미 지는 하늘을 쳐다보고 있었다.

　무기를 돌려받은 장군일행은 호위대를 거느리고 부교를 향해 서서히 움직이기 시작했다. 장막 쪽에서 적 군관이 급히 말을 달려오며 큰 소리로 외치자 다릿목에 섰던 군관이 뛰어와서 장군의 말고삐를 잡고 중얼거렸다.

"기다리랍니다."

돌쇠가 통역하는데 장막에서 나온 군관이 옆에 와서 숨을 허덕이며 말에서 내렸다.

"우리 대장군께서 더 의논할 게 있다고 잠깐 돌아왔다 가시랍니다. 저기 나와 계십니다."

황혼이 내리깔리는 장막 앞에 서서 손짓하는 우중문, 우문술 이하 적장들의 모습이 희미하게 눈에 들어왔다.

"후일 만나자고 해라."

장군이 채찍을 들어 내리치자 두 군관은 뒤로 비틀거리고 대열은 전속력으로 부교를 남으로 달렸다. 첫 부교를 지나고 섬을 가로지를 때까지도 뒤에서 연달아 외치는 소리들이 요란했으나 그들은 돌아보지도 않고 다음 부교를 건너 뭍으로 올라왔다.

적과의 동침

 이튿날부터 대안(對岸)의 적군은 활발히 움직이기 시작했다. 기병은 기병대로, 보병은 보병대로, 대형을 정제하고 장시간 군관들의 지시를 받고는 흩어져 장막 안의 물건들을 내다 짐을 꾸렸다.
 조반 후 밖에 나와 강 건너 적의 형세를 관망하던 을지문덕 장군은 홀로 산채(山砦) 주위를 거닐다가 안에 들어가서는 하오 늦도록 나타나지 않았다. 능소는 옆 장막에서 뒹굴며 아슬아슬하던 어제 일을 생각했다. 부교를 건너갈 때부터 돌아올 때까지 한시도 마음을 놓지 못했다. 그런데 장군은 언제나 조용한 것이 죽어도 그만, 살아도 그만이라는 태도였다. 어쩌면 그럴 수 있을까.
 밖에서 지루와 올챙이가 장막 그늘에 앉아 얘기하는 소리가 귀에 들어왔다.
 "… 그래 강선이를 봤다고 했지?"
 올챙이가 물었다.
 "봤당이까."

"후우, 전쟁은 언제쯤 끝날까?"
"강선이 보고 싶어 죽겠단 말이지?"
"말 마라."
"복스럽게 생겼더라."
"똥뙤놈들만 보채잖았으문 지금쯤…."
"지금쯤 어느 건달의 품에 앵겼는지 알게 뭐이야?"
"어린앨 가지고."
"넌 왜 어린애 가주구 가슴을 태우니?"
"못할 소리 없구나."
"갈라 열일곱도 어린애야?"
"갈라가 뭐야?"
"갈라는 갈라지. 쇠뿔은 단짐에 빼라고, 계집은 족체서 대번에 제 걸 만들어 베레야지 그양 뒀다가는 놓친다."
"강선이는 그런 애 아냐."
"정혼했니야?"
"아—니."
"더더구나. 갈라 열일굽이문 앞뒤에 눈깔이 네 개라더라."
"뭐라구?"
"앞 눈으로 널 보고 웃는 순간에도 뒤통수의 눈깔은 딴 사내를 보고 있단 말이다."

밖에서 뛰는 소리에 이어 돌쇠가 들어섰다.
"즉시 대장군 처소에 들어오시랍니다."

능소는 창을 들고 밖에 나왔다. 그늘에 앉아 떠들던 지루와 올챙이가 일어서 가볍게 고개를 숙이고 장막을 돌아 사라졌다. 능소는 초병들의 절을 받으며 돌쇠와 함께 장막으로 들어갔다.

"… 늦어도 내일 밤 안으로 평양성에 도착해서 이것을 어전에 바치도록 해라."

을지문덕 장군은 앞에 선 6, 7명의 군관들 중에서 선두의 제일 높은 군관에게 밀봉한 편지를 주고 일렀다. 군관은 편지를 두 손으로 받아 품속에 넣고 밖으로 나갔다.

장군은 나머지 군관들을 향했다.

"너희들은 지금 즉시 출발해서 제각기 피봉에 적힌 군(軍) 지휘관에게 편지를 직접 전달한다. 절대 비밀에 부쳐야 할 내용이니 그리 알고 실수가 없도록 해라."

"회답을 받아야 합니까?"

한 군관이 물었다.

"회답은 필요 없다."

장군이 한 사람에게 한 통씩 편지를 나눠주자 군관들은 일제히 인사를 드리고 밖으로 몰려나갔다. 장군은 교의에 앉고 연개소문이 구석의 두 사람을 손짓으로 불렀다.

"적의 군사(軍使)가 밑에 와 있다고 했지?"

두 사람이 앞으로 다가서자 장군은 연개소문을 돌아보고 물었다.

"네. 아까부터 기다리고 있습니다."

"올라오라고 해라."

연개소문이 턱으로 가리키자 돌쇠가 밖으로 나갔다.

"또 무슨 수작을 부리자는 게 아니겠습니까?"

연개소문은 약간 흥분했으나 장군은 냉정했다.

"와봐야지."

"어제 적진을 보고 이상하게 생각한 것은 무기는 더미로 쌓였는데 식량은 별로 눈에 띄지 않은 일입니다."

"그래 … 하루 식량밖에 없으면 하루의 군대요, 열흘 식량밖에 없으면 열흘의 군대에 지나지 않는 법이다."

"적의 식량은 얼마나 갈까요?"

"20일, 길어서 한 달이겠지."

능소는 며칠 전까지 북에서 적의 보급을 교란하던 일을 생각했다. 넓은 산야에 퍼져서 비바람 속을 치달리며 적의 치중대를 들부순 약광 장군 휘하의 수많은 병사들은 1백만 적군의 수명을 한 달로 줄여버린 것이다.

밖에서 말굽소리들이 접근하고 연개소문과 능소는 장군의 뒤로 물러섰다. 젊은 군관과 돌쇠가 적장 한 사람을 인도하고 들어왔다.

"어저께 뵈온 탁군태수 검교좌무위 장군(涿郡太守 檢校左武衛 將軍) 최홍승(崔弘昇)이올시다."

키가 후리후리 크고 인상 좋은 적장은 을지문덕 장군 앞에 허리를 굽혔다가 두 손을 모아 쥐었다. 돌쇠의 통역을 들으면서 능소는 어제 우문술 다음다음에 앉았던 인물이라고 생각했다.

장군은 부드러운 얼굴로 인사를 받고 그에게 자리를 권했다.

"어제는 귀군의 진중(陣中)을 방문하고 폐가 많았소이다."

능소에게는 이상하게 들리는 한마디였으나 자리에 앉은 최홍승은 태연했다.

"지금 강 건너에 와 있는 우리 군의 총수이신 우중문 장군을 대신해서 사과 겸 문안드리러 이렇게 찾아뵈었습니다. 어제는 객지에서 모든 것이 부족한지라 실례 막심해서 장군께서는 걱정이 자심하십니다. 오늘 아침에는 육합성에 계신 우리 성상께서 궁온(宮醞)을 보내주시지 않았겠습니까? 이것은 장안 궁중에서 만드신 특주(特酒) 올시다. 장군께서는 마침 잘됐다고 한자리 베풀고 기다리시는 중입니다. 우리 두 나라의 우의를 위해서도 반가운 일이 아닐 수 없습니다."

최홍승은 거침없이 엮어 내려갔다.

"저 아래 강가에는 각하를 모실 호위 병사들까지 데리고 왔습니다."

"고맙소. 그러나 어저께 융숭한 대접을 받고 오늘 또 폐를 끼친다는 것은 체모 없는 일이오. 오늘밤은 내가 우중문 장군 이하 여러 장군들을 모실 터이니 부디 오시도록 주선해 주시오."

"기왕 차려놓은 것이니 오늘밤은 우리 진영에 왕림하시고 내일 이리로 찾아뵙도록 말씀드리겠습니다."

"사람이 짐승과 다른 것은 예절(禮節)이 있기 때문이 아니겠소? 청해 주신다고 거듭 가볍는 것은 예가 아니오. 이번에는 내가 여러분을 모셔야 하겠소."

장군은 연개소문을 돌아보고 계속했다.

"지금 들은 대로 귀하신 분들을 모실 터이니 돼지도 잡고 풍악도 마련해라."

연개소문이 대답하기 전에 최홍승이 일어서 손을 내저었다.

"아니올시다. 저로서는 당장 무어라고 말씀드릴 처지도 못되고, 각하를 꼭 모셔오라고 했는데…."

"오늘밤은 내가 대접해야겠소. 어서 가서 말씀 여쭈시오."

"가부간 다시 찾아뵙고 회답을 드리겠습니다."

최홍승은 망설이다가 절하고 돌아섰다.

"기다리겠소."

장군도 일어서 문간까지 배웅하였다. 능소는 연개소문과 함께 밖에 나와 그가 말을 타고 언덕길을 내려가는 것을 지켜보았다. 강가에서 기다리고 있던 병정들을 거느리고 저녁놀이 지는 압록강의 부교를 건너 대안으로 사라져 갔다.

강변에 어둠이 깔리자 출동준비 명령이 내렸다. 능소는 짐을 꾸리다가 돌쇠와 함께 연개소문의 장막으로 불려갔다.

"최홍승이 아래 와 있다. 둘이 가서 데리고 오너라."

촛불 뒤에 앉은 연개소문이 쳐다보았다.

"군관의 지휘 없이 저희들끼리만 갑니까?"
"응."
"댕게오겠습니다."
돌아서려는데 연개소문이 일렀다.
"이리로 데리고 와."
능소는 더 묻지 않고 밖으로 나왔다. 그믐밤의 언덕길을 말을 몰고 내려오면서 돌쇠는 알 수 없다는 말투였다.
"최홍승도 장군인데 …."
"다 생각이 있어서 하는 일이겠지."
앞에 가는 능소는 강물에 비친 별빛을 바라보고 띄엄띄엄 대답했다. 대안은 낮과 달리 조용하고 이따금 말의 울음소리가 들릴 뿐이었다.
"갑세다."
기슭의 초막(哨幕)에서 홀로 고구려 병사들에게 둘러싸여 있던 최홍승은 움직이려고 하지 않았다.
"갑세다."
능소는 같은 말을 되풀이했다. 마지못해 일어선 최홍승은 좋은 얼굴이 아니었다.
"전부는 몰라도 몇 명쯤은 같이 가게 해 줘야 하지 않겠소?"
능소는 옆에 선 병사에게 물었다.
"어떻게 된 일이야?"
"우중문이나 우문술 이외의 적장이 오거든 혼자만 올려 보내라는 명령입니다."
"따라온 놈덜은 어디메 있지?"
"강가에 있습니다."
능소는 최홍승을 향했다.
"명령이니 할 쉬 없소다. 장군 혼자만 갑세다."

돌쇠의 통역을 듣는 최홍승의 얼굴이 일그러졌다.
"통역은 동행해야 하지 않소?"
"통역은 여기 있소다."
능소는 돌쇠를 가리켰다.
"그렇다면 나는 이대로 돌아가겠소."
"그건 앙이 되오다. 우린 장군을 모시고 오라는 명령을 받았소다."
일그러졌던 최홍승의 얼굴에 능청맞은 미소가 나타났다.
"군인은 명령에 복종해야지."
그는 고구려 병사들이 요구하는 대로 순순히 무기를 넘겨주고 따라나섰다.
장막에서 기다리던 연개소문은 일어서지도 않았다.
"그리 앉으시오."
그는 탁자 너머 걸상을 가리켰다. 최홍승은 어이가 없다는 듯 연개소문을 내려다보다가 돌쇠를 향했다.
"또박또박 통역해라. 난 마리치 각하를 뵈오러 왔지 젊은 군관을 상대하러 오지 않았다고 말이다."
연개소문이 한마디 했다.
"우선 앉고 보실까?"
"내 말이 안 들리오?"
최홍승이 노려보았다.
"장군, 여기는 고구려군 진영이라는 걸 잊지 마시오."
그는 하는 수 없이 걸상에 앉았다.
"각하는 안 계시오?"
"각하께서는 주무시는 중이오."
"그럼 난 돌아가겠소."
"모처럼 오셨는데 뵙고 가시오."

"언제까지 기다리면 되오."

"내일 아침에는 틀림없이 일어나실 거요."

"아—니."

최홍승이 크게 입을 벌렸다.

연개소문은 그를 보고만 있었다.

"양국 간의 중대한 일을 상의하러 왔는데 이럴 수 있소?"

"아침에 천천히 얘기해도 늦지 않을 것이오."

"촌각을 다투는 중대사에 이게 무슨 짓이오?"

최홍승은 언성을 높였다.

"그렇게 중대한 일이면 왜 우중문 장군이 직접 오지 못하시오?"

"내가 와서는 안 된단 말이오?"

"당신이 뭐요?"

연개소문은 아래위로 훑어보고, 한풀 꺾인 최홍승은 한숨을 내쉬었다. 고개를 떨어뜨린 채 한 손으로 이마를 받치고 있던 그는 천천히 일어섰다.

"이제 가봐야겠소."

"앉으시오. 여기 온 이상 마음대로 안 되오."

최홍승은 힘없이 도로 앉았다.

"도대체 그 중대사라는 게 뭐요?"

"그건 마리치 각하께 직접 말씀드릴 일이오."

"난 상대가 안 된다 이 말이오?"

연개소문이 두 눈을 굴렸다.

"… 낮에 마리치 각하께 말씀드린 대로 귀국 임금께서 육합성에 나가셔서 우리 폐하를 뵈오면 만사 잘 해결될 터인데 …."

"얘기는 그것뿐이오?"

"결국 그렇다고 볼 수 있소."

"당신네 그 폐한가 한 사람이 평양성에 와서 우리 성상을 뵈오면 만사 잘 해결될 것이오."

"폐하에 대해서 그런 불손한 언사가 어디 있소?"

최홍승은 화를 냈으나 연개소문은 아랑곳하지 않았다.

"그 폐하의 이름은 양광이라고 했지, 아마. 주제넘게 남의 임금을 오라 가라. 썩은 군대를 깨끗이 철수하고 양광더러 평양성에 오라고 하시오."

"젊은 친구, 너무하지 않소?"

"남의 나라에 쳐들어와서 한다는 소리가 너무한다?"

연개소문은 그를 훑어보았다.

"지금 사태가 어떻게 돌아가는지 아시오? 그 조건을 들어주지 않으면 우문술 장군의 10만 대군을 선진(先陣)으로 30여 만 군대가 당장 압록강을 건너 밀고 내려가 평양성을 짓밟을 것이오. 내가 밤중에 여기를 다시 찾아온 것도 이 불행을 미리 막으려는 것이오. 지금이라도 마리치 각하께서 우리 진영을 찾아 우중문 장군께 잘 말씀드리도록 해 보시오."

최홍승은 심각한 얼굴이었으나 연개소문은 비웃는 투였다.

"얘기해야 소용없겠으니 나는 가보겠소."

또 일어서려는 것을 연개소문이 가로막았다.

"마음대로 못 간다니까."

"날 죽일 작정이오?"

최홍승이 정색을 하고 물었다.

"그럴 수도 있지요."

"큰 변이 날 걸요."

"큰 변이야 이미 나지 않았소?"

최홍승은 고개를 떨어뜨렸다. 한동안 잠자코 지켜보던 연개소문이 하품을 하고 일어섰다.

"아 졸린다. 한잠 잘까."

그는 다시 얼굴을 들고 멍청하니 입을 벌린 최홍승을 거들떠보지도 않고 뒤칸으로 들어가면서 불렀다.

"능소, 이리와."

돌쇠와 함께 옆에 지켜 섰던 능소는 그를 따라 들어갔다.

"난 자야겠다. 저자를 부아가 터지도록 놀려 주다가 적당히 돌려보내라."

연개소문은 그대로 침상에 드러누웠다. 능소는 돌아서 나왔으나 사람을 놀려본 일이 없는지라 어떻게 할 것인지 엄두가 나지 않았다. 행여 죽이는 것이 아닌가 바짝 긴장한 최홍승은 쉬지 않고 눈알을 굴려 그와 돌쇠를 번갈아 보았다.

"여보시오 장군, 줴엔(주인)이 서 있는데 나그네가 앉아 있다는 게 말이 되오?"

쳐다보는 얼굴이 밉살스러워 한마디 쏘아붙이자 돌쇠는 망설이다가 그가 눈을 부라리는 바람에 그대로 통역했다.

"20인장이 장군을 보고 그런 말버릇이 어디 있느냐?"

최홍승은 자세를 바로 하고 위엄을 부렸다.

"야아, 너 여기가 어디멘 줄 아니? 이 간나새끼 죽구 싶어?"

능소는 주먹을 내밀었다.

최홍승은 입을 벌리고, 한번 터진 능소의 입에서는 가슴 깊이 잠자고 있던 울분이 쏟아져 나왔다.

"이눔아. 이 똥뙤눔아, 넌 우리 아버지 원쉬(원수)다."

"아버지 원수라…."

기가 죽은 최홍승은 그의 말을 받아 중얼거렸다.

"10여 년 전에 무여라에서 너어 칼에 맞어 죽었다. 이눔아. 가만있

적과의 동침 397

자, 이 간나새끼 아즉두 앉아 있구나."
　최홍승은 부스스 자리에서 일어섰다.
　"그 양 배때기 늠아는 지금도 요동성을 포위하고 있지?"
　"양 배때기가 누구요?"
　최홍승의 목소리는 떨렸다.
　"너어 나라 임금이 양 배때기 앙이야?"
　"요동성 밖에 계시지요."
　"나쁜 늠의 새끼. 우리 가족이 성안에 있다. 이판저판 우리 가족은 죽은 게구 대신 널 쥑에 베레야겠다."
　능소는 가슴에 찼던 단도를 빼들었다.
　"군사(軍使)를 이렇게 대접하는 법이 아니오."
　최홍승은 팔을 내저었다.
　"어제 너어 진영에서는 우릴 어떻게 대접했지?"
　능소가 한 걸음 다가서자 최홍승은 뒷걸음질을 쳤다.
　"그 우중문이고 우문술이고 하는 아이덜은 오라는데 어째 아잉 오니야. 이늠아. 대답이 있어야 할 게 앙이야?"
　능소는 칼끝으로 삿대질을 했다.
　"죄송하게 됐소이다."
　"이늠아가 칼 맛을 모르는구나. 죄송한 게 그 꼴이야?"
　능소가 바짝 다가서자 최홍승은 마지못해 바닥에 무릎을 꿇었다.
　"으응—, 인생이 가련해서 용서한다. 어서 꺼져라."
　일어서는 최홍승의 다리가 떨렸다. 돌아서 나가려는데 능소가 불러 세웠다.
　"사램이라는 게 인사가 있어야지."
　"실례했소이다."
　깊숙이 고개를 숙이고 나가는 최홍승은 이를 갈고 있었다. 능소의 눈짓으로 창을 든 돌쇠가 그의 뒤를 따라 어둠속으로 사라졌다.

곤히 잠들었던 능소는 말굽소리에 잠이 깨어 귀를 기울였다. 두세 필이 장군의 처소로 다가가는 모양이었다.

그는 옷을 주워 입고 밖으로 뛰어나왔다. 첫새벽의 어둠속을 가던 세 그림자는 장막 앞에서 말을 내려 말뚝에 고삐를 매는 길이었다. 능소는 창을 들고 달려갔다.

장막에서 불빛이 새어나오는 것이 안에서는 벌써 기침한 모양이었다. 능소는 그들을 앞질러 장막으로 들어갔다. 장군은 탁자 위에 펴놓은 지도를 들여다보고 연개소문이 옆에 서 있었다.

밖에서 초병과 몇 마디 주고받는 소리에 이어 높은 중국 군관이 들어섰다. 연개소문이 다가와 두 손을 마주 잡고 장군도 자리에서 일어섰다.

"너는 역시 대장부로다."

그의 절을 받으면서 을지문덕 장군은 만면에 웃음을 띠었다. 능소는 어디선가 본 듯한 얼굴이었으나 통 생각이 나지 않았다.

"긴급히 아뢸 일이 있어서 나왔습니다."

복색은 중국 군관이라도 절하는 법식이나 말씨나 고구려 사람들이었다.

장군이 좌정하자 풍채 좋은 사나이는 맞은편 걸상에 앉았다.

"적은 오늘이 아니면 늦어도 내일은 압록강을 건너 진격할 것 같습니다."

장군은 고개를 끄덕였다.

"일전에도 전해 드렸습니다마는 적은 어젯밤까지도 의견이 두 갈래로 옥신각신했습니다. 우문술은 식량이 얼마 남지 않았으니 회군(回軍)하여 돌아가자 하고, 우중문은 끝까지 밀고 평양성까지 가자 하고, 이 통에 장군들도 두 패로 갈라졌습니다. 우중문은 일국의 장군들이 대군을 거느리고 총출동했다가 싸우지도 않고 도중에서 돌아간다면 무슨 낯으로 황제를 뵙겠느냐고 우겼습니다마는 우문술은 보급이 오지 않는데 이대로 진격하다가는 싸움은 고사하고 굶어 죽기 알맞다는 것이었습니다. 거기다가 그저께 각하께서 찾아오셨을 때 억류하자느니 그대로 보내자느니 의견이 갈라졌습니다. 우중문은 유사룡의 주장대로 각하를 보내 드렸고, 다른 장수들도 그때는 반대하지 않다가 막상 떠나신 뒤에 분란이 났습니다. 왜 돌려보냈느냐고 트집 잡는 바람에 우중문도 잘못한 것 같아 할 얘기가 있다는 핑계로 군관을 보냈던 것이고, 안 오시니까 최홍승을 두 번씩이나 보내서 유인해 보려고 꾀를 부린 것입니다."

촛불에 비친 그의 옆모습에 능소는 사라졌던 기억이 되살아났다. 지난 설날 회원진(懷遠鎭)을 기습 공격할 때 석문산(石門山) 기슭에서 보던 사나이였다. 그때는 글안복을 입었고 몹시 말랐던 것이 지금은 중국 군복에 살이 뚱뚱 찐 것이 달랐다. 적지(敵地)를 돌아다니는 데 특별한 재주라도 있는 모양이었다.

"각하께서 돌아오신 후 출동준비 명령이 내렸는데 진격 준빈지 철수 준빈지 자기들끼리도 분간이 서지 않았습니다. 그러던 것이 밤에 최홍승이 돌아가면서부터 사태는 일변했습니다. 새파랗게 젊은 애송이 군관한테 모욕을 받은 것은 고사하고, 군관도 못되는 녀석이 대장군 이하 중국 장성들을 모두 걸어 욕을 하고 심지어 자기들의 황제를 '양 배때기'라고까지 불경 막심한 욕설을 퍼부었다는 것입니다. 이 못생긴 꺼우리들한테 폐하까지 곤욕을 당했으니 더 이상 왈가왈부할 여지가 없다는 것이었습니다. 우중문이 이를 부득부득 갈고 회군(回軍)을 주장하는 자는 반역죄로 다스리겠다고 나섰습니다. 그렇게도 회군을 주장하던 우문술도 고구려를 쳐부수지 않고는 죽어도 눈을 감지 못하겠다고 눈물을 흘리며 맞장구를 쳤습니다. 다른 장수들도 덩달아 이를 갈고 울고 발을 구르고 야단났습니다. 당장 추격해서 각하를 사로잡아다가 양광 앞에 바치고 평양성을 무찌른다는 것입니다."

"수고가 많았다. 여기서 나와 조반이나 같이 하지."

장군은 연개소문을 돌아보고 계속했다.

"군관들을 이리 모이게 해라."

장막을 나온 능소는 반달이 걸린 새벽하늘을 바라보며 간밤의 일을 생각했다. 벌판에서 창을 맞대고 싸우는 뭇 사람들은 알지 못하는 사이에 배후에서는 별의별 일들이 일어나고 사라지는 것이 전쟁이라는 것을 처음으로 생생하게 느꼈다. 허튼소리 몇 마디로 자기도 한몫 끼어든 것이 묘하기 이를 데 없었다.

압록강에 아침 햇살이 비치고 진격태세를 갖춘 대안의 중국군은 물을 가로지른 여러 줄기 부교(浮橋)를 향해 전진을 개시하였다. 대장군기를 앞세우고 산채를 내려온 을지문덕 장군은 수많은 적이 건너다보는 가운데 대기하고 있던 3천 기병을 거느리고 남향 길에 올라섰다. 그러나 진형을 제대로 갖추지 않은 부대는 싸움을 눈앞에 한 무사들이라기보다 산에서 지친 사냥꾼들이 멋대로 몰려가듯 질서가 없었다. 말을 달리는 일도 없고 애써 통제하는 사람도 없었다.

20리 떨어진 산비탈을 돌자 딴 사람들같이 활기가 돌았다. 선두를 가던 2천 기는 갑자기 채찍을 내리쳐 곧장 남으로 달려가고 나머지 1천여 기를 후미진 곳에 배치한 장군은 산마루에 올라 대장군기를 높이 올리고 북쪽을 바라보았다.

운제(雲梯)며 포차, 충차를 실은 달구지들은 꼬리를 물고 중앙부교를 달려오고 좌우의 여러 줄기 부교를 건너온 군인들은 홍수같이 벌판에 퍼지고 있었다. 콩과 조가 무성하게 자란 들판을 휩쓸고 오는 검푸른 군복의 인간의 바다는 둑을 넘은 강물처럼 서둘지 않고 한 걸음 한 걸음 다가왔다. 산마루에 앉은 장군의 뒤에 서서 적군을 주시하던 능소는 돌아보는 장군과 시선이 마주쳤다.
"앉아서 쉬지."
장군의 인자한 눈이 웃고 있었다.
그는 시키는 대로 풀을 깔고 앉았다. 고목 소나무에 몸을 기댄 장군은 연개소문에게 일렀다.
"파수만 세우고 모두들 한잠 자게 해라."
연개소문의 명령으로 전령이 산을 내리뛰고 병사가 펴 드리는 장막 위에 누운 장군은 코를 골기 시작했다. 능소도 그늘진 풀밭을 찾아 다리를 뻗고 누우니 간밤에 모자란 잠이 한꺼번에 쏟아졌다. 장군의 옆에서는 걱정도 두려움도 없고 자신도 딱히 알 수 없는 안온함이 있었다.
하오에 잠이 깼을 때는 적의 선두가 5리 밖에 당도하여 기마 척후들이 여기저기 숲 사이에 나타났다가는 사라졌다. 눈앞의 벌판은 단대별로 진을 친 부대들로 차 있고 압록강의 부교들은 쉬지 않고 넘어오는 병정들로 들끓었다.
중앙의 한층 높은 언덕에는 '좌익위 대장군 우문술'의 깃발이 밝은 햇살에 선명하게 나부끼고 장막 앞에서 군관들을 거느리고 이쪽을 손으로 가리키는 것은 우문술 자신으로 짐작되었다.
기슭의 고구려 진영은 움직이지 않았다. 말들은 안장을 얹은 채 풀을 뜯고 병사들은 할일 없이 앉아 얘기를 주고받고 있었다. 혼자 떨어져 참나무 그늘에 드러누운 병사의 피리소리가 잔잔한 여운을 남기고 초가을의 맑은 하늘에 퍼져갔다. 능소는 가락에 맞춰 소리 없이 노래를 불렀다. 언제나 즐겨 부르는 군곡(軍曲)이었다.
해가 지고 어둠이 내리자 마른 음식으로 저녁을 때운 능소는 두 손으로 뒷머리를 받치고 드러누웠다. 달 없는 밤하늘에 총총한 별들이 빛났다. 아름답고 장엄한 자연의 조화가 가슴에 스며들고 사람으로 태어나 이것을 보고 느낀다는 것이 위대한 일로 생각되었다. 눈에 보이지 않는 큰 생명이 도도히 흐르고 지금 숨을 쉬고 있는 자신의 생명도 그 한 방울같이만 느껴졌다.

별도 숨을 쉬고 어둠속에 늘어선 나무들도 숨을 쉬고 있었다. 옛날에는 돌도 말하고 나무도 말했다고 하였다. 사람마다 별이 있고, 지상에서 목숨이 다하는 날 하늘의 별도 떨어진다고 했다. 모두가 뿔뿔이 흩어진 것이 아니라 한 덩어리가 되어 같은 숨을 쉬고 있는 것만 같았다. 약광 장군이 말씀하던 유구한 생명이란 이것을 가리킨 것이리라.

북두칠성 아래 적의 포위 속에 떨고 있을 상아. 그와 더불어 복된 세월을 살려던 꿈은 꿈에 지나지 않았다. 구름같이 몰려온 눈앞의 대적(大敵)을 생각하면 살아서 돌아간다는 것은 있을 수 없는 일이었다. 겨우 스물다섯, 죽는 것이 아까웠다. 그는 귀뚜라미 소리를 들으면서 차츰 깊은 잠으로 빠져 들어갔다.

이튿날 새벽. 먼동이 트는 하늘 아래 고구려 기병 1천여 기는 적진으로 돌진하였다. 그러나 적은 밤새 경계태세를 늦추지 않은 양 완전무장한 선진 1만여 명이 즉각 활을 쏘며 내달아 왔다. 적의 정면을 가로지르면서 활을 당기던 고구려군은 좌우에 급히 진출하는 적군에 당장 포위되고 말았다. 산 위에서 바라보던 능소는 불에 뛰어든 하루살이같이 무모한 이 광경에 가슴이 뛰고 저절로 한숨이 나왔다. 그러나 대장군기 옆에 선 을지문덕 장군은 표정 없는 얼굴로 뚫어지게 바라보고만 있었다.

활을 내리고 창을 휘두르며 종횡으로 말을 달리던 고구려 병사들이 앞질러 퇴로를 차단한 적을 향해 돌진했다. 꼬리를 뻗친 말들은 네 굽을 걷어안고 날듯이 적진으로 뛰어들고, 개중에는 앞발을 허공에 높이 쳐들었다가 다시는 보이지 않는 것도 있었다.

포위망을 돌파한 우군은 바람같이 달려 눈 아래 비탈길을 돌아왔다. 그러나 멈추지 않고 그대로 남행길을 달려 산 저편으로 사라졌다. 적어도 200명은 줄어든 것 같고, 피 흐르는 팔을 움켜잡고 달리는 병사도 몇 명 있었다.

적은 바싹 뒤를 쫓아오다가 바로 봉우리 아래에서 발을 멈췄다. 뒤이어 대장군기를 휘날리며 당도한 우문술이 무어라고 외치자 다시 움직이기 시작했다.

"빨리 포위해서 각하를 사로잡으랍니다."

돌쇠가 황급히 통역했다.

말에 오른 을지문덕 장군은 대장군기를 받쳐 든 기수를 앞세우고 호위대와 함께 산을 내려왔다.

한길에 들어 남으로 달리기 시작하자 뒤에서는 북이 울리고 적의 기병들이 모퉁이길로 쏟아져 나왔다. 적은 다시 홍수같이 벌판에 퍼져 당장 삼킬 듯이 추격하여 왔으나 1천여 보의 거리는 좁혀지지 않았다. 후위를 맡은 연개소문은 가끔 뒤를 향해 활을 당기고 중앙을 달리는 장군은 똑바로 앞을 보고 채찍만 내리쳤다.

산마루에 아침 해가 오르고 멀리 남쪽에는 2, 30기가 한데 뭉쳐 달려가고 있었다. 아까 부상한 병사들이리라. 장군은 보도(步度)를 늦추고 손으로 얼굴의 땀을 훔치면서 전진을 계속했다.

다시 평지에 내려 5리도 못 갔는데 고개에서는 함성이 일었다. 일행은 거의 동시에 고개를 돌려 뒤를 돌아보았다. 진을 치고 있던 고구려군은 벌써 짓밟혔는지 뿔뿔이 흩어져 달아나고 기승한 적이 사태같이 쏟아져 내려오고 있었다.

일행은 채찍을 퍼부어 속력을 더했다. 후퇴하더라도 같은 방향으로 질서 있게 할 것이지 저렇게 혼비백산해서 도망치는 자도 고구려 무사냐, 능소는 정나미가 떨어졌다.

다시 10리를 남하하여 백마산(白馬山)을 서남으로 보고 달리다가 골짜기 길에 접어들자 어제 아침 먼저 떠난 2천 기가 양쪽 등성이와 정면에 진을 치고 있었다. 장군도 호위대를 거느리고 등성이에 올라 활을 내렸다. 지형도 그럴 만하고, 아마 여기서 일격을 가할 작정이라고 생각하면서 능소도 활에 손을 가져갔다.

그러나 아무리 보아도 약광 장군이 가르치던 바와는 달랐다. 이런 대목에서는 이쪽의 기도를 감춰야 할 터인데 등성이의 병사들은 말을 탄 채 멋대로 오락가락하고 군관들도 큰소리로 외쳤다. 도시 전투가 무엇인지 모르는 자들, 군대이기 전에 오합지중에 불과했다. 자기들이 북에서 피나는 싸움을 할 때 자빠져서 밥이나 축내고 허튼수작이나 하던 인간들, 능소는 속으로 멸시했다. 이따위들이 해구산성에서 이겼다는 것이 이상했다.

걱정한 대로 적은 골짜기에 들지 않고 등성이로 밀고 올라왔다. 장군도 활을 쏘고 군관도 병사들도 활을 쏘았다. 무슨 영문인지 이런 때에도 대장군기를 높이 휘날려서 적의 화살이 몰려 왔다. 기수도 미련한 놈이지. 능소는 활을 당기며 부아가 치밀었다. 양미간을 맞은 말이 고꾸라지면서 탔던 적병이 거꾸로 떨어졌다. 그는 허리를 짚고 일어서려는 것을 잔등을 쏘았다.

맞은편 등성이에서 일어나는 적의 함성에 능소는 힐끗 돌아보았다. 적이 밀고 올라오자 싸우지도 않고 등성이를 내려 뛰고, 수십 명은 무기를 팽개치고 흩어져 숲속으로 달아났다. 능소는 이런 얼빠진 군인은 처음 보았다. 수없이 싸웠으나 어떤 적도 이 지경은 아니었다. 옆에 있었으면 창으로 뒤통수를 갈겼으리라.

이를 갈고 살을 재우는 옆에서 연개소문이 크게 외쳤다.

"후퇴—!"

능소는 채찍을 내리치고 고삐를 틀었다. 호위대는 재빨리 장군을 에워싸고 산비탈을 내리달려 한길을 남으로 방향을 잡았다. 후퇴하는 병사들이 앞뒤에서 무질서하게 말을 몰며 숨을 허덕이고 있었다.

 벌판길을 한참 달리다가 작은 개울을 사이에 두고 또 접전했으나 몇 대 쏘지도 않고 역시 후퇴했다. 이번에는 무기를 버리고 달아나는 자가 100명도 더 되었다. 능소는 말을 달리면서 침을 뱉었다.

 해 질 무렵 설암산(雪暗山) 기슭에 닿을 때까지 150리 길에 일곱 번 싸웠으나 한 번도 싸움다운 싸움은 없었다. 적이 오기만 하면 무너지고 도망치기 바빴다. 호위대는 그럭저럭 흩어지지 않았으나 봉린산을 떠난 3천 기병은 500명으로 줄어들었다. 헝겊막대 같은 것들이, 적 앞에서 이런 망신은 있을 수 없었다.

 어둠이 깔리자 적은 추격을 멈추고 야영준비를 서둘렀다. 드러내 놓고 불을 피워 식사를 짓고 큰소리로 외치는가 하면 한 놈의 콧노래가 금시 합창으로 변했다. 도시 고구려군은 안중에도 없었다.

 적으로부터 5리도 못 되는 벌판에 멈춰 선 고구려군은 말에 푸른 콩을 뜯기고 입속에서 엿을 녹였다. 능소는 똥되놈들에게 곤욕을 당한 일을 생각하면 시장한 생각도 없었다. 이런 식으로 가다가는 3, 4일 안에 평양성이 떨어질 것이고 평양성이 떨어지면 고구려 전토는 저절로 적의 천하가 될 것이다. 잘 버티고 있는 요동성이 무슨 소용이냐. 장군을 믿던 마음이 크게 흔들리고 이 밤같이 모든 일이 캄캄했다.

 식사를 마친 부대는 다시 말에 올라 밤길을 남으로 달렸다. 한동안 가면서 귀를 기울였으나 적이 추격해 오는 기미는 없었다.

 밤을 뚫고 달린 그들은 다음날 하오 살수(薩水: 청천강)를 건너 처음으로 장막을 치고 쌀로 밥을 지었다. 이삭이 숙기 시작한 조밭에는 참새 떼가 몰려들고 고랑은 잡초로 덮였으나 버림받은 마을에는 인기척이 없었다. 미풍에 물결치는 이 이삭의 바다도 내일 아니면 모레는

30여 만 적의 군마(軍馬)에 짓밟히고 그들의 배를 채우는 신세가 될 것이다. 능소는 그들이 휩쓸고 간 후의 황량한 벌판을 머리에 그리면서 마른 나무에 불을 달았다.

장막에 앉은 을지문덕 장군은 묵묵히 지도를 들여다보고 움직이지 않았다. 점심 후에 장문의 편지를 써서 평양성으로 보내고 침상에 드러누우려는데 북에서 달려온 군관이 그의 앞에 보고했다.

"적은 오늘 새벽 설암산을 진발했습니다."

장군은 말없이 고개를 끄덕이고 잠이 들었다. 어쩌면 이 살수의 선에서 적을 맞아 일대 결전을 전개할 것 같기도 했다. 그러나 지나오면서 보아도 봉린산 근방에 주둔하던 수만 병력은 자취를 감추었고 도중에도 간간이 소부대가 요지를 지키고 있을 뿐 대적을 맞아 싸울 기미는 아무 데도 보이지 않았다. 능소는 태평으로 잠든 장군의 얼굴이 오히려 밉살스러웠다.

외진 장막 그늘에 앉아 구름 한 점 없는 북녘 하늘을 바라보고 생각에 잠겼던 능소는 이상한 느낌에 고개를 돌렸다. 뒤에서 지루가 칼의 손잡이를 틀어잡고 노려보고 있었다.

"무시기야, 넌?"

치뜬 눈으로 천천히 일어선 능소도 손잡이를 더듬었다.

"지루올세다."

그의 얼굴에 묘한 웃음이 나타났다.

"거기서 뭐 하니야 말이다!"

"정직하게 말씀디레야 하겠지요?"

능소는 아래위로 훑어보았다.

"조심하시오. 20인장님 쥑이는 연습을 하구 있었소다."

"무시기라구?"

그는 한 걸음 다가섰다.

"어떻게 하문 한칼에 목을 쌍둥 잘라베릴 것인가, 돌아앉은 목덜미를 더듬어 보던 질이오다."

"이 우둔한 간나새끼, 그런 건 야밤중에 해라!"

"그건 모르는 소리오다. 연습이라는 건 대낮에 똑똑히 보구 해야 합네다."

"이눔아, 당장 쥑에 봐라."

능소는 치를 떨었다.

"앙이오다. 지금은 쥑이는 게 앙이구 연습하는 겝네다."

"뭐 어째?"

"매일 말입네다. 20인장님이 눈에 뵈기만 하문, 이런 때는 이렇게 칠까, 앙이다, 저렇게 찔러야 한다, 마암속으로 연습하구 있소다."

"연습이구 나발이구 즉판 쥑에보란 말이다."

"전쟁이 끝나야지오다. 전쟁만 끝나문 이튿날부터 몸조심하는 게 좋을 게오다."

"너 따위가 나라 생각하는 게야?"

"그런 건 앙이구 군대 안에서는 일을 치면 좀 시끄러워서요."

능소는 그의 멱살을 잡아 흔들었다.

"그래 니가 날 이길 자신이 있어?"

"그게사 해봐야 알지오다."

지루는 멱살을 잡힌 채 씩 웃었다.

"마암대로 해라!"

능소는 그를 밀어젖혔다. 비틀거리다가 모퉁이를 돌아가는 뒷모습에 이 세상 온갖 증오가 불붙어 올랐다.

낮잠에서 깬 을지문덕 장군은 또다시 행군명령을 내렸다. 장막을 걷어 안장에 처매면서 능소는 한숨을 내쉬었다. 결국 살수(薩水)도

방어선은 아니었다.

  남으로 곧게 뻗은 군도(軍道)를 달리면서 그는 석양 아래 잠자는 콩밭에서 눈을 떼지 않았다. 콩은 어린 시절과 깊은 관련이 있었다. 이맘때가 되면 소를 몰던 동네 아이들은 대량수(大梁水: 태자하) 강가 모래 벌에 모여 불을 피우고 꺾어온 콩을 섶째로 구웠다. 때로는 이 '콩쌀개'에 정신이 팔려 소들이 밭에 들어가 곡식을 먹는 통에 크게 경친 일도 있었다. 그러나 불에 튄 콩은 별미여서 아득한 옛 조상들이 어려서 이 일을 시작한 이후 연면한 전통은 대대로 이어져서 요즘도 여남은 살의 어린이들에게는 잊을 수 없는 초가을의 행사였다. 지금 이 순간에도 전화(戰火)가 미치지 않은 동해(東海) 가의 어느 마을 어귀에는 불에 타는 콩섶을 뒤집으며 군침을 삼키는 소년들이 있을 것이었다.

  이런 때 마른 나무를 제일 많이 주워 오기는 상아였고 어른들의 눈을 피해서 콩을 잽싸게 꺾어 오기는 지루가 일등이었다. 지루, 앞에 가는 지루의 뒤통수에 저절로 눈이 가고 다시 증오의 불길이 치밀었다. 능소는 말에 채찍을 퍼부으며 애써 생각을 털어버렸다.

(제 2 권 〈대륙의 꿈〉으로 계속)

· 주요 등장인물 ·

　능소 (能素): 요하 주변 옥저(沃沮)마을 태생의 농부로 평양에서 열린 사냥대회에서 뛰어난 무술실력을 인정받아 장군의 길로 들어선다. 특유의 전투력과 패기가 빛을 발해 약광 장군에게 발탁되어 무여라 수비군에 편입되고, 을지문덕과 연개소문의 신임 아래 중국 수(隋)·당(唐)과의 전쟁에서 혁혁한 공을 세운다.

　상아 (常娥): 능소의 오랜 연인. 능소와 마찬가지로 중국의 칼날에 아버지를 잃었으나 편모슬하에서도 들풀처럼 꿋꿋이 자란다. 어린 시절부터 함께 자란 능소를 의지하며 일생을 기약한다. 능소가 전쟁으로 곁에 없는 사이 능소의 어머니까지 지극정성으로 부양하며 지루의 회유와 협박에도 아랑곳없이 능소만을 한결같이 기다린다.

　지루 (支婁): 옥저마을의 야장(冶匠). 상아를 짝사랑하며 어린 시절의 친구 능소에게 열등감을 갖고 있다. 능소가 10인장이 되었다는 소식을 듣고 자진하여 졸병으로 군에 편입한 뒤 을지문덕 장군의 호위병이 되지만 잔인한 성품 탓에 어디에서도 환영받지 못한다.

　우만 (于萬) 노인: 옥저마을의 촌장(村長)으로 마을사람들의 통솔자이자 정신적 지주이다. 능소의 빈자리를 대신하여 상아와 상아 어머니의 의지처가 되어준다.

　돌쇠: 중국어에 능통한 능소의 부관. 위험한 임무에서 언제나 능소와 생사를 같이한다.

　을지문덕: 고구려의 명장. 연자유의 뒤를 이어 마리치의 자리에

올라 전쟁의 환란에 휩싸인 고구려를 이끈다. 살수대전으로 수나라에 결정적 타격을 가한다.

연개소문: 고구려 말기의 장군 겸 재상. 소년 시절 자청하여 을지문덕 장군의 휘하에 들어가 평생을 전쟁터에서 보내며 눈부신 활약을 펼친다.

약광 장군: 고구려 왕족이자 장군. 능소가 가슴 깊이 흠모하는 인물로, 뛰어난 전투력과 통솔력으로 대(對) 수・당 전쟁을 진두지휘한다.

고건무: 영양왕의 동생이자 장군. 연개소문의 집안과 사이가 좋지 못하며 훗날 형의 뒤를 이어 왕위에 오른다.

수양제: 수나라 제2대 황제. 본명은 양광(楊廣). 형인 황태자 용(勇)을 살해하고 스스로 태자가 되어 황제에 올랐다. 중국의 막대한 인력과 부에 대한 자신감을 바탕으로 고구려 정벌의 야망을 꺾지 않는다.

우문술: 선비족 출신의 수나라 장군. 셋째 아들 사급이 수양제의 부마가 되는 등 황제의 두터운 신임을 받는 인물로, 고구려 원정군을 지휘한다.

우문화급/우문지급: 우문술의 두 아들. 한때 수양제의 총애를 받았으나 권세를 믿고 방종하게 처신하다가 처벌받아 종의 지위로 떨어진다. 아버지 우문술을 따라 두 형제 모두 고구려 원정에 종군한다.

고구려 주요도
(高句麗 主要圖)

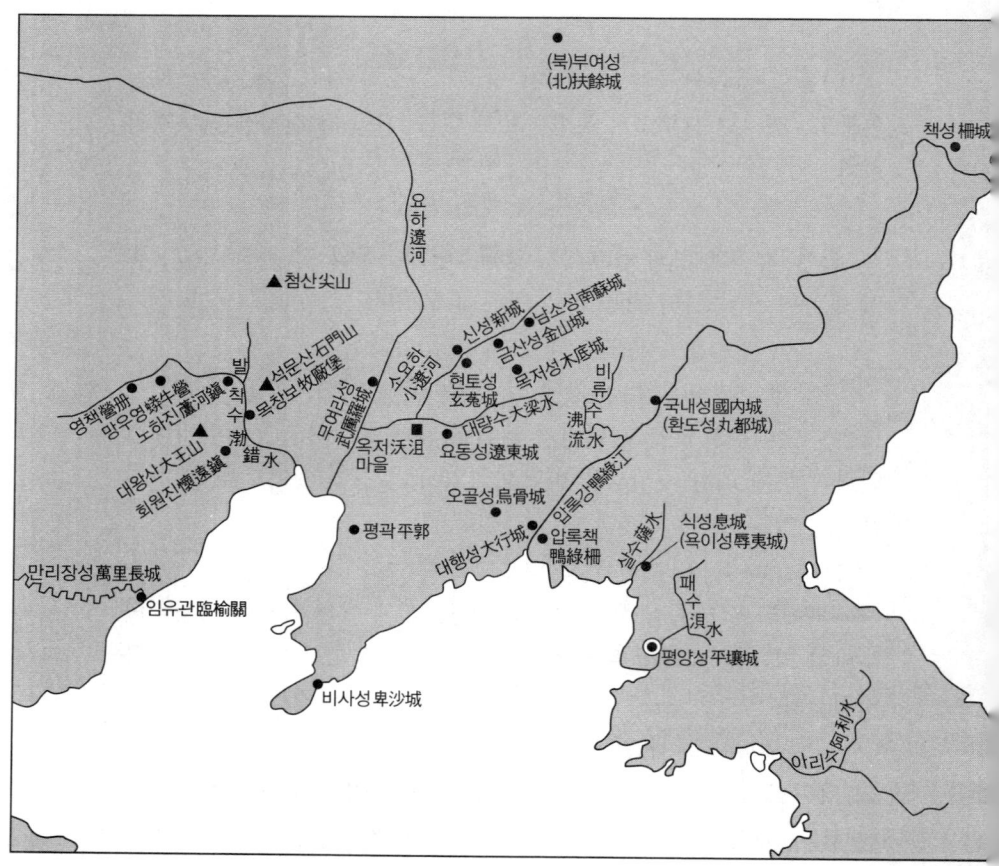

수대의 중국 주요도
(隋代의 中國 主要圖)

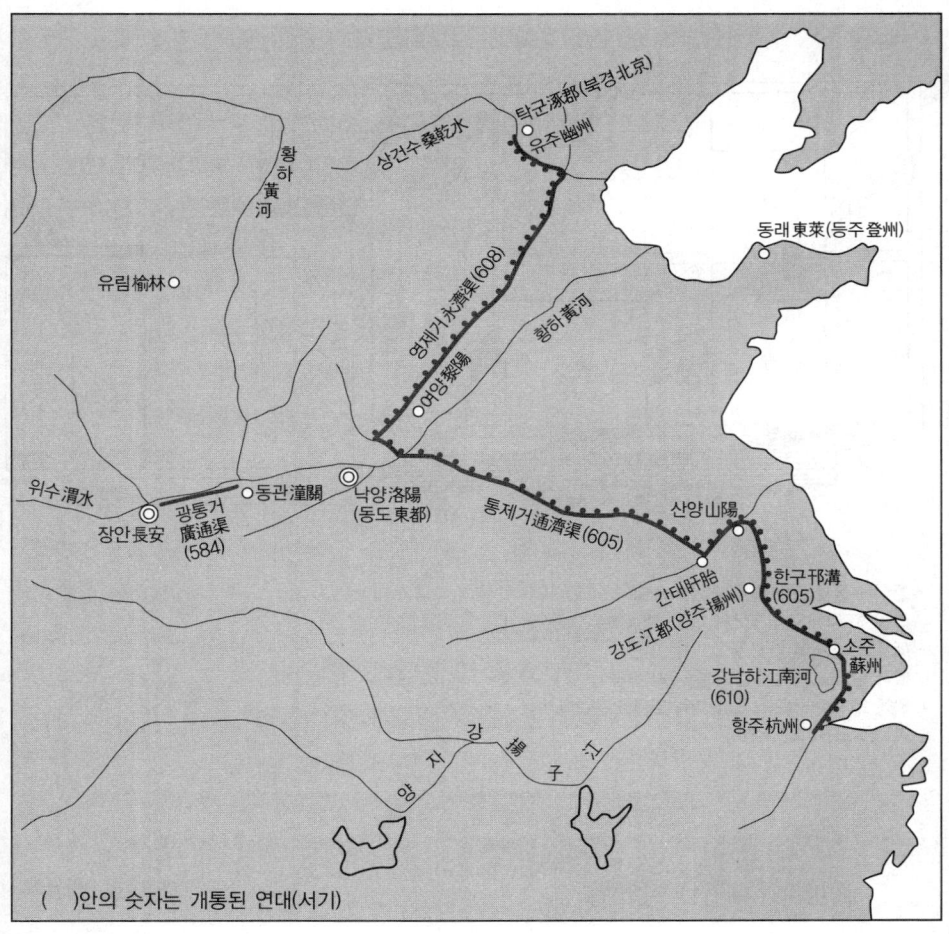

북방의 전형적 민가구조의 일례

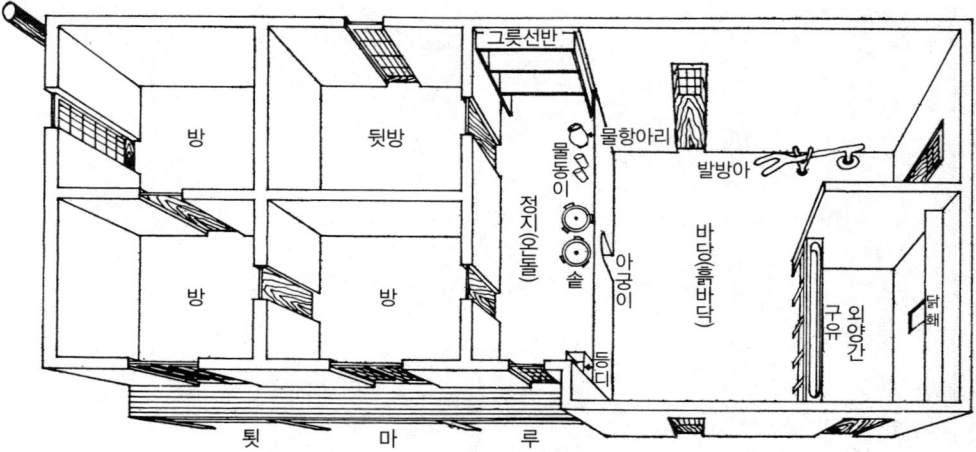

*등디는 불을 담아 화로 구실을 하고,
 그 안쪽 벽에 붙여 넓적한 돌을 양쪽에
 세우고 그 위에 다시 넓고 얇은 돌을
 얹어 관솔을 태워 등잔 구실을 하는데,
 위에 토기로 만든 굴뚝을 세워 연기를 뽑는다.
 이것을 고콜이라 부른다.

· 작가 연보 ·

김성한(金聲翰)

1919　1월 17일 함경남도 풍산(豊山)에서 출생. 호는 하남(霞南)
1940　함남(咸南) 공립중학교 졸업
1942　일본 야마구치(山口) 고등학교 졸업
　　　동경대학 법학부 입학
1944　동교 휴학
1947　인천공립여자중학교 교사
1949　한성고등학교 교사
1950　〈서울신문〉 신춘문예에 단편 〈무명로〉(無明路)가 당선되어 등단
　　　단편 〈김가성론〉, 〈자유인〉 발표
1952　숭문고등학교 교사
1953　동양의약대학 강사
1954　단편 〈선인장의 후예〉, 〈암야행〉, 〈매체〉 등 발표
　　　단편집 《암야행》을 양문사에서 간행
1955　한국외국어대학 강사
　　　단편 〈제우스의 자살〉(후에 〈개구리〉로 개제), 〈오분간〉, 〈개마고지의 전설〉 발표
1956　〈사상계〉(思想界) 주간에 취임
　　　단편 〈바비도〉, 〈극한〉, 〈중생〉 등 발표
　　　〈바비도〉로 제1회 동인문학상 수상
1957　단편 〈달팽이〉, 〈방황〉, 〈귀환〉, 〈창세기〉 등 발표
　　　단편집 《오분간》(五分間)을 을유문화사에서 간행
1958　〈사상계〉 퇴사. 동아일보 논설위원 취임
　　　단편 〈오분간〉으로 제5회 아세아 자유문학상 수상
　　　단편 〈폭소〉 발표. 번역소설 《전원》(田園), 《해변의 목가(牧歌)》를 민중서관에서 간행

1964 　동아일보사 주영 특파원
1965 　영국 맨체스터대학원에서 역사학 전공(M.A)
1966 　장편 3부작 《이성계》를 지문각에서 간행
1973 　동아일보사 이사 겸 편집국장 취임
1975 　장편 《이마》를 탐구당에서 간행
1977 　동아일보사 논설주간 취임
1978 　대한민국 문화예술상 수상
1980 　장편 5부작 《요하》를 홍성사에서 간행
1981 　동아일보 사임
　　　　김성한 단편집 상 《개구리》, 하 《바비도》를 홍성사에서 간행
　　　　장편 6부작 《왕건》을 동아일보사에서 간행
1983 　역사기행집 2부작 《길 따라 발 따라》 발표
1985 　역사기행집 《일본 속의 한국》 발표
1986 　예술원 회원에 임명
　　　　《일본 속의 한국》의 일본어판 《日本のなかの朝鮮紀行》을 일본 三省堂에서 간행
　　　　역사소품집 《인물》을 어문각에서 간행
1987 　보관문화훈장 수훈
1989 　인촌문화상 수상
1990 　장편 7부작 《임진왜란》을 행림출판사에서 간행
1994 　장편 2부작 《秀吉 朝鮮の亂》을 일본 光文社에서 간행
1995 　대한민국 예술원상 수상
1998 　장편 3부작 《진시황제》를 조선일보사에서 간행
2002 　1월부터 2003년 12월까지 역사소품 〈하남야화〉(霞南夜話)를 월간 〈에세이〉에 연재
2003 　장편 3부작 《시인과 사무라이》를 행림출판사에서 간행
2007 　4월부터 2009년 5월까지 역사소품 〈야화동서〉(夜話東西)를 월간 〈한글+漢字문화〉에 연재
2010 　9월, 91세를 일기로 타계

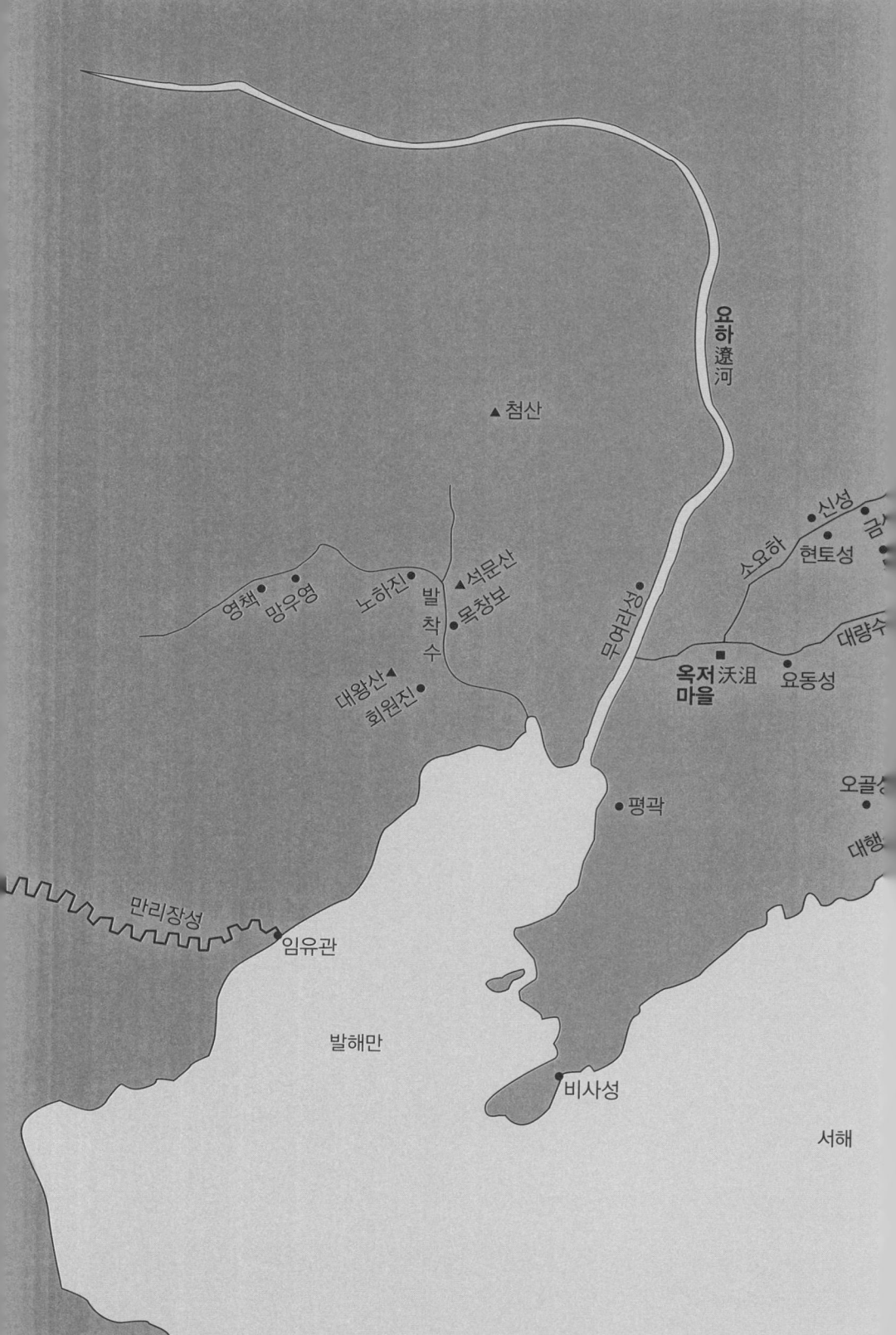